T0279313

LAS MANOS CÁLIDAS DE LOS FANTASMAS

LAS MANOS CÁLIDAS DE LOS FANTASMAS

KATHERINE ARDEN

Traducción de Raúl Rubiales

UMBRIEL

Argentina • Chile • Colombia • España
Estados Unidos • México • Perú • Uruguay

Título original: *The Warm Hands of Ghosts*
Editor original: Del Rey, un sello de Random House,
una división de Penguin Random House LLC, New York
Traducción: Raúl Rubiales

1.ª edición: mayo 2024

Plaza de los Reyes Magos, 8, piso 1.º C y D – 28007 Madrid
www.umbrieleditores.com

ISBN: 978-84-10-08500-8
ISBN Edición Amabox: 978-84-10085-09-1
E-ISBN: 978-84-10-15926-6
Depósito legal: M-5.606-2024

Fotocomposición: Urano World Spain, S.A.U.
Impreso por: Romanyà Valls, S.A. – Verdaguer, 1 – 08786 Capellades (Barcelona)

Impreso en España – *Printed in Spain*

Para Evan.
Porque este era un libro de campos de batalla
y tú estuviste conmigo en todos ellos.

Et diabolus incarantus est
Et homo factus est

Y el diablo fue encarnado
Y se hizo el hombre
—Arthur Machen

LA ZONA PROHIBIDA

Ypres – Passendale, 1917

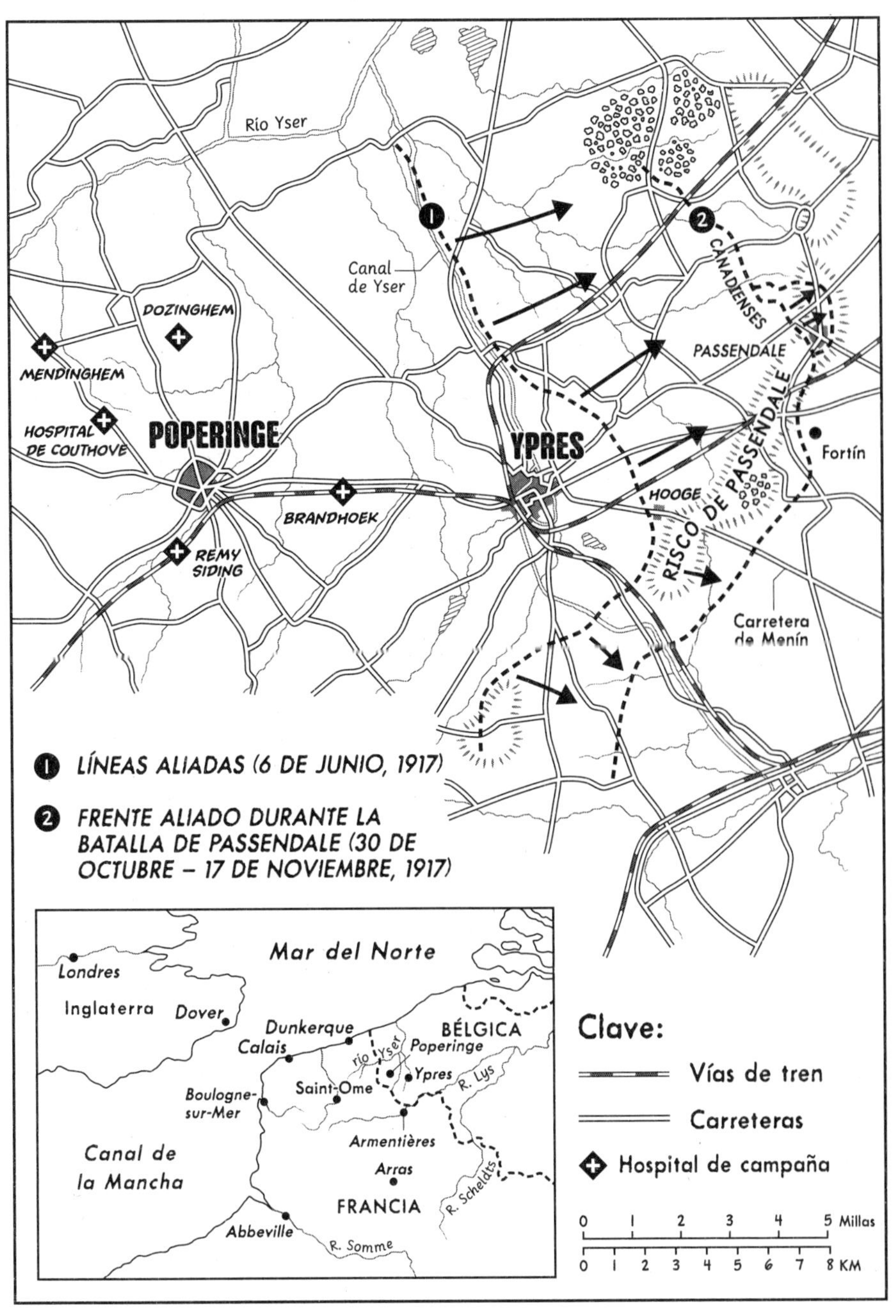

1

LA BESTIA DEL MAR

**HALIFAX, NUEVA ESCOCIA,
PROVINCIAS MARÍTIMAS CANADIENSES
ENERO DE 1918**

La ropa de Freddie llegó a Veith Street en vez de a la casa Blackthorn y el telegrama que debía de precederla no alcanzó a Laura. No le sorprendía. Nada había funcionado como era debido, no desde diciembre.

Desde el 6 de diciembre, para ser exactos. Por la mañana. Cuando el barco *Mont Blanc* había llegado al puerto de Halifax envuelto en una nube de vapor, con carburante estibado en cubierta y explosivos de largo alcance en la bodega. Había chocado con un carguero, según decían, y el carburante había prendido. El personal del puerto estaba intentando apagarlo cuando las llamas encontraron la nitroglicerina.

Al menos eso contaban los rumores. «No, no creo que sean habladurías», Laura les decía a sus pacientes cuando le preguntaban, como si ella supiera la verdad. Como si, después de tres años como enfermera de guerra, se hubiese instruido sobre los diferentes tipos de explosivos potentes por lo que escribían en la piel de la gente. «¿No viste la bola de fuego?».

Todos la habían visto. Su padre estaba en una de las barcas que intentaban sofocar las llamas. Después del incidente, Halifax tenía un aspecto que era como si Dios hubiese levantado una bota gigante ardiendo y hubiera pisado el lugar. Las tumbas recién cavadas en el cementerio de Fairview compartían espacio con las lápidas mortuorias del *Titanic* que llevaban solo cinco años allí, y el pueblo de los micmac había desaparecido.

Y el correo era un desastre. Por eso no había recibido noticias de Freddie. Era su hermano, era soldado; no era de extrañar que un buen fajo de sus cartas se perdiera en un saco extraviado a saber dónde. No tenía tiempo para pensar en ello. Había demasiadas cosas que hacer. El primer hospital temporal se había organizado en una sede de la Asociación Cristiana de Jóvenes el día después de la explosión. La nieve caía copiosa y Halifax seguía en llamas. Laura había pasado por el lado de los muertos todavía sin sepultar. Había cerrado los ojos cuando había podido llegar hasta ellos y puesto una mano sobre un piececito descalzo. Había servido en el ejército durante tres años y la muerte le era familiar.

También le era familiar la visión de un puesto de triaje saturado, aunque era la primera vez que iba a atender a padres que se aferraban a sus hijos quemados en vez de a soldados. Laura se había quitado el abrigo, lavado las manos y había calmado a la madre con ojos desorbitados que tenía más cerca. Intercambió algunas palabras con el doctor civil que estaba sobrepasado y se dispuso a organizar aquel caos.

De eso hacía un mes, ¿o seis semanas? El tiempo se había alargado, igual que ocurría cuando los heridos no dejaban de llegar durante un combate, reducido no a minutos ni a horas, sino al pulso y el aliento de quien fuera que tuviera bajo su cuidado. Durmió de pie, y se dijo que estaba demasiado ocupada como para preguntarse por qué no le escribía Freddie.

—Esa maldita marimacho —masculló un doctor, entre enfadado y lleno de admiración.

El hospital de Barrington estaba lleno de manos dispuestas a ayudar. Los americanos, afortunadamente, habían llenado un tren con todas las gasas, desinfectantes y cirujanos de Boston y lo habían enviado al norte. Ya estábamos en enero y las ventiscas se alzaban imponentes en el exterior. Habían transformado el instituto en una sala de hospital, dispuesto con sensatez, organizado sin remilgos y dotado de personal competente. Laura estaba haciendo la ronda, inclinada sobre una cama.

—Esa arpía —convino su compañero—. Pero se ha olvidado de cómo hacer un vendaje. Estaba en el servicio de enfermería de guerra, sabes. La alcanzó un proyectil en algún lugar de Francia.

De hecho había sido en Bélgica.

—¿La alcanzó un proyectil? ¿A una enfermera, en serio? ¿Qué hizo? ¿Vestirse como un hombre y escabullirse hasta el frente?

El primer doctor no cayó en la tentación.

—No... Oí que dispararon a los hospitales de campaña.

Hubo una pausa de sorpresa.

—Qué barbarie —dijo entonces el segundo doctor con voz débil. Laura siguió tomando las temperaturas. Los dos doctores dejaron de hablar, tal vez sopesando si ejercerían la medicina bajo las balas.

—Dios mío —exclamó el segundo doctor al final—, ¿crees que todas las chicas que se fueron a la guerra volverán así? ¿Hechas polvo e incorregibles?

Se oyó una risa y se estremecieron.

—Jesús, espero que no.

Laura se irguió, sonriendo, y ambos palidecieron.

—Doctores —les llamó la atención, y notó el divertimiento subyacente en los pacientes a su cargo. Ella era una de los suyos al fin y al cabo, nacida cerca del puerto, antes de que el mundo estallara en llamas.

Los doctores tartamudearon algo; ella devolvió la atención hacia su paciente. «Toda una marimacho». Un viento afilado arrastraba espuma blanca de la bahía y su siguiente paciente era un niño pequeño lleno de ampollas. El chico sollozó mientras le quitaba las vendas.

—Ya está —le dijo Laura—. Solo te dolerá un momento, y, si lloras, ¿cómo te voy a contar lo del caballo morado?

El chiquillo la miró con el ceño fruncido a través de las lágrimas.

—Los caballos no son morados.

—Había uno. —Laura cortó y retiró las gasas manchadas—. Lo vi con mis propios ojos. En Francia. Por supuesto el caballo no siempre fue morado. Al principio era blanco. Un precioso caballo blanco que pertenecía a un doctor. Pero el doctor temía que alguien pudiera verlo una noche oscura y dispararle. Gírate hacia aquí. Quería un caballo que fuera difícil distinguirlo de noche. Así que acudió a una bruja…

El niño se meneó.

—¡No hay brujas en Francia!

—Claro que las hay. Estate quieto. ¿Te has olvidado de los cuentos? —A Freddie le encantaban.

—Bueno, las brujas no se han quedado en Francia —le informó el niño, con una voz temblorosa—. Por culpa de la guerra.

—Tal vez a las brujas les gusta la guerra. Pueden hacer lo que quieran si todo el mundo está ocupado peleando. Bueno, ¿quieres oír la historia del caballo morado o no? Gírate.

—Sí —dijo el niño. Levantaba la mirada hacia ella, con los ojos como platos.

—Muy bien. Pues, la bruja le dio al doctor un hechizo mágico para oscurecer al caballo, pero cuando el doctor lo intentó… ¡Puf! Morado como un jacinto.

Por fin el niño estaba distraído.

—¿Era un caballo mágico? —le preguntó—. ¿Después de hacerse morado?

Laura estaba ajustando los vendajes. Las lágrimas del niño se habían secado.

—Claro, por supuesto. Podía galopar de París a Pekín en una hora. El doctor se fue directo a Berlín y le quitó la nariz al káiser.

El niño sonrió.

—Me gustaría tener un caballo mágico. Me iría galopando y encontraría a Elsie.

Elsie era su hermana. Iban caminando juntos a la escuela cuando el barco explotó. Laura no respondió, pero le acarició el cabello rubio apelmazado y se levantó.

El nombre real de su hermano era Wilfred, pero de eso apenas se acordaba nadie. Lo habían llamado Freddie desde pequeño. Estaba en el ejército al otro lado del océano.

Todavía no le había respondido a las cartas.

—¿Un caballo morado? —preguntó el doctor a cargo mientras pasaba por su lado. A diferencia de sus colegas civiles, él había estado detrás de las líneas de la batalla del Somme en 1916. Él y Laura se entendían mutuamente. Caminaron juntos por el pasillo que separaba las camas.

—Sí —respondió Laura, sonriendo—. Pasó durante los primeros días. Algún iluso del cuerpo médico del ejército, llegado directamente de Inglaterra. Le asignaron el caballo más blanco disponible y le tomaron el pelo por ser un blanco fácil para los francotiradores. Intentó usar anilina y la pobre bestia acabó morada.

El doctor se rio. Laura meneó la cabeza y consultó su interminable lista mental de tareas pendientes. Pero antes de que pudiera ir a completarlas, el corte que se había hecho tres meses atrás en la pierna la traicionó. Una rampa hizo que la rodilla le cediera y el doctor la agarró por el codo. La pierna era la razón por la cual estaba en Halifax, dada de baja del cuerpo médico. Parte de la metralla de un proyectil que se le había incrustado hasta lo profundo del músculo. Pudieron sacársela, pero casi se habían llevado la pierna en el proceso. La evacuaron en un tren sanitario.

—Maldita sea —masculló.

—¿Estás bien, Iven? —preguntó el doctor.

—Es solo una rampa —respondió Laura, intentando liberarse de ella sacudiendo la pierna.

El doctor la miró.

—Iven, tienes un aspecto miserable. ¿Cuándo has empezado el turno?

—¿Halagos, doctor? —Fue su respuesta—. Estoy desarrollando una palidez a la moda.

Ni siquiera se acordaba de la hora.

Él la miró de arriba abajo y negó con la cabeza.

—Vete a casa, o acabarás en cama con una neumonía. Nos podemos apañar durante doce horas, ¿a no ser que desees tropezarte mientras sostienes las jeringuillas?

—No me he tropezado con nada todavía —repuso ella—, y todavía tengo vendajes que…

Laura era capaz de intimidar a la mayoría del personal, pero no a él.

—Yo lo haré. No eres la única persona en Halifax que puede atender una quemadura, enfermera.

Vio su mirada firme y se rindió. Le hizo un saludo militar burlón y se fue a quitar el delantal.

—¡Y come algo! —le gritó el doctor a la espalda mientras se marchaba.

El viento le golpeó la cara cuando salió y le cortó los labios agrietados. Se arrebujó el gorro en las orejas. Las nubes se congregaban con tonos violetas sobre el agua. Ansiaba ir directamente a casa y tomarse algo caliente, pero había acabado pronto, así que tenía tiempo para pasar por Veith Street. No había estado allí desde la explosión.

El viento le removía la falda y hacía que le doliera la nariz, pero quedarse quieta no le iba a solucionar nada, así que echó a andar cojeando. A su derecha, el Atlántico ondeaba bajo un ancho cielo gris. A su izquierda, la ciudad se elevaba ligeramente, ennegrecida y desgarrada por el fuego.

Laura Iven tenía unos rasgos afilados y los ojos ambarinos, la mandíbula prominente, la boca delicada y su mirada era satírica y un poco triste. Llevaba puesto un uniforme azul claro de la Cruz Roja debajo de un abrigo desgastado de lana. En la cabeza lucía un gorro de punto, de un escarlata chillón, que escondía un cabello rubio oscuro corto. Caminaba con el amago de un paso ligero, con zancadas ágiles arruinadas por la cojera.

El viento aullaba a través de campanarios rotos y levantaba remolinos de nieve oscura alrededor de sus botas. Los barcos del puerto helado debían evitar sus lugares de anclaje; ninguna embarcación podía atracar en los muelles chamuscados. El frío se deslizaba desde el agua y le metía sus dedos húmedos por debajo del gorro y del cuello del abrigo. Un camión petardeó desde la curva opuesta.

Durante un instante estaba de vuelta en Flandes. Dio un salto instintivamente y se resguardó contra una pared carbonizada. Uno de sus pies patinó sobre la nieve; su pierna mala no permitía que mantuviera el equilibrio. Solo la pared evitó que cayera de bruces. Se incorporó, mascullando maldiciones en silencio, con las palabrotas que había aprendido de los soldados de cinco naciones distintas.

El camión se alejó con un gruñido, soltando nubes de petróleo. Ninguna explosión podía mantener a Halifax fuera de combate durante mucho tiempo. La ciudad estaba anclada en la encrucijada del mundo. Nunca la había visto tan silenciosa, excepto ese día. Tal vez su madre, que creía en las profecías, habría encontrado una cita para el silencio absoluto que vino después del centelleo, la nube que se elevó al cielo y la onda expansiva que surgió detrás. Tal vez habría susurrado el Dies Irae —Día de la Ira—, aunque los padres de Laura no es que fueran muy católicos, aunque sí extraños.

Pero no se lo podía preguntar a sus padres. Su padre estaba en el agua cuando el *Mont Blanc* explotó. Su madre en casa, observando cómo el barco ardía desde la ventana. Cuando detonó, todas las esquirlas de cristal volaron hacia dentro.

Laura siguió caminando. Un parón del viento le permitió oír una voz que provenía de la bahía como si le estuviera hablando a la oreja: «Venga, maldito cabrón». Dirigió la mirada hacia el canal y vio un remolcador esquivando un carguero y todo el mundo gritaba. Siguió su camino. Se imaginó sentándose para tomar la cena. Pollo, tal vez, o patatas a la mantequilla. Intentó visualizarlo con claridad, pero la imagen se desvaneció. La guerra le había causado estragos en la concentración.

Su anciano vecino se llamaba Richmond y rebosaba diligencia, amabilidad y benevolencia. Toda la región había acudido a la llamada de socorro de Halifax, habían enviado carpinteros y madera seca, muebles nuevos y comida enlatada. También encargados de funeraria.

Laura pasó al lado de unos residentes que estaban reconstruyendo su hogar. La llamaron: le hacían preguntas sobre sus familiares heridos y si tenía alguna noticia. Ella respondía a la llamada, contestando y compadeciéndose. Se detuvo una vez para echar un ojo a un furúnculo en la coronilla de una cabeza calva. Prometió sajarlo cuando tuviera un momento. Sorprendentemente contaba con mucha experiencia en atender a civiles. Muchos belgas que no tenían familiares cerca de los combates acudían a las enfermeras del ejército en busca de atención médica. Laura creía que no había tenido lugar ninguna otra guerra en la que el ejército se hubiese encargado del parto de tantos bebés.

Siguió andando, esquivando montones de nieve y cristales rotos. Pensaba en los bebés belgas. Una o dos niñas a las que llamaron Laure estaban entre los niños que había ayudado a traer al mundo. Esos eran recuerdos placenteros. Iba tan concentrada en ellos que se pasó la casa antes de poder reconocer el lugar. Pero sus pies se detuvieron antes que su mente.

La memoria le dibujó una casa pequeña, un poco destartalada. Tablillas blancas, ásperas por la sal, y un tejado a dos aguas. La ventana de su habitación, desde la que se podía ver el astillero y el estrecho del puerto más allá. El camino que llevaba a la puerta principal estaba decorado con caracolas y el huerto de su madre se extendía cubierto de tréboles, abriéndose camino por el terreno arenoso.

Pero entonces pestañeó y la visión se esfumó.

La hornilla todavía estaba allí, medio derretida, donde había estado la cocina. También los restos del salón, con un atizador que sobresalía de entre las cenizas. Lo sacó y lo usó para pinchar con él en varios lugares. No sabía qué se suponía que debía buscar.

¿El broche de su madre? ¿Las cucharas de plata? La ceniza se intercalaba con la nieve tanto reciente como de días atrás. Los recuerdos, que había intentado esquivar durante las últimas seis semanas, la acechaban; durante un momento, se le llenó la cabeza de un humo acre y chispas que caían, ella trastabillando mientras avanzaba con la camisa manchada de sangre, las manos juntas sobre el suelo de la habitación de sus padres, su voz controlada firmemente que les decía: «No os separéis, vamos». Cristales clavados en los dedos, en las rodillas, en los ojos de su madre...

Laura se deshizo de la imagen meneando la cabeza.

—¿Señorita Iven? —La llamó una voz desde la calle de atrás.

Casi pierde el punto de apoyo en la nieve cenicienta. El primer pensamiento alocado que le vino a la mente fue que su padre por fin había vuelto renqueando tras salir del puerto azul. Pero, se recordó a sí misma, no creía en los fantasmas.

—Señorita Iven —insistió la voz—. ¿Laura? ¿Estás ahí? —añadió con indecisión.

Ella se giró. Un hombre al que conocía estaba de pie en la calle abrasada por el fuego.

—Me dijeron que habías venido —dijo.

—Aquí estoy, Wendell —respondió ella escuchando su propia voz fina pero completamente estable—. ¿Cómo está, señor? ¿Vuelve a repartir por Veith Street?

Wendell parecía aliviado de verla.

—Poca cosa, pero te he estado buscando especialmente a ti. Llegó una caja para tus padr... —titubeó—, para ti.

—Muy amable. ¿Cómo está Billy? —Cruzó el terreno nevado y se sacudió la nieve y la ceniza congelada de la falda. Billy era su hijo. Laura lo había ayudado a recuperarse después de tres noches de fiebre. También estaba yendo a la escuela a pie.

—Está bien. Redondo como una pelota, ahora. Los niños de una escuela en Kansas recolectaron monedas y enviaron cajas de caramelos.

La ceniza que tenía en los dedos le había dejado manchas en el vestido azul. Pensó, con una leve irritación, que tendría que lavarlo.

—¿Qué es lo que hay para mí, Wendell?

Un camión estaba estacionado en la calle con un contenedor de madera en la parte trasera. Le señaló la caja.

—Esto. Te lo guardé. Quería devolverte el favor. —Vaciló—. Viene de Flandes.

Un escalofrío recorrió el cuerpo de Laura. Se dijo que era a causa del viento penetrante que venía del mar.

—Se lo agradezco muchísimo. Un poco voluminoso, ¿no? ¿Cree que me lo podría subir? Estoy alojada en casa de las Parkey, ya sabe. En Fairview.

Las Parkey habían contratado a Laura como enfermera privada solo unos días antes de la explosión. Estaba en su casa, segura y alejada del puerto, cuando el barco explotó. La habían estado esperando despiertas, cuando volvió tarde por la noche con esquirlas de cristal incrustadas en las manos, sangre seca en la ropa y ningún otro lugar al que ir. Se habían preocupado y la vendaron y le lavaron la ropa. También le ofrecieron una habitación en la que quedarse.

—Por supuesto que la llevo, señorita Iven —se ofreció Wendell—. Tiene aspecto de necesitar comer algo y dormir, si me permite el apunte. ¿Las señoras la tratan bien?

—Estupendamente. Me preparan tartas y yo las entretengo con cantinelas y palabrotas que aprendí en Europa.

Wendell sonrió.

—Esos franceses no paran de maldecir, por lo que me han dicho.

—Todo el mundo lo hace mientras los curas. Escuece, como ya sabe.

Wendell le ofreció la mano para que subiera al camión. Laura se asió. No volvió la vista al montón de cenizas. Tal vez los ladrones se acercarían por la noche y cribarían las ruinas. *Que lo hagan.* Pero aunque mantuvo la vista al frente mientras se alejaban, se le puso la piel de gallina, como si su madre la estuviera mirando, acusándola a ciegas, desde la desaparecida ventana del piso superior.

2

EL HERMOSO FALLO DEL SER

La casa Blackthorn se mantenía recia sobre sus cimientos, con la pintura desconchada y un tejado hundido. En verano, la brisa removía su aspecto andrajoso y romántico, pero en ese momento los macizos de flores se mostraban vacíos y el abedul cerca de la puerta se estremecía desnudo con el viento procedente del puerto.

—Por la entrada del servicio, por favor —dijo Laura. Sostenía una llave. Abrió la puerta que daba a la cocina y Wendell la siguió. Dejó la caja al lado de la chimenea y titubeó. No era mucho mayor que ella. Habían ido a la misma escuela, hacía años. Tenía una hija además del niño.

—Iven… —empezó a decir—. Laura.

—Madre mía —repuso ella—. Vaya mala cara. Me pasaré dentro de uno o dos días para ver a Billy. No le deje comer demasiados caramelos. Piense en sus dientes. Y gracias. Por llevarme y por la caja.

—Yo… —La miró a los ojos, tragó saliva y se marchó. La puerta se cerró tras él y en el silencio, Laura, completamente quieta, fue consciente de cada sonido: la manera como la casa gruñía y se asentaba en la tranquilidad y el susurro del fuego que crepitaba suavemente. Era cierto que la caja provenía de Flandes. Dirigida al señor y la señora Charles Iven.

Freddie tenía veintiún años. Escribía poemas penosos y esbozaba unos dibujos bastante buenos. Jugaba al fútbol. Gastaba todas sus monedas sueltas en helado. Laura no había tenido noticias suyas desde que se había ido de Flandes en el tren sanitario. Ninguna carta la siguió hasta Étaples, o al barco, o a través del océano, pero al principio había estado demasiado enferma como para pensar mucho en ello. Y luego había salido a rastras de su lecho de enferma en Halifax y el barco estalló.

Enviaban los efectos personales de los soldados si morían en el hospital, pero Laura no había recibido una carta de defunción. Aquella caja podía ser cualquier cosa. Freddie estaba de permiso en algún lado, bebiendo, jugando a cartas o persiguiendo las ladillas por las costuras de la camisa.

Laura se quedó mirando la caja, inmóvil.

Entonces una mujer gritó en algún lugar de la casa. Laura, medio aliviada por la interrupción, despegó la vista y se afanó por el pasillo. Se encontró en las penumbras, con una luz ambarina y un balbuceo que se escurría por debajo de la puerta del salón. Una pesada alfombra de Abusson se alargaba a sus pies. Una voz estentórea se elevó por encima del clamor.

—¡Señor Shaw! —gritó—. James Shaw, si está en el otro lado, si está ahí, ¡háblenos!

Laura se detuvo. Otra sesión espiritista. Las Parkey se entretenían haciendo sesiones de ese tipo. El espiritismo estaba en auge en 1918. La guerra iba por su cuarto año. A la gente le gustaba señalar que si la humanidad había aprendido a volar, hallar balas dentro de carne viva y a navegar por debajo del agua, entonces era razonable que pudiera ser capaz de hablar con los muertos. El sueldo de Laura se pagaba con el dinero conseguido durante esas sesiones. Las Parkey habían seguido pagándole el jornal aunque se había pasado la mayor parte del tiempo después de la explosión en el hospital de la Asociación Cristiana de Jóvenes. Laura les estaba muy agradecida.

Los gritos se apagaron. El pasillo quedó en silencio. El señor Shaw, pensó Laura, no parecía estar presente. La voz imponente volvió a elevarse. Parecía que era la de Agatha, la mayor de las hijas Parkey.

—¡Espíritus! Si alguno de vosotros conoce al señor Shaw, conoce el destino del señor Shaw, el señor James Shaw, que hable ahora.

Silencio.

Laura dio un paso atrás. Las Parkey podían gestionar sus sesiones espirituales sin ella.

—Espera —dijo una nueva voz, estridente y jadeante—. Lo oigo, oigo pasos. ¡Jimmy! —Un crujido, algo se rompió y una persona delgada y pequeña salió disparada hacia el pasillo y topó directamente con ella. Con dos piernas buenas, Laura tal vez la podría haber esquivado. Tal y como estaban las cosas, no podía evitarlo. Se desplomó y oyó un suave «oh» de consternación. Entonces descendieron un par de manos inefectivas que intentaron ponerla de pie.

—Lo siento mucho, lo…

—No pasa nada, señora —dijo Laura, intentando escapar de las manos serviciales. Estallidos de dolor le subían por la pantorrilla.

La desconocida, sorprendentemente, dio un paso atrás.

—Lo estoy empeorando, ¿verdad? Me suele pasar.

El tono irónico de arrepentimiento era encantador.

—Un poco, sí —afirmó Laura. Flexionó el tobillo, se puso de rodillas y extendió una mano—. Está bien. ¿Tiramos en una sola dirección? —Tiró de ella y logró ponerse en pie. Se encontró delante de una persona vestida con una elegancia anticuada, media cabeza más baja que ella, tal vez diez años mayor y cautivadoramente bella. El peinado era extravagante y el cabello, del color de la pirita, rodeaba los marcados pómulos y una boca de labios rosados. Iba vestida de negro.

Laura recobró el equilibrio y recuperó la cordura.

—Gracias, señora. Es una alfombra muy suave. Me alegra haber tenido la ocasión de saberlo de primera mano.

—Ay, no me lo agradezcas —dijo la mujer—. ¿Estás segura de que estás bien? Quiero decir, cuando oí unos pasos, solo… Yo estaba ahí dentro, y la señorita Parkey… Oh, sentí tal entusiasmo, como si de verdad pudiera comunicarse con los del más allá, y entonces oí a alguien fuera, así que tuve que correr para comprobarlo. Soy muy patosa. Lo siento. Es solo… que pensaba que podía ser Jimmy.

—¿Jimmy?

—Mi hijo. James. Está desaparecido… Quiero decir que no he recibido noticias suyas. O… Bueno, estuvo en un combate. Cerca de un lugar llamado… Ay, no puedo pronunciarlo. Algo con P. Pass…

—Passendale —acabó la palabra Laura con voz llana. Había vuelto a casa herida a causa del trabajo llevado a cabo en ese lugar de mala muerte. Se negaba a pensar en Freddie.

La desconocida seguía hablando.

—Ay, sí, claro… Nunca… Ay, esas palabras extranjeras, ya sabes… Tenía la esperanza… Quiero decir… Que las Parkey pudieran decirme dónde se encuentra ahora. Porque está desaparecido. Me llamo Penelope Shaw.

—Laura Iven.

La señora Shaw sonrió; una expresión traviesa que le arrugó la nariz pero no le alcanzó sus ojos preocupados.

—Mi tía siempre me decía que era como un elefante en una cacharrería. Soy muy… Bueno, normalmente miro por donde voy, pero yo… Ay, ¿estoy hablando demasiado? Me ocurre cuando estoy nerviosa, y…

Tres cabezas se asomaban por la puerta del salón: las Parkey, como tres pollitos. La rechoncha Lucretia, la maternal Clotilde y la vengativa Agatha. Agatha estaba ciega. Sus ojos, lechosos con cataratas, escudriñaban el pasillo en una parodia de evaluar lo que estaba ocurriendo.

—No soy un fantasma, señorita Parkey —le dijo Laura a Agatha—. Solo su elusiva huésped. Buenas tardes a todas.

—Esa es Laura —anunció Agatha—. Jamás podría confundirme con Laura.

Clotilde tenía un aspecto solemne.

—Los espíritus te han enviado, querida.

—¿De verdad, señorita Parkey?

—Eres el enlace —entonó Lucretia—. Entra, querida, entra. Nos sujetaremos las manos y conversaremos con los espíritus otra vez.

Eso era lo que obtenía por haber huido de la cocina. La habían tumbado de un placaje y luego arrastrado a una sesión de espiritismo. Y aun así… La señora Shaw se había iluminado con una esperanza renovada, y lo único que le esperaba a Laura era esa caja amenazante.

Siguió a la señora Shaw y a las Parkey hacia la sala. Habían atenuado la luz de las lámparas de aceite —las Parkey aborrecían la luz eléctrica— pero los últimos rayos de sol del día se filtraban. Un exiguo fuego de carbón emitía un brillo rojizo en la chimenea. La tabla de ouija de madera de las Parkey estaba dispuesta sobre el mantel verde de la mesa. El cabello dorado de la señora Shaw brilló a la luz de la lámpara.

—Ven —dijo Agatha—. Rápido, rápido, mientras los espíritus siguen entre nosotras. La hora es fortuita, la hora es propicia.

Siseó las sibilantes. La señora Shaw se estremeció. Laura, acostumbrada a consolar a la gente, le dedicó una mirada reconfortante. Agatha colocó la tabla espiritista en la H. Laura puso los dedos encima. Deseaba estar sentada para cenar.

—Ven, querida —dijo Agatha Parkey—. Empecemos.

La señora Shaw se quedó sin aliento cuando vio las manos de Laura. Sus nudillos estaban hinchados, agarrotados por las cicatrices, y las palmas entramadas de blanco y rojo.

—Ay, querida. ¿Qué te ocurrió?

Flandes es lo que ocurrió.

—Le encajé la mano a un elegante caballero con sombrero de copa —explicó Laura—. Un error. Me dijeron más tarde que era Belcebú. Le sorprendería la de tipos distintos de personas que se pueden conocer en una fiesta en el extranjero.

Pero no parecía que la señora Shaw estuviera procesando la respuesta de Laura; era obvio que estaba uniendo las piezas de la cojera y sus manos, el uniforme y las arrugas que el estrés le había dejado alrededor de la boca. En un instante iba a empezar a hacer preguntas. Como si Laura, que había sido enfermera en una zona en guerra, fuera la cosa más cercana de esa habitación al fantasma de Jimmy Shaw.

Lo que quedaba del día se acabó y las sombras se echaron sobre la estancia.

Laura, exasperada, hizo un gesto negativo con la cabeza en la otra punta de la mesa. Afortunadamente, la señora Shaw se mordió el labio rosado y se quedó callada.

—No temáis —dijo Agatha, a los presentes en general—. Los difuntos nos adoran. Quieren estar cerca de nosotras.

La señora Shaw bajó la vista a la tabla.

—Ahora —siguió Agatha—, concentramos nuestras mentes en el espíritu que deseamos invocar y cerramos los ojos. —La llamita de gas tembló y les bañó las manos con su resplandor. Los ojos ciegos de Agatha estaban fijos en el tablero—. Buscamos a uno que en vida portaba el nombre de James Shaw, hijo de Penelope Shaw.

Silencio y quietud como respuesta.

Agatha levantó la cabeza, con los ojos cerrados, y se dirigió a la oscuridad.

—¿James? —preguntó—. ¿James Shaw? ¿Hablarás con nosotras?

El suelo crujió. Una calma repentina envolvió como un manto la casa Blackthorn, y en el silencio, de manera casi imperceptible, la tablilla reptó hasta el «sí». Laura no había notado que la manipularan, pero era algo que no le sorprendía. Las Parkey eran unas profesionales. La señora Shaw empalideció.

—¿Quién está aquí? —Los ojos ciegos y nublosos de Agatha observaban la nada.

J-I-M.

—¡Jimmy! —gritó la señora Shaw—. ¡Jimmy! ¿Dónde estás? ¿Estás...? ¿Has pasado a mejor vida, cariño? —Había empezado a temblar. Laura lo notaba a través de la mesa.

La tablilla se deslizó hacia el «sí». Entonces siguió avanzando. E-S-C-U, dijo la tablilla. La señora Shaw tenía la mirada fija en la flecha que se movía.

—Escuchad —dedujo Lucretia sin aliento—. Pero ¿que escuchemos el qué? —El mundo fuera estaba completamente inmóvil.

C-U-D-A-O, siguió la tablilla.

—¿Cuidado? —dijo Agatha, cortante.

—No, pero... ¿Jimmy? ¿Cariño? ¿Estás bien? —preguntó la señora Shaw.

CUDAO EPJO, dijo la tabilla. ÉL.

Eso era extraño incluso para las Parkey. ¿EPJO? ¿Espejo? Los recuerdos más ocultos que tenía Laura en el cerebro le ofrecieron una vaga asociación con el poema «La dama de Shalott» y la imagen de Freddie recitando los versos de Tennyson mientras ella leía detenidamente un manual de anatomía: «Se quebró el espejo de lado a lado, "Es esta ya la maldición", gritó...».

—No, pero... —La señora Shaw había empezado a buscar en el aire vacío con ojos frenéticos—. ¿Jimmy? ¿De verdad eres tú?

M-R-T-O, dijo el tablero de la ouija. PRO ÉL VIV.

La señora Shaw se quedó muda.

—¿Quién está vivo? —exigió Clotilde Parkey.

FRED, dijo la tablilla. FREDI FRED FR EFR ENR ENC ENTRA ENCUENTRA.

Y si dijo algo más, Laura no lo vio porque arrastró hacia atrás la silla torpemente por encima de la alfombra, se dio la vuelta y salió de la habitación.

3
DÍA DE IRA

En otro momento, Laura lo habría soportado, en silencio, aunque de mal humor, por respeto a las personas que la habían contratado. Y una vez que hubiera acabado habría ido a consolar a la señora Shaw. Pero la presencia de la caja le había puesto los nervios de punta. No se había dado cuenta de lo alterada que estaba hasta que se dio cuenta de que estaba temblando en el pasillo.

Si alguien del salón la llamó, no lo oyó, y no creía que fuera una buena idea darse la vuelta. Ser enfermera militar la había dotado de una lengua tan afilada como la hoja de una bayoneta cuando las emociones tomaban el control, y no quería descargarlas sobre la amable y afligida señora Shaw, o en las taimadas y estúpidas ancianas que habían vaciado sus armarios de la ropa blanca para dejarle sitio a ella y le habían ofrecido un lugar donde vivir.

Pero Laura estaba tan perturbada, que al bajar a la cocina no se percató al instante del olor.

Era sutil. Un poco terroso, un poco sulfúreo y muy podrido. Era como el miasma que se aferraba a las ropas de los hombres que salían de las trincheras. Laura creía que no lo volvería a oler en su vida.

El olor era más fuerte en la cocina. La caja que esperaba al lado de la chimenea atrajo la vista de Laura como un escorpión al acecho, con el olor adherido a ella. El calor del fuego debía... ¿Estaba respirando? Apenas parecía hacerlo mientras buscaba atoradamente una palanca con la que abrir la tapa.

Dentro había una chaqueta acartonada y manchada.

La última vez que había visto a Freddie... ¿Había sido en julio? No, agosto. Estaba de permiso y la había ido a ver. Se habían sentado en una cafetería en Poperinge. Se habían atiborrado de huevos y montones de patatas fritas grasientas. Habían bebido demasiado de aquel terrible vino blanco, de botellas que solo valían un franco. Estaba bien. Delgado, pero todos estaban delgados, y con la mirada perdida. También la tenían todos. Le había sonreído, con sus dientes ligeramente separados y el rostro salpicado de pecas. Su valiente hermano pequeño. Había sido un verano sangriento, pero exitoso. La Triple Entente había hecho retroceder a los alemanes en Messines. Pero la ofensiva se acabó estancando.

—Lo dejarán así durante el invierno —le había dicho Laura, cuando ya se había bebido más de la mitad de la segunda botella de vino—. El ataque. Esperarán hasta la primavera. ¿No puedes oler la lluvia? Que caiga ya. —Levantó el vaso al cielo—. Venga, hazlo ya, lluvia. —Se acabó el vaso de un trago, tras un ofrecimiento medio ebria. Freddie la miró con desaprobación.

—Anda, calla —le dijo, sonriendo—. Voy a por otra botella.

Los belgas decían que la lluvia llegaría pronto ese año. Y cuando lo hiciera, el terreno se convertiría en una sopa. Los ejércitos no atacaban en terrenos empantanados. Habían sobrevivido al verano, pensaba Laura, con la mente nublada por el vino. Sobrevivirían a la guerra. Lo lograrían.

Freddie no había respondido. Estaba dibujando. Un poco de aceite de la comida le brillaba en el mentón. Cuando le dio la vuelta al papel, Laura pudo ver su propio rostro, representado con decididas líneas negras: la inclinación de sus ojos y el ángulo de la mandíbula. Las marcas de cansancio, el rubor causado por el vino, la alegría vacía y su miedo oculto e implacable. Un maldito regalo de parte de Freddie, para capturar lo que veía. Era peor que un espejo. Laura no dijo nada.

Tenía una noticia que darle en la punta de la lengua: que la habían destinado a Brandhoek, al oeste de Ypres, a uno de los hospitales de campaña al alcance de los bombardeos. Pero se la mordió. El sol la calentaba, tenía el estómago lleno y alguien a quien no podía ver estaba tocando con talento el acordeón. Disponían de toda la tarde por delante. Nadie que hubiese estado mucho tiempo en la guerra pensaba demasiado en el mañana. Laura quería disfrutar del presente. Se lo podía comunicar por carta.

—A lo mejor se detienen —acabó por decir, y sirvió más vino para los dos—. Cuando llueva.

—Se detendrán —afirmó él y cerró su libreta, para alivio de Laura. Ella le sonrió—. Bueno, ¿qué te parece si nos hacemos un cigarrillo y luego nos volvemos a comer el mismo almuerzo?

Pero no había telegrama, pensó Laura. Enviaban un telegrama. Cuando un soldado moría.

¿Cómo le habría llegado un telegrama? La dirección que conocían era un montón de cenizas. Además, el ejército había desviado a todo el personal que había podido para que desenterraran los cuerpos de las casas derrumbadas, no para dar vueltas con telegramas. ¿Y quién podía culparlos? Halifax no era más que una ciudad. Solo eran personas. No se esperaban que la guerra les llegara, sigilosa a través del océano, preparada para contagiarlas en un barco lleno de explosivos de gran alcance.

Laura se armó de valor, estiró una mano y sacó la chaqueta. El barro se desconchó. La tela estaba oscura por la mugre. El ejército podía enviar los efectos personales de los soldados, pero no había tiempo para lavar la ropa. No desprendía ningún olor de una herida en el abdomen, ni lo bastante manchada de sangre como para poder haberlo matado rápidamente. Intentó no permitirle a su mente que catalogara todas las maneras en las que un hombre podía morir lentamente. Tenía las puntas de los dedos sucias de un tono oscuro cuando dejó el uniforme a un lado.

Dirigió la atención mecánicamente a todo lo demás que había dentro. No era mucho. Algunos botones sueltos. Una latita de pastillas. Un silbato. Una Biblia de bolsillo. Un mazo de cartas casero en una caja hecha con el revestimiento de un proyectil.

Y sus placas de identificación.

SOLDADO WILFRED CHARLES IVEN
PELOTÓN DE INFANTERÍA 23 DE HALIFAX

El mundo se le vino encima y la visión le dio vueltas mientras apretaba la mano alrededor de la placa... ¿O placas? Abrió el puño. Notó vagamente que se había mordido el labio y le salía sangre. Ambas placas estaban allí, la roja y la verde. Ambas. Pero solo enviaban la roja a los hogares. La otra se quedaba con el cuerpo. ¿Por qué? Bueno, eso nadie lo sabía. Brumas de la guerra. Se metió las placas en uno de los bolsillos del vestido.

Apenas consciente de lo que estaba haciendo, lo siguiente fue recoger la Biblia. Se abrió. Como una revelación. Sus ojos se posaron sobre una cita: «Porque el diablo ha descendido a vosotros con gran furor, sabiendo que tiene poco tiempo...». El olor a barro parecía acumularse en su boca y recubrirle la lengua.

Se quedó allí arrodillada durante un momento, controlando unas náuseas apabullantes. Puso una mano sobre la rígida chaqueta de lana de nuevo y notó algo cosido en el forro, donde los hombres guardaban las vendas durante la batalla. Cuando pudo estabilizar las manos lo suficiente, sacó las tijeras del bolsillo de la falda y abrió la costura de un tijeretazo.

Para su sorpresa, encontró una postal, con la imagen de un castillo en las montañas, desgastada y muy toqueteada. Manchada con borrones marrones y empapada como mínimo una vez. Le dio la vuelta. Tenía impresa la palabra «Bayern» en la parte trasera. ¿Una postal alemana? ¿Por qué iba a tenerla Freddie? ¿Un trofeo, tal vez, de un hombre muerto o capturado en la trinchera? Pero Freddie nunca había ido en busca de suvenires, a diferencia de otros hombres. Echó un vistazo más de cerca. Había algo escrito a lápiz suavemente en la parte trasera, en inglés, con una letra que no conocía. «Lo traeré de vuelta si puedo. Si no lo consigo, y la guerra acaba, debes preguntarle…».

El resto era ilegible a causa de una mancha, y por más que Laura intentó mirar detenidamente, no pudo descifrarlo. Al final metió la postal junto a las placas en el bolsillo. ¿Qué más? Su libreta de bocetos… ¿Dónde estaba? Hurgó otra vez en el contenido de la caja. No estaba allí. Todos aquellos dibujos, la muestra más real de su alma, el espejo que sostenía al mundo. Desaparecidos.

Él había desaparecido.

Todos han desaparecido…

Y entonces se percató de que tenía las manos desocupadas y no sabía qué hacer. No lloró. No sentía nada más que un vacío y una leve confusión.

Así la encontró Penelope Shaw, un rato después. Arrodillada y rígida con una chaqueta ensangrentada y una Biblia; además de un pequeño montón de sucios artículos sueltos. La señora Shaw se detuvo en el umbral de la puerta de la cocina.

—Oh —exclamó—. Oh, lo siento mucho. No me había dado cuenta. ¿Estás… estás bien? Claro que no, pero quiero decir… ¿Señorita Iven?

—Estoy bien —respondió Laura.

Hubo un silencio. Entonces la señora Shaw posó una mano, liviana como un pajarillo, sobre el hombro de Laura.

—Lo siento mucho —volvió a susurrar.

Laura colocó brevemente sus dedos llenos de cicatrices sobre los de la señora Shaw. Ninguna de las dos dijo nada más.

Fuera, había empezado a nevar.

4
EL ABISMO

RISCO DE PASSENDALE, FLANDES, BÉLGICA
NOVIEMBRE DE 1917

No podía ver nada.

Tampoco podía oír nada, desde que había caído el proyectil. Los oídos todavía le pitaban. Pensó: *Me ha llegado la hora*, e intentó relajarse.

Así lo hizo, durante un rato. Su mente divagó. Su cuerpo parecía estar muy lejos. Había estado cerca del fortín, arrojando una... No. No estaba seguro de lo que había ocurrido. Recordaba el traqueteo de una ametralladora y cómo la lluvia de casquetes de las balas golpeaba el barro.

Recordaba haber corrido como un animal, cuerpos muertos, uniformes grises, el rugido de una explosión. A Dickinson escupiendo sangre por la boca. O no... ¿Eso no había sido antes? Y ahora: él se encontraba en la oscuridad. Enterrado. Muerto y enterrado, ¿no era así como se decía? El proyectil debía haber hecho que el fortín colapsara de algún modo. O lo había lanzado por los aires. O lo había matado al instante.

Estaba atrapado.

Se recompuso. No le importaba estar muriendo. O ya muerto.

¿Estaría muerto? Le dolían las costillas. Y la cabeza. Sentía cómo cada parte de su cuerpo le dolía irremediablemente. Y entonces sus demás sentidos volvieron. Olió el agua estancada, la sangre y la cordita. El tufo de su propio sudor. Oyó su respiración. Sufría a cada inhalación. Intentó respirar menos, pero el sonido seguía llegándole a los oídos.

No, no era él. Era otra persona. Se puso de pie tambaleándose. El movimiento le produjo una oleada de dolor de la cabeza a los pies. Intentó ver, pero fracasó. Estaba completamente oscuro.

—¿Quién anda ahí? —preguntó, con la voz temblorosa—. ¿Quién hay?

Sin respuesta. Solo la respiración, fuerte como la de una bestia, le indicaba que no estaba solo.

Tal vez, pensó, aquello era el infierno y ese «otro» sin nombre estaba esperando para devorarlo. Pero cuando la respiración titubeó, no supo qué sería peor, si ser devorado por una bestia o quedarse solo en la oscuridad.

—¿Hola? —dijo. Se le había despejado un poco la mente. Se preguntaba si sería uno de sus compañeros o un alemán. Quizá, si era un alemán, podían matarse mutuamente. Bajo tierra, como las ratas. Mejor eso que esperar a la muerte. O… ¿había tenido una granada pegada al cuerpo? ¿En algún lugar? Se palpó. Nada. Solo tenía la ropa empapada y lo que llevaba en sus bolsillos. Había extraviado la mochila cuando batallaba en las proximidades del fortín: su último recuerdo claro. Se suponía que debía llevar un rifle, pero había desaparecido. Perdido en el caos.

—¿Estás herido? —Pensó que un alemán no hablaría inglés, ¿pero qué más daba?

—No —respondió entonces en inglés una voz grave desconocida desde la oscuridad. Hubo una pausa—. Estoy muerto.

Tenía acento, pero muy suave. Solo las consonantes un poco más marcadas. Al final iba a ser un alemán.

¿Acaso era un chiste? Decidió que así era. Los soldados bromeaban con cosas peores que estar muerto.

—Joder, un poco incómodo para estar muerto.

Sin respuesta, solo una ligera alteración en la respiración, exhalando en vez de inhalando. ¿Una risa?

—El aire se acabará… pronto, creo. Y crees… —una pausa y un tosido en respuesta al hedor— que alguien… ¿nos sacará de aquí? —preguntó la voz.

—No —respondió Freddie. Fuera de su tumba, las fuerzas expedicionarias canadienses avanzaban por el risco de Passendale bajo un cielo que vertía agua y explosivos. Una búsqueda sería como un suicidio, y había maneras más fáciles de conseguir la muerte. No, él y su amigo alemán estaban muertos. No importaba que todavía pudieran respirar.

¿No debería estar Freddie más asustado? Pensó: *Laura, lo siento,* aunque fríamente.

—Tal vez esto sea el infierno —propuso, medio en broma. Supuso que en el infierno no importaba si eras canadiense o alemán. Eso ponía la guerra en perspectiva. El diablo obra de maneras misteriosas.

—¿Estás herido? —repitió.

Una pausa.

—¿Acaso importa?

—Supongo que no.

Silencio.

—Me llamo Wilfred Iven.

Más silencio. Pensaba que el alemán no respondería.

—Hans Winter —dijo entonces. Solo el nombre, sin el rango. Bueno, Freddie no le había dicho el suyo. Un alemán, después de todo. ¿Debería estar más aterrorizado? Pero claro, los muertos no tenían enemigos.

Freddie se tocó la cara y notó el pelo apelmazado por la tierra húmeda, su casco había desaparecido. Le dolían las uñas; probablemente se las había arrancado mientras escarbaba para hacerse sitio durante los primeros minutos estremecedores.

Con el temor ganando terreno, intentó volver a hablar.

—¿Estás…? —Pero no sabía qué decir. No podía proponerle algo como: «Te rebanaré el cuello si tú lo haces por mí». Pero tampoco se podía quedar de brazos cruzados, no con el miedo que lo atenazaba cada vez más. Que lo aguijoneaba. El alemán se quedó callado. ¿Dónde estaba?

—¿Winter?

Silencio. Lo único que podía hacer Freddie era seguir adelante, a tientas. El terreno le hacía daño en las palmas. Su mano encontró un hombro: una capa de barro que revestía la lana empapada de un abrigo.

—Wint… —intentó decir de nuevo, pero fría como una serpiente, la mano del otro hombre se cerró alrededor de su muñeca, le retorció el brazo y lo obligó a darse la vuelta e inclinar la cabeza de golpe, hasta que su cara se metió en la sopa y luchaba desesperadamente por tomar aire.

—¿Qué estás haciendo? —solicitó el alemán. Freddie intentó zafarse, pero el otro hombre era increíblemente fuerte—. Responde.

—No estaba… quería… —dijo Freddie mientras se asfixiaba.

De repente las manos y la presencia que tenía en la espalda desaparecieron. Oyó el crujido mientras el alemán se apartaba. Freddie se sentó y escupió agua lodosa. Si al final iban a pelear a muerte, no sería una batalla épica. Intentó medir las palabras.

—Es solo… que era raro, hablarle… a la nada. En la oscuridad.

—Sí —repuso el alemán. Se había dejado de mover.

Ambos se sumieron en el silencio.

Freddie se preguntaba qué aspecto tendría Winter. Le era extraño pensar que iba a morir al lado de alguien a quien no le había visto nunca el rostro.

Era mejor que morir solo. Se giró para apoyar la espalda contra lo que suponía que era un montón de escombros, igual que el alemán, lo suficientemente cerca como para oír su respiración. Tal vez el alemán le tenía el mismo miedo al silencio, porque no se intentó alejar de nuevo. Freddie cerró los ojos y dejó que su mente divagara.

Winter no volvió a hablar.

5
LA VOZ DEL SÉPTIMO ÁNGEL

HALIFAX, NUEVA ESCOCIA,
PROVINCIAS MARÍTIMAS CANADIENSES
ENERO-FEBRERO DE 1918

Cuando Laura era pequeña, su madre solía contarle historias sobre el Armagedón. «Está llegando», le decía. «Este año. O el que viene». Le describía la pompa que lo acompañaría: los cuatro jinetes, la bestia del mar, el diablo arrojado al abismo. Fuego del cielo, trompetas y tronos, el juicio infalible de Dios. Recompensas para los buenos, castigo para los malvados. Laura solía soñar con ello, de pequeña: ángeles terribles, un gran dragón, y siempre se acababa los guisantes y ayudaba con los platos sucios, para que Dios pudiera comprobar que era virtuosa.

Y tenías razón, mamá, pensó Laura. *Nos alcanzó después de todo. La guerra, las plagas, el hambre, la muerte, el cielo en llamas, el sol oscurecido. ¿No estás contenta de haber tenido razón? No podías cambiar nada, no podías detener nada. Pero al menos sabías que se acercaba. El fin del mundo. ¿Fue un alivio, al final?*

Otras veces Laura pensaba en su madre con furia. *¿Pompa? ¿Justicia? Menudo chiste.* El Armagedón era un incendio en el puerto y una caja entregada en un día frío. No era una gran tragedia, sino diez millones de pequeñitas desgracias, y todo el mundo las enfrentaba a solas.

El día después de que Laura hubiese abierto la caja, hizo un turno de catorce horas en el hospital, pero ni siquiera el trabajo era suficiente para evitar que su mente diera vueltas.

—¿Iven? —dijo el doctor al cargo una vez, pero ella negó con la cabeza, y siguió con sus tareas.

Esa noche, le escribió a la Cruz Roja y al comandante de su hermano para solicitar noticias, sentada a su pequeño escritorio, con el segundo vaso de ginebra a su lado. No tenía que pensar qué decir en la carta. Había leído cientos como esa: «¿Cómo murió? ¿Dónde murió?». Selló la solapa y se acabó la ginebra mientras miraba por la ventana.

La respuesta que obtuvo de la Cruz Roja fue extraña. «El soldado Wilfred Iven está desaparecido y se le presupone muerto en la captura de Passendale. Le será enviada más información».

Laura hizo una bola con la carta. Entonces la alisó, con el ceño fruncido. «Desaparecido» podía significar «hecho prisionero», pero normalmente significaba «ha salido volando hacia el Reino de los Cielos». Su padre, que había estado al lado del *Mont Blanc* cuando todo el explosivo prendió, estaba desaparecido. Jimmy Shaw, del que no se sabía nada desde Passendale, también estaba, técnicamente, desaparecido.

Pero si Freddie estaba desaparecido en el sentido del «Reino de los Cielos», ella no podría tener su ropa, ¿verdad? O sus placas. Su Biblia. A regañadientes, recordó el rito espiritual de las Parkey. PRO ÉL VIV…

Las Parkey eran un encantador trío de estafadoras.

Entonces llegó otra carta, en respuesta a una que había enviado Laura. De la enfermera jefe de la antigua ambulancia móvil donde había trabajado. Kate White había estado trabajando con Laura en Brandhoek, mientras la alarma de gas repicaba a todo volumen, con un oído atento por si caían proyectiles, intentando que a los chicos heridos no se les saltaran los puntos cuando gateaban para ponerse a cubierto debajo de los catres.

Laura tuvo que colocar la carta de Kate debajo de todas las luces que pudo reunir con el fin de distinguir las líneas apenas visibles escritas en lápiz, embadurnadas de barro y lluvia. El modo de expresarse era cuidadoso, y un poco extraño:

Estoy tan contenta de que estés viva, Laura. Nos temimos lo peor cuando nos llegaron las noticias de Halifax. Espero que no pierdas la esperanza.

Pues un paciente mío vio a su querido capitán, que había fallecido hacía tres años, observándolo a través de la ventana. Todo, al fin y al cabo, es posible. No pierdas la esperanza, querida.

Laura leyó la misiva dos veces y luego se reclinó en la silla. Las enfermeras les escribían fantasías amables a los familiares desconsolados todo el tiempo, pero Kate no haría eso con ella. Por supuesto, las cartas de Kate tenían que pasar el escrutinio de la censura militar, así que tal vez estaba intentando transmitirle algo indirectamente. Pero Laura no se podía imaginar algo así. Kate había ejercido en Sudáfrica años antes de que la guerra estallara en Europa; era la persona menos fantasiosa que Laura conocía. Se sorprendió pensando en la extraña postal, cosida con tanto cuidado en la chaqueta de Freddie. «Lo traeré de vuelta...».

En ese punto, Laura les escribió a todos los que conocía, a cualquiera que estuviera en el frente. «¿Estaba allí? ¿Murió en ese hospital? ¿O en ese otro? ¿Dónde? ¿Cómo? ¿Sabes dónde está enterrado?».

Recibió respuestas, por supuesto. Condolencias y evasivas. No podía obtener una respuesta que la satisficiera.

Pasó otra semana y llegó una nota de la elegante mujer del rito espiritual: la señora Penelope Shaw. Era mucho más concisa en papel que en persona y su caligrafía era perfecta:

Temo sonar insensible así como frívola, mientras estás de luto, y como me cuentan las Parkey, muy entregada en el hospital. Pero si tienes alguna predisposición, ¿te gustaría tomar el té conmigo? Puedo prometerte que habrá azúcar, creo, tortas de avena y sándwiches; en gran cantidad. Y tengo a una conocida que se hospeda conmigo a quien me gustaría que conocieras. Crecimos juntas, y ha estado al otro lado del océano como tú.

Laura titubeó. Pero cualquier cosa, pensó, era mejor que lo que estaba haciendo en ese momento. Sus días eran un borrón de trabajo, y sus noches un borrón de beber a escondidas. Y la señora Shaw había sido amable la noche que Laura había abierto la caja al lado del fuego de la cocina.

Se dirigió al escritorio y escribió una respuesta atropelladamente: «Gracias, estaré feliz de unirme a vosotras, etcétera».

6

MI REINO LLENO DE SOMBRAS

RISCO DE PASSENDALE, FLANDES, BÉLGICA
NOVIEMBRE DE 1917

Freddie no sabía cuánto tiempo había pasado.

A veces podía oír al alemán —Winter— respirando junto a él, apoyado sin verlo contra la misma pared lodosa. Ninguno de los dos hablaba. Freddie tampoco sabía qué podía decirle. Esperaba a que se acabara el aire, pero el momento no llegaba.

¿Cuánto se tardaba en morir? La conmoción y las magulladuras que le habían permitido mantener la cabeza ocupada durante los primeros minutos habían remitido, y en su lugar, unos pensamientos cuerdos, unos pensamientos llenos de pánico, daban vueltas por los recovecos de su mente. Estaba muerto de frío. Rebuscó en los bolsillos para darles a las manos algo que hacer. Encontró una lata. *Carne en conserva*, pensó. Y con ella un paquete de galletas. Era algo, aunque ni rastro de una botella de agua.

—¿Tienes hambre? —le preguntó a Winter. Freddie no. Tenía el estómago revuelto, pero tenía que ocuparse con algo. Lo que fuera menos quedarse allí esperando.

La respiración del alemán se detuvo un momento a causa de la sorpresa.

—No —respondió Winter—. No, gracias —añadió cuidadosamente, con educación.

—Yo… Yo tampoco —dijo Freddie, aunque cuando lo meditó, pensó que tal vez sí que podría comer un poco. No debía de estar muerto aún. Estaba húmedo el lugar donde estaban sentados. La lluvia se estaba filtrando por algún lado, borboteando por la tierra saturada. ¿Era potable? No. *Agua, agua por todos lados y ni una gota para…*

Tal vez se ahogaran. Ahogados y sepultados, en un fortín de Flandes.

—Soy de Halifax —dijo Freddie, esforzándose por ahuyentar el silencio. ¿Por qué no los podían haber matado a la primera? Creyó oír cómo Winter se giraba hacia él mientras seguía con su verborrea—. En Nueva Escocia. Puritano hasta la médula, ya sabes, aunque mi madre es de Montreal. Mi padre trabajaba como remolcador en el puerto. Allí. Mi hermana también está aquí, en Flandes, es enfermera. Una de las de verdad, no como esas que han aprendido aquí, practicando con los desgraciados como nosotros. Se llama Laura. Incluso es una oficial. —Un deje de orgullo—. El cuerpo de enfermeras del ejército canadiense desplegó a todas sus integrantes. Ahora es capitana, sabes. O el equivalente. Te canta las cuarenta nada más verte. La enfermera más lista y guapa que puedas pedir.

Winter guardó silencio.

Maldiciéndose por el pánico que crecía en su interior: *¿Por qué no te puedes limitar a morir en silencio como un hombre, Iven?*, le preguntó:

—¿De dónde es usted, señor? Señor Winter. Quiero decir, Herr Winter.

Ninguna respuesta. Había un olor intenso que se elevaba del agua embarrada que tenían a los pies. A Freddie se le cayó la lata de carne, maldijo, y empezó a tantear el terreno de alrededor en su busca. Su mano se topó con una tela empapada. Tardó unos segundos en darse cuenta de lo que estaba tocando. Se echó hacia atrás de golpe. Había rozado manos muertas con anterioridad, claro. Una día le habían dado un montón de sacos de arena y la tarea de despejar un puesto de artillería tras haber recibido un impacto directo. Incluso en una trinchera, cerca de Vimy, un pobre compañero había quedado sepultado bajo el parapeto y el brazo sobresalía de él. Los hombres le chocaban la mano cuando subían al frente; o lo hacían hasta que se le empezaron a mostrar los huesos.

Pero en esa ocasión era distinto. Al nivel del suelo, incluso en las trincheras, estabas seguro de que había una diferencia esencial entre tus propios dedos y los de color grisáceo que sobresalían de los muros de contención. Aquel hombre tal vez estuviera sepultado bajo el parapeto, en un saco de arena, hecho pedazos, pero él lo conseguiría, algún día, cuando la guerra acabara. Volvería a Canadá y cosecharía una fortuna pintando paisajes tormentosos, o al menos conseguiría suficiente dinero como para publicar sus poemas mediocres.

Pero allí...

El mundo de Freddie se estrechó de repente al darse cuenta de que al cabo de un día o quizás una hora, sería él el que se deslizaría por el fango, y estaría allí flotando junto a los demás. Desaparecido, supuestamente asesinado, hasta que pasados cinco o diez años Laura dejara de tener esperanza. Y todo ese tiempo él habría estado allí abajo en la oscuridad...

Algo empezó a desmoronarse, en lo profundo de su mente, y no sabía qué sonido de animal aterrorizado estaba profiriendo, hasta que el alemán, con una precisión sorprendente, alargó la mano, agarró a Freddie por el hombro y le propinó un bofetón en la cara.

La cabeza de Freddie se echó atrás del impulso y se le llenó la boca de sangre. El agarre del hombro era fuerte y férreo. Entonces Winter quitó la mano y Freddie oyó cómo caía a su lado con un golpe sordo.

—Eh... Gracias —dijo Freddie, tras una extraña pausa.

Winter seguía en silencio.

—¿Se te ha caído la lata? —preguntó el alemán.

—S-sí —titubeó Freddie—. No soy capaz de encontrarla. —No le parecía que fuera algo importante.

Notó cómo Winter se ponía rígido.

—Los niños de Múnich están comiendo pan hecho con nabos, ¿y tú malgastas la carne?

Freddie pasó unos segundos envuelto en una completa incomprensión.

—Que nos comamos eso o no, no va a ayudar a los niños de Múnich. Espera… ¿Es de ahí de donde eres?

Una pausa.

—De las montañas. Y está mal malgastar la comida. —Era físicamente imposible notar que alguien fruncía el ceño, y aun así eso le pareció a Freddie.

Meter la mano en el barro era algo que no iba a hacer.

—Búscala, si la quieres.

—No la quiero —admitió Winter. No se movió. No se había movido demasiado, más allá de para tratar de serenar a Freddie. Su respiración no se había tranquilizado. Seguía siendo rápida y áspera y…

—Oye estás… ¿estás herido? —preguntó Freddie.

Otro silencio.

—Sí —respondió Winter, con su voz sucinta—. Pero no es nada grave.

Como para morirse, quería decir. O al menos como para hacerlo rápido. Pero…

—Te has hecho daño. Te has hecho daño al golpearme.

—No quiero estar aquí, vivo, compartiendo espacio con un loco.

—¿Y si te hubiera matado? ¿Y si me hubiera asustado tanto como para matarte?

Le sorprendió oír un jadeo, la risa floja de Winter.

—Por favor, mátame, por lo que más quieras. Quieres quedarte aquí… ¿Quieres quedarte aquí solo con mi cadáver?

—¿Dónde estás herido? —le pidió Freddie.

Pensó: *Ay, Dios mío, ¿y si se está muriendo? ¿Y si se puede morir en cualquier momento?* No importaba lo rápido que se intentarían matar el uno al otro si estuvieran en cualquier otro lugar. Freddie sabía que si Winter moría, perdería la cabeza. No le quedaría la suficiente cordura ni siquiera para quitarse la vida. Y si algún milagro divino lo liberara, no importaría, porque su mente jamás abandonaría el fortín.

—No te mueras —susurró.

Oyó un rasguño, mientras Winter se movía. Tal vez ese hombre pensara lo mismo.

—Puedo… Puedo vendarte la herida. Si me dices dónde —se ofreció Freddie.

Hubo unos segundos de duda.

—Arriba del brazo izquierdo.

Al menos Freddie era bueno con las vendas. Laura había malgastado varias de sus preciadas horas libres obligándolo a practicar hasta que fue capaz de contener una herida eficientemente, desinfectarla y vendarla. Gateó hasta el otro lado de Winter como pudo y encontró su brazo palpando. Notó su chaqueta empapada —aunque fácilmente podía ser tanto de agua como de sangre. Bajo la lana, Winter no era más que un saco de huesos y tenía el cuerpo completamente rígido. No se movió cuando Freddie le cortó la manga lo suficiente como para llegar hasta la herida y buscó a tientas en su propia chaqueta las vendas. Todos los soldados las acarreaban ya empapadas con yodo. Envolvió la herida guiándose por el tacto. Debía doler. Winter no pronunció sonido alguno. Al menos dejaría de sangrar.

—Deberías haberme dicho algo antes —dijo Freddie, y le vino dolorosamente a la mente su hermana con ese comentario. Cortó la gasa. *Por el amor de Dios, ¿por qué seguimos vivos?*—. Probablemente te hayas estado desangrando todo este rato. —¿Cuánto tiempo llevaban allí?

—Puede. —La voz de Winter seguía áspera, aunque no tan estable como antes—. No quería alargar las cosas.

Freddie se sentó.

—¿Por qué me lo has dicho, entonces?

—Eres un niño. Sería cruel obligarte a oír cómo me muero.

Estaban lo suficientemente cerca como para hablarse a la oreja, y Freddie se dio cuenta de que no quería apartarse. El cuerpo de Winter era lo último caliente que le quedaba en el mundo.

La exhalación de Freddie salió casi como una risa.

—No soy un niño.

—¿Ah, no? ¿Cuántos años tienes?

—Veintiuno. No puedes ser mucho mayor que yo.

—Tengo treinta y cinco —repuso Winter, con una voz grave y moderada.

Freddie se preguntaba si era, o había sido, un oficial. No se atrevió a averiguarlo. Un suboficial, tal vez. Quería tirarle de la lengua. Cualquier cosa era mejor que el silencio, roto únicamente por el estruendo interminable de la guerra fuera.

—¿Y eres de Múnich?

—Tenía una granja. En las montañas. Campos. Ganado. —La voz grave se hizo cada vez más débil hasta que Freddie apenas podía oírla—. Miel. Y pinos por entre los que se filtraban los rayos del sol.

—Bueno, Halifax no tiene ese aspecto. Pero tenemos el mar. Me encanta el mar. Durante un tiempo, cuando iba a la escuela, intenté escoger un nombre diferente para él cada día, según el color que tuviera. Elegía una palabra y luego mezclaba colores. Era fácil, al principio le asigné el color plata, y el malva y el azabache. Azul cobalto. Lapislázuli. Rosa. Pluma de paloma. Acero. Podía jugar con cualquier momento del día, como ves. Ya fuera el amanecer, de noche o el mediodía. Eso me ayudaba, aunque al final empecé a inventar palabras, y ninguno de mis colores se parecían en nada. Un maldito niñato pretencioso, eso es lo que era… Tengo la lista en algún sitio, en una caja debajo de mi cama en casa… Espera. ¿Dónde aprendiste inglés?

—Era camarero.

—¿No me has dicho que tenías una granja?

—La granja era de mi padre. Fui a Inglaterra. Era camarero en Brighton. Aprendí inglés allí. Muchos de nosotros estábamos en Inglaterra, antes de la guerra. Volvimos a casa para alistarnos. Los soldados nos solían gritar «eh, camarero», donde la líneas estaban más cercanas, y sus francotiradores disparaban a los hombres que levantaban la cabeza.

Freddie se sorprendió riendo… con una risilla nerviosa.

—¿De verdad? Eh, camarero, y... la cabeza de algún incauto aparece de repente... ¿Sí, señor? Y pum. ¿En serio? Esta guerra es como un vodevil de dos peniques, si te soy sincero. —Le vino un ataque de hipo, casi derramando lágrimas. Se desplomó contra la pared al lado de Winter e intentó calmarse.

—Mi padre estaba enfermo cuando volví a Bayern. Ahora está muerto. Le dejé la granja a mi primo antes de alistarme. Me prometió que me la devolvería. Si sobrevivía —añadió Winter austeramente.

Ambos se sumieron en el silencio.

—Iven, debe de haber algún punto por el que está entrando aire, porque seguimos vivos —terció Winter con voz grave.

Quedarse allí hasta que murieran de sed o se bebieran el cieno que tenían a los pies no era una opción.

—Supongo —dijo Freddie. Sentía la boca como si se la hubieran llenado de algodón—. Creo... que puedo matarte, si quieres. ¿Podríamos... podríamos hacerlo a la vez?

—¿Matarnos? ¿Y si uno muere y el otro no?

Freddie no respondió. Tenía demasiada sed.

—Te he contado quién... quién soy —dijo Winter. Tal vez tenía tanto miedo como Freddie de permitir que el silencio se volviera a aposentar entre los dos—. Te toca. ¿Qué hacías en... Halifax? —pronunció la palabra con cuidado.

—Trabajaba en el puerto —respondió Freddie—. Dibujaba. Algunos eran bastante decentes. Y escribo... escribía... poemas.

—Todos lo hemos hecho. Los barracones eran un coro infernal de versos en su día —dijo Winter, irónico—. Recítame uno de tus poemas.

—Pero... —empezó a decir Freddie—. No puedo. —Había un abismo, una brecha que separaba el hombre del fortín del chico de Halifax que esbozaba y garabateaba cosas en su libreta. Incluso del soldado que había sido tres semanas antes, que descansaba, custodiaba la puerta de un almacén y observaba caer la lluvia de octubre. Había cruzado alguna barrera invisible. Wilfred Iven estaba muerto—. Aunque... te podría recitar uno que no sea mío.

—Adelante, pues —lo animó Winter.

Freddie se devanó los sesos en busca de las palabras. La oscuridad parecía apretarle las cuencas de los ojos. ¿Poesía? ¿En aquel pozo, al borde de la muerte? La poesía no era nada. Ellos no eran nada.

Entonces le vino al pensamiento que incluso unas palabras inútiles, escritas para otro mundo, eran mejores que el silencio. Se pasó la lengua por los labios secos.

—¿Te acuerdas del Paraíso perdido de Milton? ¿Después de la caída? Satanás despertó en la oscuridad. Mi madre solía decirme que el diablo cojea porque cayó de los cielos.

—Sí —afirmó Winter.

Freddie empezó a recitar en voz baja:

—«¿Es esta región, este suelo, este clima?, dijo entonces el arcángel perdido...».

Vaciló. Ningún poeta, en sus sueños más lúgubres, podría haber imaginado aquella oscuridad.

—Continúa —lo animó Winter.

—«...¿Es esta la mansión que debemos trocar por el cielo, esta triste pesadumbre por la luz celeste?».

Una colisión lo interrumpió, seguido de un rugido devastador. Una bomba debía de haber impactado contra los restos del fortín. El bombardeo volvía a caer cerca. Freddie perdió el control de las palabras. El mundo se convulsionó. La boca le sabía a hierro y se dio cuenta de que estaba sangrando. Se sacudió en la oscuridad con el instinto de escapar, pero no había a dónde ir. Se golpeó la cabeza con algo. Winter estaba a su lado; su último recuerdo fue haber intentado agarrarle la mano confusamente para mostrarle un instante de gratitud. Se estaban muriendo y no iba a alargar lo inevitable, enterrados vivos. Entonces perdió la conciencia.

7

TENÍA DOS CUERNOS COMO LOS DE UN CORDERO Y HABLABA COMO UN DRAGÓN

HALIFAX, NUEVA ESCOCIA,
PROVINCIAS MARÍTIMAS CANADIENSES
FEBRERO DE 1918

El vestíbulo de la señora Penelope Shaw era un despilfarro victoriano con papel de pared decorado con pajarillos. Su perchero estaba tallado para que pareciera un candelabro y debía pesar como mínimo veinte kilos. Laura colocó en él su gorro escocés de punto de color escarlata, donde quedó colgando lánguidamente y parecía completamente fuera de lugar.

—Debería haber traído un sombrero más grande —dijo Laura—. Si tuviera uno.

—Estoy tan contenta de verte —dijo la señora Shaw. Había adelgazado un poco desde la noche en la sala de las Parkey, e iba ataviada con un completo vestido victoriano de luto, negro de la cabeza a los pies. Pero tenía la espalda erguida, la ropa cepillada y modales impecables—. ¿Cómo estás, querida? ¿Has podido dormir últimamente? —preguntó.

—No, pero ya dormiré —respondió Laura—. El hospital ha empezado a vaciarse. Creo que debería buscarme algunos pasatiempos. Leí sobre una refinada dama británica que cultivaba eléboros.

—Fui como voluntaria al hospital los primeros días. —La señora Shaw guio a Laura por un pasillo de moqueta gruesa—. Para dar la sopa a los heridos. Pero no se me daba bien, en realidad. Veía a todos esos pobres niños… —Le falló la voz—, y no les hacía ningún bien, balbuceando con los ojos anegados. Se me da mejor hacer punto; he estado haciendo muchas mantas para bebé. Y calcetines pequeños. Por aquí.

Laura avanzó con cautela. La moqueta era del color delicado de los botones de oro. No estaba acostumbrada a aquella suavidad. Las Parkey vivían en un antiguo caserón lleno de recovecos, y las ancianas se mostraban tan indiferentes a las comodidades como un terceto de perros cazadores. Laura era incluso peor, después de años en hospitales de campaña. Podía dormir sobre el suelo sucio de ser necesario. Pero la casa de Penelope Shaw era frívola, colorida y cómoda. Hacía que Laura se sintiera incómoda.

—Ay, estoy tan contenta de que estés aquí —dijo la señora Shaw, mirando por encima del hombro mientras andaba—. Es lo mínimo que puedo hacer, qué menos, después de haberte arrollado de una manera tan estúpida. Y entonces te enteraste de lo de tu hermano, y yo… —Le volvió a fallar la voz—. ¿Qué te gusta con el té? El precio del azúcar está por las nubes, pero he conseguido hacerme con un poco, y tortas de avena. —Abrió la puerta de un salón—. Oh, Mary, querida, aquí está la muchacha de la que te estaba hablando. Señorita Laura Iven, le presento a la señora Mary Borden.

La señora Shaw entró con brío en la habitación. Laura, sobresaltada, se quedó en el umbral. Conocía el nombre de Mary Borden. La señora Shaw la había conducido hacia un salón anticuado y encantador. A Laura la confundió el conjunto de tonos pasteles: porcelana decorada con peonías y una alfombra rosa y verde. Un agradable fuego de carbón ardía en el hogar, una muestra absoluta de lujo, con los precios del carbón por las nubes. Penelope

Shaw y su casa eran como una imagen de postal del siglo pasado. Del mundo que había acabado cuando la guerra comenzó.

La mujer que las estaba esperando desentonaba claramente entre todo aquel atractivo anticuado. Más o menos de la edad de la señora Shaw y el pelo corto como Laura. Sin corsé. Con una sonrisa artera. La mirada que tenía en los ojos Laura la reconocía de verla en su propio espejo.

—Mary Borden, Laura Iven —las presentó la señora Shaw.

—Es un placer. He oído hablar de usted, por supuesto, Iven. Una Cruz de Guerra, ¿no es así?

—Encantada de conocerla, señora Borden —respondió Laura. La habían condecorado en 1915 después del primer ataque con gas de la guerra. Era algo de lo que no quería un recuerdo, y mucho menos comentarlo con una extraña—. ¿Es pollo al curry lo que hay en ese sándwich? Qué apuesta tan internacional, señora Shaw. ¿Cuántos me puedo comer antes de que me señale la puerta?

—Llámame Pim —dijo la señora Shaw—. Es como me llaman mis amigas. Tantos como quieras. Debes engordar. —Se giró hacia el plato—. Estos tienen mermelada, y esos carne asada.

—Eres un ángel. Llámame Laura —dijo Laura, mientras se sentaba en un sofá de dos plazas a rayas color frambuesa. Se preguntaba si Pim le permitiría fumarse un cigarrillo en el salón. Probablemente no. Agarró cuatro sándwiches. Pim puso los ojos como platos.

—Me llegaron rumores de que habías muerto, Iven —terció Mary—. De personas que conozco poco, por supuesto, pero aun así. Tienes buen aspecto, para ser un cadáver. Aunque no saliste indemne.

—¿No? Estoy fresca como una lechuga —contrapuso Laura y le dio un bocado al sándwich—. ¿Qué la trae a Halifax, señora Borden? ¿Se ha hartado de la guerra al fin?

Mary Borden, que en realidad no era enfermera, seguía disfrutando de una fama moderada. Había fundado un puesto de ayuda privado detrás del frente —en el sector belga, creía Laura, o tal vez en el francés— durante los primeros días de la guerra.

Consiguió convencer a muchas personas escépticas de que la permitieran regentarlo.

—No. Vuelvo el jueves de la semana que viene —dijo Mary.

—¿Cómo te gusta el té, Laura? —intervino Pim.

—Caliente —respondió Laura—. Ardiendo. Con cuatro azúcares, y tanta leche como pueda caber.

—Lo mismo para mí, Pim —dijo Mary.

—Madre mía—respondió Pim mientras vertía el té y lo removía.

—Es por culpa del agua en la zona prohibida —explicó Mary. La cloran, si no todos tendríamos disentería. Con el suficiente azúcar no notas el sabor a cloro. El dulzor se ha convertido en un hábito. Te mantiene en pie cuando estás llegando al límite.

—¿La zona qué? —preguntó Pim, con aspecto fascinado.

Mary pareció sentirse cohibida durante unos segundos.

—Me refiero a la zona negra, detrás del frente. Es como la llamo. Hay señales por doquier en francés: *zone interdite*, dicen. Así que para mí es la zona prohibida.

—Qué romántico —repuso Laura secamente. Dio un sorbo al té, y agarró su cuarto sándwich. Mermelada de fresa. Se lo acabó en cuatro bocados. Pim parecía impresionada y deslizó el plato en su dirección. Laura empezó con otro de curry.

—¿Y tus manos? —preguntó Mary.

—Diez dedos, todos presentes y contabilizados —respondió Laura, concentrándose en el sándwich.

—Prueba un trozo de tarta, Mary —sugirió Pim, con un deje de reprobación en la voz.

Mary siguió impertérrita.

—Está bien. Los modales serán una de las víctimas de esta guerra, junto a los corsés y el pelo largo. Eres una reliquia, mi preciosa Penelope. No cambies nunca. Iven es una criatura moderna. No se ha ofendido. ¿Todavía puede trabajar?

—¿Por qué debería? —dijo Laura—. Me voy a retirar a mi finca en el campo y me voy a dedicar a cultivar eléboros. Pim te lo contará.

—Mary —le llamo la atención Pim—. Tal vez los modales no

sobrevivan a la guerra, pero los impongo en mi salón, si me haces el favor.

Mary levantó la taza a modo de saludo y agarró otro sándwich.

—Me sentí desolada, Iven, cuando Pim me contó que te habían enviado las pertenencias de tu hermano.

Laura agarró una tortita de avena. No pudo evitar el tono ácido en la voz.

—Dicen que un día apareciste en la estación de King's Cross portando una lanza alemana. Sin duda alguna, debe de tratarse de un rumor mezquino, ¿no es así?

—Los diarios exageraron —arguyó Mary, aceptando el cambio de tema—. Pero sí, lo hice. Durante los primeros días del conflicto. Causé sensación. —Sonrió para sí misma—. Al principio conducía ambulancias. Entonces arranqué mi propio puesto de ayuda. Les llevaba chocolate caliente a los belgas en las trincheras. Dios mío, las líneas estaban muy cerca. Una vez uno de esos alemanes me hizo llegar un mensaje; me dijo que llevara falda para que no me dispararan por error. Estaba en las trincheras casi cada día y las polainas me iban mejor para moverme por allí, sabes. —Negó con la cabeza—. Al final me desplacé una y otra vez. Un barón belga había abandonado su castillo, ¿quién podía culparlo?, así que me quedé con la casa y los terrenos de Couthove. Ahora tengo casi un hospital completo. Lo llamamos puesto de ayuda, para no levantar ampollas, pero tenemos un ala quirúrgica, triaje y Madame Curie incluso nos ha donado un aparato de radiografía. Me toleran lo suficiente en los diferentes cuarteles generales, siempre y cuando obtenga las donaciones yo misma. No es que puedan decir que no a unas camas de hospital estos días. Sobre todo los franceses. Llevo a cabo algunas tareas de enfermera, pero mayormente regento el lugar. Se me da mejor eso de todas maneras.

Pim parecía estar debatiéndose entre estar horrorizada o impresionada. Era un exponente claro del nuevo mundo que una mujer pudiera hablar con ecuanimidad sobre regentar un hospital en una zona de guerra.

Laura estudió a Mary por encima del borde de su taza.

—Pero está lejos de su hospital ahora, señora Borden.

Mary se encogió de hombros.

—Funcionamos con donaciones privadas. Con América entrando en la guerra, pensé que era un buen momento para venir y pasar la gorra, por decirlo de algún modo. Dar algunas conferencias. Hay mucho dinero, en esta parte del Atlántico. América posee ahora la mayoría de la riqueza de Europa, gracias a la venta de todas esas cosas necesarias para que la guerra siga en curso. Así que visité Boston, Nueva York, Chicago, Filadelfia. Organicé charlas en iglesias. Tenía pensado pasar una semana con Pim y entonces tomar un barco hacia Liverpool. Éramos amigas de niñas, sabes, antes de que mi padre nos obligara a mudarnos a Chicago. —Negó con la cabeza—. Menudo desastre, esa explosión.

Se sumieron en un breve silencio.

—Estas tortitas de avena son una delicia, Pim —dijo Laura—. Te pediría la receta si me pudiera permitir la mantequilla.

—Cómete otra, al menos. Te prepararé algunas para que te las lleves. ¿A que están buenas con pasas? Deberías haberme visto antes de la guerra; gorda como una vaca, si te soy sincera. Siempre andaba entre fogones. Las tortitas de avena eran las favoritas de Nate, y… y de Jimmy —dijo Pim apresuradamente—. Era mi marido. Nate. Nathaniel. Mary lo conocía. Él… murió. En enero del 1916. Fue muy repentino. Su corazón… Pero le encantaba lo que le cocinaba.

—No me cabe duda —confirmó Laura, dándole otro bocado a la tortita.

—¿Qué harás ahora, Iven? Puesto que te han dado de baja.

—Eléboros, eléboros, se lo he dicho, señora Borden.

Mary no tenía intención de darse por vencida.

—Es una pena, ¿no? Ostentabas un buen rango, ¿no es así?

—No todas podemos viajar por América para pasar el sombrero —repuso Laura. Volvía a tener ese deje agrio en la voz.

—¿Y no quieres volver? —preguntó Mary, calmada.

¿Volver? La palabra le retumbó por el cerebro. Durante un momento se veía de vuelta en Flandes, en Brandhoek. Justo después de que cayera el primer proyectil, sus ojos se habían encontrado con los

de Kate antes de salir corriendo en direcciones opuestas; la alarma de gas repicaba y Laura le gritaba a su personal que se pusiera las máscaras, abalanzándose sobre un hombre sin brazos antes de que pudiera caerse del catre llevado por el pánico.

—No —contestó Laura—. No quiero volver. Pim, ¿te gustan los jardines? Solía cultivar dedaleras en Veith Street, antes de ir a Flandes, y a las Parkey las vuelven locas los rosales trepadores. Plantaron todo tipo de arbustos para mantener la sal alejada de los tallos, así que apenas se pueden ver las tres flores que esas desdichadas consiguen hacer brotar cada año.

—¿Han probado los cardos? Aguantan bien la sal, y me encantan sus bonitas flores azules, es como el color del puerto en julio —dijo Pim, que claramente había evaluado el estado de humor de Laura.

Al fin, Laura regresó a la casa Blackthorn, escogiendo una calle de tono azulado por el hielo. El crepúsculo se asentaba sobre la ciudad, y hacía un frío pungente. Estaba contenta de poder retirarse a su habitación en la casa e intentar hacer los estiramientos que aliviarían el tejido cicatrizado de sus manos y su pierna. Se rindió y se sirvió una bebida. Media botella después consiguió irse a la cama sin repasar las pertenencias de Wilfred otra vez. A excepción de las placas, que las guardó bajo la almohada. Pero no pudo evitar echarle un vistazo a la postal, que estaba encima del tocador. La solitaria línea gris de la montaña de la foto se recortaba contra el cielo claro de detrás.

8

LA LLAVE DEL ABISMO

RISCO DE PASSENDALE, FLANDES, BÉLGICA
NOVIEMBRE DE 1917

Freddie intentaba salir a rastras de debajo del aplastante peso, y se preguntaba si valía el esfuerzo. Se sentía extrañamente vigoroso. Entonces oyó un chillido. Algo le recorrió la cara.

—¡Puaj! —gritó, poniéndose de pie mientras se sacudía, vivo, bajo tierra, y con una ira combativa. Nada enfurecía más a los soldados que el sonido de las ratas. Esos malditos roedores habían venido para comérselo. Bueno, pues todavía no estaba muerto. Dio un manotazo. Se encontró con la carne blanda de un hombre muerto y al apartar la mano se topó con el fuerte hombro de uno vivo. Freddie oyó un siseo de dolor y recordó entonces que no lo habían sepultado a él solo. Winter masculló una sarta de maldiciones en alemán mientras forcejeaba por incorporarse.

Oyeron el trino de los pájaros y luego el sonido de un mordisqueo. A Freddie le subió la bilis por la garganta. Se estaban comiendo a los muertos.

—Las ratas. Dios mío…

Entonces se dio cuenta de que había golpeado a Winter, en el brazo malo, cuando intentaba atacar al animal.

—Winter, lo siento, ¿te he…?

—Sí —lo cortó Winter—. Pero estoy bien. Espera. «Ratten». —Un tono extraño en su voz.

—¿Ratas? Sí. ¿Qué quieres decir...? ¿Qué estás haciendo?

Winter había alejado de un empujón a Freddie; debían de haber caído inconscientes sobre una pila de escombros.

—No estamos muertos. —La voz de Winter tenía un nuevo tono feroz—. Y ahora hay ratas.

Freddie se preguntaba, horrorizado, si Winter se habría vuelto loco.

—Siempre hay ratas —dijo, tajante. Todavía podía oír cómo mascaban. Se le estaba erizando el vello de todo el cuerpo.

—¿No... lo ves? —preguntó Winter—. No estamos muertos. Había... aire entrando antes. Pero ahora el camino es más grande. El aire está más despejado. Y ahora hay ratas. Podría ser cosa del último bombardeo.

—Ha abierto un camino para las ratas —concluyó Freddie, con la mente que le trabajaba de nuevo—. ¿Pero suficiente como para que pase un hombre?

—Debemos buscar... algún sitio en el que se mueva el aire. Alguna... —Winter buscó la palabra— Corriente. —Hubo una pausa—. Había cinco hombres conmigo aquí. Tal vez encuentres...

Cadáveres en la oscuridad. Probablemente Freddie había matado a uno o dos de ellos. Se quedó callado.

—Háblame mientras avanzamos y yo haré lo mismo —le propuso Winter.

Pero Freddie no se movió. Lo intentó, pero tenía calambres en las piernas y se quedó donde estaba. Tenía miedo. Miedo de salir trepando hacia el vacío, lejos de la presencia viva de Winter. Como si en algún lugar de la oscuridad, la voz invisible del alemán se pudiera cortar de golpe, y entonces descubriría que Winter no era más que un producto de su imaginación febril. Como si se fuera a encontrar verdaderamente solo. Con la excepción de esos hombres muertos. Se imaginó, sin haberlos visto, que giraban sus caras viscosas hacia él, con pequeños fuegos del infierno ardiendo en sus ojos sin vida.

Entonces la mano de Winter encontró su brazo, y lo agarró lo suficientemente fuerte como para que pudiera notarlo, incluso llevando puesto el abrigo de lana grueso y empapado.

—¿Iven?

No seas un niño, no seas un niño, no…

—Tengo miedo —dijo, y se sintió avergonzado.

La mano le apretó un poco más el hombro, la última cosa real en todo su mundo.

—Yo también. —La voz de Winter se endureció—. Vamos.

Freddie había sido soldado el suficiente tiempo como para que su cuerpo respondiera antes de que su agitada mente pudiera pensar. Empezó a trepar. Estiró la mano y tocó algo blando, se echó atrás, y golpeó con el hombro en la pared.

—¿Winter? —lo llamó, avergonzado por cómo le temblaba la voz.

Oyó algunas palabras en alemán que podían ser palabrotas o una plegaria.

—Estoy bien, Iven. Continúa. Continúa, muchacho.

Freddie intentó ser sistemático, pero estaba muy oscuro y tenía mucha sed. Gateó, arañándose las manos, haciéndose moratones, golpeándose la cabeza mientras iba a tientas, hasta que apenas pudo mover los brazos doloridos. Se quedó allí tumbado, con los latidos sacudiéndole el cuerpo entero, cuando se dio cuenta de que podía notar una corriente de aire en la cara.

—Winter.

El crujido de la ropa, sorprendentemente cerca, y un gruñido bajo de dolor mientras el alemán se arrastraba hacia él. ¿Tan grave era su herida? Entonces la mano de Winter encontró la de Freddie, y este guio sus dedos entrelazados hasta que Winter pudo sentir lo que había descubierto: aire que se movía sobre sus palmas. Y una capa blanda de barro pegajoso. Un barro que podían quitar. Quizá.

—Tengo cerillas, pero están todas mojadas. No puedo ver nada. Si intentamos cavar, lo tendremos que hacer a ciegas… —se lamentó Freddie.

—Debemos intentarlo de todas maneras —dijo Winter, con un deje valiente en la voz.

Sus cabezas debían de estar cerca. Freddie podía notar el calor febril del cuerpo del otro hombre.

—Yo empezaré —propuso Freddie—, puesto que tienes el brazo herido. Te avisaré si me canso.

9
LOS MUERTOS, GRANDES Y PEQUEÑOS

HALIFAX, NUEVA ESCOCIA,
PROVINCIAS MARÍTIMAS CANADIENSES
FEBRERO DE 1918

Laura no había tenido una pesadilla desde que había vuelto de Flandes; ya ni siquiera soñaba. Se quedaba dormida hacia la oscuridad y salía de ella para despertarse. Muchas de sus compañeras decían que les ocurría lo mismo. Alguna excentricidad protectora del cerebro, para evitar que revivieran aquellos días.

Pero Laura tuvo una pesadilla por la noche tras haber ido a tomar el té con la señora Shaw. Soñó con el cometa.

Volvía a tener dieciséis años y era 1910, el año que llegó el cometa, y su madre aparecía en la escuela, igual que había hecho en vida, para llevar a Laura y a Freddie a casa. Se afanaron por volver a Veith Street juntos.

—Freddie —dijo Laura—, estoy muy contenta de verte. He tenido un sueño absurdo, en el que te habías… Bueno, da igual. Estás aquí.

Él le sonrió, pero no dijo nada.

Su madre insistía en sostener un parasol encima de sus cabezas.

—Vamos —les dijo—. Tenemos que darnos prisa.

Fue Laura quien lo vio, cuando el parasol se movió y ella tenía la vista levantada.

—Freddie —susurró—. Mira.

Había fuego en el cielo. Una bola blanca, inhóspita en el delicado azul del mediodía de invierno. Al verlo, Laura se asustó. Le dolía la mano donde su madre la agarraba de la muñeca.

—No lo miréis, tesoros —susurró su madre—. Intentad no respirar. El cometa cubrirá el mundo de gas; gas de cometa, fétido y verde. Quedaos bajo el parasol, ya casi hemos llegado.

Entonces de repente estaban en su propia casa, y su padre estaba echando las cortinas. Laura no había tenido miedo cuando el cometa real había pasado, visible a la luz del día de enero, aunque sus padres se habían puesto a temblar y creían que era una señal del fin del mundo. Sin embargo, en el sueño ella estaba aterrorizada. La casa se hizo más y más oscura.

—No —intentó insistir Laura—. Solo es un cometa. Polvo en el cielo. En la escuela hemos…

—Laura, Laura, te mienten en la escuela —la cortó su madre—. Para que no cunda el pánico. El mundo se acaba, cielo. Cuatro jinetes, ¿te acuerdas? Y el primero es blanco. ¿De qué color es el cometa?

Laura intentó explicárselo.

Así no es el mundo, no funciona así. Una lágrima solitaria escarlata se deslizó por la mejilla de su madre. *No hay jinetes. Nada tan imponente como unos jinetes…*

—¿Mamá? ¿Estás bien?

Pero las lágrimas escarlata caían cada vez más rápido por su rostro, y Laura intentó acercarse a ella, alargar una mano para contener la sangre, pero no se podía mover. De repente estaba atrapada en el barro hasta las rodillas, en su casa, y el cometa, el cometa se acercaba y no había nada que pudiera hacer… Los ojos de su madre eran charcos de sangre.

—Laura, querida, no pasa nada. Ya ves que estamos todos juntos.

El cometa explotó fuera, un sonido estruendoso, y todos los fragmentos de cristal salieron volando hacia dentro, y había fuego por todas partes, y el gas verde, y en medio de todo su madre estaba sangrando. No, no era ella, era Freddie, con la cara completamente ensangrentada. Laura estaba patinando y abriéndose paso por el barro, ahogándose con el gas, intentando alcanzarlo…

Entonces Laura se había incorporado de golpe, empapada en un sudor frío. Estaba en su habitación y era la hora más oscura y fría previa al alba, con el fuego consumido en el hogar. La luna debía de haberse escondido, pues incluso ese hilo frío de luz había desaparecido de su ventana. Se quedó jadeando. Vio las sombras del armario, el cofre y el tocador.

Y otra sombra en la esquina opuesta.

La sombra se movió. ¿Un intruso? ¿Un efecto de la luz? Intentó salir de la cama de un brinco pero se dio cuenta de que no podía.

Era una persona, no una sombra. Había salido de su pesadilla.

De sus recuerdos.

Una bata de andar por casa que conocía bien. Sangre en los ojos. Esquirlas de cristal clavadas en el cuerpo. La acusación emanaba de cada línea de su arruinado rostro: «No me salvaste, ¿por qué no me salvaste?». La aparición se acercó. Dedos agarrotados, llenos de cristal, se arrastraron por la cara de Laura. No se podía mover en absoluto. Y entonces la sombra empezó a hablar con la voz de Agatha Parkey, como había hecho durante el rito espiritual, una voz alta, llana y retumbante:

—¡Muerto pero está vivo, muerto pero está vivo! ¡Muerto pero está vivo! —Los dedos la estaban asfixiando, agarrándola por el cuello, y podía notar cómo el cristal de aquellas manos se le clavaba y cómo la zarandeaban adelante y atrás—. Fredi Fred fr efr enr enc entra ENCUENTRA…

Laura se despertó de golpe justo cuando se abría la puerta. Tres batas blancas de franela y tres cabezas envueltas en gorros de dormir aparecieron en el umbral. Lucretia Parkey sostenía en alto una lámpara como una anciana Lucia de Lammermoor.

—¿Laura? —dijo Agatha Parkey—. Laura, ¿estás bien?

—Sí… —Intentó encontrar una respuesta sencilla, ocurrente, educada, pero se le rompió la voz.

—Ay, querida —exclamó Lucretia, entrando en la habitación. La lámpara ahuyentó las sombras, haciendo evidente que se trataba solo de la habitación ordinaria y anticuada de Laura.

—He tenido una pesadilla, señora Parkey. —Se pasó los dedos por el pelo, tratando de aclarar la mente.

—Bueno, no te puedes quedar aquí arriba —repuso Agatha. Las cataratas le habían dejado los ojos blancos como la leche, pero aun así parecía estar escudriñando la habitación—. Los difuntos son muy insistentes cuando quieren algo. Muy a menudo es la única idea que tienen en la cabeza. Ven abajo. Vamos a sentarnos en la cocina como niñas y a tomarnos un chocolate caliente. —Arrugó la nariz sensible—. Sin espíritus.

A Laura le subieron los colores.

—Siento haberlas despertado.

—Qué va —dijo Lucretia con seguridad—. Las viejas no dormimos mucho. Ven, querida. —Se acercó a la cama con paso decidido, recogió la bata de Laura y deslizó sus zapatillas hacia ella.

Laura no quería estar tumbada sola en la oscuridad. Se puso la bata y las zapatillas. Lucretia le rodeó los hombros con un brazo cálido, y Laura notó una fuerza sorprendente en ella, en las escápulas de pajarillo y los dedos nudosos. Iniciaron una pequeña procesión por el pasillo.

—¿Espera que ocurra algo? —le preguntó Laura a Lucretia mientras caminaban.

—Bueno, sí —respondió Lucretia—. A ti, ya sabes. A todos tus fantasmas. Los estás juntando como en un rosario de cuentas penitentes. Tu familia. Tus pacientes. No está tu querido Freddie, por supuesto. Porque no está muerto.

Laura se quedó callada.

Sorprendentemente, hacía calor en la cocina, teniendo en cuenta la hora que era, y un fuego ardía lenta y cálidamente en el fogón. ¿No había apagado el fuego antes de irse a la cama? Laura ayudó a Lucretia a que se sentara en una silla y entonces fue a echar más leña. Clotilde iba atareada de un lado a otro con leche caliente y chocolate en polvo. Le colocó una taza en las manos a Laura nada más sentarse.

—Hacía años que no tenía una pesadilla —confesó Laura.

¿Cómo se las ingeniaba Agatha para hacer que sus ojos ciegos dieran la impresión de que podía ver? Laura dio un sorbo a la bebida. Se dio cuenta de que se sentía segura en la cocina. Como si los fantasmas de su cabeza no tuvieran nada que hacer contra el fuego y el chocolate ni contra esas tres ancianas, sentadas a su alrededor en camisón y batas con volantes, gorros y con semblante serio. Lucretia y Clotilde observaban a Agatha.

—Normalmente no damos consejo —dijo Agatha. La habitación estaba en silencio, excepto por el leve sonido del fuego, que crepitaba. Agatha sonrió un poco. Solo le quedaban tres dientes—. Respondemos preguntas, pero rara vez ofrecemos consejo.

—Solo en ocasiones —añadió Lucretia—. A aquellos que son merecedores.

Laura se quedó callada. Había algo impresionante en su tranquilidad, en los riscos y valles de sus caras, en sus manos apoyadas sobre la madera desgastada de la mesa.

—Laura —continuó Agatha—, te voy a decir tres cosas que son verdad. Puedes creerlas o no. La primera verdad es esta: tu hermano está vivo.

No había prevaricación en su voz, ninguna maraña de palabras con las que las Parkey se aseguraban la jugada durante sus ritos espirituales.

—Segunda: él no volverá a ti. Tú debes ir a por él. Tercera: para salvarlo, debes dejarlo ir.

—No lo entiendo.

—Lo entenderás —le aseguró Lucretia.

—Y te voy a dar algunos consejos —siguió Agatha—. Las guerras son lugares extremos, ¿verdad? Negro o blanco. Aliados o enemigos. Pero no esta vez. No sabrás quiénes son tus enemigos, ni se te revelarán como esperas. No sabrás en quién confiar, pero deberás confiar a pesar de todo. ¿Lo entiendes?

—No —contestó Laura.

—Lo entenderás. —La sonrisa con tres dientes de Agatha daba un poco de miedo a la luz del fuego.

Laura dijo lo que no había sido capaz de admitir a la luz del día.

—Está muerto. Todos están muertos. No hay nada que salvar. He fracasado. El cometa vino. El fuego. Mi madre tenía razón. Es el fin de todo.

—Tal vez. Pero queda algo por salvar —repuso Agatha.

Una luz ambarina empezó a envolver la cocina y se reflejaba sobre la madera desgastada. Tres ancianas de espalda erguida. Sus gorros se habían convertido en capuchas, y las batas en holgadas túnicas, y las tres la miraban con ojos que habían visto pesares como el suyo cientos de veces: una empatía silenciosa y remota.

—Supongo que este es otro consejo para ti, Laura. Los finales… también son principios —añadió Agatha.

Su voz retumbó en la cabeza de Laura. El fuego y las sombras se disolvían en la nada, y entonces Laura se despertó en silencio en su propia cama arrugada. La luz brillante de la mañana le bañaba el rostro.

Se quedó tumbada durante un momento. Meneó la cabeza. Sueños dentro de sueños.

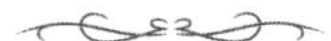

Pero ese sueño no la quería dejar en paz. Vivía detrás de sus párpados: gas verde y miedo, barro, el cometa, la voz de su madre. Agatha en la cocina que decía «tu hermano está vivo». Cuando por fin llegó la última hora de la tarde, Laura atizó el fuego contra el crepúsculo glacial, cerró la puerta, se sentó al escritorio y dispuso todas las pertenencias de Freddie delante de sí. La chaqueta, que había lavado. La Biblia, con el pasaje marcado. La postal de Bayern. *Lo traeré de vuelta si puedo…* Inspeccionó las dos placas, con el cordón enroscado alrededor de sus dedos agarrotados. Toda su correspondencia estaba apilada ordenadamente a un lado.

¿Qué sabía ella?

La Cruz Roja le había dicho que estaba desaparecido. Pero no era así. Ella tenía sus cosas.

Alguien sabía qué le había ocurrido. Alguien en Flandes. La persona que había enviado esa caja. Que había recogido la chaqueta. *Lo sabe pero no me lo dice.* Lo entendió. Solo Dios sabía al número de familias a las que les había mentido, para ahorrarles el sufrimiento.

¿Quién es? ¿Quién lo sabe? Estiró la mano hacia las cartas. Una a una, las revisó página por página. *No sabemos dónde murió. No lo sabemos.*

Dejó a un lado los papeles arrugados y se quedó sentada durante un buen rato, pensando.

Alguien lo sabe.

Antes de que pudiera detenerse a pensar en lo que estaba haciendo, se levantó del escritorio y se fue de la habitación. En el recibidor, se puso el gorro, el abrigo y la bufanda, se escabulló hacia la tarde gélida y cerró la puerta de la casa de las Parkey tras de sí sin hacer ruido. Iba a recurrir a Penelope Shaw. O, más específicamente, a la amiga de Pim, Mary Borden.

10

SACUDIDA POR UN FUERTE VIENTO

El cielo se estaba oscureciendo y una catarata de aire gélido se elevaba del mar inquieto. Mientras caminaba, Laura se sorprendió rebuscando en la memoria un día que había sido más cálido, mucho tiempo atrás, durante el brillante verano de 1914, caliente, seco y vívido, y sus largos días cargados, de algún modo, de esperanza.

Laura acababa de recibir su certificado como enfermera, con reconocimiento. El suficiente éxito como para silenciar incluso al escéptico de su padre. Se había pagado los estudios de la escuela de enfermería. Se levantaba cada día a las cuatro de la mañana y se dedicaba a fregar los suelos del hospital y a vaciar bacinillas. Estaba muy orgullosa de sí misma. Su madre también lo estaba, aunque en silencio. Remodeló uno de sus antiguos vestidos ceñidos para que Laura pudiera llevarlo en su graduación.

Pero 1914 también fue el año que su madre anunció como el del fin del mundo, y no había manera de hacerla cambiar de parecer.

—Lo he leído en *La torre del vigía de Sion* —le dijo a sus hijos—. Debemos ser precavidos y estar preparados.

Llenó la casa de comida enlatada y leía los periódicos con una obstinación intensa.

—No discutas con ella —le había aconsejado Freddie a Laura. Siempre era el sensato, su hermano—. Deja que pase el año y cambiará de opinión.

Laura y él estaban caminando juntos por los jardines públicos, lado a lado con sus zapatos llenos de rasguños. Era un domingo de julio y a Laura le quemaba el sol en la nuca. Recordaba que las rosas acababan de abrirse. Las abejas zumbaban por el aire. Laura resiguió el borde de un pétalo con el dedo. Tenía veinte años. Él dieciocho. Parecía que el mundo se estuviera abriendo para ellos. Como las rosas.

—Intenta entenderlos —añadió Freddie. También era más amable que ella—. Mira cómo está el mundo ahora. Es aterrador, ¿no crees? Tenemos máquinas que vuelan. Fonógrafos. Incluso películas. Todo está cambiando muy rápido. Mamá está asustada. Si lo piensas, es más fácil imaginar que el mundo se va a acabar. Al menos eso tiene cierta certidumbre. Final, bum, se acabó. Pero el cambio… ¿Dónde se detiene el cambio?

Laura recordaba su respuesta, que había dicho con los ojos todavía puestos en las flores.

—¿Cuándo te hiciste tan sabio?

Freddie resopló.

—Ojalá tuviera los medios para calcularlo.

Freddie acababa de obtener un trabajo como empleado del puerto.

—Estoy ganando dinero, ahora —dijo Laura. Aunque no demasiado, si era honesta—. Si haces turnos de noche podríamos lograrlo. Podrías ir a la escuela a estudiar… lo que quisieras, en realidad. Arte.

Laura pudo ver que la idea lo tentaba. Algo cambió en su rostro. Pero entonces negó con la cabeza y le dedicó una mirada cariñosa.

—No, guarda el dinero. Tengo mis libros de arte y seguiré practicando, no te preocupes. Serás matrona de hospital dentro de poco tiempo y mis cuadros estarán colgados en cada casa acomodada del norte de América. Solo espera.

—No me cabe la menor duda —admitió Laura—. Bueno, si no son unos estudios, déjame al menos comprarte un helado.

—Te sigo —aceptó Freddie—. ¿Te puedes permitir la salsa de chocolate?

Salieron del parque juntos, riéndose. Al final sus padres verían que no había nada que temer, Laura estaba segura.

—¿Te has enterado? —dijo Freddie—. La semana pasada dispararon a un pobre archiduque en Sarajevo. A su mujer también.

—Qué horror —había respondido Laura—. ¿Vainilla?

Laura llamó a la puerta y Pim abrió con un chal sobre los hombros y el rostro grisáceo como los ángeles de Della Robbia que Freddie esbozaba copiándolos de los libros de arte. Llevaba el majestuoso cabello recogido en una trenza.

—Señora Shaw… —empezó a decir Laura, de pie en la escalera de entrada—. Pim. Perdona que venga a esta hora…

—Ah, no te preocupes —la tranquilizó Pim, sonriendo, serena, como si el hecho de que apareciera una muchacha desaliñada a la puerta de su casa fuera algo que le ocurriera a menudo—. Entra, entra, por favor. —Tenía los ojos enrojecidos.

—Que Dios te bendiga —dijo Laura, sintiendo de verdad las palabras.

—Ven a la cocina. ¿Has cenado? Supongo que has venido por algo en concreto. ¿Estás bien, querida? Al menos tómate un té.

—He venido para ver a Mary —respondió Laura—. Es importante.

Era su imaginación, ¿o la decepción surcó el rostro de Pim?

—Ah, claro. Tenéis mucho en común, es algo natural. Te llevaré con ella en seguida, con nada que te hayas acabado el té. Incluso me acuerdo de cómo te gusta. Y la leche me llegó justo ayer.

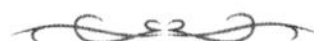

Mary estaba en una salita, de espaldas a la puerta, respondiendo correspondencia.

—Mary —la llamó Pim desde la puerta—. La señorita Iven ha venido a verte.

—Un momento, por favor, Iven —respondió Mary sin darse la vuelta. Su bolígrafo surcaba veloz el papel.

—Os dejaré solas un rato —dijo Pim y cerró la puerta tras ella.

Laura se estaba hundiendo en una de las sillas al lado del fuego cuando el golpe de otra puerta hizo que saltara hacia la protección de la pared, evitando el hogar por poco. Mary se giró rápidamente, con la misma reacción sobresaltada.

Laura se arregló la falda y recobró la dignidad.

—Discúlpeme.

—Si un coche petardea en Londres, la mitad de los hombres de la calle se arrojan hacia la puerta más cercana y se agachan ahí temblando. Siéntate, por el amor de Dios, Iven. ¿Para qué has venido a verme?

Laura se había debatido sobre la manera de abordar el tema con Mary durante todo el trayecto a pie. Se decidió por la opción más fácil.

—Me preguntó si quería volver.

Mary se irguió.

—Eso hice.

—¿Y si quisiera? —preguntó Laura.

Podía ver cómo los pensamientos revoloteaban por detrás de los ojos oscuros de Mary.

—¿Quieres?

—Sí.

—Te dieron de baja.

—Me he recuperado más rápido y mejor de lo esperado.

Mary posó la vista sobre las espinillas cubiertas por la falda de Laura.

—¿Cuándo ocurrió?

—En noviembre.

Mary apretó los labios; probablemente se estaba acordando de noviembre.

—Una mala época.

—Sí.

Había estado lloviendo durante dos meses sin parar para cuando empezó el avance que se había retrasado mucho. El que

Laura creía que nunca ocurriría. Para entonces, el suelo era una masa viscosa en la cual los hombres nadaban, patinaban y a menudo se ahogaban. Sus pacientes le llegaban con más barro que carne y con la gangrena extendida.

—¿Y estabas en un hospital de campaña? —preguntó Mary.

—Estaba en Brandhoek. El ejército instaló un almacén de munición cerca. Dijeron que los alemanes no lo bombardearían, por miedo a alcanzar el hospital.

Mary bufó. Laura estaba contenta de que Mary lo entendiera, de que no tuviera que dar más explicaciones. Nunca hablaba de Brandhoek.

—Y quieres volver. Durante el té dijiste que no querías. ¿Qué ha cambiado?

—Hay algo de confusión en lo que respecta a la muerte de mi hermano. Quiero entenderlo.

—Podrías mandar algunas cartas.

—Lo he intentado. Pero en persona obtendré unas respuestas que no recibiría jamás por carta.

—Puede que te vuelvan a alistar.

—El tiempo no te pertenece cuando estás en el ejército.

—¿Así que esperas que te lleve a la zona prohibida y luego me despida de ti para que salgas disparada por el campo en busca de noticias de tu hermano? No, gracias.

—Puedo trabajar, señora Borden, y eso haré. ¿Supongo que tendría algún permiso de vez en cuando? Sería entonces cuando haría mis indagaciones —repuso Laura.

—Llámame Mary, por el amor de Dios. No podría pagarte.

—Todos los gastos pagados, pues. Y deberíamos ser liberales en la definición de gastos. Estoy segura de que tus generosos donantes americanos financiarán mi contrato.

—He gastado todo su dinero en provisiones —dijo Mary. Aunque todavía no había dicho que no.

Laura esperó.

—Pim me contó que tus padres se quemaron en la explosión. ¿Estás trastornada por el luto? —preguntó Mary.

—No —contestó Laura.

—¿En qué estado está tu pierna en realidad? —inquirió Mary.

—Curada.

—Déjamela ver, entonces.

—No es de tu incumbencia.

—Lo es, si vas a formar parte de la plantilla de mi hospital. Lo comprobaré yo misma.

Fue una pequeña humillación. Una venganza mezquina por el comportamiento de Laura durante el té, o tal vez Mary estaba poniendo a prueba su determinación. Laura lo sabía, y aun así por poco no se levanta y se va por la puerta. ¿Para qué quedarse? ¿Porque había soñado que Agatha Parkey le decía que su hermano estaba vivo? ¿Acaso estaba la niña que sus padres habían moldeado todavía viva en su interior, y creía que el fin del mundo llegaría con toda clase de prodigios?

¿O debía pasar su vida arrodillada ante el altar de sus fantasmas?

Se desabrochó la liga y se bajó la media. Con la falda levantada hasta la rodilla, la cicatriz se veía claramente a la luz despiadada que desprendía el fuego. No era nada comparado con lo que vivían muchos hombres, pero era fea. El tejido estaba rígido, rojo y retorcido, con un socavón en un lado como si un gigante se hubiera servido una cucharada de su pierna. Unos pocos centímetros más arriba o más abajo y Laura no habría podido volver a andar nunca más.

Mary pasó la vista con el ceño fruncido de la cicatriz a la cara de Laura. Entonces se reclinó en la silla.

—Muy bien. El barco es el *Gothic*, zarpará el día uno. Espero no arrepentirme de esto, Iven.

11

NO AGUANTA TRABAS

Dos días después de que Mary accediera a llevarse con ella a Laura a Europa, Pim le escribió una nota para que pasara a verla. Laura fue tras acabar el turno y se encontró, para su sorpresa, con que Pim había sacado un baúl, y que sobre su cama estaba esparcida la más extraordinaria colección de artículos: un chubasquero, medias de invierno y un camisón de seda color malva. Un sombrero decorado con abundantes flores y un gorro de punto. Blusas.

—Pim, ¿qué demonios? ¿Te vas de vacaciones? —preguntó Laura.

—No. —Pim parecía complacida—. Voy contigo y con Mary.

A Laura se le encogió el corazón.

—Ni pensarlo.

—Ya tengo el billete.

—Por el amor de Dios, ¿por qué?

—Quiero ir —se limitó a contestar Pim. *Sincera como un niño,* pensó Laura con desesperación—. Para ver dónde estaba Jimmy. Y… Laura, quiero ser útil. Como lo eres tú y lo es Mary. Sé que no tengo los conocimientos que tienes tú, pero puedo ayudar. No pude hacerlo con él pero puedo ayudar a otra persona, ¿no lo ves? Puedo escribir cartas y cosas para los hombres heridos. Lavar jeringuillas. Lo que haga falta. —Tenía un tono ferviente en la voz; los últimos cuatro años habían tornado a todo el mundo en unos cínicos, pero no a Pim—. ¿Crees que tu hermano está vivo?

Laura no lo creía. Sabía que no lo estaba. Por más que lo dijera Agatha Parkey.

—Me enviaron sus placas.

—Las Parkey aseguraron que estaba vivo. Y no creo que mientan solo para contentar a la gente. O lo habrían hecho por mí. Pero dijeron que tu hermano está vivo. ¿Por qué iban a mentir?

Malditas Parkey.

—¿Cómo pueden saberlo? Dudo que siga con vida.

—Pero crees que hay alguna posibilidad —insistió Pim—, de otro modo no irías.

—Deja de ser tan idealista. Quiero saber qué le pasó, nada más.

—Bueno, pues entonces puedo ayudarte a descubrirlo —zanjó Pim.

Media docena de razones pasaron por la mente de Laura, y todas ellas la hacían quedar como una hipócrita. Al final, se mordió el interior de la mejilla y levantó una de las manos para mostrárselo. Pim, que había sido sin ninguna duda preciosa desde que nació, palideció.

Laura no quería hablar de ello. Nunca hablaba de ello.

—Un día me preguntaste qué me había ocurrido en las manos —dijo con la voz repentinamente llana.

—Sí —respondió Pim, con un hilo de voz.

—Ocurrió con el paso del tiempo —explicó Laura—. Las cicatrices. —Apenas era capaz de encontrar las palabras. Hablar de la guerra la evocaba tan nítidamente como si estuviera allí: los olores, el sonido de la lluvia. Noches frías, días largos. Moscas. Los gritos. Continuó con determinación—. Presenciarás las peores heridas que hay en el mundo, allí. Heridas que te dejarán marcada. Que un hombre pueda estar completamente malherido y no muera. Tendrás las manos desnudas sobre todas esas heridas mientras empeoran; y empeorarán. Los campos de batalla son todo tierras de cultivo que llevan abonando desde la Edad Media. Si te haces aunque solo sea un corte con un papel, o una ampolla en la mano, bueno, eso también se pondrá feo. Una y otra vez. Duele muchísimo. Deja cicatriz. ¿Quieres que tus manos tengan este aspecto?

Pim parecía ser más joven que Laura.

—No pasa nada. No tengo miedo.

—Deberías tenerlo —contrapuso Laura—. No hay nada noble en el sufrimiento. Es un asunto feo, malvado y te envuelve lentamente. Verás a hombres que mueren con menos dignidad que un perro, a veces maldiciéndote, por no poder salvarlos. Pim, quédate aquí y teje mantas. No... Jamás olvidarás las cosas que verás allí. —No podía decir nada más. Estaba a punto de vomitar. Se dio la vuelta de golpe, hacia el frescor de la ventana.

—Puedo ser valiente, Laura, sé que puedo.

—No se lo debes a Jimmy, Pim.

Había metido el dedo en la llaga.

—¿Ah, no? Podría haberlo retenido en casa, sabes. Quería alistarse. Estaba muy enfadado tras la muerte de Nate. Pensé que el ejército lo calmaría. Yo lo dejé partir.

Laura se quedó callada. Se quedó mirando a Pim a los ojos en silencio. Reconoció la expresión que emanaban. *Por Dios, Iven, ¿quién eres tú para juzgar lo que otra persona cree que les debe a los muertos?*

—Te enseñaré a atar un torniquete. En el barco —cedió Laura al final.

Pim esbozó una sonrisilla y se relajó.

—Solo si me dejas cortarte el pelo. Parece que te lo hubieras arreglado con tijeras de podar.

12

ESTA ES LA PRIMERA RESURRECCIÓN

RISCO DE PASSENDALE, FLANDES, BÉLGICA
NOVIEMBRE DE 1917

Freddie había encontrado un casco; escarbó con él la tierra húmeda hasta que apenas fue capaz de mover las manos, y entonces Winter y él se fueron turnando, inhalando barro y agua, arañando el lodo y el hormigón hecho pedazos, animados solo de vez en cuando por alguna ráfaga de aire fresco que entraba. *Es inútil*, pensó Freddie. Aun así siguió cavando. La tierra líquida se deslizaba e intentaba ahogarlo. No había estado tan cansado en toda su vida. Ni él ni Winter hablaban ya, solo gruñidos mientras se retorcían para intercambiarse el lugar. Freddie quería detenerse más que nada en el mundo. Descansar. Tal vez estuviera lo suficientemente cansado como para morir, si se quedaba dormido. Pero Winter seguía adelante, completamente en silencio. Freddie no se quería ir de la vida gimoteando como un niño.

Entonces, de repente, lanzó una mano hacia delante y había… nada. ¿Era aquello luz? ¿Estaba soñando? Fue la voz de Winter, jadeante pero prosaica, la que lo sacó del ensimismamiento.

—¿Puedes pasar la cabeza y los hombros a través? No eres tan grande.

Freddie se arrastró hacia delante. Se contoneó. Se dio cuenta de que había más aire. Lo inhaló. El agujero se estaba estrechando…

—¡Empújame! —Gritó hacia atrás por encima del hombro—. Winter, ¿puedes…?

Winter estaba ya empujando los pies de Freddie. Era fuerte aun estando exhausto y con un solo brazo sano. Freddie retrocedió hacia él, arañando la tierra húmeda y las piedras con las últimas fuerzas fruto de su desesperación —oh, había luz—. No era luz del sol sino una luz desagradablemente roja, pero mejor que aquella tumba empantanada, así que intentó alcanzarla.

Y se quedó atascado.

Se retorció, sumido en el pánico. Una mano helada se cerró alrededor de su pierna, y Winter le soltó en una voz como una ametralladora Lewis:

—Te vas a calmar, chico, o al final te acabaré matando. Cálmate. —Freddie se obligó a quedarse quieto. La voz de Winter parecía hablarle desde algún lugar bajo tierra—. Ve despacio, Iven. Despacio.

Freddie se movió. La cabeza. Los hombros. Las caderas. Se retorció. Se volvió a retorcer. Notó cómo se le desgarraba la ropa. Entonces sus hombros pasaron el punto más estrecho, y empezó a escarbar a través de un barro rezumante pútrido hacia una noche maligna. Se giró de golpe y extendió el brazo hacia abajo.

La apertura no era lo bastante ancha para Winter, pero este le lanzó el casco a Freddie a través del canal y este ensanchó el agujero hasta que finalmente apareció una mano que tanteaba el aire. Freddie la agarró, ignorando la herida de Winter, y tiró de él con todo su ser.

Winter salió de debajo de la tierra.

Se desplomaron, medio hundidos en el barro casi líquido, como si la tierra estuviera intentando terminar lo que el fortín había empezado. Freddie se dio cuenta de que estaba susurrando para sí mismo sin ser consciente de ello y creyó por un momento que estaba rezando. Luego se percató de que solo estaba murmurando «hostia puta» una y otra vez. No sabía seguro cuánto rato estuvieron allí tumbados, solo dos sucias manchas, invisibles. Pero el silbido de un proyectil puso a Freddie de nuevo en alerta. Levantó la cabeza y estudió a conciencia, a su alrededor, por primera vez.

Era de noche. Una noche fría. Había hecho más calor en el fortín. Estaban tumbados bajo torrentes de lluvia prácticamente helada, y suficiente viento como para agitar el pelo de Freddie. Un millón de cráteres se extendían de una punta del horizonte a la otra, llenos de agua que reflejaba un cielo que centelleaba con el fuego de artillería. Ningún punto de referencia más allá del fortín destruido. Solo agujeros y agua, hasta el horizonte dibujado en llamas. No podía ver a nadie, aunque podía oír granadas, pequeñas armas y morteros, cuyo sonido quedaba amortiguado por el aire húmedo. Tenía que haber personas. Pero debían de estar ocultas por la noche, la lluvia y los bordes de innumerables agujeros de proyectiles.

Estaba todo demasiado húmedo y oscuro como para orientarse. Fácilmente podían estar mirando hacia Alemania como a Canadá. ¿Podían esperar hasta el alba? *No*, pensó Freddie. Morirían. La lluvia empezaba a asemejarse mucho a la nieve, y Freddie intentaba atraparla con la lengua sedienta. Pronto empezaría con el agua de los agujeros, sin que le importaran los explosivos ni los cadáveres. Además, Winter estaba herido.

—Winter —susurró.

El alemán no respondió.

—Winter —repitió Freddie, embargado por un terror repentino. Por si Winter había muerto y lo había dejado solo. Era como si todavía estuvieran dentro del fortín, cada uno siendo el único ser vivo en el reducido mundo del otro.

—Hans —dijo él, en voz alta, mientras Freddie tiraba torpemente de sus hombros caídos medio arrastrándolo para que se incorporara.

Winter levantó la cabeza justo cuando una bengala se elevaba y llenaba la oscuridad con una luz fría. Freddie se dio cuenta conmocionado de que aquella era la primera vez que veía el rostro del otro hombre. Vislumbró un pelo corto, apelmazado y mugriento.

Sin casco. De rasgos anchos, ojos profundos, con ojeras por el cansancio. Boca generosa, mandíbula cubierta por una barba incipiente y mejillas chupadas. Cualquier rastro de color blanqueado por la luz sobre sus cabezas. A excepción de los ojos, oscuros como la sangre. Había sido más sencillo, de algún modo, pensar en el alemán como algo solo medio real: un hombro huesudo, una voz en la oscuridad.

Freddie se preguntaba qué vería Winter. Pelo castaño rojizo, suponía, teñido de negro por la suciedad y la noche, una cara salpicada de pecas, la barba rasposa y una nariz infantil respingona que Freddie había odiado, cuando ese tipo de cosas tenían importancia.

La luz se desvaneció, y Winter volvió a ser una figura oscura, una presencia viva a su lado.

—No podemos quedarnos aquí —dijo Freddie.

—Lo sé. —No hacía falta que Winter añadiera nada. Ambos estaban con la cabeza descubierta y empapados. Débiles por la sed y el confinamiento. Habían salido a rastras de su tumba, pero no estaban de vuelta en la tierra de los vivos. Ni por asomo.

—¿Sabes en qué dirección está cada bando?

No se le había ocurrido a Freddie de que pudieran separarse. Lo único peor que aquel lugar era enfrentarse a él en solitario. Se caería en uno de los cráteres y se ahogaría, y nadie sabría jamás qué le había ocurrido. La lluvia que caía le aguijoneaba los ojos. Todavía tenía las manos puestas sobre los hombros de Winter.

—No —respondió Winter.

—Nos la tendremos que jugar con alguna dirección. Moriremos si nos quedamos aquí.

Sus ojos se cruzaron, justo cuando otra bengala se desvanecía, y en la oscuridad Winter preguntó:

—¿Soy tu prisionero? ¿O eres tú el mío, Iven?

¿Y no era esa la maldita pregunta? Freddie lo soltó.

—Jesús, cada uno el del otro, supongo. Pero te seguiré, si escoges una dirección.

Ya no podía ver la expresión de Winter, solo el aspecto general de sus rasgos, la amenaza de su figura contra la locura del cielo.

Pero casi pudo notar su sorpresa. Tal vez Freddie no tenía por qué verlo para saberlo, después de todo ese tiempo juntos en la oscuridad.

—Me has salvado la vida —añadió, extrañamente.

—Muy bien.

Pero aun así Winter vaciló. Freddie lo entendía; se la tenían que jugar. Fueran en la dirección que fueran, habría peligro. Balas perdidas. Proyectiles perdidos. Ahogarse en ese barro y en esa agua empalagosa. O simplemente que les dispararan al verlos, cualquiera de los bandos con los que se toparan primero.

—Por aquí, entonces —dijo Winter pasado un rato—. Pero no hables, Iven, hasta que sepamos dónde estamos. Yo tampoco lo haré. Si el bando equivocado oye alemán, o inglés, nos…

—Nos dispararán primero —terminó Freddie y se secó la lluvia casi congelada de los ojos—, y preguntarán después.

—No te separes —le ordenó Winter, y empezaron a andar.

13
HACIA EL DESIERTO

A BORDO DEL *GOTHIC*, PUERTO DE HALIFAX
MARZO DE 1918

Remolcaron el pesado *Gothic* escupiendo humo hasta el muelle con la rampa de desembarco bajada. Su convoy esperaba más allá de la boca del puerto, manchas grises sobre el mar acerado. Los transportarían primero a Liverpool. Mary tenía asuntos que atender en Londres, antes de que partieran a Bélgica. Se rumoreaba que el sistema de convoy mantenía a los pasajeros de los transatlánticos a salvo de los submarinos alemanes, pero a Laura le seguían dando pánico los naufragios. Le sudaban las palmas a pesar del frío mientras subía la rampa hacia el barco.

Dos años después del cometa, cuando se hundió el *Titanic*, todos los pescadores de Halifax salieron hacia el punto donde estaban los restos. Habían vuelto pálidos y se habían emborrachado rápidamente, mientras una corriente sin fin de ataúdes salía de sus barcos, para enterrarlos sin familia ni ceremonia. Había tantos muertos que el enterrador tuvo que inventar un sistema de etiquetas que ataba a los dedos de los pies para mantener un registro de todos.

Charles Iven era uno de los hombres que había salido hacia el naufragio. Se había dado más a la bebida después de eso. Un día, en una noche que estaba muy ebrio, incluso se lo había descrito a sus hijos.

—Flotaban —dijo—. Cientos de ellos, en el agua. Mirando bocarriba, algunos bocabajo. Como peces dinamitados. Los capturamos con la red, y a algunos los pájaros les habían comido los ojos. A veces eran niños pequeños. Había tantos. Miles. El progreso. Bah. ¿Qué es el progreso? Dale a la gente el poder de Dios... para que puedan construir barcos como islas, o volar como los pájaros, o prender las entrañas de la tierra como el diablo en su maldito abismo... eso solo pone de manifiesto su estupidez más y más hasta que ahogan el mundo entero. Nuestras manos se hacen más grandes y nuestros espíritus empequeñecen. ¿A alguien le asombra, de verdad, lo que ha hecho Dios con nosotros? Ese era el jinete blanco, Marie. Ese barco. No tu cometa. ¿A quién le importa un cometa? Rezad, todos vosotros.

Laura subió por la pasarela, pensando que podría enfrentarse a los bombardeos con serenidad si tan solo conseguían cruzar el Atlántico.

Mary y Pim llegaron media hora después. Laura estaba fumando en la cubierta para calmar los nervios. A Pim le sobresalían mechones de pelo por debajo del sombrero, y su rostro tenía una apariencia fresca. Los demás pasajeros le dedicaban furtivas miradas de admiración. Mary parecía preocupada. Tenía, entendió Laura, una mole de donaciones: vendas y bolsitas y pijamas y cosas que debía llevar al otro lado del océano con premura.

Se unieron a Laura en la baranda después de haber depositado su equipaje. Mary aceptó el cigarrillo que le ofreció Laura y Pim arrugó la nariz. Unas nubes se acercaban. Las turbinas rugieron. Observaron cómo embarcaban los demás pasajeros. Había más mujeres que hombres entre las nuevas llegadas, y casi todas iban vestidas de negro.

—Hay muchas —constató Pim.

Laura le dio una calada al cigarrillo. Algunas de sus compañeras de viaje portaban la extravagancia de la ropa formal de luto victoriana, otras se limitaban a llevar un chal o un brazalete. Se mantenían juntas, como una masa ondeante, como un grupo de cuervos a punto de alzar el vuelo.

—Van en busca de noticias —dijo Mary—. Persiguen a la Cruz Roja. Acosan a los generales con cartas. «Estamos en un mundo moderno», dicen. «¿Cómo puede un hombre simplemente desaparecer?».

—«¡Ve! ¡Ve al sombrío reino!» —citó Pim en voz baja. Sus ojos no se despegaban de la masa de personas vestidas de negro—. «Si el dulce sonido de tu lira puede apaciguar la ira de los dioses, y con tu primer suspiro recuperarás la querida sombra».

Ante la mirada de sorpresa de Mary, añadió:

—Gluck. Bueno, Orfeo, que va en busca de Eurídice. Esa es la esperanza que tienen todas, ¿no? Incluso tú, Laura… —Se quedó callada. Laura no estaba escuchando. Solo durante un instante, había vislumbrado un lugar inmóvil entre la masa de gente que se movía. Había visto a una mujer con una bata ensangrentada y los ojos eran dos cuencas vacías escarlatas.

—¿Laura? ¿Laura? —insistió Pim.

Solo un espectro suscitado por el estrés de zarpar.

—Perdona, estaba ensimismada —dijo Laura—. Podríamos ir dentro antes de que nos congelemos, ¿qué os parece?

Laura no había viajado nunca en un crucero de pasajeros antes. La última vez había ido a Europa en un transporte, en febrero de 1915, y había vuelto en un barco-hospital. Tanto ella como Freddie habían soñado con viajar, por supuesto. Estaban acostumbrados a ver los barcos ir y venir, asomados a la ventana del piso superior de Laura, desde que eran niños.

—Ese va a Rusia —decía Laura con autoridad, mientras la chimenea soltaba volutas de humo en un barco o en otro, su imaginación desbocada con una completa desconsideración por las rutas reales de los transatlánticos—. Va a San Petersburgo.

—Y —añadía Freddie entusiasmado— hay una mujer a bordo que tiene un diamante enorme, la Estrella del Norte, y lo robó a su legítima propietaria, una zarina de la familia real. Es una criada desgraciada, y ahora se encuentra en una nueva situación, rica como Creso gracias a esa joya, pero no puede venderla o cortarla, así que es rica y pobre y ahora va de vuelta a la tierra donde nació, siempre asustada de que algún pajarito le cuente a la zarina la ruta que está tomando…

Bueno, estoy dentro de uno de esos barcos ahora, Freddie, pensó Laura ante la ausencia de su hermano. *No es Petersburgo, solo Liverpool, pero es algo, ¿no crees? Ojalá…*

Cortó de raíz ese pensamiento.

Sus billetes eran de segunda clase. Tenían comida decente y una cubierta sobre la que pasear, una biblioteca y una sala para fumar. Laura no tenía nada que hacer, ni nadie de quien preocuparse, aparte de una noche memorable durante la cena cuando tuvo que sacar una espina de pescado de la garganta de un anciano que se estaba ahogando.

Durmió mucho rato. Leyó novelas que no suponían un desafío para su fracturada concentración. Fumó incontables cigarrillos y bebió más de lo que debería.

Pim persiguió a Laura por el camarote una tarde, blandiendo unas tijeras. A Laura, que intentaba echarse una siesta, no le hizo nada de gracia.

—¿Han encontrado a una enfermera en un camarote de segunda clase con unas tijeras clavadas en el corazón? —Se habían estado leyendo en la biblioteca misterios de asesinatos la una a la otra.

—En todo caso, sería «viuda inocente de Halifax hallada muerta…». Tú eres mucho más homicida que yo, por más que bromees con ello. Laura, deja de mirarme mal. Te voy a cortar el pelo te guste o no.

—Ay —se quejó Laura. Se escondió debajo de las sábanas—. Ni hablar. —Su voz salió amortiguada—. Los gorros y las cofias me funcionan a las mil maravillas, señora Shaw, así que puede blandir las tijeras contra otra persona.

—Oh, no, no es verdad. Yo veo tu cabeza, y me duele a la vista. No deberías estar durmiendo, de todas maneras —añadió Pim virtuosamente—. Es la hora del té. —Afortunadamente, había dejado de menear las tijeras.

—Ya no estoy dormida —dijo Laura con algo de resentimiento.

—Eres peor que un niño de cinco años. Solo me llevará un momento cortarte el pelo. ¿Por qué no quieres?

—Porque quiero té. —Laura se incorporó, sintiéndose acalambrada. Pim tenía un aspecto perfecto; desde el pelo recogido hasta los pies enfundados en botas.

—Puedes... Laura, si crees que estoy siendo una imbécil, te dejo que al final me asesines, pero... incluso a las heroínas de guerra llenas de cicatrices como tú se les permite verse bonitas.

—Por el amor de Dios, no me tengas lástima —dijo Laura mientras se frotaba la cara—. Estaba disfrutando de una siesta muy buena.

—Y lo eres. Bonita, quiero decir. A un hombre bueno no le importarán tus manos ni tu pierna —insistió Pim.

—Qué benévolo por su parte. ¿Pero mi pelo sí le va a importar?

Pim miró a Laura a los ojos, se puso roja de repente, y bajó las tijeras.

—No, para nada. Vamos a tomar el té, entonces.

Si Pim hubiera insistido, pensó Laura irónicamente, probablemente se habría seguido oponiendo.

—No, tienes razón. —Se puso de pie y se dejó caer de golpe en una silla enfrente del pequeño tocador.

—Madre mía —exclamó Pim—. Ahora pareces un gato al que están a punto de dar un baño. —Pero agarró las tijeras—. Ya verás. Nunca serás la emperatriz Sisí, ¿pero qué te parece unos tirabuzones traviesos? —Le dirigió a Laura una mirada crítica—. Creo que eso lo puedo lograr.

—Me gustará verte intentarlo.

—Tú espera y verás —dijo Pim, con la confianza de las que son muy bellas.

Laura suspiró, y dejó que se saliera con la suya. Hacía mucho tiempo que había dejado de preocuparse por su pelo. Aunque, si rebuscaba en la memoria, había llorado la primera vez que se lo había cortado. Dios, de eso hacía una eternidad. Mientras estaba en el entrenamiento, Laura se había imaginado, en sus sueños imposibles más secretos, que conocería a alguien en Francia. Un aristócrata joven, tal vez. Un oficial. Un piloto. Que se enamorarían apasionadamente, que se casarían y estarían unidos para toda la eternidad por las aventuras compartidas.

Pero la realidad era muy distinta. Una vez le escribió a Freddie sobre el amor en el hospital de campaña: «No parece correcto dejar que un hombre se enamore de mí —o enamorarme de él— cuando soy la única chica que ha visto desde hace meses, y está padeciendo más dolor del que ha sentido en toda su vida. Es como una emoción metida en un semillero, como una orquídea en un invernadero que no puede sobrevivir en el mundo real».

Desde entonces Laura hacía mucho que había apartado el romance de su vida, y la vanidad también. Pero se miró con algo de sorpresa cuando Pim dio un paso atrás. «Travieso» era ir muy lejos, pero era una mejora. Sus mejillas y labios habían adquirido algo de color. Estaba comiendo un poco más y no trabajaba turnos monstruosos. Su pelo brillaba con ligeros destellos de color miel a la luz de la lámpara.

—Sé que las chicas de hoy en día os reís de los corsés —dijo Pim—, pero de verdad que soportan el busto y mejoran la postura… —Dejó la frase a medias con un chillido. Laura le había lanzado un cojín a la nariz.

—Hora del té, señora Shaw —le recordó Laura—. O me veo poniéndome un verdugado y chanclos antes de la cena. O una toga.

—Pues sabes, una vez, como disfraz, me puse un vestido de una noble isabelina. Fue todo un éxito. Hice el verdugado yo misma —refunfuñó, aunque con una sonrisa.

—No me sorprende lo más mínimo —dijo Laura con cariño.

Después de la cena esa noche, Laura y Mary se fueron a la biblioteca a fumar. Pim miró con desdén los cigarrillos.

—Eso hace que se te pongan los dedos amarillos.

—Una costumbre asquerosa —secundó Laura, soplando el humo. Tenía otro misterio de asesinato, *Muerte en la Amazonia,* y su mente estaba agradablemente alejada tanto de Europa como de Canadá.

Mary estaba revisando alguna lista de inventario, resiguiendo con un lápiz una hoja de papel, con un dedo de un *whisky* poco refinado a su lado. Aunque les hacía compañía, siempre había una parte de Mary que se mantenía distante. Absorta. Mary se ocupaba de su hospital, reflexionó Laura, de la misma manera que algunas mujeres estaban encima de sus maridos e hijos. Era su empresa. Su lugar y propósito. Su obsesión.

Pim estaba intentando la psicografía. Mayormente lo que hacía era murmurar durante largo rato para sí misma mientras giraba el papel en todas direcciones, intentando sacar el significado de los garabatos. Pero al final llegó al pie de la página, miró el resultado sin sentido con tristeza y lo dejó a un lado. Ella y Mary se enfrascaron en una conversación.

Laura las escuchaba a medias. Pim estaba hablando sobre los ángeles, y Laura, que lo sabía todo sobre los arcángeles, los tronos y los reinos —su madre había sido muy rigurosa—, deseaba que cambiaran de tema.

—¿Por qué no debería haber ángeles? —preguntaba Pim con total honestidad—. En el campo de batalla, me refiero. Dios es omnipresente.

—¿Por qué debería de haber? —repuso Mary, que se deleitaba profanamente provocando a Pim—. Probablemente tengan mejores cosas que hacer.

—¿Y qué me dices de los ángeles de Mons? —prosiguió Pim—. Lo he leído todo sobre eso. Había panfletos en la iglesia. Incluso un arzobispo predicó sobre ello.

Laura intentó concentrarse en la Amazonia, pero no le sirvió de nada. Como todo el mundo, sabía la historia de los ángeles de

Mons. Durante la retirada, en 1914, estaban aplastando a las fuerzas expedicionarias inglesas, o eso decía la historia. Solo que una manada —¿o bandada?— de ángeles armados apareció y ahuyentó a los alemanes. No cabía duda de que los alemanes debían de tener su propia versión de los hechos. Laura a veces se preguntaba, distraídamente, qué ocurría cuando los partidarios celestiales de un ejército se encontraban con los del otro.

—No fueron ángeles —intervino Mary con un brillo en los ojos—. Tengo entendido que fueron arqueros fantasma de Agincourt. El frente está atestado de fantasmas, ya sabéis. Sin duda fueron los chicos de Agincourt.

—Pero los ángeles… —protestó Pim.

Laura notó que se enfadaba sin saber el motivo.

—¿Acaso importa?

Mary y Pim la miraron sorprendidas. Laura se mordió la lengua antes de que pudiera decir nada más. *¿No lo entendéis? El mundo acaba con una explosión, no con trompetas, y si los ángeles existieran, les dispararían en el cielo como si fueran un aeroplano.*

—Pues claro que los ángeles importan —contestó Pim—. Son una prueba infalible de… —Se quedó callada, consternada. Laura se preguntaba cómo iba a acabar la frase. ¿Del amor de Dios? ¿De su ira? ¿De su completa indiferencia?

—Lo siento, Pim —se disculpó Laura—. Debería haber mantenido la boca cerrada.

14
LAS FUENTES DE AGUAS SE CONVIRTIERON EN SANGRE

**TIERRA DE NADIE, SALIENTE DE YPRES,
FLANDES, BÉLGICA
NOVIEMBRE DE 1917**

Freddie, patinando y trastabillando detrás de Winter, peleó por mantener la mente despejada. Cuando se detuvieron en un cráter de proyectil, cerró los ojos e intentó evocar días mejores; a él mismo leyéndole versos a una muy sufrida Laura mientras ella leía detenidamente un manual al otro lado del fuego. Pero no era capaz de proyectar la imagen nítida. Ningún poeta, muerto o vivo, podría haberse imaginado aquel lugar, real, sobre la faz de la Tierra, y no encontraba las palabras para describirlo.

Si no llega a ser por Winter, ya habría muerto una docena de veces. En dos momentos distintos el alemán lo arrastró al suelo cuando un proyectil les cayó cerca, lo retuvo inmóvil cuando vieron el destello de la boca de una ametralladora. Pero lo más importante era la presencia estoica de Winter, el salpicón de sus pasos, caminando lo suficientemente cerca como para tocarlo, lo que mantenía a Freddie en movimiento. No tenía ni idea de si estaban detrás de sus líneas o de las de Winter, en algún lugar en la tierra de nadie, o en el noveno círculo del infierno, con Satán en el horizonte masticándose a los traidores. No le quedaba fuerza suficiente como para que le importara.

Y entonces, justo delante de él, Winter se detuvo.

Freddie se topó con él, y entonces recobró el equilibrio, lleno de pánico. Si caía en aquel barro no podría salir.

—¿Qué pasa?

—Allí. —Freddie, siguiendo el movimiento de la barbilla de Winter, vio lo que su cerebro estremecido primero pensó que eran ojos que los observaban con regocijo en la oscuridad, pero se dio cuenta de que debían de ser cigarrillos. Habían encontrado a otras personas. Al fin. Sentía que ya tenía un pie en la tumba así que no se preocupaba por sí mismo. Pero temía por Winter. ¿Y si no eran alemanes? Casi que prefería que lo fueran. De ser así a él tal vez lo fusilarían, aunque seguramente lo harían prisionero, pero no matarían a Winter.

Un proyectil salpicó en el agua y explotó, embadurnándolos con tierra. Se arrojaron al suelo y empezaron a reptar. Un zumbido silbó en el aire y entró salpicando en un cráter, todavía más cerca, pero ese no explotó. A cubierto; tenían que ponerse a cubierto. Una ametralladora inició su canto mortífero, demasiado cerca. Debía de haber un agujero por ahí que todavía no estuviera inundado, una trinchera… algo. Otro proyectil impactó en el agua, y otro aullaba mientras surcaba el cielo. Llegaron a la cresta de un cráter y Freddie trastabilló y cayó dentro, su grito se perdió en el extremo ruido. Winter cayó detrás de él. El agujero causado por el proyectil estaba lleno de agua helada y pestilente, y el siguiente grito de Freddie quedó ahogado. Se abrió camino hasta la superficie justo a tiempo para ver cómo Winter se hundía; se giró, y lo arrastró hacia arriba, mientras un tercer hombre, borroso en la oscuridad, huyendo de la cortina de metal igual que ellos, cayó encima de Winter.

Winter, jadeando, masculló automáticamente en alemán.

Freddie vio cómo ocurría todo a cámara lenta, como si el mundo se hubiese detenido. Identificó, en la luz del fogonazo repentino de un proyectil, el uniforme canadiense del hombre y sus ojos desorbitados por el miedo. Vio cómo agarraba la bayoneta y la empujaba hacia abajo lleno de pánico, hacia el cuerpo jadeante de Winter.

Freddie arrolló al hombre justo cuando la bayoneta estaba bajando. Entonces los dos se zambulleron en el agua, y el hombre forcejeaba. Se le había caído el rifle, pero sacó un cuchillo y apuñalaba salvajemente. Tenía la boca abierta en un grito, aunque Freddie no podía oírlo. El cuchillo brilló húmedo con agua oscura como la sangre y la mente de Freddie se llenó de una furia desatada. Se puso encima del otro hombre y lo retuvo bajo el agua.

El cuerpo se relajó. Pasaron unos segundos, su mente se despejó, y se dio cuenta de lo que había hecho y se echó atrás, ahogándose. El estruendo de las armas parecía intensificarse y disminuir con la sangre que le palpitaba en las sienes. Se giró y vomitó bilis; no tenía nada en el estómago. La mano de Winter se cerró en su brazo.

—¿Estás…? —La voz de Winter era extrañamente vacilante. Su mano y su cara oscurecidas por la sangre y el agua, su pecho acelerado—. ¿Estás bien?

Freddie se quedó callado durante unos cuantos minutos de conmoción. No era real. No podía ser real. Si no decía nada, entonces se despertaría y se daría cuenta de que no era real.

Al fin, su mente empezó a funcionar de nuevo. Había matado a alguien. A un canadiense, a uno de sus paisanos. Lo había matado por defender traidoramente al enemigo. ¿Cómo era eso posible? Miró a Winter como si la respuesta fuese a estar escrita en el rostro de su enemigo, entonces se zafó de su agarre con un estremecimiento. Había ocurrido tan rápido. Winter agarró a Freddie de los hombros y lo obligó a girarse para mirarlo a los ojos.

—¿Iven? Iven, mírame.

Freddie no respondió. Le castañeaban los dientes. Su mente se rebelaba con cada partícula de su ser.

—Deja de pensar, Iven —le dijo Winter. Hundió los dedos en los brazos de Freddie—. Ha sido instinto. Los hombres hacen eso. Es la guerra, Iven.

—Yo no quería… Y él… Soy… —Se fue apagando, lo intentó de nuevo, pero no tenía palabras para describirlo. Apenas era un ser humano. Al final se limitó a morderse la mano, para retener el grito.

Winter lo obligó a bajar la mano, todavía buscándole los ojos.

—¿Iven? —Por primera vez su voz se teñía de miedo.

A Freddie la mente le daba vueltas. No podía estar cuerdo. Un hombre cuerdo no podía estar en ese agujero, bajo aquel cielo. Deseaba poder meterse en la pérfida tierra y no salir nunca más. Pero había prometido mantener a salvo a Winter. Solo ese pensamiento le otorgó a Freddie el estímulo para recobrar la poca serenidad que le quedaba.

—Estoy bien —fue capaz de pronunciar con la voz ahogada.

Winter se quedó callado, pero soltó a Freddie, se giró, y fue en busca del hombre muerto. Sacó la mochila medio sumergida con movimientos torpes, usando su brazo bueno. Freddie se quedó sentado en silencio, ensimismado, mientras Winter rebuscaba dentro de la mochila empapada y sacaba una cantimplora que goteaba, medio llena. Raciones de campaña, las de emergencia. Chocolate envuelto en papel de cera. Una máscara de gas.

Winter le estaba ofreciendo el chocolate cuando Freddie se desplomó de repente sobre la tierra inclinada y lodosa del cráter, atragantándose. Winter lo agarró, tiró de él con un brazo huesudo y colocó la cantimplora del hombre muerto en sus labios. Freddie, aturdido, probó el agua mezclada con ron. Pensó: *He matado a un hombre para salvar a mi enemigo.* Se dio cuenta de que estaba bebiendo e intentó no vomitar el agua.

Un proyectil volvió a iluminar la noche. Durante un segundo, el rostro de Winter adquirió color en vez de estar formado solo por líneas y sombras. Tenía los ojos de un sorprendente azul claro. Freddie observó esa cara como si pudiera hallar respuestas en ella, alguna razón para toda aquella locura. Su mente estaba completamente encallada.

—Estamos detrás de tus líneas. Soy tu prisionero, Iven —dijo Winter mientras lo miraba con cautela.

—¿Ah, sí? —Freddie intentó pensar. La boca le sabía a ron, tierra y sangre. A pesar del peligro, lo único que quería hacer era dormir. Olvidar. Pero estaba Winter—. Harían… Haríamos… No sé si tomaríamos a alguien prisionero aquí. Estamos demasiado cerca de vuestras líneas. Puede que te disparen. Tendremos que volver. Hacia alguna… —Habría sido hacia alguna trinchera auxiliar, si es que había algo parecido a trincheras en aquella parte del frente. Pero no había nada. Solo un conjunto de agujeros.

Winter no dijo nada.

—A menos… ¿A menos que quieras volver a tu bando? —Freddie irguió la espalda tanto como pudo, y permaneció en cuclillas medio sumergido en el cráter—. No te detendría. —Pensar que Winter lo podía dejar solo lo aterrorizaba.

Winter negó con la cabeza apelmazada.

—No. Sigo siendo tu prisionero, Iven.

—No permitiré que mueras —le aseguró Freddie. Era un juramento que había escrito con la sangre de otro hombre, y en ese momento era todo lo que le quedaba en el mundo.

15
EL PARAÍSO DE LOS LOCOS

LONDRES, INGLATERRA, REINO UNIDO
MARZO DE 1918

Laura, Pim y Mary desembarcaron en Liverpool, le dieron la espalda al Atlántico infestado de submarinos y subieron al tren hacia Londres. Nada más llegaron con un silbido a la estación de King's Cross, Mary salió volando otra vez, para comprobar su «ropa de cama y popurrí», como denominaba a sus artículos donados. Laura y Pim se quedaron esperando de pie en el andén, abandonadas temporalmente.

Pim oteaba alrededor con un placer mudo, observando la mezcla de uniformes, los cristales y los trabajos de carpintería metálica que tenían sobre las cabezas. Laura deseaba poder ver King's Cross a través del prisma de los ojos de Pim. Londres le parecía como el limbo, el centro brillante del mundo moderno, que para ella se convertía simplemente en la antesala de la guerra. Deseaba que Mary se diera prisa, y que el hotel no estuviera muy lejos.

Un tren con ventanas tintadas llegó a la estación, y personas vestidas con uniforme empezaron a reunirse en el andén, obviamente esperando, intercambiando alguna palabra ocasional en voz baja.

—Oh, deben de ser soldados heridos —dijo Pim—. Pobrecillos. Aunque pensaba… Pensaba que un tren-hospital sería más grande. ¿No debería ser más grande?

—No son heridos exactamente. Son los que han enloquecido —dijo Laura, tras vacilar un instante. Inhaló el humo de un cigarrillo—. Podemos ir a esperar en la taquilla.

Pim no se movió.

—¿Soldados… locos? ¿Por la guerra?

—Sí. Pim, los hombres no quieren que los veamos así. Deberíamos…

Demasiado tarde; la puerta del tren se abrió de par en par. Un instante después, ayudaban a bajar a los hombres o cargaban con ellos. El primero llevaba una camisa de fuerza. Se retorcía. El segundo estaba sollozando, con el rostro ceniciento. Se tropezó con sus propios pies y se agarró al hombro de un camillero. El tercero no podía mover las piernas; parecía un pajarillo caído del nido. El cuarto se mordía las uñas, sus ojos eran como agujeros quemados en su piel sin color. El quinto hablaba en voz baja con un tono que parecía bastante racional, solo que su cara estaba cubierta de vendajes y lo que decía no tenía ningún sentido.

—Los muertos —musitó el soldado—. Por la noche, sabes, los ves. En la oscuridad. Vuelven en la oscuridad. Uno de ellos me sonrió. Me dijo que nunca regresaría a casa. —Su voz se elevó de repente, jadeante—. Pero eso ya lo sabía, ¿no es así? Lo sabía, lo sabía, lo…

Los camilleros se apresuraron a llevárselo.

Pim observó cómo se iba, completamente paralizada.

—Pero… ¿por qué se vuelven locos?

—No lo sé —contestó Laura. Sí lo sabía, pero era algo que no se podía decir con palabras. No las había para ello.

—Pero ellos… ¿La guerra los ha hecho enloquecer? ¿Qué estaba diciendo? Sobre… ¿Sobre los muertos? —preguntó Pim, en una voz extraña y frágil.

—Locura —dijo Laura, tajante—. Era locura. Vamos.

Se suponía que tenían que pasar tres días en Londres. Demasiados días, según la opinión de Laura.

—Paciencia, Iven —dijo Mary, atareada con abrir cartas en la mesa del desayuno del hotel la mañana siguiente—. Hay gente a la que debo visitar; quién sabe cuándo podré volver a Londres. Los hospitales de campaña privados no funcionan solo con donaciones. Necesito beneficencia tanto pública como privada. ¿Por qué crees que me permiten seguir con este asunto? Soy una bomba para las noticias, una dama valiente que aporta su granito de arena. Esta mañana tengo una cita con el diario, con nada que me haya acabado el té.

Laura se entretuvo con un huevo pasado por agua y una tostada.

—Bueno, mientras los diarios estén satisfechos —contestó.

—Exactamente —dijo Mary.

Pim había llevado una guía de viajes al desayuno y la estaba hojeando, haciendo anotaciones e ignorando la comida.

—Shaw, ¿se piensa que está aquí de vacaciones de verano? —preguntó Mary.

—Ay, Laura, ¿quieres ver Trafalgar Square? —inquirió Pim.

—¿Por qué no? —se apuntó Laura. Nunca había viajado por placer. ¿Es la que tiene los leones?

—No tenéis remedio, ninguna de las dos. —Mary abrió otra carta y soltó un cacareo de satisfacción.

—¿Qué es? —preguntó Pim.

—Regocijaos, señoritas. Nos he conseguido invitaciones para una cena —informó Mary.

Pim cerró la guía.

—¿Ah, sí? ¿Con quién?

—En la casa de un general retirado, un buen anciano llamado Munster, uno de esos que se curtió en India y Sudáfrica. Podéis esperar alfombras turcas y estatuas por todos lados de proveniencia cuestionable. —Mary negó con la cabeza—. Pero habrá también una dotación completa de militares americanos acabados de llegar. Por eso nos han invitado, con la pretensión de que los soldados aprecien la compañía de tres damas de su mismo lado del océano. Y… —Claramente Mary se había guardado lo mejor para el final— el mismísimo Gage estará allí, del regimiento cinco de infantería, ya sabéis, muy querido en el cuartel general. Ha hecho un viaje rápido a Londres y vuelve el mismo día que nosotras. Somos afortunadas de haber podido coincidir. —Mary se frotó las manos—. Puedo ver con facilidad… ¿Qué? ¿Qué pasa, Laura?

Laura había soltado el huevo que había pelado con sumo cuidado.

—Nada —contestó Laura, recomponiéndose—. Resbala. Continúa, Mary.

Mary intentó arrastrarlas para comprar ropa nueva, pero Laura no daba el brazo a torcer.

—Llevaré puesto mi uniforme. Estamos en guerra, y soy, Dios se apiade de nosotras, una heroína de guerra, con una cojera para demostrarlo. Con ello evito cualquier dictamen de la moda.

—Está bien —accedió Mary a regañadientes—. Pero llevarás un uniforme adecuado. No una de esas cosas modificadas en el campo de batalla, con el dobladillo en la rodilla.

—¿Acaso soy una salvaje? —dijo Laura—. Tendré un aspecto perfectamente adecuado. Incluso tengo una medalla. —Era verdad que había modificado la mayoría de sus uniformes hacía mucho tiempo. El uniforme estándar de enfermera era encantador a la vista. Llegaba hasta el suelo, con siete piezas incluyendo un collar almidonado extraíble, unos puños prístinos que también se podían quitar. Todas las enfermeras cerca de la línea del frente les habían echado un vistazo y habían empezado a coser a escondidas, tan rápido como podían. Pero Laura se había quedado con un uniforme inmaculado, para ocasiones como aquella. Se lo puso la noche de la cena, y cuando salió a la estancia que compartían entre sus habitaciones, Mary le dijo:

—Tal vez tuvieras razón. Tienes mejor aspecto en uniforme de todos modos. Tienes uno de esos rostros. Autoritario. La ropa elegante se vería frívola en ti. Es una pena que no seas un poco más alta. Ahora cuéntame qué te atribula. —Pim había ido al baño.

Laura le dirigió a Mary una mirada inquisitiva.

—Ni se te ocurra parecer inocente —dijo Mary—. Parecías hecha una furia cuando te conté lo de la cena. ¿Qué pasa?

—El general, Gage, fue bajo sus órdenes que nos recolocamos en Brandhoek, para ayudar. —Un lugar mortífero para un hospital móvil. Encasillado por un lado por una vía de tren y un almacén de munición. Un objetivo obvio.

—Ya veo —reaccionó Mary, con un tono indiferente.

—Lo sé. Pon el hospital cerca de las municiones, y tal vez los alemanes no lo bombardeen. Y, si lo hacen, y además aplastan el hospital, entonces alguien con sombrero de fieltro sale y toma fotografías de las salas destruidas y las enfermeras que sollozan y envía las mejores directamente a los diarios. Otro golpe para generar noticias de guerra.

—Sí, sí, todo muy vil. ¿Puedes guardarte los sentimientos para ti misma durante la cena? Esto es algo grande, Laura, esta invitación. Sacaremos donaciones.

—No voy a armar una pataleta ni a negarme a comer los guisantes, Mary. Preferiría no ir, pero creo que tú ya sabías eso.

—No van a racionar el azúcar —dijo Mary, persuasiva.

Laura soltó una carcajada amarga.

—Bueno, en ese caso supongo que está todo perdonado.

La eminencia retirada, el antiguo amigo de Mary llamado Munster, vivía en una exuberante mansión en Mayfair. Laura, Mary y Pim bajaron del taxi y les abrieron paso hacia una sala rebosante de latón de Benarés, muebles oscuros y uniformes británicos y americanos. En la habitación hacía un calor de mil demonios.

Pim estaba satisfecha.

—Nunca he conocido a un general. —Iba vestida de negro y tenía un aspecto desgarrador. Cada una de las cabezas de la estancia se giraba al verla pasar.

—Se parecen mucho a las demás personas —dijo Laura—. Tal vez algo más vanidosos. —Una gota de sudor le bajó por la espalda. La habitación estaba abarrotada. Había demasiado ruido. La ponía nerviosa. Se dirigió directamente al carro de las bebidas y le lanzó al soldado más cercano una sonrisa. Él le mezcló un cóctel; se lo acabó con un par de tragos y pidió otro, ignorando la mirada reprobatoria de Mary.

El general, Munster, iba a juego con su casa. Era viejo, recargado, voluminoso y de piel amarillenta. Su bigote lucía impecable. No tenía un aspecto muy saludable, pensó Laura. Tenía un rubor extraño en las mejillas, un velo en los ojos y algo forzado en su afabilidad.

En cambio, el general Gage era mucho más joven: ni cincuenta años, con un leve acento irlandés y de ademanes rápidos y expansivos. Se movía por la habitación con un encanto natural. Laura podía ver por qué era el favorito en el cuartel general, y en Whitehall; era una de esas personas que escuchaba con una atención aduladora, te miraba como si no importara nada más. Hizo que los soldados americanos —un grupo bastante frío y taciturno, con un aspecto muy metodista— se rieran a carcajadas, y entonces dio vueltas alrededor de Mary, Pim y Laura.

Sus ojos se clavaron en el rostro inmaculado de Pim.

—Nadie me dijo que un trío de ángeles había venido para honrar nuestra grosera compañía.

Laura intentó no mostrarse cínica. Pim parecía estar a la vez halagada, encantada de conocerlo e inocentemente no disponible. Probablemente había practicado aquella expresión en el espejo. Mary encajó la mano del general, sonriendo. Laura dio un buen sorbo de su cóctel. El lugarteniente detrás de Gage estaba mirando a Pim, visiblemente deslumbrado.

—¿Son estas damiselas sus voluntarias, señora Borden? —preguntó el general.

—Eso es —respondió Mary. Presentó a Pim y a Laura y luego se enzarzó en un discurso sobre su hospital, sus ricos promotores, los periodistas interesados y su buen trabajo.

Gage la escuchó cortésmente, pero cuando Mary se relajó, preguntó:

—¿Y qué trae a una dama refinada como usted al otro lado del océano, señora Shaw? Aplaudo su patriotismo, pero seguramente su familia la necesitará en casa.

Mary apretó los labios.

—Soy viuda, señor. Quería... honrar a mi hijo, James, que ha fallecido.

Laura esperaba que Gage hiciera algún sonido empático. Sin embargo, frunció el ceño.

—¿James? ¿James Shaw, correcto? ¿Canadiense?

¿Qué era lo que había en el rostro de Gage? No era reconocimiento. ¿Inquietud?

—Así es, señor. Hay alguna posibilidad... Quiero decir, ¿podría haber conocido...?

La campana para la cena la interrumpió.

—Sí... ¿Quizá? Hablaremos... Hablaremos después de la cena —dijo Gage—. Ha sido un placer conocerlas, señoritas. —Se fue a grandes pasos.

—Tal vez sepa algo de Jimmy —dijo Pim, con una esperanza brillante marcada en el rostro.

Laura lo dudaba. Probablemente solo estuviera hambriento.

—Todo puede ser. Vamos, quiero mi cena.

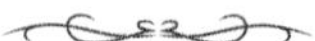

Mientras entraban para la comida, Laura se dijo a sí misma, severamente, que no había ningún motivo para despreciar al general Gage. No era culpa suya que fuera bien vestido y estuviera bien alimentado, que tuviera buenos modales y un encanto natural ni que comandara a su ejército desde un cómodo palacete, y que para él las bajas fueran números en un registro, una cuestión matemática. Que probablemente formaría parte de la alta nobleza cuando acabara la guerra. Así era como funcionaban las cosas. Necesitaba otra copa.

Mientras estaban todos sentados a la mesa para la cena, una voz agradable aunque algo importuna habló a la altura del codo de Laura.

—Yo la recuerdo. Es Iven, ¿verdad?

Era el lugarteniente, el ayudante que se había quedado detrás del general Gage y observaba a Pim con una admiración ardiente. Tenía unas desafortunadas orejas de soplillo, una cara delicada típicamente inglesa y unas ropas entalladas a la perfección. Los ojos vidriosos por el vino. Rápidamente, Laura buscó en su poca eficaz memoria, pero la única asociación que le vino con aquella cara, vaga como el humo, no tenía ningún sentido: espárrago.

—Sí, señor. Mi nombre es Laura Iven. Formaba parte del cuerpo de enfermeras del ejército canadiense.

El lugarteniente se dio cuenta de su inexpresividad y dijo, con una ancha sonrisa desarmadora:

—Mi nombre es Young. Supongo que no se acuerda de mí. Nos conocimos en 1915. Cuando los alemanes…

—Sí, me acuerdo —lo cortó Laura, acordándose de repente. Y tanto que era un espárrago, el pobre hombre—. ¿Cómo se encuentra, señor?

—No me quejo —respondió Young con entusiasmo—. Trabajo para mi tío… Quiero decir… Para el personal del general, ahora. —Desvió los ojos hacia Pim—. ¿Es esta su primera vez en Londres, señora Shaw?

Pim se giró y él inmediatamente se ruborizó hasta la línea del pelo, aunque a Pim no parecía afectarle.

—Sí, así es. Es un placer conocerlo. Laura y yo estamos muy agradecidas de que nos hayan invitado esta noche.

Young seguía con la cara como un tomate.

—El placer es mío.

La conversación prosiguió de manera predecible. Young estaba encantado de que fueran a estar en Couthove, y de que Pim les tuviera miedo a los caballos.

—No se preocupe —dijo, acabándose el vino. La voz se le había teñido de un deje de fanfarronería—. Podría enseñarle a montar. Estaría saltando vallas en un periquete. Mi tío y yo volvemos pasado mañana. No me puedo quedar en casa durante mucho tiempo, al menos no estos días. —Añadió vanidosamente.

—Oh —exclamó Pim, con una seriedad aduladora—. ¿Tan mala es la situación allí, señor?

—Por supuesto siempre la protegeremos, señora Shaw. Pero, bueno, ya sabe, esos pícaros bolcheviques...

Laura se entretuvo con la sopa.

—Han sacado a Rusia de la guerra...

Young tenía muchas cosas que decir sobre los bolcheviques. Como Rusia se había retirado, Alemania estaba reforzando su frente occidental con todos los hombres del este. Había al menos un millón. Pero la señora Shaw no debía preocuparse, porque un solo soldado de los aliados valía como diez alemanes.

Laura no era tan optimista.

Le retiraron la sopa y le sirvieron un pollo asado.

—Esos comunistas —seguía Young, extendiéndose— infectaron a la población con sus perversas ideas. Todas las personas son iguales. Eso solo significa caos. No saben acatar órdenes, los comunistas. No tienen disciplina.

Laura había tenido un paciente una vez, un prisionero austríaco, que había combatido en el frente oriental. «Muchos soldados allí», había dicho. «Muchos rusos. Pero poco más. Mandan a los hombres con un rifle para cada dos, y le dicen al segundo hombre que lo recoja cuando hayan matado al primero...».

Laura se sirvió más pollo.

—Bah, incluso los franceses... —Young se tuvo que tragar el resto. Había alzado la voz durante uno de esos extraños silencios que ocurren incluso en las fiestas más ruidosas. Casi toda la mesa lo había oído. Munster y Gage, y un puñado más de oficiales, lo escrutaron al instante fijamente con una mirada severa.

Young se sonrojó.

—Nuestros mejores aliados —añadió débilmente—. ¿Le gusta el pollo? —le preguntó entonces a Pim.

Pim murmuró algo educado. Laura cortó en pedazos su segunda ración. Recordaba los rumores que se habían extendido desde los barracones militares hasta las cafeterías durante los largos y sangrientos días del verano anterior: «Los franceses no van a subir. No pelearán. Cantan "La Internacional" en sus refugios. Dicen que no van a atacar, dicen que están cansados de morir. Llaman a la clase trabajadora para que se alce».

«Motín», esa era la palabra, el rumor, que la gente apenas se había atrevido a susurrar. Si Alemania lo hubiese sabido, habría sido el fin. Habrían roto la línea.

Laura siguió mascando insistentemente. Un millón de alemanes se acercaban, los franceses flaqueaban y los americanos justo empezaban a llegar al campo de batalla. Si perdían, todo el ensamblado de puestos de la retaguardia se vería aplastado bajo el avance de las tropas, y nunca descubriría lo que le había ocurrido a Freddie y se pasaría el resto de su vida con la incógnita…

Una chica bien educada vestida con ropa elegante, que hacía de voluntaria en los hospitales de Londres, intentaba reavivar la menguante conversación. Se giró hacia Laura.

—Mis pacientes me cuentan cosas muy divertidas. Historias de fantasmas y fábulas muy interesantes. ¿Tal vez ha oído usted también algunas buenas historias, señorita Iven? Un hombre me dijo que había visto a su capitán, que había muerto hacía años, saludándolo con el sombrero al otro lado de la ventana. Otro me dijo que había conocido a un hombre que vendía vino que podía conceder deseos. Y otro me habló de los hombres salvajes. ¿Ha oído hablar de ellos?

—Una invención de la prensa, Annie —añadió Munster represivamente. Había un cierto parecido familiar entre los dos. ¿La sobrina? ¿La nieta? Munster se limpió la cara. Laura se dio cuenta de que su color había empeorado, pensó que tal vez debería decirle a su esposa que llamara a un médico después de la cena.

—¿Cómo? —reaccionó la chica con inocencia—. Porque un paciente mío me dijo que los había visto seguro. Formaba parte de un equipo de rescate cerca de Fresnes, y me contó que todos los hombres tenían miedo de abandonar el campamento militar por la noche, por el temor a los gritos y los disparos de rifle que provenían de la tierra de nadie. Dijo que eran los hombres salvajes los que hacían el ruido. Franceses, alemanes, italianos... Todos los soldados que habían desertado. Vivían juntos y salían de noche para robar comida y pelear para entretenerse. Un día, según mi paciente, él y sus compañeros incluso tendieron una trampa para los hombres salvajes... con algo de comida y *whisky* en una cesta. Nadie la tocó, pero la mañana siguiente encontraron una nota dentro que ponía «¡No servirá de nada!».

Annie rio inocentemente. Unos pocos de los americanos se unieron a ella. Pim había girado la cabeza hacia la conversación. Laura suspiró por dentro. Una fantasía más que preciada, que hubiera una hermandad de hombres libres esperando a aquellos que desertaran. Pero podía ver que Gage empezaba a echar humo.

—Una vez tuve un paciente que había caído herido en un cráter hacía diez días. No le habían podido mirar la herida antes, me contó, porque se había pasado una semana en el agujero de un proyectil, bebiendo agua de lluvia y gritando para que alguien lo ayudara. Lo dijo como si fuera algo común. «Ahí están las voces de la tierra de nadie. Soldados que no pueden volver» —dijo Laura para aplacar a Gage. Su mente le proyectó una imagen de su hermano, atrapado en uno de esos agujeros. La desvió de su cabeza.

La chica parecía molesta.

Munster los interrumpió, levantando la copa.

—¿Hacemos un brindis? Por el fin de la guerra. Por la ruina del káiser. Por el ejército, caballeros.

Hubo murmullos de afirmación y todo el mundo bebió. Un balbuceo de conversaciones nuevas erupcionó. Pero Laura dejó su copa sobre la mesa abruptamente. El color se había desvanecido del rostro de Munster. Laura estaba de pie y dirigiéndose hacia él justo cuando se desplomó hacia un lado de la silla.

—Está enfermo —dijo, en respuesta a una lluvia de preguntas, con el dorso de la mano sobre su frente y la otra comprobando el pulso en su grueso cuello—. Muy enfermo. La piel de su mejilla y de su cuello estaba lo suficientemente caliente como para quemar. Debería estar en el piso de arriba en la cama. *—No sentado a una mesa con vosotros, bebiendo. Y sea lo que fuere lo que tenga, probablemente esté empeorando.*

Laura escuchó al paciente y no le gustó lo que oyó. Al menos tenía experiencia con los pulmones encharcados. Los heridos por fosgeno generalmente le llegaban medio ahogados.

—Colocadlo en el sofá. Incorporado. Ayudadme —les ordenó a los hombres que tenía alrededor—. No puede respirar si está inclinado. —Laura abrió de un tirón los botones del cuello—. Que alguien llame a un médico.

Llevaron a Munster a un sofá tranquilo y lo incorporaron. El brandy y el agua lo reanimaron un poco, aunque a Laura no le gustaba la fiebre alta que tenía. Había subido demasiado rápido.

—¿Qué ocurre? —preguntó el doctor, cuando llegó—. Ese hombre debería estar tumbado.

—Tiene líquido en los pulmones —informó Laura.

—No me dé lecciones sobre mi propia profesión, señorita —le dijo el doctor mientras se inclinaba hacia el paciente—. Me ocuparé de él ahora mismo.

Laura abrió la boca, vio a Mary en la puerta, la cerró y cruzó la sala hacia ella. Estaba cansada.

—¿Dónde está Pim? —Laura quería volver al hotel y descansar la pierna.

—Gage la agarró en medio de la confusión y se la llevó a la biblioteca.

Mary sostenía un vaso lleno de oporto.

—¿Tenemos que organizar un rescate?

—No —opinó Mary—. Sé que Pim parece tremendamente ingenua, y lo es, en muchos aspectos, pero los hombres le han ido detrás desde que era una chiquilla… Es por el pelo. —El tono de Mary era afectuoso—. No te preocupes, puede encargarse de Gage.

—Cinco minutos —dijo Laura, con los ojos puestos en la puerta de la biblioteca— y entonces organizamos ese rescate y nos vamos. Intenta no respirar mi aire durante uno o dos días. Munster estaba enfermo.

—Iven, de verdad tenías que... —Laura no oyó el resto de la pregunta. Pim volvió a entrar agarrada del brazo de Gage, y durante un instante, de pie a la luz de las lámparas del vestíbulo, el rostro de Pim parecía desencajado. Conmocionado.

Laura cruzó la habitación velozmente. Young ya estaba allí, bastante ebrio y regalándole cumplidos a Pim, besándole la mano. Gage hizo lo mismo, sonriendo con aquel inmenso encanto irlandés y una afabilidad particular. Pim les devolvió la sonrisa a los dos, calmada. Laura se debía de haber imaginado la angustia. Quizás había sido un truco de la luz inestable.

Laura no pudo dormir esa noche. Se quedó tumbada, despierta, imaginándose que se quedaba en Londres después de todo, quizá como enfermera privada con una familia. Una nueva vida, una menos atribulada por los recuerdos. Se acordaba de cuando habían sacado a Lucy Jeffries de uno de los hospitales de campaña para que atendiera al rey de Inglaterra, después de que le hubiera dado un tirón mientras revisaba las tropas. Lucy se pasó seis meses en una casa de campo inglesa, comiendo como una lima a expensas de la familia real, y obtuvo una medalla al final por ello. Laura podría hacer algo parecido. Una mansión de campo. Tal vez algún noble mayor, un hipocondríaco incurable. Sin embargo, aquella corriente negra la seguía atrayendo, igual que había hecho en Halifax. Estaba encarada al este.

Pim también estaba despierta; Laura podía oír el frufrú de su pelo trenzado mientras giraba la cabeza en la almohada.

—¿Qué opinas del general? —preguntó Laura—. Te arrastró a la biblioteca tan repentinamente. —Pim no había pronunciado palabra sobre su interludio con Gage.

—Oh, fue muy encantador. Ha estado una vez en Halifax, sabes. Dijo que había tomado una cena excelente allí. Bacalao frito —respondió Pim en voz baja.

—¿Te llevó a la biblioteca para hablar de Halifax? Pim... ¿te importunó?

—¿Gage? —Pim sonaba avergonzada—. Ah, no, claro que no, Laura. Un completo caballero. ¿Dónde conociste al lugarteniente Young?

Laura dejó que Pim cambiara de tema.

—En una fiesta, supongo. Asistíamos a una cantidad sorprendente. En aeródromos y en las divisiones de los cuarteles generales y en cafeterías. Algunas se organizaban por desesperación. Pero es famoso por los espárragos.

—¿Espárragos?

Laura soltó una risilla.

—Ordenaron a su unidad que subiera al frente mientras estaba de permiso. En 1915, fue. Estaba comprando en un mercado en Oise y no pudo salir con el resto. Cuando volvió al barracón descubrió que su unidad se había ido. Todo el equipo. Aunque eso no lo perturbó. Se llevó a su criado y la cesta con berros y espárragos, pidió un taxi, y se dirigió al frente.

—Madre mía. ¿Y luego? —preguntó Pim.

—¿Estás bien? —preguntó Laura.

—Sí... sí, por supuesto. Demasiada nata en la sopa. Sigue, por favor.

Laura estiró el cuello para otear la habitación, pero no podía distinguir los rasgos de Pim en la oscuridad. Deseaba no haber empezado la historia.

—Bueno, todo esto pasó, por mala suerte, el día que los alemanes probaron el gas por primera vez. En Ypres. Young estaba acercándose en coche, metido en el taxi, civilizado como es debido, cuando los hombres afectados por el gas empezaban a retirarse. Fue una conmoción para él.

La historia había sido divertida cuando alguien la contó por primera vez en la cantina. El contraste absurdo: hombres tambaleándose hacia la retaguardia, con las caras volviéndose azules y aferrándose el cuello, mientras el conductor del taxi observaba y el oficial con guantes blancos en el asiento de atrás se aferraba a sus verduras frescas. Podían reírse de cualquier cosa, en la cantina del hospital. Contada en Londres, a Penelope Shaw, la historia parecía ser menos divertida.

16
UN JINETE MONTADO EN UN CABALLO ROJO

**ENTRE EL RISCO DE PASSENDALE E YPRES
FLANDES, BÉLGICA
NOVIEMBRE DE 1917**

La noche se hizo eterna. El cuerpo flotaba por debajo de ellos, medio sumergido. Freddie quería bajar, sacarlo y al menos estirarlo en el suelo. Pero el terreno estaba inclinado y resbaladizo, y cuando lo intentó, Winter tiró de él.

—No significará ninguna diferencia para él.

Freddie odiaba a Winter por ello, incluso mientras se hundía en la tierra de la cuesta del agujero del proyectil. No podían ir a ningún lado. No podían irse hasta que la lluvia amainara o el sol se levantara y les indicara la dirección. Y entonces deberían esperar a que cayera la noche de nuevo, para ocultar sus movimientos.

Un día entero con el cadáver al lado. Freddie tragó saliva por su garganta dolorida.

La lluvia seguía cayendo en cortinas de agua, pero a plena luz del día menguaron los bombardeos. En el silencio relativo, Freddie oyó voces que provenían de otros agujeros. Balbuceando, implorando, maldiciendo. *Son los muertos*, pensó al principio.

No, son los heridos. Atrapados a la luz del día, meditó después. Freddie se sorprendió cubriéndose las orejas con las palmas.

—¿Iven? —dijo Winter.

Freddie levantó la vista y se dio cuenta de que había estado susurrando para sí mismo. Líneas de esfuerzo rodeaban la boca de Winter y unas marcas violáceas como si fueran moratones circundaban sus ojos preocupados de aquel deslumbrante azul. Freddie podía notar el calor de la fiebre creciente de Winter donde sus hombros se tocaban.

—Está bien —dijo Freddie—. Estoy bien. ¿Y tú?

Se tuvo que esforzar para oír la respiración de Winter por encima del ruido ambiente. Tal vez fuera algo que se había marcado a fuego en la mente durante el tiempo que habían pasado en el fortín, que la respiración de Winter significaba que él, Freddie, también estaba vivo.

—Sobreviviré —dijo Winter, relajándose.

Freddie intentó pensar qué hacer con la herida de Winter. Laura le había enseñado cosas sobre eso, también, obligándolo a aprender qué hacer en el caso de tener una herida séptica. Dios, cómo la echaba de menos. No sabía qué hacer. No tenía vendas limpias. No le quedaba más remedio que sobrevivir hasta que pudieran volver a la tierra de los vivos.

—Recítame un poema —le pidió Winter—. Uno de los tuyos.

—No puedo acordarme —repuso Freddie—. No me acuerdo de nada.

Uno de los heridos a los que no podían ver estaba sollozando como un niño.

—Pues cuéntame por qué cojones nadie construyó emplazamientos defensivos como es debido. ¿Os gusta estar sentados en agujeros? ¿Es alguna tradición vuestra? —preguntó Winter con voz áspera.

—¿Emplazamientos? ¿Te refieres a ese fortín, nuestra maldita lápida? —La voz de Freddie era igual de ronca. Alguien gritó desde un agujero vecino.

—¿Cuántos de vuestros hombres apenas pueden pelear porque se han pasado caminando por encima y por debajo de tablones toda la noche en la oscuridad y luego han dormido en un cráter?

—Todos nosotros —respondió Freddie—. Dicen que arruina el espíritu combativo de los hombres dormir en un sitio seguro.

Winter se rio, con algo terrible en ese sonido.

—Los que dicen eso no son los que están en los cráteres, ¿verdad?

Al fin la luz del día empezó a apagarse de nuevo.

—Cuando sea noche cerrada —musitó Winter.

Freddie se limitó a asentir. Ninguno de los dos sobreviviría otra noche a la intemperie. El cadáver había empezado a flotar. Envueltos en las sombras que comenzaban a reunirse, se arrastraron hacia la cresta del agujero. Winter perdió el punto de apoyo y se fue deslizando hacia abajo. Freddie lo agarró antes de que pudiera zambullirse en el agua; con un esfuerzo titánico, consiguió que ambos llegaran a la tierra llana.

—¿Winter? —susurró Freddie.

Este meneó la cabeza y se puso de pie trastabillando.

Freddie volvió la vista atrás, casi contra su voluntad. Pero el hombre muerto era invisible en la renovada oscuridad. Cuando iban avanzando a trompicones hacia la retaguardia, Freddie se dio cuenta del motivo por el que los hombres heridos se habían quedado callados. Todos esos agujeros de proyectil se habían llenado hasta el borde de agua de lluvia.

Cualquier otro día, en otro lugar, no lo habrían logrado. Sus uniformes estaban tan mugrientos que eran indistinguibles. No tenían rifles. Alguien les habría preguntado sus intenciones, ¿y qué respuesta coherente podría haber ofrecido Freddie? Pero nadie lo hizo. Era una noche casi negra, con lluvias torrenciales, y cada hombre que seguía con vida apenas era humano, solo un puñado de impulsos que se valían de los nervios del cuerpo.

Freddie intentó distraerse y recordar Halifax. Sus libros. Pero no fue capaz de visualizarlos. En su lugar, intentó recordar a

Laura: Los primeros días del conflicto, el entrenamiento de Laura en Halifax, la carta embravecida que ella le había enviado desde Francia cuando Freddie le había comunicado que se iba a alistar. En ese momento pensó que escribirle aquella carta era la cosa más detestable que ella le había hecho jamás. «Un hombre ha muerto en mi enfermería hoy», le escribió. «Se llamaba Culpepper. ¿Sabes qué ha ocurrido, cuando vinieron a buscarlo? Los camilleros no fueron demasiado cuidadosos al moverlo y no sabían lo profunda que era la herida. Su cuerpo se separó en dos, Freddie, y han tenido que llevárselo así, dejando un reguero viscoso…».

Freddie había estado furioso en aquel momento porque le contara esas cosas pero con el tiempo comprendió sus motivos, aunque no le había hecho caso.

La recordaba como era en 1916, destinada en Francia y dándole clases de primeros auxilios cada vez que tenía permiso.

—¡Por el amor de Dios! —Le había soltado. Habían tenido la tarde libre y habían ido a Deauville juntos. Era agosto y el sol calentaba. El vaivén de las olas del mar le recordaba a Halifax. Intentaba dibujarlo, el mar destiñéndose con el cielo, las gaviotas dando vueltas, y con todo, tenía a Laura al lado, sermoneándolo sobre vendar brazos. Le había llevado a Freddie un pañuelo especial, con diferentes métodos de vendaje impresos directamente en la tela. Ni siquiera había visto todavía un combate real—. ¿No puede uno dibujar en paz?

—Si me dices… —empezó a decir Laura, y algún gesto de ella atrajo la atención de Freddie hacia su mano izquierda, vendada en dos lugares y extrañamente agarrotada debajo del envoltorio.

—¿Qué te ha pasado en la mano, Laura?

—Nada —respondió ella—. Nómbrame los desinfectantes, Freddie.

Los recitó, diligentemente.

—Alcohol, yodo, carbólico. Ron, si no hay más remedio.

Entonces Freddie le salpicó agua del mar con el pie sobre la falda y ella se lo devolvió, y durante diez minutos volvieron a ser niños.

Tal vez fuera el recuerdo de la luz sobre el agua lo que lo sacó de sus pensamientos, puesto que había luz sobre todos los charcos del lugar. Roja y verde, azul blancuzco aceitoso. Algo brillaba con especial intensidad en el agujero más cercano. Giró la cabeza para comprobar qué era.

El hombre muerto le devolvió la mirada. El agua se revolvió y entonces, lentamente, el hombre muerto se puso en pie. El agua se escurría de su cuerpo. Tenía los labios negros. Las ratas se habían hecho con él.

Freddie, observando sin poder hacer nada, dio un paso hacia el agua.

—Lo siento —susurró.

Freddie notó el impacto de un hombro endeble y oyó a alguien maldecir. Una voz que le resultaba familiar estaba diciendo «Iven». Freddie dio otro paso hacia el agujero.

—*Gott in Himmel* —dijo la voz, justo en su oído, salvaje—. ¿Me quieres escuchar? —Y entonces un puño aterrizó en su mandíbula, con la suficiente fuerza como para partirle el labio. Freddie volvió a recobrar los sentidos. La cara muerta no era más que un destello de luz. Winter le rodeaba el pecho con el brazo y el corazón le iba desbocado debajo de la chaqueta empapada. Y el agua de la que Winter lo había apartado no era agua en absoluto, sino una sustancia indescriptible que un proyectil había formado en la tierra, viscosa y succionadora, más mortífera que unas arenas movedizas. Había estado a tres pasos de la muerte. Jadearon mientras se apoyaban el uno en el otro.

—No mires al agua. Céntrate en tus pies. Solo eso —le dijo Winter cuando fue capaz de hablar—. ¿Me estás oyendo?

Freddie asintió.

—Vamos —dijo Winter, empujando levemente a Freddie por delante de él. Freddie se concentró en sus pasos. Las palabras de su pasado, ondeando como ropa tendida, sonidos inútiles, le recorrían la mente: *Antes de mí ninguna cosa fue creada, solo las eternas, y yo eternamente permaneceré. Abandonad toda esperanza…*—. Camina, maldita sea.

Freddie, con una voluntad que no era suya, le hizo caso.

Hasta que una voz se elevó de uno de los cráteres. Los pasos de Freddie vacilaron al oírla.

—Matadme —dijo la voz—. Ay, Dios. Ay, hostia puta, ¿puede matarme alguien, por favor?

17
LAS ENTRAÑAS DE LA NATURALEZA, Y QUIZÁ SU TUMBA

DE CALAIS A DUNKERQUE,
NORTE-PASO DE CALAIS, FRANCIA
MARZO DE 1918

Laura, Pim y Mary desembarcaron en Calais y pasaron la noche en un hotel. Estaban cansadas con ese agotamiento nada saludable que produce el viajar y el estar sentadas durante largos períodos de tiempo mientras algún tipo de transporte las arrojaba hacia lo desconocido. A Laura le dolía la cabeza, un dolor continuo y violento, justo entre los ojos. Notaba la cara caliente. Munster era contagioso. Bebió *whisky* y agua, intentó no fumar y rezó para que se le pasara.

Las calles de Calais estaban abarrotadas de soldados de permiso: uniformes azul claro para los franceses, caqui y marrón oliva para el resto. El ejército francés contaba con soldados de más edad en ese momento que antaño. La mayoría de los hombres jóvenes estaban muertos; habían llamado a filas a sus padres para que ocuparan su lugar. Pim y Laura compartieron una habitación del hotel, y Mary al otro lado del pasillo, en una habitación privada. Laura se tomó un caldo, declinó la cena y se fue a la cama, y estaba tumbada cuando Pim fue a comprobarle la frente.

—Tienes un aspecto horrible. —Los dedos de Pim estaban fríos y eran agradables.

—Es mi plan fantástico. —No se quitó la tela de los ojos—. Voy a aterrorizar a los alemanes y haré que se batan en retirada. Dame otro día más con este dolor de cabeza y arrasaré con ellos con una sola mirada fulminante.

—Te he traído polvos contra la cefalea.

—Gracias a Dios. Mary no tiene tiempo para el dolor de cabeza de una simple mortal —dijo Laura en una voz más humana mientras se levantaba la tela de los ojos.

—Debes estar mejor si puedes hablar así —observó Pim mientras ayudaba a Laura a incorporarse. Estaba mezclando los polvos en un vaso de agua.

—Apártate. Te quiero en la otra punta de la habitación, señorita. Hablaba en serio cuando dije que podía ser contagioso.

Pim le subió la manta a Laura hasta los hombros, puso el vaso al lado de la cama y se retiró.

—Tienes muy mal color. Eso es una gripe con mala baba.

—Con muy mala baba. Pregúntaselo al pobre Munster. Pero él además tenía neumonía, y yo no. Solo me siento fatal; estaré bien mañana. —Se bebió el vaso con los polvos—. Bendita seas.

—¿Cómo vas…? ¿Cómo vas a buscar a Freddie? ¿Cómo sabes por dónde empezar? ¿A quién preguntar? —inquirió Pim, tras un pequeño silencio y con una voz distinta.

—No lo estoy buscando. Solo quiero saber qué le ocurrió. Es distinto. Sea cual fuere el error que hayan cometido al informar de su muerte, él está muerto. —Como Pim se quedó callada, Laura añadió—: Debes aceptar lo mismo para Jimmy, Pim. Si no lo haces, lo verás reflejado en cada cara. Él no querría eso para ti.

—Ya me ocurre —confesó Pim. Tenía el rostro girado con los ojos fijos en la ventana que anochecía.

Laura tiró de la manta áspera de lana hasta cubrirse los hombros.

—No debes culparte.

—Estaba orgullosa de él. —Laura ya no le podía ver la cara—. Nate había muerto. Jimmy era todo lo que me quedaba. Tenía el aspecto de ser todo un hombre, con el uniforme, y yo estaba tan orgullosa de él.

Laura se quedó callada. En su mente, Penelope y Jimmy Shaw pertenecían a ese antiguo mundo, el Calais de los cuentos de hadas, con su color y sus bigotes lustrosos y el heroísmo brillante de los estandartes. Ahora Pim estaba perdida, sola en el mundo equivocado.

—Todavía estás orgullosa de él, espero —dijo Laura tras una breve pausa.

—Claro —terció Pim—. Siempre. ¿Pero acaso importa?

Laura no creía que importara. El amor de Pim y su orgullo eran como los ángeles de Mons. Como los hombres salvajes. Aunque existieran, no habían cambiado nada. Pertenecían también al otro mundo.

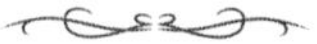

Un tren para el transporte de tropas las llevaría al este hacia Dunkerque, y un camión las recogería allí, para cubrir los últimos kilómetros hasta Couthove. El vagón del tren al día siguiente estaba atestado de soldados, sentados en el suelo o sobre paja o en cajas vacías de munición, jugando a las cartas. Laura se quedó retraída. El dolor de cabeza había empeorado y le dolían todos los huesos. Mary le echó un vistazo.

—Debería haberte dejado atrás.

—No podrías —repuso Laura—. No dejarías nada atrás que pudiera ofrecerle a tu preciado hospital algún bien. Me recuperaré.

Los soldados observaban con avidez a Pim, y Laura los apartaba con miradas fulminantes, con los ojos rojos, como si fuera una carabina en el más absurdo de los bailes.

Por azar, de todo lo que podía ocurrir, alguien sacó a la luz una edición de bolsillo de Tennyson. Se abrió camino hasta Pim, quien, tras un breve instante de vacilación, empezó a leer. Los soldados que las rodeaban se quedaron adorablemente callados para escucharla.

Cuatro grises muros y cuatro grises torres
Se yerguen sobre el campo cubierto de flores,
Y aislada vive entre rocas silentes,
La Dama de Shalott.

Laura escuchó sumida en un abotargamiento causado por la fiebre. Casi podía convencerse de que el poema era real y todo lo demás una ilusión. ¿Por qué debía una torre, un tapiz, un hada y un espejo mágico ser ficticios cuando lo que acechaba en el este, con las fauces abiertas, era real? Un retumbo se elevaba en la distancia. Al principio se podía confundir con un trueno. Pero no paraba de sonar.

Pim dejó de leer y se giró hacia Laura.

—¿Eso son…?

—Disparos —dijo Laura.

La luz empezaba a filtrarse, una neblina gris sobre los campos marchitos, donde las cosechas no habían brotado. En aquel lugar la guerra había dejado sus residuos: un neumático, un camión volcado, un bidón vacío de gasolina y una vaca muerta con las pezuñas apuntando al cielo. Pequeñas casas con las ventanas tapiadas con tablones. Pim siguió leyendo, mientras alternaba los ojos entre la página y el ensopado campo gris.

Con el soplo tempestuoso del levante,
El pálido color de los bosques menguante,
El lamento de las aguas en las orillas latente.
Un cielo plomizo llovía imponente
Sobre Camelot, ciudad de las torres;
Ella descendió y encontró entre corrientes
Una barca flotando bajo un sauce,
Y en torno de la proa dejó escrito:
La Dama de Shalott.

Pim meneó la cabeza y le pasó los poemas a otra persona.

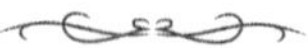

Bajaron del tren, acompañadas por un coro de despedidas anhelantes. Un camión las estaba esperando en la estación.

—¿No podíamos simplemente cambiar de tren? —preguntó Laura, observando el camión y pensando en lo mucho más lento que sería, y en cómo unas pocas horas de sacudirse por las carreteras belgas le afectarían a su dolorida cabeza. La vía del tren seguía por el este hasta Poperinge.

—No estás en el ejército ahora, Iven —contestó Mary, bruscamente—. No hay lugar en el tren hacia el este para extravagancias como nosotras. O bien vamos en el vehículo o a pie. —Los soldados irían a pie, Laura lo sabía. Pero su pierna no lo soportaría nunca.

Uno de los camilleros del hospital, llamado Fouquet, conducía el camión. Era valón, un belga francófono. Sin mediar palabra, las ayudó con los arcones. Las provisiones donadas de Mary irían después. Un tren silbó detrás de ellas, alto y solitario, mientras se dirigían hacia el crepúsculo.

La carretera fue empeorando cada vez más a medida que se adentraban en el este, destruida por el paso de los neumáticos y las botas de los soldados que marchaban. Olía a tierra, petróleo y ese hedor indescifrable y pungente de hombres pestilentes congregados. Laura intentó hacer un repaso de lo que sabía sobre los últimos barracones militares en los que se había alojado Freddie, el nombre del comandante de su compañía, una lista de hospitales en los que podría haber estado y donde podrían haber recogido su ropa. Pero su mente no pudo concentrarse en ninguna de esas cosas, exhausta.

Pim intentó ofrecerle a Laura su abrigo, y solo lo impidió la protesta combinada de Laura y Mary. Laura veía la carretera como si estuviera hecha de agua y la surcaran, y durante un segundo imaginó que era agua de verdad, agua oscura, y que las llevaba la corriente. Se quitó la ilusión de la cabeza con unos pestañeos. Entonces el camión empezó a frenar.

—Punto de control —les explicó Mary—. Llevan cuatro años intentando mantener alejados a los espías, los turistas y los que han perdido a un ser querido en la zona prohibida. Pim, por el amor de Dios, vas a trabajar en un hospital de campaña. Intenta que no parezca que vas a limpiar los pies de alguien con tus lágrimas.

Laura se quedó en silencio. Levantaban puntos de control para evitar que los hombres desertaran, también.

Los guardias de esos puestos tenían un trabajo fácil, bastante seguro y relativamente seco. Salieron con un poco de pavoneo: hombres grandes con unas bufandas de punto enormes enrolladas alrededor del cuello de tal manera que solo sobresalían la punta de la nariz y los ojos. Uno dio un golpe con la culata del rifle en la parte trasera del camión. El otro encendió una linterna de bolsillo.

—¿Qué tenemos aquí? —dijo uno de ellos y sonrió, como era de esperar—. ¿Carne de cañón?

—Repite eso cuando empiece el siguiente espectáculo —dijo Mary, inclinándose hacia delante para que la luz le alumbrara el rostro.

El hombre se sobresaltó. Tenía el aspecto de un espantapájaros mugriento, descompuesto por la lluvia.

—Señora Borden. Creía que se había ido a América.

—He vuelto —informó Mary.

Obtuvo una sonrisa débil y vergonzosa como respuesta, y una tos importante. El soldado estaba bien acatarrado. ¿Estaba todo el mundo enfermo, en aquel lado del Atlántico?

—Nos dirigimos a Couthove —añadió Mary—. Con nuevo personal.

El conductor, Fouquet, había bajado del camión y le había dado la vuelta hasta la parte trasera. Se había pasado todos esos kilómetros encorvado como una gárgola sobre el volante y la caja de cambios. Había sido jardinero en Couthove antes de la guerra, o eso decía Mary. Un experto en rosas.

—¿Algún problema? —preguntó Fouquet.

—No lo creo —dijo Mary.

Laura sí lo creía. Los guardias estaban aburridos.

—¿Canadiense? —preguntó el segundo soldado a Laura.

—Sí —respondió por ella Mary.

Jesús, encima estaba intentando mantener una charla agradable, sin que la tos se lo impidiera.

—Me gustaría ir a Canadá algún día. Si Flandes se embarra más, van a tener que llamar a la flota de pesqueros de Canadá para que traigan a los hombres, en vez de usar camiones. Tenga, señorita. Tiene pinta de que le vendría bien. —Le pasó a Laura un frasco.

Bueno, eso estaba mejor. Laura lo agarró y bebió. Ron sin diluir. Tosió, le picaron los ojos y el alcohol le quemó mientras le bajaba por la garganta, pero le prendió un pequeño fuego en el estómago y le calmó los escalofríos.

—Si tiene un cigarrillo —dijo Laura—, encenderé velas en su memoria cuando lo atraviese una bala, señor.

—¡Laura! —exclamó Pim con un grito ahogado. Pero el hombre ya se estaba riendo; se sacó del bolsillo un cigarrillo de los que entregaban en el ejército y se lo encendió. El humo la calmó un poco. Había estado forcejando inconscientemente contra el pánico a medida que el ruido del frente se acercaba.

—¿Hemos acabado con los cumplidos? Bien. Hace un frío miserable. ¿Podemos continuar o no?

Los hombres parecían decepcionados, pero Mary los atravesaba con una mirada de acero.

—Tengan cuidado en la carretera —dijo al fin el primer hombre, dando un paso atrás—. Hay antiguos aeroplanos alemanes, fantasmas, locos y también el violinista.

—¿El violinista? —preguntó Pim.

—Bueno —dijo el soldado—, dicen que merodea por la retaguardia, y si te atrapa, BAM. Vivo o muerto acabas…

—Yo voy a acabar siendo un fantasma si me quedo aquí mucho rato más —interrumpió Laura—. ¿Podemos seguir o no?

—Supongo —dijo el soldado de mala gana—. Vigila —le dijo a Fouquet, hombre a hombre—. Han estado llevando a cabo incursiones aéreas hacia la costa.

Fouquet se limitó a emitir un gruñido y volvió a la parte delantera del camión. El motor volvió a la vida con un rugido y metió la marcha.

—¡Buena suerte, señora Borden! ¡Deje que la damisela cuide de los soldados; les encantan las enfermeras! —gritaron los soldados detrás de ellas.

Pim se ruborizó, pero Mary contestó, impertérrita:

—Hasta que os tienen que cambiar las vendas.

Un par de carcajadas idénticas persiguieron el camión hacia la carretera. Laura miró atrás, hacia el puesto de control que se empequeñecía en la distancia, y se sobresaltó por un efecto de las sombras y tal vez de la fiebre que le estaba subiendo. Parecía, en la luz mortecina, como si una gran verja trazara un arco a través de la carretera, bloqueando el camino de vuelta.

18

Y MUCHOS HOMBRES QUE BEBIERON DE ESAS AGUAS MURIERON

ENTRE EL RISCO DE PASSENDALE E YPRES, FLANDES, BÉLGICA NOVIEMBRE DE 1917

—Matadme. Ay, Dios, ¿me va a matar alguien?

Freddie se giró para mirar, y Winter se tropezó con él.

Había agua por todos lados. En algunos puntos el agua estaba en llamas. Freddie estaba por hacer caso omiso de la voz como si fuera un producto de su cerebro desordenado, cuando algo se movió en medio del centelleo rojo oscuro. *Es él*, pensó, helado. *Es él, es él.* Winter masculló y su voz devolvió a Freddie a la realidad. Era un hombre vivo, no uno muerto, revolviéndose en la tierra que no estaba del todo líquida. Unas palabras aparecieron en la mente agitada de Freddie: *Gente fangosa en el pantano. Desnuda...* Freddie le dijo a su mente que lo dejara en paz. El hombre podía darse por muerto. Se iba a ahogar en el barro.

—Mátame, por favor —suplicó entre jadeos mientras estiraba un brazo pegajoso.

No serían capaces, a menos que Winter fuera mañoso arrojando cuchillos.

—Por favor —siguió el hombre, forcejeando. Se hundió un poco más. Tenían que sacarlo de allí, pensó Freddie. No podía dejar a nadie más atrás. Flotando…

—Winter… —empezó a decir. Sabía que era una estupidez. No tenían ninguna cuerda, no tenían nada, y seguramente los compañeros de aquel hombre ya lo habían intentado…

Pero Winter no dijo que no. Estaba mirando, de entre todas las cosas, a una mula muerta. No le quedaba carne alrededor del hocico y le sobresalían los ojos. Todavía llevaba puesto el arnés.

—Podemos intentarlo —accedió Winter, como si Freddie hubiese pronunciado toda la pregunta, como si supiera por qué Freddie no podía dejar que ese hombre se ahogara. Se arrodilló al lado de la mula. Freddie, desconcertado, se agachó también. Los proyectiles seguían cayendo, aullando como condenados, pero Winter ignoró el bombardeo. Empezó a desatar la cincha, encogiéndose ligeramente mientras ponía presión en su brazo herido—. Agarra el arnés

—Yo… está bien —susurró Freddie, desabrochando las hebillas—. Gracias —musitó de forma inaudible.

—No es tan fácil como tirar de él sin más —explicó Winter mientras seguía atareado—. Se necesita un ángulo para… detener la succión. —Levantó la mano buena brevemente para ilustrarlo.

—¿Cómo? —preguntó Freddie.

Como respuesta, Winter le gritó al afligido hombre atascado. Ni Freddie podía distinguir apenas el acento de Winter, en aquel omnipresente rugido.

—Escúchame. Debes mantener la calma. Debes moverte con cuidado —le indicó Winter.

—Está… Está bien —dijo el hombre.

—Agarra tu mochila —le indicó Winter. Apenas se veía, medio hundida a su lado—. Tira de ella y ponla delante de ti. Lento… Muy lentamente.

El pánico volvió a inundar los rasgos del hombre.

—¡Lanzadme una cuerda! —gritó, y entonces se le llenó la boca de barro, tosió, y se hundió un poco más.

—Espera —ordenó Winter, y una vez más desprendía aquella autoridad.

El hombre se quedó quieto.

—Tu mochila —repitió Winter.

El hombre arrastró la mochila a su alrededor.

—Apóyate en ella. Intenta quitar el peso de los pies —le indicó Winter.

El hombre así lo hizo, pero la mochila se hundió de inmediato, y el hombre empezó a forcejear.

—¡Quieto! —gritó Winter.

Milagrosamente, el hombre le hizo caso.

Winter paseó la vista alrededor, agarró una pala de trinchera abandonada en el suelo y la arrojó al barro.

—Empújala directamente hacia abajo. —Otro proyectil silbó y cayó. Cerca. Dios, muy cerca—. Al lado de los pies —siguió con las instrucciones Winter, su cuidada pronunciación ya mermando.

—¡No me va a aguantar! —gritó el hombre.

—Dejará entrar aire —dijo Winter. Al fin la tensión podía notarse en su voz. Un solo proyectil perdido podría haberlos matado a todos en aquel mismo instante—. Rompe… rompe el tirón. La succión. Del barro.

El hombre apretó la pala hacia abajo, y entonces volvió a inclinarse hacia delante donde la mochila estaba hundida por debajo de la superficie, mientras farfullaba durante todo el proceso. Cuando lo hizo, sus piernas se elevaron, el ángulo de su cuerpo cambió y fue entonces cuando Winter le lanzó las correas de cuero. El hombre las asió, ahogándose, su cabeza y sus hombros apenas sobresalían de aquella superficie devoradora.

—Lentamente —le indicó Winter, y entonces el hombre se empezó a deslizar sobre la mochila sumergida hacia el lateral del agujero. Winter tiraba sombríamente con ambos brazos, el bueno y el herido—. Iven, cuando esté lo suficientemente cerca, baja y agárralo de la mano. Las correas se partirán.

Así que Freddie se tumbó en el suelo y Winter apretó los dientes del dolor, mientras tiraba solo de la cuerda improvisada. La mano tendida de Freddie encajó la del hombre justo cuando la hebilla del arnés se rompía, y Freddie lanzó su otra mano hacia delante y la cerró encima de la otra, muñeca con muñeca, y Winter agarró a Freddie por el cuello de la chaqueta. Se echaron hacia atrás a trompicones y acabaron en un montículo sobre los tablones.

Durante un momento nadie se movió. El extraño tenía aspecto de estar hundido en algún sueño demencial.

—Está bien —dijo Freddie, y notó cómo una risa histérica le subía por la garganta. Se mordió la lengua para amortiguarla.

Winter ya tenía los ojos puestos en el horizonte este, buscando el alba en el agitado cielo.

—Tenemos que irnos.

El soldado giró la cabeza. Winter se había olvidado de su cuidada entonación. Su acento había sido inconfundible. Pero el soldado no dijo nada.

—No nos podemos quedar aquí —repitió Winter, con más cuidado.

—¿A dónde vamos? —preguntó el militar, como un niño.

Freddie no sabía qué contestar. Señaló hacia el oeste, siguiendo los tablones.

—Vamos —los azuzó Winter, con los ojos todavía clavados en el horizonte. ¿Sería esa luz en el este el alba, o solo las armas de los alemanes que disparaban desde las alturas?

Los tres empezaron a caminar.

19

Y LAS ESTRELLAS DEL CIELO CAYERON SOBRE LA TIERRA

ENTRE DUNKERQUE Y COUTHOVE,
DE FRANCIA A BÉLGICA
MARZO DE 1918

El sol se había puesto. Aunque no era un crepúsculo al uso, más bien como si el cielo estuviera herido y la luz manara de su herida. El camión se bamboleaba por la carretera llena de baches. Laura deseaba no haberse fumado el cigarrillo. Le dolía la garganta. Los disparos se seguían oyendo claramente, un redoble de tambor distante más allá del horizonte.

—¿Estamos cerca? —le preguntó Pim a Mary.

—Quizás a menos de una hora, si la carretera está en buenas condiciones. Por Dios, las pistolas. Iven, ¿crees que los alemanes estarán planeando otro ataque? Pero ¿cómo podrían? Me dijeron que en Berlín comían yeso y nabos, después de tres años de asedio.

—Su única oportunidad es atacar antes de que todos esos chicos americanos bien armados y avituallados avancen con fuerza. Deben ser conscientes de ello —dijo Laura con los ojos medio cerrados.

Sin duda alguna habría descubierto lo que le había ocurrido a Freddie antes de eso. Y volvería a casa. Ya habría salvado suficientes vidas.

Casa, susurró una voz maliciosa en su cabeza. *¿Dónde es? ¿El agujero en el sótano de Veith Street? ¿O la habitación para invitados de las Parkey?*

Y entonces se incorporó de golpe.

—Aeroplanos —dijo. Un ruido más agudo que el camión, el inconfundible traqueteo de una hélice.

—Probablemente sean de los nuestros… —empezó a decir Mary justo cuando una explosión desgarró la noche. Pim giró la cabeza de un lado a otro, con los ojos desorbitados en las sombras—. Solo es una bomba perdida —dijo Mary—. Estamos bien.

El sonido de los aeroplanos se hizo más fuerte. Laura se concentró en el movimiento de sus pulmones. Dentro. Fuera. Ya había pasado por aquello, agachada bajo una cortina de disparos. Pero no tenía ninguna tarea, nadie de quien ocuparse, nada que hacer aparte de escuchar y vivir. No era más fácil. Entonces vio a Pim, con el rostro desencajado por el apabullante terror. Laura Iven siempre había encontrado su coraje cuando alguien la necesitaba.

—No pasa nada, Pim —la tranquilizó.

Pim estaba temblando tan violentamente que podía romperse los dientes por la tensión. No importaba la fiebre, Laura pasó un brazo alrededor de los hombros de Pim y la atrajo hacia la protección de su cuerpo.

Los aviones se acercaban incluso más; estaban bombardeando la carretera, o bien iban tras la estación de tren de Beveren. Sabía con una exactitud lacerante lo que la metralla les hacía a los cuerpos.

—*Merde* —profirió Fouquet. Laura se preparó, los músculos de su estómago se agarrotaron, mientras avanzaban a toda velocidad por la oscuridad. La carretera delante de ellas temblaba como el agua a la luz de un faro.

Pero había alguien en la corriente. Una sombra, un borrón. Durante un instante, Laura juraría que había visto una bata y unos ojos oscuros con sangre.

—¡Hay alguien en la carretera! —gritó, antes de que pudiera pensar, y Fouquet soltó una palabrota y pisó a fondo el freno. El camión derrapó hacia los lados y se detuvo justo cuando la bomba caía con un rugido arrasador en el punto de la carretera donde habrían estado. La tierra salpicó el camión y el parabrisas se agrietó. Los oídos de todos los pasajeros estaban pitando.

Laura fue la primera en recuperarse.

—Ya basta. ¡Salid! ¡Meteos debajo, a cubierto!

Fouquet ya se estaba moviendo. Saltaron del camión. La pierna de Laura no la sostuvo. Pim medio cayó encima de ella y entonces gatearon hasta colocarse debajo del vehículo justo cuando otra explosión destruía el mundo con una onda de sonido y tierra salpicada.

¿Estaba herida? Laura no lo sabía. Al principio no se podía saber si era grave. La lluvia le caía en los ojos. La cabeza le daba vueltas. Los aeroplanos se habían alejado.

Se acordó de la figura de la carretera, justo antes de que el proyectil impactara, y miró en esa dirección. Lo único que quedaba era un cráter. Pestañeó para deshacerse de la gravilla de los ojos y gateó para salir de debajo del camión.

—¿Pim? —gritó. El miedo y una neumonía incipiente le atenazaban los pulmones.

Después de una breve y horrible pausa, Pim contestó.

—Estoy aquí. —Tenía la falda empapada y sucia y el rostro completamente carente de color.

—¿Estás bien? —preguntó Laura—. ¿Mary? ¿Fouquet? —No podía oír o ver a nadie más aparte de a ellas mismas, ¿no era raro eso? Sabía que por la noche abundaban las personas, los hombres y los ejércitos. Pero parecía como si Pim y ella estuvieran solas al borde del mundo. Tal vez fuera la conmoción.

—Estoy bien. —Pim entrecerró los ojos, intentando discernir el rostro de Laura en la oscuridad—. Solo que me pitan los oídos. ¿Y tú?

Laura sentía un dolor punzante cuando respiraba. No estaba bien, pero aguantaría de momento.

—¿Mary?

—Sigo viva —respondió, la voz cargada de adrenalina mientras emergía de la húmeda oscuridad—. Pero el camión no se va a volver a mover.

Laura podía distinguir el humo que se elevaba del motor hacia el cielo.

—¿Dónde está Fouquet? —Pero entonces lo localizó, acurrucado bajo la sombra del camión aplastado, con medio cuerpo desprotegido. Muerto sin duda, con un fragmento del motor clavado en el cuerpo.

Pim emitió un gemidito, tapándose la boca con los nudillos. Laura, cojeando, se acercó al hombre y le comprobó el pulso por mantener las apariencias, y le cubrió la cara con su sombrero. Mary pasaba la vista de la carretera a los restos del camión y al horizonte este. Pim estaba de pie, paralizada, su rostro era una mezcla de barro y lágrimas.

—Debemos andar —dijo Mary—. Hace demasiado frío como para quedarnos quietas. No estamos muy lejos de Couthove ahora. Mandaremos a algunos hombres para que vengan a buscar el cuerpo de Fouquet. Vamos, Iven. Shaw, serénate.

Laura tosió, respirando superficialmente por el dolor.

—Mary, Laura no lo conseguirá, está enferma.

—¿Dónde propones entonces…? —empezó a decir Mary, cuando Laura la interrumpió.

—¿Qué es aquello?

Pim y Mary se giraron. A lo lejos, en el campo, había aparecido un brillo de repente. Algo parecido a una luz en una ventana. Laura entornó los ojos. Creía ver, si se concentraba, una oscuridad más definida recortada contra el cielo. La silueta difuminada de un edificio. ¿Una granja, tal vez? Había empezado a llover de nuevo, la lluvia suave e implacable de la primavera en Flandes. Laura podía notar ya cómo le estaba empapando las costuras de la ropa.

—Podríamos solicitar asilo hasta mañana —propuso Laura con los ojos fijos en aquella luz distante.

La carretera seguía estando vacía y silenciosa. *¿Dónde está todo el mundo? Esto es una zona de guerra. Pim debería tener como mínimo a seis hombres compitiendo entre sí para cargarla, literalmente, hasta un lugar seguro.* Pero no había nadie. Solo ellas tres y el hombre muerto en el suelo.

Mary parecía dividida. Volvió a mirar al este, hacia Couthove. Entonces dirigió la vista hacia Laura y pareció darse a sí misma una sacudida mental.

—De nada sirve que agarremos todas una neumonía. —Se pusieron en marcha tropezando por los campos húmedos, hacia la elusiva luz. Hacía frío y el barro se les pegaba. La pierna de Laura empeoró.

—Allí —apuntó Mary. Laura se obligó a mirar más allá de la espalda erguida de Mary, quitándose el hielo de las pestañas con un parpadeo. El corazón le dio un vuelco. Podía distinguir la línea dentada de un techo, pero nada más. ¿Habían ido en dirección a una ruina? Flandes estaba cubierto de ruinas. Un brillo procedente del cielo cambiante les mostró las letras doradas en la fachada del edificio: Hôtel Du Roi, se podía leer. *Un Hotel en Ruinas*, pensó Laura. Como otros cientos. Abandonados durante los primeros días de la guerra.

—Bueno —dijo Mary sombríamente—, con suerte podremos encontrar algún rincón que esté seco, al menos. Y si no, te dejaremos allí, Iven, e iremos a buscar ayuda.

Laura no respondió. Emprendieron un camino de adoquines rotos, plateado por la lluvia y el reflejo de la luz de la luna. Un homicidio para la pierna de Laura.

Entonces llegaron a una puerta.

—¿No estará cerrada? —dijo Pim con los dientes castañeando.

Sin mediar palabra, Mary apoyó el hombro y empujó.

Laura estaba esperando que las acogiera un frío húmedo y el olor a moho. En vez de eso, notó una bocanada de aire caliente. Pensó que debía ser producto de la fiebre, pero se dio cuenta de que no.

—Dios mío —exclamó Pim. Habían salido de la lluvia hacia un lugar cálido. No estaban en una ruina, sino en un vestíbulo.

La habitación —no, más bien un bar que desprendía olor a vino— estaba iluminada por completo por el fuego de una chimenea. A primera vista, lo único que podía ver Laura era dorado: en las cornisas y los candelabros de techo, brillando en la luz tenue. Entonces vio a los hombres. Soldados ataviados con uniformes caqui y azules. Estaban sentados alrededor de las mesas, con las cabezas juntas y las caras relajadas delante del fuego, bebiendo. Ni uno solo de ellos se había girado cuando habían entrado. Todo el mundo estaba mirando a un hombre apostado en la otra punta de la habitación.

Ese hombre llevaba puesto un traje raído. Tenía la mandíbula marcada y los huesos curvados. Alrededor de la comisura de los labios se le marcaban dos surcos de autocomplacencia. Estaba tocando el violín a la perfección. Sedosa, grave, extrañamente familiar, la música se vertía como agua por entre sus dedos y parecía envolver cualquier otra cosa que no fuera ella. Incluso el jadeo de la respiración dificultosa de Laura se perdía mientras la habitación se llenaba como una taza con la melodía.

Laura, Pim y Mary se quedaron embelesadas. Cuando las últimas notas murieron, lo único que hubo en la habitación durante unos segundos fue un silencio estupefacto. Luego un rugido de aclamación. El músico se inclinó. El sudor le perlaba el rostro.

—Por favor, espero que os lo paséis bien esta noche. ¿Alguien quiere una bebida?

Eso produjo otro rugido, mientras colocaba el violín en una funda de cuero agrietada. Su mirada divertida barrió la muchedumbre y se detuvo sobre las tres mujeres, que estaban de pie caladas hasta los huesos y desconcertadas al lado de la puerta. Durante un breve instante, su rostro se quedó sin expresión. Entonces una sonrisa le iluminó la cara. Con una inclinación de la cabeza, señaló una mesa vacía y se dirigió hacia la barra. La habitación se llenó de conversaciones murmuradas, risas y peticiones de más vino. Laura, Pim y Mary se arrastraron hasta la mesa, mirando alrededor completamente confundidas.

La bebida ilícita era tan antigua como los ejércitos; los bares clandestinos salpicaban la zona prohibida, aunque Laura jamás había oído hablar de uno tan... lujoso. ¿No debería saber de la existencia de ese lugar? Nunca se habría imaginado algo así. Quería mostrarse recelosa, pero el aire estaba demasiado cálido y apacible con conversaciones y el aroma del buen vino era demasiado encantador. Se sentía como una barca zarandeada por una tormenta que había conseguido llegar a puerto inesperadamente.

—Jesús, así sí —dijo Mary.

Laura lo secundó en silencio. La música todavía retumbaba, en algún lugar, en los huesos de su cara febril.

Nadie les había llamado la atención cuando entraron, y nadie se giró para mirarlas cuando se sentaron. Era extraño. Encontrar a una mujer en aquel lugar era como buscar una aguja en un pajar, y las mujeres que hablaban inglés eran muy demandadas. Pero la habitación estaba sumida en ese tipo de ebriedad sencilla y alegre que hace a la gente ociosa, adormilada y satisfecha. Tal vez eso era lo que mantenía a los hombres en sus sitios, murmurando con las cabezas juntas.

El músico cruzó la habitación, se detuvo para hablar con otra mesa e hizo un chiste que les arrancó a todos unas carcajadas. Laura lo estudió. No tenía un rostro feo, aunque sus huesos se marcaban protuberantes debajo de la piel, y tenía la boca expresiva de un actor. Sus ojos no eran del mismo color. Uno era oscuro, como un pozo profundo. El otro era verde como el peridoto, y brillaba.

Sus miradas se cruzaron y se acercó a ellas.

—Rara vez tengo invitados tan adorables —dijo. Laura no fue capaz de distinguir su acento—. Me llaman Faland. ¿Qué las trae aquí esta noche?

—Un accidente —respondió Mary—. Una bomba cayó en la carretera. Nuestro camión se accidentó y el conductor murió. Nos gustaría algo de comer, *Monsieur*. Y un lugar en el que pasar la noche.

Una línea, fina como un hilo, apareció entre las cejas de Faland.

—Una coincidencia afortunada. —¿Tenía un deje extraño su voz?—. Eso las ha llevado directamente a mi puerta. —Su insólita mirada no parecía mirarte directamente, sino que lo hacía de reojo, penetrante—. Cena. Por supuesto. Ahora mismo. —Sus ojos analizaron a Laura de arriba abajo—. ¿Se encuentra bien, *Mademoiselle*?

—Nada que un bocado y una bebida no puedan arreglar —contestó Laura. El músico iba cargado con unos vasos y una botella. Sonrió, colocó los vasos sobre la mesa y les sirvió vino. Laura tuvo que sentarse sobre las manos para no agarrarlo y bebérselo como una salvaje.

—*Monsieur* Faland, ¿por qué están todos esos hombres mirándose en aquel espejo? —preguntó Pim de improviso. Estaba mirando hacia la otra punta de la habitación, a un espejo que había detrás de la barra. Varios de los hombres estaban apiñados alrededor del cristal, observando. Laura esperaba que no hubiera una chica desnuda detrás; pobre Pim, se quedaría atónita.

Los ojos de Faland se iluminaron con una alegría impía, como si le hubiese leído el pensamiento. Pero le respondió a Pim con cortesía.

—Es solo una superstición, *Madame*. Una de las atracciones de mi establecimiento.

Mientras Faland hablaba, uno de los hombres se alejó del deslustrado espejo, con regueros de lágrimas evidentes en la suciedad de la cara. Laura frunció el ceño. Pim tenía la misma expresión que había mostrado antes del rito espiritual de las Parkey. Ansiosa. Curiosa.

—¿Qué superstición, *Monsieur*?

—Pues que el espejo le mostrará lo que desea su corazón —respondió jovialmente. Hizo una reverencia—. Que disfruten del vino.

—Y de la cena —le recordó Mary, levantando el vaso, mientras Faland se alejaba.

—Yo no me acercaría a ese espejo, Pim —la advirtió Laura—. Probablemente sea algo obsceno.

Pim no dijo nada. Mary levantó el vaso e hizo un brindis por Laura y por Pim. Todas bebieron. El vino era una delicia. Era como que te golpeara la cara una ola del océano; primero conmoción, luego placer, luego entumecimiento. El dolor de cabeza de Laura remitió.

Un vaso se convirtió en dos, y más tarde Laura se dio cuenta de que había perdido la cuenta. La cena nunca apareció, pero no parecía tener importancia. La sonrisa de Faland era encantadora, su voz suave les llegaba desde cualquier esquina. Laura, con la cabeza enturbiada por el vino, pensó vagamente: *No lleva el peso como el resto de nosotros. Este lugar. Todos estos años. Me pregunto cómo ha sido capaz.*

Será un loco, tal vez.

No estaba segura de cuánto tiempo había pasado antes de descubrir a Faland sentado a su lado. Se sobresaltó. No lo había visto cruzar la habitación. Pero estaba allí, dándole vueltas a un vaso vacío con los largos dedos.

—Es Laura, ¿verdad?

—Sí —respondió Laura. ¿Cuándo le había dicho su nombre?

—¿Te gusta el vino?

—Sí —afirmó. Estaba tan abrigada; los cantos del mundo todos limados.

El hombre le llenó el vaso con destreza.

—¿Y te hirieron?

Se había dado cuenta, por supuesto. ¿Cómo no?

—Así es.

—Chica brava —dijo Faland—, pero deberías haberte quedado en casa después de eso, en el abrazo de tu familia. ¿O tanta sed tienes de aventuras?

—No. —Una grieta delgada como un hilo se abrió paso en el disfrute de Laura. Había algo en la cara de aquel hombre, casi demasiado sutil como para darse cuenta. ¿Era malicia? Su mirada de soslayo parecía verlo todo. Los fantasmas que Agatha Parkey juraba que acarreaba consigo: su madre, su padre, su hermano. La esperanza y una desesperación prolongada la habían arrastrado a cruzar el océano de nuevo. Parecía poder verlo todo, catalogarlo, incluso reírse de ello, en algún lugar secreto.

¿No tenía clientes a los que servir? No había ni rastro de Pim. Mary había dejado caer la cabeza y se había puesto a dormir. Intentando desviar la fuerza de la mirada del hombre, Laura le preguntó:

—¿Alguna vez has pensado en abandonar Flandes? Un hombre con tu talento… —Se quedó callada, mirando por encima del hombro de Faland.

Inmóvil en medio de la habitación estaba la figura que había visto en la carretera, la figura que la había motivado, medio por instinto, a gritar. Era la observadora de la pasarela de embarque en Halifax. El rostro de sus sueños. Su madre con cristales en los ojos, con esquirlas sobresaliendo por todo su cuerpo.

El estupor del vino desapareció. Laura se puso de pie trastabillando, retrocediendo. Estaba mojada, hambrienta, cansada, enferma.

Faland negó con la cabeza, como si hubiera visto algo que lo irritara. Entonces Laura pestañeó y la figura se esfumó. Se quedó de pie jadeando, meciéndose sobre los pies.

—Podrías quedarte aquí un tiempo. Te iría bien, creo. Dejarías de tener miedo —dijo Faland a la ligera.

—No tengo miedo.

No se dignó a responder. La había visto mirar a la nada, horrorizada. Laura apretó los dientes. La locura acechaba en el frente occidental, pero ella nunca se permitiría sucumbir. Ella era la que se mantenía serena cuando los demás perdían la cabeza. Debía concentrarse en el motivo por el que había ido allí: saber qué había ocurrido con Freddie.

—No me puedo quedar. Tengo cosas que hacer.

—¿De verdad?

¿Tenía cosas que hacer? ¿Por qué estaba en Flandes, en realidad? Para atormentarse con la…

Al otro lado de la habitación, Pim profirió un grito. Estaba mirando al espejo sobre la barra, el reflejo de su expresión en el cristal denotaba deseo y obscenidad a partes iguales.

—Pim…

Faland también se había girado, casi con impaciencia, pero entonces irguió los hombros. Laura pudo ver en su boca los labios haciendo una mueca en un silbido insonoro. Pero no había nada más que ver aparte de una mujer, con su cabello dorado suelto, mirándose en un espejo.

—¿Qué es lo que ve? —pidió Laura y cruzó la habitación trastabillando.

Él no respondió; Laura no sabía si la estaba siguiendo. Mary no se movió, aún tenía la cabeza acunada en sus brazos plegados. El espejo brilló, con manchas deslustradas, cubierto de telarañas y agrietado en una esquina. Laura entrecerró los ojos mientras escudriñaba sus profundidades, pero no podía ver nada que hubiese provocado que Pim…

Una cara, reflejada en el espejo, se fue haciendo nítida a medida que se acercaba. No era la suya.

Entonces pensó que se le pararía el corazón, porque era la de Freddie.

Freddie con los ojos hundidos y pálido. Freddie con mechones blancos entre los bucles castaños de su pelo. Freddie con la expresión extrañamente sombría y confusa. Un reflejo que flaqueaba, como si su hermano estuviera atrapado en el cristal deslustrado.

Laura sabía que solo era producto de su imaginación. Algún tipo de sugestión hipnótica. Faland le había informado de que vería lo que su corazón deseaba, y lo había querido decir literalmente. Era la voz de él engatusando el cerebro de ella, junto con la penumbra, el vino y la fiebre. Laura era consciente de ello. Y aun así, se giró para mirar detrás de ella. Ningún poder sobre la faz de la Tierra podría haberle impedido que mirara.

Y por supuesto Freddie no estaba allí. Solo un mar de hombres, adormilados, con…

No. Allí. Durante un instante habría jurado que había visto un pelo castaño, hombros rectos, ojos afligidos. Su nombre le salió desgarrándole la garganta.

—¡Freddie!

Pero ya se había ido, desvanecido por entre las mesas, entre los hombres, entre las sombras. En ningún momento había estado allí.

Intentó seguirlo de todas maneras. Se topó al instante con personas aturdidas y atarantadas por el vino, se topó con su propia embriaguez y duda, con su pierna acalambrada. Empezó a abrirse paso como una mujer en una pesadilla, ni siquiera segura de lo que estaba buscando. Había tantas puertas. La habitación estaba llena de puertas. ¿Qué puerta era? *Toma la de la derecha,* pensó con la mente confusa, y saldría a un mundo diferente, se encontraría de nuevo en Halifax. Se abrió paso a arañazos por entre la multitud borracha.

Acabó chocando con una persona que la agarró de los hombros.

—Calma, *Mademoiselle* —dijo Faland—. Está teniendo alucinaciones por la fiebre, no es usted misma.

—Mi hermano… He visto a mi hermano.

No la soltaba.

—Ese maldito espejo. Siento haberle hablado de él. Está muy enferma.

Se zafó de él, peleando por mantener el equilibrio.

—No, lo he visto. En la habitación. No solo en el espejo. Lo he visto.

La cara de Faland solo expresaba una preocupación desconcertada.

—¿Podría estar su hermano aquí hoy? ¿Por alguna casualidad? Discúlpeme, pero ¿por qué debería ir tras él? Él se acercaría a usted, sin duda.

Claro que se acercaría a ella. Si pudiera. Él no estaba allí. Estaba muerto y los fantasmas no existían.

—No —susurró. —Las ganas de pelear abandonaron su cuerpo—. No podría estar aquí hoy.

Faland relajó la expresión.

—Entonces lo siento mucho, *Mademoiselle*. —Le ofreció el brazo—. La voy a llevar de vuelta con sus compañeras. Debería dormir. Debería quedarse aquí. No está en condiciones de ponerse en peligro…

¿En peligro? Sus palabras le recordaron a Pim, y Laura levantó la vista. Pim seguía de pie delante del espejo deslustrado, completamente quieta, con ambas manos apoyadas contra el cristal, y una expresión de un anhelo horrendo en la cara.

—¿Qué le ocurre a mi amiga? ¿Qué ha visto?

El ojo verde de Faland brillaba con la luz de la chimenea, pero el ojo oscuro no producía ningún reflejo.

—Muchas veces es revelador, ver lo que tu corazón desea. Pero no siempre es agradable. Tal vez acabe de descubrirlo usted misma. Venga, la llevaré con ella.

20

INFIERNO HAY POR DOQUIER

HELLFIRE CORNER, YPRES, FLANDES, BÉLGICA
NOVIEMBRE DE 1917

La luz se arrastró perezosa de nuevo sobre el mundo, y con ella una niebla que cubrió todo el terreno y lo dejó tan irreconocible como había sido por la noche. Winter, Freddie y el soldado rescatado avanzaban a trompicones hacia el oeste a través del vacío gris. Los tablones resbaladizos se alternaban con un barro que intentaba cubrirles las botas y hacía rato que la artillería alemana tenía la carretera en el punto de mira. Un proyectil les cayó por delante. Lo oyeron precipitarse, oyeron los gritos provenientes de donde había impactado, pero no vieron nada más aparte de la niebla y sus respectivos rostros. Parecía no ser real.

El soldado estaba incluso más mugriento que ellos y probablemente más ido de la cabeza. No dejaba de susurrar, a medias para sí mismo:

—¿A dónde vamos? ¿Está tranquilo, allá adonde vamos?

—Sigue andando —ordenó Winter.

Freddie no hablaba. Todo cuanto podía hacer era colocar un pie delante del otro. No se atrevía a mirar atrás. No paraba de oír pasos en la niebla. Su mente razonable le señalaba que no había nadie siguiéndolos. Nadie podía verlos. Apenas podían verse entre ellos en medio de esa neblina. Y cuando echó la vista atrás, no había nada.

Pero una parte de él le susurraba de todos modos que el hombre muerto lo estaba siguiendo. Que el hombre muerto no lo dejaría nunca en paz.

La niebla al fin empezó a despejarse, como el agua que se escurre de una roca, y en ese momento Freddie vio el esqueleto de Ypres, negro contra el cielo. Los civiles habían abandonado Ypres hacía mucho. Estaba derruido debido a los proyectiles y era un lugar peligroso, destrozado y en ruinas. Pero seguía siendo un lugar humano, lleno de hombres y hospitales de campaña, fuegos en los que cocinar y trenes de raciones. Jurisdicción militar. Oficiales superiores. Barracones. Un lugar gobernado por los hombres y no los muertos que aúllan. Era un lugar en el que podían empezar a pensar más allá de su propia supervivencia.

Era responsable de Winter. Debía asegurarse de que lo tomaran prisionero de manera segura. Que lo metieran con los demás prisioneros, a salvo y alejado de los combates. Y entonces…

Freddie miró de soslayo el rostro demacrado de Winter. La respuesta le llegó sin pensar: *Y entonces se llevarían a Winter.* Tal vez un doctor se ocuparía de su brazo. Pero sería durante un breve instante. Había tantos heridos que ¿quién examinaría a un prisionero primero? No había suficientes doctores. Nadie le miraría la herida. Al menos no hasta pasados unos días.

Winter moriría.

Esa posibilidad hizo que se irguiera como si ya hubiera cruzado la muralla destrozada de Ypres. Winter estaría tumbado bajo la lluvia hasta que muriera. De una sepsis lenta o de fiebre. Y entonces, si tenía suerte, le cavarían apresuradamente una tumba. Sin un hospital, moriría pronto. Y no había ninguno disponible, ni en ese momento ni en ninguno de los días venideros. Al menos no para él. No en ese lado de la tierra de nadie.

Y Winter lo sabía. Probablemente lo sabía desde hacía días, lo que ese corte en el brazo significaba. Y había seguido adelante, se había quedado con Freddie, sin decir nada. «Soy tu prisionero,

Iven». Lo había hecho por él, Freddie lo sabía. Para que él pudiera vivir. Y entonces...

Winter todavía se movía. Ya casi habían llegado a Ypres. Nadie miraba en otra dirección, los sentidos focalizados en el este ante el sonido de posibles disparos. Las reminiscencias de la niebla, levitando cerca del suelo, los envolvían como mortajas.

No, pensó Freddie. *No.*

Winter pareció encogerse nada más entrar en el pueblo; trastabilló y Freddie tuvo que agarrarlo y sostenerlo por su lado bueno hasta que recobró el equilibrio. Era como si Winter no se hubiera permitido el cansancio antes. Freddie vislumbró una estación médica saturada situada en una iglesia en ruinas.

—Por ahí —consiguió decir.

Tenía la vaga sensación de que tal vez pudieran traer a un médico para que al menos le echara un ojo al brazo de Winter, y luego...

Pero la iglesia, con la mitad del tejado derrumbado, estaba abarrotada de pacientes tumbados y expuestos a las inclemencias del tiempo, y con solo un vistazo Freddie supo que no serviría de nada. Las camillas estaban dispuestas en hileras interminables. Algunos de los hombres estaban muertos. Muchos estaban visiblemente más cerca de la muerte que Winter. Uno estaba diciendo, con una voz muy peculiar:

—No, no, estoy bien, doctor. Esperaré mi turno. —Y Freddie se dio cuenta de que podía ver la luz del sol a través del agujero que tenía en el cuerpo.

Las piernas del soldado al que habían rescatado cedieron; cayó con un golpe sordo poco elegante al suelo. Intentó levantarse y se cayó de nuevo, se aferró a las rodillas de Freddie.

—No me dejéis aquí.

Un médico se dio cuenta de la situación y cambió de dirección bruscamente para dirigirse a ellos.

—¿Qué le pasa? —Sus ojos inyectados en sangre se fijaban en el soldado que se retorcía. Winter seguía detrás de Freddie, medio invisible en el amanecer nubloso.

Laura habría querido que Freddie respondiera.

—Estaba atrapado en el barro. Se estaba ahogando —tartamudeó.

—Neurosis de guerra, pues —dijo el médico—. Mirad, si podéis andar, seguid hasta la siguiente estación médica.

El soldado estaba sentado sobre los adoquines empapados de la iglesia, balanceando el cuerpo adelante y atrás.

—No puedo —susurró.

El médico le arreó un bofetón sin perder tiempo.

—¡Tú! Sí, tú. Recomponte. Bébete esto, vamos... —Trajinaba una cantimplora como si fuera un brazo más; la puso en los labios del chico.

El soldado no bebió. Su rostro macilento estaba clavado en el de Freddie.

—Pero no sois... ¿No sois los hombres salvajes?

—Madre mía —exclamó el médico—. Recobra la compostura. Avanzad —le ordenó a Freddie por encima del hombro del soldado—, creo que lo estáis empeorando.

Pero el soldado se había quedado agarrotado, pasando la vista por todos ellos, con un rictus de miedo y traición en los labios. Como si se hubiera creído, en la locura de la noche, que Freddie y Winter de verdad conocían una manera de huir.

—¿No...? ¡Entonces eres un traidor! ¡Lo oí! ¡Ese de ahí! ¡Es un...!

Freddie no oyó el resto. El médico empezaba a fruncir el ceño. Podía confesarlo justo en ese momento: «He tomado un prisionero, aquí está, intentando salvarte la vida». Pero si decía eso, entonces Winter desaparecería, Winter se tendría que ir a hacer de prisionero, con los demás. Y entonces Winter moriría, solo, bajo la lluvia.

Un proyectil estalló sobre las murallas y todo el mundo se agachó. Esa distracción fue suficiente para que Freddie saliera raudo de la estación médica, agarrando la mano buena de Winter mientras avanzaba y lo arrastraba con él. Sabía que era una locura incluso mientras lo hacía.

Pero no se detuvo. No se iba a soltar de la mano de Winter.

No se fueron en ninguna dirección en concreto, sino que se alejaron, agachándose en las sombras. Su huida era un espasmo de locura, nada más. Corrieron todo lo lejos que se lo permitieron las fuerzas que les quedaban, y entonces se detuvieron jadeando, ambos con los ojos desorbitados. Winter estaba ardiendo como unas brasas por la fiebre. ¿A dónde podían ir? ¿Qué podían hacer? Pronto los alumbraría la luz del día. Estaban cruzando la línea que dividía «canadiense con prisionero alemán» de «dos fugitivos».

Freddie se quedó de pie resollando, rebuscando entre los fragmentos de su mente... lo que fuera. Su propia alma se estaba sublevando. Había dejado el resto de su ser en algún lugar de ahí fuera, en la sangre y el agua y la oscuridad; se negaba a abandonar a Winter a su suerte. Se lo podía imaginar: saliendo de nuevo para pelear mientras Winter moría poco a poco, solo. No podía hacerlo. Se sumiría en una locura extrema, con la mirada perdida y el grito en la boca.

Un proyectil impactó en la calle y envió por los aires un edificio medio derruido con un estruendo. Se agacharon para ponerse a cubierto al lado de una pared desmoronada y se protegieron la cabeza de los fragmentos de escombros que caían del cielo. Pero cuando el peligro pasó, Winter no se movió. Estaba reclinado contra los ladrillos lodosos con los ojos cerrados.

—¿Winter? —susurró Freddie.

Sin respuesta.

—¿Winter? —Se inclinó más hacia él y le tocó la mejilla ardiente—. ¿Cómo está tu brazo?

—Bien —respondió Winter. Sus ojos se abrieron un poco más, esforzándose por enfocarse—. ¿Tú estás bien?

—Tirando.

Winter hizo un esfuerzo visible por erguirse en la pared.

—¿A dónde vamos ahora, Iven?

—No lo sé.

—Me vas a llevar junto a los otros prisioneros. Entonces ve a buscar a un oficial y dile que te presentas al servicio.

—No —lo contradijo Freddie violentamente—. No… No te voy a dejar morir. No.

—Iven —dijo Winter. Su voz se endureció—. No hay nada más que se pueda hacer.

Una idea apareció en la mente de Freddie. Una completamente loca y desesperada.

—Sí hay algo —susurró—. Sí hay algo. Iremos a buscar a Laura. Iremos con mi hermana.

—Si no soy un prisionero, entonces soy un espía. No quiero que me cuelguen. O poner a tu hermana en peligro.

—No estará en peligro. Es una heroína. Tiene una medalla y todo. Puede apañárselas. ¿Prefieres morir por una herida infectada? Eres mi prisionero, de todas maneras. Irás a donde yo te diga. Y quiero que vayas donde está Laura. Quiero que vivas.

Un tic nervioso cobró vida en la mandíbula sin afeitar de Winter.

—Mejor que muera yo solo que los dos.

—No es verdad. —Su deseo de que Winter viviera no estaba basado en ningún razonamiento lógico. Solo tenía la certidumbre de que si Winter moría, él, Wilfred Iven, se despertaría una noche de vuelta en el fortín. Y esa vez estaría completamente solo—. Prometí que no te dejaría morir. —Deseaba no sonar tan infantil—. Lo prometí.

—No me debes la vida, Iven.

—Sí te la debo —repuso Freddie—. Está bien. Laura lo arreglará todo.

Se acordaba de 1915, cuando ella le había escrito a la familia para contarles lo de la condecoración. El mensaje era extrañamente lacónico: «Los franceses están satisfechos conmigo, tras algo de disgusto por el gas venenoso; me han otorgado una Cruz de Guerra». Pero le había dado más detalles cuando le preguntó, tras su llegada: tres días sin dormir, peleando con uñas y dientes por las vidas de los hombres gaseados. Solo había hablado de ello una vez y renuentemente, después de haberse bebido una botella de vino. Pero incluso con lo que no le había dicho, Freddie sabía que había sido toda una hazaña. Si podía gestionar eso, entonces podía encargarse de ellos. Si Freddie tenía que confiar en alguien en ese extraño mundo, ciertamente confiaba en Laura.

El plan le surgió en la cabeza completamente formado. Winter y él encontrarían un lugar en el que esconderse durante el día y se escabullirían de Ypres al amparo de la oscuridad. No estaban muy lejos del hospital de campaña de Brandhoek, donde estaba destinada Laura con su ambulancia móvil. Freddie se infiltraría, hallaría a Laura sin armar escándalo y le explicaría la situación. Laura daría con una manera de ayudarlos. Metería a Winter junto a los demás prisioneros y los alimentaría a los dos. Se aseguraría de que operaran a Winter, de que lo cuidaran bien. Ella le salvaría la vida.

Freddie se giró hacia Winter, dispuesto a persuadirlo. Pero antes de que pudiera pronunciar ninguna palabra, una voz singular le llegó a los oídos. Tan singular, en aquel contexto, que los argumentos de Freddie murieron sin ser pronunciados, y Winter se quedó paralizado a su lado. A la izquierda de Freddie, una puerta desgoznada colgaba torcida y oxidada. A través del resquicio, Freddie vio una habitación con tarima podrida, tres hombres y una imprenta destartalada. Dos de los hombres iban vestidos con el uniforme británico, pero el tercero era un civil con un traje a cuadros raído. Se dirigía a los dos soldados con un ligero acento que no sonaba a francés. ¿Flamenco?

—Me gustaría publicar un anuncio en su diario —les pidió.

Freddie sabía lo que estaban haciendo los soldados. Estaban imprimiendo el *Times*. El diario de las trincheras. Todo el mundo leía y se reía con el *Times*, cuando podían hacerse con un ejemplar entre bombardeos. Pero no era un diario real. Era una sátira. Un conjunto de hojas cargadas de humor negro, impresas entre los escombros.

Los hombres que lo estaban imprimiendo claramente no sabían qué hacer con el civil.

—¿Se refiere a una entrega? —preguntó uno de ellos—. ¿O... algo así?

—Un anuncio para atraer a la clientela —dijo el desconocido.

Silencio.

—Para las fiestas nocturnas —prosiguió el hombre.

Los dos soldados seguían perplejos.

—Pero… nuestro diario es una broma, señor. Aceptamos entregas de poesía. Hay epigramas… —La voz del soldado se fue apagando.

El desconocido se encogió de hombros y les dio un fragmento de papel.

—Imprimidlo. Algunos lo entenderán.

Otro proyectil agitó los edificios y se oyó el peculiar aullido que significaba que alguien lo había esquivado. Los soldados de la habitación se agacharon por instinto. Winter agarró a Freddie de la manga, el esfuerzo se hacía patente en su voz.

—Iven, tenemos que irnos.

—No, no hay ninguna localización —añadió el desconocido—. La gente lo encontrará.

—¿Fiestas, señor? —preguntó uno de los soldados, con un tono distinto—. ¿Es usted…? Me han dicho… ¿Es usted el que…?

—Probablemente —zanjó el hombre.

—Bueno, entonces la tarifa son tres chelines la palabra, señor —dijo uno de ellos con un tono bromista.

—Os puedo hacer una oferta mejor —dijo el desconocido—. Si venís a tomar una copa conmigo.

Freddie no podía ver la expresión del civil; estaba de espaldas a la puerta. Pero los hombres encargados de la imprenta exhibían rostros de un anhelo aterrorizante.

—Eso sería… muy bien. Si se ofrece, señor —susurró uno de los hombres.

—Muy bien. Buenos días tengan.

Se giró hacia la puerta. Uno de los soldados hizo un gesto errático, como si quisiera detenerlo, pero su compañero le agarró la muñeca para que no lo hiciera.

El desconocido salió al callejón a unos metros de donde Freddie y Winter se ocultaban en silencio en las sombras. Empezó a andar, pero de pronto sus pasos se frenaron. Se dio la vuelta. Winter se quedó completamente quieto.

—Buenos días —les dijo el hombre—. No es de buena educación fisgonear.

Un grupo de soldados liderados por un sargento apareció en la calle. Winter y Freddie se arrimaron más a las sombras de la pared. Los hombres redujeron la marcha. Freddie tuvo un segundo desalentado para pensar: *¿Qué hago ahora?*, antes de darse cuenta de que los hombres no los habían visto. Se habían quedado boquiabiertos al encontrarse con el hombre. No se había visto un civil en Ypres desde hacía dos años. Era como ver un unicornio. Y aquel excéntrico no los decepcionó.

—Tenía la esperanza de poder hacer una visita por las murallas —dijo—. ¿Alguien me puede hacer de guía? —Había un deje de malicia en su voz.

—Señor —intervino el sargento sin inmutarse—, esta ciudad está bajo jurisdicción militar… —Dejó la frase a medias, negó con la cabeza y añadió—. ¿Acaso tenéis el deseo de morir?

El desconocido puso los ojos como platos.

—Soy un turista entregado. Bueno, entonces ya encontraré el camino yo solo.

Sin previo aviso, se dirigió hacia una calle lateral, dejando al sargento gritando:

—¡Señor… Señor! ¡*Mesié*! No puede… —En respuesta el hombre, ya bien inmerso en las sombras de primera hora de la mañana, empezó a silbar. Oyeron cómo se iban alejando sus pasos.

—Se está burlando de nosotros —dijo el sargento, lleno de furia—. Ese loco. Bueno, arrestad a ese cretino, maldita sea. —Los soldados salieron corriendo al oír sus palabras.

—Iven —dijo Winter—. Tenemos que irnos.

¿Acababa de ocurrir eso o estaba soñando despierto? Winter tiraba de él. Tenían que encontrar dónde esconderse. No tenían opción de dirigirse a ningún lugar antes de que oscureciera si querían pasar desapercibidos. Y tal vez descansar en algún sitio seco le iría bien a Winter.

Freddie no estaba seguro de cuánto se habían alejado —no mucho— cuando el desconocido reapareció a su lado.

Winter se detuvo en seco.

—No —susurró.

—Ay, querido —dijo el civil, en inglés—. Tienes una fiebre terrible, buen hombre. —Winter tenía el rostro pétreo. Freddie los observó perplejo.

»Es un placer conoceros —añadió el extraño como si la patrulla no los hubiera interrumpido nunca—. Me llamo Faland. Soy, a mi manera, un nativo de este sitio. ¿Os puedo preguntar a dónde os dirigís?

Freddie casi podía notar cómo Winter intentaba reunir más palabras, pero era incapaz. Al final, para sorpresa de Freddie, levantó una mano temblorosa e hizo la antigua seña de los campesinos contra el diablo, con los dedos meñique e índice extendidos. Un proyectil explotó a unas calles de distancia como para darle énfasis.

Faland arqueó las cejas, calmado.

—¿Necesitáis un escondrijo donde pasar el día? —les preguntó—. Creo que hay un sótano por aquí cerca.

Winter negó con la cabeza.

—No —repitió.

—Winter, ¿por qué no? —susurró Freddie—. Si conoce un lugar…

La lógica le decía a Freddie que no había ningún lugar seguro en Ypres, pero ese civil tenía algo. Emanaba confianza. O estaba completamente loco —algo muy probable— o bien sí conocía ese sitio.

—Podríamos descansar como es debido y podría echarle un buen vistazo a tu brazo.

—Pero… —refutó Winter—, ¿no lo ves? —Parecía asustado.

Ni una sola vez, durante los últimos días infernales, Freddie lo había visto atemorizado.

—¿Qué vamos a hacer si no? Winter, estás enfermo. Tienes que descansar. Tienes que secarte.

—Hay cosas peores que la muerte —respondió Winter.

—No te vas a morir.

Winter no añadió nada más. Tal vez había llegado, al fin, al límite de sus fuerzas. Agachó la cabeza. Estaba temblando.

—Excelente —dijo Faland—. Por aquí.

21

EL VINO DE LA IRA DE DIOS

Se escabulleron por Ypres, manteniéndose pegados a las menguantes sombras. Nadie los detuvo. La niebla distorsionaba el sonido de sus pies. Faland tenía un paso un poco desigual en la calle sembrada de escombros, como si cargara más peso en una pierna. A Freddie se le puso la piel de gallina mientras andaba. Un miasma de miedo sobrevolaba Ypres. La ciudad esqueleto tal vez fuera un lugar gobernado por los hombres, pero los muertos vivían allí también, y se sentaban junto a sus fuegos, y gobernaban sobre sus propios súbditos, codo a codo con los vivos. Los proyectiles silbaban e impactaban, cerca y lejos.

—¿A dónde vamos? —Winter tenía el aspecto de un hombre que estaba inmerso en una pesadilla de la que no se podía despertar.

Freddie no lo sabía. Se preguntaba si había perdido la cabeza.

Y entonces Faland se quedó de pie delante de una puerta cualquiera y sacó una llave del bolsillo. Abrió. Un aire gélido salió de dentro.

—Como pensaba —dijo Faland con satisfacción—. Por aquí.

Freddie se quedó quieto un momento, incrédulo. Winter retrocedía.

—Vamos —lo alentó Freddie y lo agarró del brazo—. No hay ningún otro sitio al que ir.

Winter se dejó llevar. Los dos pasaron por debajo del dintel y empezaron a bajar unos escalones. Faland había encendido una vela, de todas las cosas posibles, como si no existieran las linternas. La puerta se cerró detrás de ellos y volvieron a la oscuridad, con excepción de sus propias sombras extrañas que se movían con la luz de la vela. Freddie intentaba fijarse en la luz que se proyectaba juguetona en las paredes y en pensar solo en eso, y no en la negrura alrededor ni en el peso de la tierra que volvían a tener sobre las cabezas. Alargó la mano hacia Winter y entrelazaron los dedos, igual que los hombres en un barco agarran una cuerda cuando hay tormenta en el mar. *Todavía estoy vivo. Él todavía está vivo. Todavía estamos vivos.*

Faland había bajado primero, con la luz, y su sombra reptaba monstruosa por delante de ellos. El techo sobre sus cabezas estaba hecho de argamasa, un pozo de oscuridad se extendía debajo y la luz de Faland nadaba por ella. Freddie no sabía decir cuánto rato estuvieron bajando. De pronto, estaban en el fondo, trastabillando sobre terreno llano, y Freddie se sorprendió al ver que cuando Faland se dio la vuelta, sosteniendo la vela, iluminaba una bodega de vino.

Y menuda bodega. El techo se perdía en la oscuridad y las paredes estaban atestadas de estantes llenos de botellas. ¿Cómo había escapado ese lugar a tres años de bombardeos? ¿A los ojos fisgones de cien mil hombres? Parecía estar... en otro plano, de alguna manera, apartado del mundo de arriba. Apenas podía oírse el sonido de las bombas. El ruido del agua goteando en algún lugar de la oscuridad era más alto que el rugido amortiguado de la artillería pesada en el risco de Passendale.

Faland pasó la punta de los dedos por los estantes de botellas con la luz de la vela todavía titilando en una mano.

—Sigue aquí. —Sonaba ligeramente sorprendido.

—¿Has venido a Ypres en busca de vino? —preguntó Freddie. Tenía la cabeza embotada, los pensamientos lentos e inconexos.

Faland no respondió y se limitó a sacar una botella y a descorcharla. Le dio un largo trago y la sostuvo en su dirección.

—¿Quieres?

De repente Winter se desplomó en el suelo, todavía reclinado contra la pared y Freddie lo agarró. El sudor le empapaba el rostro, a pesar del ambiente fresco de la bodega. Profirió un gemido grave cuando Freddie le quitó la chaqueta y cortó la manga de debajo. Incluso bajo la luz tenue, la herida estaba hinchada, nauseabunda, con marcas rojas que la reseguían. Winter cerró los ojos. Faland, servicialmente, acercó la vela para que Freddie pudiera ver mejor los detalles de la gangrena que se extendía.

—¿Señor? —dijo Freddie con voz temblorosa—. ¿Tiene alguna venda, o trapo limpio, para que pueda...?

Faland los había estado observando con ojos profundos y curiosos.

—Puedo ofrecerte algo mejor —dijo de improviso y se levantó. Se marchó, dejándoles la luz, antes de que Freddie tuviera tiempo de reaccionar. Winter no pronunció palabra.

Freddie agarró torpemente su cantimplora casi vacía.

—Al menos bébete esto —susurró, colocando el borde de metal sobre los labios de Winter. Bebió un poco—. ¿Por qué dices que no confiemos en él? —preguntó Freddie—. ¿Crees que ha ido a decirles que estamos aquí?

La mano buena de Winter se levantó y se aferró al brazo de Freddie.

—¿No lo has visto? ¿A su alrededor?

—¿Ver el qué a su alrededor?

—Fantasmas —dijo Winter—. ¿Qué planes tiene con los fantasmas de los demás?

Winter estaba delirando. El consuelo se vertió con nerviosismo por los labios de Freddie.

—No... Winter, no. Es un excéntrico, es...

—Iven, es...

Los pasos desiguales de Faland sonaron en la escalera, sostenía otra vela delante de él. Freddie se giró hacia Faland, casi aliviado. No quería tenerle miedo, no quería que su única porción de buena suerte fuera falsa.

—Debe ser jodidamente difícil mantener las cerillas secas —dijo un poco al azar Freddie, haciendo un gesto con la cabeza hacia la vela.

Faland se encogió de hombros, dejó caer una mochila que llevaba colgada al hombro y la abrió. Freddie observó con una gratitud desamparada mientras extendía el contenido: un bote de yodo, un fajo de vendas limpias y secas, una cantimplora grande de agua, galletas, carne enlatada e incluso, maravillosamente, una manta de lana seca. La vela titiló sobre el rostro de Faland, haciendo más patente las profundas órbitas de sus ojos y las líneas alrededor de la boca. Freddie tocó el regalo con reverencia.

—¿Cómo has conseguido todo esto?

—Nada más fácil. Fui soldado en su día. —Los colmillos de Faland eran un poco puntiagudos—. Un mal soldado. Hace falta serlo para saberlo, supongo. Posó la mirada astuta en los dos, entonces se dio la vuelta, descorchó otra botella y se la ofreció a Freddie. Tras vacilar unos segundos, Freddie dio un sorbo. Era un vino exquisito; lo calentó por dentro y lo dejó lánguido, incluso le quitó el miedo, por primera vez que pudiera recordar. Le ofreció a Winter, pero este negó con la cabeza. Faland acercó la segunda vela para que Freddie ayudara a Winter a quitarse los harapos que quedaban de su camisa y de su chaqueta y pudiera limpiarle la herida, desinfectarla con el yodo, vendarla de nuevo y darle la manta. Obligó a Winter a beberse el agua y a comer un poco de las galletas que había remojado para ablandarlas. Había oído que los alemanes se morían de hambre, pero era muy distinto comprobarlo en persona al ver los huecos entre las costillas de Winter y notar cómo le sobresalían las clavículas.

La mirada errante de Winter se desviaba una y otra vez hacia Faland, y seguía con esos ojos atemorizados. Freddie no podía soportar ver a Winter sumido en el pavor.

—¿Winter? —susurró Freddie, inclinándose hacia él para distraerlo—. Winter… —Rebuscó en su mente—. Winter… no tengas miedo. Podría intentar acordarme de algún poema. Alguno mío. Querías oír uno de los míos…

Los ojos nublados de Winter se giraron hacia Freddie. Asintió levemente.

El único poema que le vino a la mente a Freddie no era uno de los mejores; no era alegre, para infundirle ánimos a un hombre herido, ni siquiera rimaba de manera que fuera agradable recitarlo. Pero salió como una cascada de sus labios hacia la oreja de Winter, y supuso que también lo oyó Faland, aunque el extraño no emitió ningún sonido.

—Lluvia —susurró Freddie.

Lluvia de medianoche, nada más que una lluvia feroz
en este refugio lúgubre, y la soledad, y yo.
Recordando una vez más, que tal vez muera
y no pueda oír la lluvia ni darle las gracias
por dejarme más limpio de lo que he estado
desde que empecé esta vida de soledad.
Benditos sean los muertos sobre los que la lluvia cae:
Pero aquí rezo por que nadie a quien quise una vez
reciba la muerte o siga despierto
con la soledad, escuchando la lluvia...

Había olvidado el resto.

—No se me da muy bien; en realidad, no soy más que un escritor de poca monta pero... pero se me da mejor pintar... —dijo disculpándose.

Se quedó callado. Los dedos huesudos y fríos de Winter se entrelazaron con los suyos.

—*Danke* —susurró, y su cabeza se desplomó hacia atrás.

Freddie oyó el chapoteo mientras Faland bebía más vino en algún lugar de la vasta y polvorienta oscuridad. Se giró para apoyarse en la misma pared que Winter y que la cabeza de él pudiera caer sobre su hombro, para que pudiera oír el leve ritmo fatigado de su respiración. Faland estaba sentado con las piernas cruzadas y reclinado contra un barril enfrente de ellos, con el vino abierto a su lado. Acababa de encender un cigarrillo. Un punto rojo de luz brillaba en uno de sus ojos pero no en el otro.

—¿Quién eres? —preguntó Freddie.

—Puesto que parece que os he salvado la vida, debería preguntarlo yo primero. —Faland le arrojó el paquete de cigarrillos y una caja de cerillas. Tras un instante de hesitación, Freddie lo tomó y se encendió uno. Winter se deslizó por completo hasta el suelo, tapado con la manta y con la cabeza apoyada en el regazo de Freddie. La mano libre de Freddie estaba posada sobre sus costillas, controlando los temblores de su pulso. El verso no paraba de darle vueltas por la cabeza, y no podía detenerlo: *Rezo que nadie que quise una vez reciba la muerte…*

—Me llamo Wilfred Iven —dijo Freddie—. Mi… amigo… se llama… —Se calló, sintiendo vagamente que no le correspondía a él revelar su nombre.

—No importa —zanjó Faland—. Prefiero que me cuenten una historia antes que un nombre. —Sonrió con el cigarrillo en los labios. Las ascuas le daban un toque violento a su sonrisa—. *Beeindrucke mich* —añadió, echándole una mirada al silencioso Winter.

Winter se movió, levantó la cabeza, inexpresivo como un hombre en pleno delirio. Freddie, interpretando las palabras como una amenaza, fue en busca de su cuchillo.

Pero Faland se limitó a darle otra calada al cigarrillo.

—Deja de esconderte tras la manta y cuéntame tu historia.

—No pasa nada —le susurró Freddie a Winter, que lentamente se volvió a echar hacia atrás. La piel le ardía como si estuviera en llamas.

—Nos ordenaron que subiéramos el risco —le explicó Freddie a Faland—. Yo estaba… nos conocimos allí, mi amigo y yo. Bajamos juntos.

Era todo lo que fue capaz de decir. Fuera poeta o no, había cosas que jamás sería capaz de describir con palabras.

—¿Y ya está?

Freddie se quedó callado.

—Ya veo —dijo Faland—. Te lo resumiré: un hombre en el cuartel general movió algunas figurillas sobre un mapa, chasqueó los dedos y para allá fuisteis vosotros. Mala suerte. Y ahora estáis aquí. ¿Qué vais a hacer?

—¡No lo sé! —Bajo su agotamiento había una rabia infinita. Hacia sí mismo. Hacia todo ese mundo irreconocible. Winter movió la mano, agarró la de Freddie y la cerró alrededor, palma sucia contra palma sucia. Se calmó un poco.

Faland dio otra calada.

—¿Y bien? —siguió—. ¿Vas a meter a tu prisionero en la jaula adonde pertenece?

Antes me daría muerte. La idea le vino clara y repentina a la mente.

—Eso creía —dijo Faland—. ¿Vas a desertar? ¿Irte a Holanda, deambulando en la ignominia hasta que la guerra acabe? Pero tu amigo no lo conseguirá. Necesita un hospital. Un poco de yodo no le servirá.

—Mi hermana —susurró Freddie. Algo en la mirada fija e indiferente de Faland le arrancó la verdad—. Es enfermera. En este sector. No muy lejos, en Brandhoek. Con una ambulancia móvil. Voy a llevar a Winter con mi hermana.

—Una idea interesante. Tal vez lo consigas —dijo Faland razonadamente. Soltó un halo de humo—. ¿Y luego? ¿Volverás a los barracones? Tendrás que esquivar más balas, sabes, cuando el anciano en su castillo diga «salta». Qué pena.

—¿Qué más te da? —inquirió Freddie, levantando la voz—. ¿Qué harías tú? ¿Qué haces aquí?

—Ay, acuéstate, muchacho —respondió Faland—. Sirvo vino, escucho y ocasionalmente toco el violín. Tu descabellado plan no funcionará hasta que vuelva a ser de noche, de todos modos. Ve a dormir. —Una pausa—. Me ha gustado tu poema.

Un agotamiento succionador se apoderó de Freddie, como una marea.

—Winter me ha dicho que hay fantasmas a tu alrededor —bisbiseó.

Faland resopló.

—Cuando nadas en el océano tienes agua a tu alrededor, pero nadie lo menciona.

Freddie no sabía lo que le había dicho como respuesta, apenas fue consciente del momento en el que se deslizó boca abajo sobre el suelo de la bodega y se enroscó bajo la manta junto a Winter, apenas dándose cuenta de cuándo dejó finalmente de tiritar gracias al doble efecto del vino y el calor febril de Winter. Pero incluso dormido notaba el contacto de su mano, pulso con pulso. Incluso le pareció oír que Winter decía:

—*Ich weiß wer du bist.*

—*Wer bin ich*? —le respondía Faland en la misma lengua, riéndose.

Luego, la nada.

22
Y EL CIELO SE DESVANECIÓ

**ENTRE DUNKERQUE Y COUTHOVE
Y UN LUGAR DESCONOCIDO
MARZO DE 1918**

Por más que lo intentara —y Laura lo intentó una y otra vez— no podía recordar del todo lo que ocurrió el resto de aquella noche en el hotel. Su último recuerdo claro, e incluso eso empezó a desvanecerse tras unos pocos días, como una fotografía demasiado manoseada, era de Pim mirando descompuesta un espejo deslustrado. Todo lo demás eran retales y fragmentos.

Recordaba un cabello claro brillando bajo la luz del fuego —aunque no sabía si era de Faland o de Pim, o tal vez de los dos con las cabezas juntas—, y una voz que provenía de la oscuridad... ¿Pero por qué la oscuridad? ¿A dónde había ido la luz del fuego?

—¿Sabes lo que vi, verdad? —decía alguien—. No es real. No lo es. No podría...

—¿No?

Recordaba estar sedienta. Pensando en si era Pim la que hablaba. Era una mujer, sin duda. Pero también recordaba que la mujer pronunciaba las palabras: «Pero lo odio, a ese cretino. Ojalá hubiese...», y Pim nunca diría algo así.

Y otra voz que respondía:

—Lo sé.

«¿Pim?», creía que había intentado decir. Pero no le salió ningún sonido, y cuando se quiso mover, no fue capaz.

Y entonces los recuerdos se disolvieron en sueños febriles, pues recordaba a su madre apareciendo de la oscuridad que lo envolvía todo y cómo le arañaba la cara cuando se la resiguió con la mano llena de cristales.

—Mira —susurró—. ¡Mira, mira, mira, mira!

Pero por más que lo intentara, Laura no podía responder.

Y entonces su madre desapareció, y Laura se quedó sola. Estaba muy oscuro. Una voz sensata le murmuraba al oído:

—Si te quedas, no te volverá a importunar.

Tenía la boca muy seca. Pero musitó, con un tipo de resistencia cansada:

—Los fantasmas no existen.

—Te perseguirá hasta que pierdas el juicio —respondió la voz sensata.

Laura, soñando, pensó que podía ser el caso. Tenía mucho miedo.

—Dime de dónde viene —le pidió la voz—. ¿Por qué te persigue?

Esa era una historia que no le había contado nunca a nadie, y no lo haría jamás. Pero algo de la amable indiferencia que desprendía esa voz le arrancó las palabras de todos modos.

—Es mi madre. La vi morir. Un barco explotó. Estaba al lado de la ventana. —Se mordió la lengua hasta sangrar para no decir nada más—. ¿Dónde está Pim?

—¿Para qué luchas? El mundo ya ha llegado a su fin —dijo la voz en vez de responderle.

Por más que lo intentara, Laura no podía acordarse si había contestado. Creía que no. Tal vez murmurara «todavía no», pero no se acordaba de nada más hasta que se despertó por un retumbo de algo que había chocado en el este y se incorporó de golpe, asustada. Se arrepintió. Estaba ardiendo de fiebre y sentía como si alguien le hubiese metido arena en las articulaciones.

—Mary —dijo Laura—. ¿Pim?

Estaba sentada en el suelo. Estaba muy enferma. Apenas podía respirar con el líquido que le encharcaba los pulmones. Tenía un dolor de cabeza martilleante. En algún lugar de su memoria había una música de violín como un réquiem, casi socarrón en su majestuosidad sollozante, y una voz que hablaba por encima del instrumento: «Te arrepentirás». Todavía más débil era el recuerdo de la cara de Freddie, que veía como si estuviera en un sueño.

Mary se puso de pie trastabillando. Pim estaba sentada con la espalda erguida y la expresión ausente.

—¿Qué ha pasado? —Sonaba como si tuviera la garganta llena de polvo. La luz gris del día se filtraba a través de las ventanas hechas añicos. No había nadie más aparte de ellas tres. Laura gateó y se puso en pie, cada hueso y tendón protestando al unísono. Pim se levantó también, con una mueca.

—Recuerdo un espejo —dijo—. Y vi… —Contemplaba el vacío con la mirada perdida, como si pudiera verlo de nuevo.

Laura se giró para preguntarle, justo cuando Mary exclamó:

—Por el amor de Dios, ¿qué…?

Una ráfaga de aire húmedo se arremolinó a su alrededor, arrastrando un olor a vino rancio, polvo y algo agridulce, como las flores que se empiezan a marchitar. Seguían en el vestíbulo de Faland. A Laura le había parecido majestuoso. Tenía recuerdos claros de su opulencia: fuego y oro.

Sin embargo, no era para nada majestuoso.

Era un montón de ruinas.

—No lo entiendo —dijo Pim.

El suelo estaba cubierto de cristales rotos y madera astillada que se ablandaba mientras se pudría. El tapizado estaba rasgado, las sillas destartaladas, con las señales y el olor y los ratones que las habitaban.

—No lo entiendo —repitió Pim, elevando la voz—. ¿Qué…? ¿Qué ha ocurrido? ¿*Monsieur* Faland? —Giró en redondo—. ¿Está herido? ¿Está muerto? Todo está destrozado.

Su vista se cruzó con el espejo que colgaba detrás de la barra, negro de manchas. Hizo ademán de dar un paso en su dirección como si quisiera volver a mirarse en él. Pero se quedó donde estaba.

Laura se quedó callada, incrédula.

—¿No deberíamos buscar? —preguntó Pim, apremiante—. Tenemos que buscar.

—Tenemos que continuar —dijo Mary, obviamente capaz de justificar lo imposible—. No estamos seguras aquí. Las paredes podrían venirse abajo. El techo. Mirad esas grietas.

—¿Pero qué ha pasado? —insistió Pim.

Laura intentó una vez más organizar sus recuerdos, desde la caída del proyectil en la carretera de Beveren hasta aquel silencio polvoriento. Pero no era capaz de ver nada claro.

—Es como si nadie hubiese estado aquí —constató Pim. Se le escapó una risita nerviosa—. Igual que la gente que se despierta y descubre que ha estado durmiendo durante cien años.

—No es el caso —rebatió Mary—. ¿No puedes oír las pistolas?

No había ruido fuera antes, pensó vagamente Laura. ¿O sí? ¿Era aquello parte de sus sueños febriles, que hubieran pasado la noche libres del estruendo de las armas? El único sonido que recordaba era la música.

—Como las fiestas de hadas que acaban al salir el sol —dijo Pim en voz baja.

—Tal vez el vino contenía droga —dijo Mary—. Tenemos que irnos.

—Pero... —protestó Pim.

—Ya —dijo Mary, girándose hacia la puerta—. Si ha sido una broma, maldito sea. Si ha sido una alucinación, no quiero ni pensar en ello. Si quiere que le pague la cuenta, podrá encontrarme en Couthove. Vamos. —Cruzó el vestíbulo a grandes pasos con el cristal crujiendo bajo sus pies.

No tenían más opción que seguirla. A Laura no le quedaban fuerzas para buscar, aunque quisiera. Avanzaron por la quietud sofocante, cruzaron el vestíbulo, y volvieron al mundo iluminado por la luz del día. Los goznes chirriaron cuando cerraron la puerta tras ellas. Pim tenía la frente surcada de líneas de desconcierto. Estaban en el exterior donde soplaba un viento fresco y el cielo estaba despejado, sobre unos adoquines agrietados bordeados de helada que se derretía y edificios desconocidos derrumbados a su alrededor. Pim se giró para mirar el hotel con expresión perpleja.

Medio hotel había colapsado. La otra mitad apenas se mantenía en pie, como si la primera ventolera pudiera esparcirlo por el aire como una pelusa de diente de león, descompuesto en ladrillos, madera y azulejos.

—No lo entiendo —repitió Pim.

Laura estaba a su lado, observando el paisaje. Ella tampoco lo entendía.

Pero Mary ya se estaba alejando. Justo donde acababa el pueblo calmado y en ruinas había una carretera. Podían oír el barullo que venía de ella, ver el tráfico. La distancia entre el pueblo destrozado y la bulliciosa carretera era como la frontera entre el mundo de los sueños y el mundo real.

Mary ya la había cruzado.

—Algo debe de estar pasando cerca del frente —gritó—. Vamos. Mirad todo ese tráfico. Nos van a necesitar en el hospital. ¿Puedes andar, Iven? No... No lo creo. Pediremos que nos lleven, entonces. Vamos.

—¿Estás bien, Laura? —preguntó Pim. Colocó el dorso de la mano sobre su frente. El gesto maternal hizo que Laura se estremeciera—. Estás ardiendo.

Hacer autoestop era una manera completamente habitual de que las enfermeras se desplazaran, y no les llevó más que unos instantes antes de que una unidad de zapadores las recogiera. Las tres mujeres fueron recibidas con una oleada de cháchara animada y entusiasta. Pero algo reprimía a los hombres también; algo sombrío, y desviaban la mirada hacia el este a menudo. Laura se apoyó sobre Pim con los ojos medio cerrados.

—Señor, ¿qué está pasando? —Mary le preguntó al oficial mientras se sacudían por el camino.

—Los alemanes están procurando superarnos —llegó la respuesta—. Esta vez lo intentan a conciencia. Dicen que han atacado a los franceses en Amiens y han hecho retroceder a esos gabachos. Algunos dicen que ya han roto la línea francesa. Estamos enviando refuerzos al saliente. Haig ha ordenado que aguante hasta el último hombre. —El sargento giró la cabeza y escupió.

Laura y Mary intercambiaron una mirada. El frente había avanzado y retrocedido pero se había mantenido intacto durante cuatro años. Y no se iba a romper entonces, se dijo Laura. No podía ser. No antes de que fuera en busca de Freddie. Pero estaba muy enferma... sentía el parloteo de los hombres como algo incorpóreo en los oídos mientras el tímido sol de primavera le calentaba el cuello. Debía ponerse bien, lo antes posible. Cerró los ojos.

— ... los americanos son unos inútiles, por lo que he oído. Grandes, bien alimentados, pero inútiles. Cargan con ametralladoras como maníacos, pero no tienen ninguna noción de tácticas.

—Eso es lo que hicieron los gabachos en 1914. No necesitan tácticas si cuentan con un número suficiente de soldados.

—Los matarán en tropel.

—Mejor ellos que nosotros. Si es que llegan a tiempo.

—No llegarán.

—Haig está en Chenonceau, por lo que sé. Foch también está allí. Y el rey de Bélgica. El equipo al completo.

—Con sus charlas interminables y comiendo ancas de rana, ¿no?

—Intentando designar un alto mando. Poner a un tipo al timón, dicen, que es justo lo que necesitamos. Mejor un capullo en un castillo que decida las cosas que... Lo siento, señora —añadió, cuando sus compatriotas lo reprendieron por su lenguaje.

—Un lugar extraño donde las hemos recogido —le decía otro hombre a Mary.

—Tuvimos un siniestro en la carretera —explicó ella.

—Había una luz cruzando el campo —se metió en la conversación Pim—. Llegamos a un hotel...

Laura escuchaba a medias, intentando hacer planes a pesar de su abotargamiento causado por la fiebre. Tenía que encontrar a los hombres de la unidad de Freddie. Hablar con su comandante. Encontrar a alguno de los muchachos de Halifax que había estado en el pelotón de Freddie. Reaciamente, recordó la alucinación de la noche anterior, la cara de Freddie en medio de una multitud furibunda. Había pensado que era él porque era lo que ella deseaba.

Entonces se percató del extraño silencio en el que se habían sumido los hombres del camión.

—¿Crees que era...? —le preguntó uno de los hombres a su vecino.

Se hizo una pausa cargada de significado.

—Un hotel, ha dicho —llegó la respuesta—. Y música... ¿No había música, señora?

El oficial los fulminó con la mirada.

—Simplemente se encontraron con un belga, no uno de nosotros, sacando dinero de vino de contrabando. Cambian de sitio a menudo, para evitar que los sorprenda una redada.

Ninguno de los hombres parecía estar convencido.

—¿Era...? ¿Cómo era el vino? ¿Y la música?

—Preciosa —respondió Pim en seguida. Parecía querer añadir algo más.

Un hombre le dio un codazo a su vecino.

—Puede ser él.

—Calla; no existe.

—¿Quién? —preguntó Pim.

—Nadie —respondió el oficial—. Es solo una leyenda.

—¿Nos la puede contar? —inquirió Pim.

—Es un charlatán —dijo uno.

—Un loco.

—Un francés.

—No —intervino una nueva voz. Una vieja y autoritaria—. Es el mismísimo diablo, y se siente como en casa.

El silencio se extendió por el camión. Laura oyó a un conductor que maldecía a sus caballos fuera. Un perro ladró, alto y fuerte. El sol se cubrió con una nube y el sudor le enfrió la nuca. Entonces otro hombre resopló y dijo:

—El diablo no vive en hoteles antiguos, de eso puedes estar seguro. No, si el diablo tiene que estar en algún lugar, está en un castillo, en el cuartel general, quizá. Comiendo ancas de rana con los demás.

Una risa burlona.

—El hombre en el hotel… lo llaman «el violinista» —dijo otro de los hombres, persistente—. Al menos eso es lo que cuentan las historias. Puede hacer que olvides todo esto —su gesto abarcó el mundo a su alrededor—, pero lo que todos dicen, cada historia, es que aquellos que han bebido con él, oído la música, visto lo que te muestra y luego han vuelto aquí fuera… —Escupió hacia el lateral del camión a favor del viento—. Bueno, siempre lo echan de menos. —Laura captó el acento irlandés en la rítmica voz del hablante—. Pero solo lo ves una vez. No puedes volver. Dicen que hay hombres que se han vuelto locos buscando al violinista. Como si no pudieran volver a ser felices.

—Y dicen que a veces un hombre lo encuentra —añadió otra voz— y nadie vuelve a ver a ese hombre jamás.

—Pamplinas. La gente se vuelve loca por todo tipo de motivos. Pero ir en busca de un bailoteo… no. Solo son habladurías.

Uno de los hombres le dio un codazo a su vecino.

—Si yo fuera el diablo estaría aquí —dijo—. Y medio ejército me vendería su alma a cambio de una bebida decente. Me juego lo que queráis que cada vez tiene más adeptos.

Estallaron en carcajadas, por encima de las protestas del oficial.

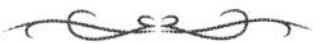

Llegaron a Couthove al atardecer, después de haber pasado un día moviéndose paulatinamente por una carretera atestada, entre los carros de raciones guiados por caballos, los camiones y los hombres que marchaban, los perros que tiraban de las carretillas con las ametralladoras y las motocicletas. Al este, las luces desperdigadas de Poperinge, el cuartel general británico en Flandes, se reflejaban en las nubes bajas y sofocantes.

El camión se detuvo. Unas manos caritativas ayudaron a Laura a bajar. Pim andaba a trompicones. Mary parecía haber envejecido diez años. La tos de Laura se había aposentado en lo profundo de su pecho. Los hombres les desearon lo mejor a las tres y también salud para Laura. Entonces el motor rugió y la carretera se los tragó.

El hospital de Mary estaba instalado en el mismo castillo, alzándose oscuro contra el cielo. Incluso en el crepúsculo, Laura podía ver que Couthove había sido majestuoso en el pasado. Todavía conservaba su gracia en sus ventanas alargadas y repetidas, en el tejado de pendiente acusada y dos alas curvadas. Pero las ventanas estaban tapadas con tablones y el camino de entrada lleno de baches. Hicieron la cuesta desde la verja, el castillo erigiéndose imponente.

La puerta se abrió con hospitalidad incluso antes de que estuvieran a medio camino. Un par de figuras aparecieron, una rechoncha y otra alta. La robusta llevaba puesto un uniforme blanco de la Cruz Roja; habló primero, bajando rápidamente los escalones.

—Mary, gracias a Dios. Ya casi había perdido la esperanza.

A Mary se le iluminó el rostro como un sabueso que halla un zorro.

—No habría estado más tiempo alejada ni por todo el oro del mundo. Ahora dime…

La figura alta llevaba puesta una bata de doctor; su voz tenía un acento completamente americano.

—Pensaba que nos ibas a traer manos frescas, Mary. No más trabajo. Esa apenas puede mantenerse en pie.

El doctor tenía un rostro de labios finos, cabello moreno, la nariz como un tucán y unos ojos que compensaban el resto, grandes, líquidos y oscuros. Miró a Laura y a Pim, frunciendo el ceño.

—No pasa nada, doctor —dijo Mary enérgicamente—. Doctor Jones, señorita Iven, señora Shaw. La señorita Iven recibió una Cruz de Guerra, Jones, y estuvo tres años de servicio con el cuerpo de enfermeras del ejército canadiense. Toda una joya. Solo se encuentra un poco mal, nada más. Gripe.

Jones entrecerró los ojos mientras echaba un vistazo a Laura.

—Debería haber dejado a esta pobre mujer en casa.

—Es un placer conocerlas a todas —dijo amablemente la mujer con el uniforme de la Cruz Roja—. Dios, estoy muy contenta de verlas... pasen, pasen, y Mary, debo comentarte algo sobre el éter... De momento tenemos suficiente, pero... —Las dos mujeres cruzaron la puerta principal juntas.

—Bueno, vamos —le dijo el doctor a Laura y a Pim—. Déjame que te examine. Como si no tuviera ya suficiente trabajo.

Laura, viendo el mundo un poco borroso, llegó a un vestíbulo con un suelo agrietado blanco y negro. Las paredes sucias, que una vez fueron de un color verde como la espuma del mar, estaban decoradas con cables para las luces y el teléfono.

—Es un placer conocerlo —dijo Laura—. Solo tengo un poco de...

—Neumonía, sí, tengo oídos; suena como si estuvieras intentando respirar bajo el agua —la cortó Jones—. No demasiado bien si me preguntas. —Los ojos se habían posado sobre sus manos.

Jones se giró para gritarle unas órdenes a alguien fuera de la vista. Laura oyó una voz que hablaba bajo un poco más adelante:

— ... los heridos van a llegar en tropel, Mary; no podrías haber vuelto en un mejor momento. —Bajó un poco más la voz—. Los hombres... por la noche... nerviosos... —Entonces Laura perdió el hilo de la conversación.

—Descansa, Iven —le dijo Mary—. Necesitaré que te recuperes pronto.

—Bueno, eso no será esta noche —musitó Jones.

23
Y SU REINO SE CUBRIÓ DE TINIEBLAS

DE YPRES A BRANDHOEK, FLANDES, BÉLGICA
NOVIEMBRE DE 1917

Freddie y Winter se pasaron todo el día durmiendo y despertaron cuando el sol se estaba poniendo, solos en una bodega llena de porquería cuyo techo temblaba a causa de los proyectiles. Unas cuantas botellas vacías rodaron y tintinearon por el suelo rodeadas de cristales rotos, y les llegaba un olor a tierra mojada. ¿De verdad se había pensado Freddie que estaban en un sitio lujoso? ¿Gótico? ¿Lleno de vino todavía sin descorchar? Dios, se le había ido la cabeza.

Faland había desaparecido. Tal vez lo hubiera imaginado a él también. Aunque una vela solitaria seguía allí prendida, un cabo parpadeante, lo único que evitaba que la oscuridad los engullera. Winter estaba sentado con la espalda recta y la cabeza apoyada hacia atrás contra la pared viscosa.

—Se ha ido —dijo Freddie.

—Me alegra —apuntó Winter, sin abrir los ojos.

—Nos ayudó —añadió Freddie, con un deje de desconcertante protesta en la voz. Era como si Faland se hubiese llevado aquella bodega de otro mundo con él. En el frío húmedo, ambos parecían igual de irreales: el civil con sus silencios en los que escuchaba con atención, y el lugar seguro, apartado, donde habían pasado el día.

—No creo… —Winter tenía los ojos vidriosos y los labios agrietados por la fiebre—. No creo que fuera un gesto de amabilidad.

Freddie pensó: *¿Qué, si no? No tenemos nada que pudiera querer.* Pero se quedó callado. Recogió sus camisas mugrientas y empapadas.

—Deberíamos irnos —dijo. Ya cavilaría sobre Faland después, cuando Winter estuviera a salvo al fin.

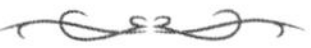

Un río gris de hombres heridos se tambaleaba hacia la retaguardia, mezclándose con las tropas que ascendían. El mundo se cubría con una oscuridad renovada, desgarrada por la luz eléctrica. Winter y Freddie caminaban con las cabezas gachas, en el arcén de la carretera. Nadie los miraba. Ningún hombre tenía ojos para ver más allá de sus pasos en el barro, u oídos para nada más que no fueran las bombas que caían.

Los dos ya se habían dejado de preocupar por los proyectiles. O los alcanzaba uno o no. Winter caminaba como si estuviera en un sueño, y a pesar del ruido del ambiente, Freddie creía seguir oyendo los pasos hundiéndose en el lodo del hombre muerto.

—¿Se ha ido? —preguntó Winter una vez. La noche los mantenía cerca con un abrazo helado—. Creo que sigue aquí.

—¿Sigue aquí? —Freddie se estaba imaginando esas pisadas. Tenía que ser eso.

Winter se respondió a sí mismo.

—Sí, sigue aquí. El campo oscuro está vacío ahora. Todos los demonios están aquí.

—Un poco más —lo alentó Freddie—. Solo un poco más.

No había mucha distancia de Ypres a Brandhoek. No en kilómetros. Pero el camino no paraba de alargarse, retrasado por la multitud renqueante de heridos, y debían comprobar todos los charcos para asegurarse de que no fuera un cráter de proyectil de tres metros de profundidad. No habían hecho ni la mitad del camino antes de que Winter empezara a zigzaguear como un ebrio, con el rostro cargado de determinación. Freddie, sujetándolo, tenía la impresión de que si se detenían, Winter no sería capaz de moverse de nuevo.

Pero Winter seguía avanzando, sin tregua, con los ojos mirando a la nada y las gotas de lluvia deslizándose por su mandíbula, brillantes como lentejuelas en la luz intermitente. Freddie se quedó a su lado, y tenía puesta toda su atención solo en él, para no intentar ver la cara del hombre muerto en cada rostro humano que le pasaba por al lado.

Llegaron a Brandhoek, todavía vivos, cuando la noche estaba en su momento más oscuro, cuando la carretera estaba sumida en el caos más intenso. El hospital no era una antorcha brillante en medio de la tormenta, era simplemente una serie de cobertizos y carpas, de un blanco sucio, iluminadas por las lámparas que portaba el personal que se movía con rapidez. Freddie vio el lugar por partes. El almacén de la munición. La tienda de triaje, un cobertizo, la bandera.

Los hombres.

Acres de hombres heridos, tumbados bajo la lluvia, mientras las enfermeras con chubasqueros se desplazaban de una camilla a otra. No había sitio dentro.

Pero Freddie estaba demasiado cansado como para preocuparse, demasiado exhausto, casi, para entender lo que estaba viendo. La única pregunta que le venía a la cabeza era cómo encontrar a Laura en la oscuridad frenética. Pasó los ojos rápidamente de un lugar a otro; su único pensamiento era: *¿Dónde?*

Así que no lo vio al principio.

Incluso entonces, su cerebro estremecido no lo entendió.

Winter lo comprendió antes que él. Su mano se cerró en el antebrazo de Freddie, y entonces lo asimiló. Algunas de las carpas estaban aplastadas. Los proyectiles habían dejado agujeros por entre medio. Los disparos todavía sonaban no muy lejos.

—Dios mío —susurró—. Hostia puta. Los han alcanzado… Laura. Suéltame.

—Espera, Iven —dijo Winter—. Espera.

Han bombardeado un hospital, farfulló su mente. *Han bombardeado un hospital.* Todos los rumores absurdos que había oído sobre los alemanes durante los últimos años volvieron magnificados por mil: *Cuelgan a los curas como badajos de sus propias campanas, encadenan a los artilleros a sus ametralladoras...* Le habló a Winter con un tono que se acercaba mucho a la ira.

—Suéltame.

Winter le hizo caso y Freddie echó a correr. Winter no lo siguió. Freddie vio carpas a las que acababan de poner sacos de arena para protegerlas, hombres tumbados en camillas que se convertían en quirófanos improvisados y camilleros que cargaban a hombres a los vagones del tren.

Debía de ser fácil encontrar a Laura. No era la más alta ni la más corpulenta, pero vería al personal orientándose alrededor de su presencia estable. Oiría sus órdenes tajantes, vería su rostro determinado, su mano sobre la frente de algún pobre desgraciado...

Pero no conseguía encontrarla. ¿Tal vez estuviera en alguna de las carpas? No estaban todas destrozadas. Había un montón de enfermeras. Estaban bien, ¿verdad?

¿Dónde podía estar? Sus ojos ansiosos se toparon con la enfermera jefa. Su uniforme era inconfundible, su cofia. Incluso sabía su nombre. Laura le había escrito sobre ella a menudo: Kate White. Bajo la fría luz blanca de su linterna, parecía descompuesta. Dejó a un lado cualquier tipo de precaución y se adentró en el torbellino de gente, hasta que la alcanzó.

—Enfermera, ¿dónde está Laura? Laura Iven, ¿dónde está?

Kate White se limitó a mirarlo. Freddie podía imaginarse qué aspecto debía de tener: como el de un desconocido demente, mugriento y pálido como un cadáver.

—Se ha ido —le dijo tras una pausa.

Freddie encajó la palabra como un puñetazo en la cara.

—¿Se ha ido?

—S-Sí. Una bomba...

Intentó hacer otra pregunta, pero se le había secado la boca. Esas últimas palabras retumbaban en su cerebro. Un terror zozobrante se acumulaba en algún lugar de su estómago. Seguía intentando reunir las palabras para su siguiente pregunta, pero Kate White se le adelantó.

—¿Quién eres? —le pidió—. ¿Estás herido?

Mientras hablaba, un coro de gritos emergió de una de las salas.

Mascculló en voz baja y se giró hacia la conmoción.

—Quédate aquí.

Freddie se quedó quieto como si hubiese echado raíces. *Se ha ido, se ha ido, se ha ido. Pregúntale si está muerta. Pregúntaselo, cobarde. Ha dicho «se ha ido».*

Se mantuvo allí de pie como una estatua de sal. La desesperación y la locura le susurraban: *Que se haya ido significa que está muerta. El rapto, ¿te acuerdas del rapto? Mamá siempre hablaba del rapto. Se llevan a los buenos al cielo, y dejan a los pecadores. ¿Y quién era mejor persona que ella? Se ha ido.*

Antes de que Kate White pudiera volver, antes de que Freddie pudiera pensar qué diantres iba a hacer, una mano se cerró en su brazo.

Era Faland.

Freddie, demasiado conmocionado como para hablar o sorprenderse, pasó la mirada de los dedos finos a los ángulos de su cara, el pelo oscuro chorreando lluvia. Tan improbable en Brandhoek como había sido en Ypres… tal vez incluso más. Su calma casi le daba escalofríos; ¿quién podía estar así de calmado cuando el mundo se había…?

—Quédate aquí quieto el tiempo suficiente, pequeño poeta, y estarás de vuelta con tu pelotón antes de que caiga la noche y abandonarás a tu alemán para que muera con el resto —le dijo Faland.

Freddie estaba demasiado alterado como para preguntarle: «¿Qué estás haciendo?».

—N-No… No lo sé. Mi hermana se ha ido —tartamudeó.

—Qué desgracia. ¿Y te vas a quedar ahí, lamentándote? —preguntó Faland.

¿Qué eran las palabras? ¿Qué era el mundo?

—Le prometí a Winter… —empezó a decir Freddie. Entonces se acordó. Había dejado a Winter solo. Tras todo el camino que habían recorrido lo había dejado atrás. Con el pecho agitado, salió disparado y cruzó las salas, a través de los halos de luz de las lámparas y la cortina de lluvia, de vuelta a la oscuridad de la noche. No vio si Faland lo seguía. Dudaba de haberlo visto de verdad.

Winter se había hundido en el suelo, pero levantó la cabeza cuando Freddie se inclinó sobre él. Sus ojos se fijaron en algo más allá de él, hacia la oscuridad.

—No —susurró—. Iven, no. Él no.

Freddie se medio giró, pero no había nadie cerca. Freddie no tenía un plan. No tenía nada. Laura se había ido.

¿Qué iba a hacer?

En esa tensión extrema, le vino una idea.

Se quitó la chaqueta, con los restos que le quedaban de sus posesiones en los bolsillos y la colocó sobre los hombros de Winter. Estaba demasiado helado como para sentir más frío, aunque la lluvia le pegaba la camisa a la piel. Puso sus placas en la mano temblorosa de Winter. Kate White no haría nada por un alemán sin nombre, pero tenía una autoridad real. Tal vez haría algo por Laura. Y si el alemán sin nombre parecía saber el destino del único hermano de ella…

—Iven, ¿qué haces? —susurró Winter.

—Te voy a salvar la vida. Finge que no entiendes el inglés, ¿de acuerdo?

—Por favor, no… —musitó.

Freddie volvió a sumergirse hacia el vértice del hospital. Encontró a Kate White de nuevo, se le pegaba el pelo a las mejillas con la lluvia y tenía una mancha de sangre en la frente.

—Enfermera, hay un prisionero alemán ahí fuera con los heridos. —Ella ya estaba negando con la cabeza para deshacerse de él, pero Freddie continuó con determinación—: Lleva puesta la chaqueta y las placas de un tipo llamado Wilfred Iven. No habla bien inglés, pero me las ha mostrado. Me dijo que se las tenía que dar a una enfermera llamada Laura Iven. No sé qué hacer con él.

—Iven… —bisbiseó Kate, y entonces endureció el semblante exhausto—. ¿Ahí fuera? Llévame con ese hombre. Rápido.

Kate siguió a Freddie, pasando junto al desastre de hombres en camillas hasta el lugar donde Winter estaba arrodillado, con la cabeza caída. La enfermera llamó a los camilleros que la seguían, y se agachó de golpe al lado de Winter. Le tomó el pulso, le tocó la frente y examinó su herida. Negó con la cabeza.

—Levantadlo —les ordenó a los camilleros—. Ya. ¿De dónde has sacado estas cosas? —La pregunta iba dirigida a Winter. Tenía la chaqueta de Freddie en las manos.

Winter permaneció callado. Freddie no sabía si estaba consciente. Kate giró la cabeza, pero buscó a Freddie en vano; se había escabullido del alcance de la linterna, tras el escudo de la lluvia y hacia la parte más oscura de la noche. *No me preguntes quién soy. No soy nada, morí en el risco. Céntrate solo en él. Él es el único que te puede decir lo que quieres saber. Si lo salvas. Tienes que salvarlo.*

Solo entonces se dio cuenta de que Faland no había sido producto de su destrozada mente. Puesto que volvía a estar allí, con él, al amparo de la oscuridad, lo suficientemente cerca como para que Freddie pudiera ver que uno de sus ojos reflejaba el punto brillante de la linterna, y el otro no. Estaba observando el pequeño cuadro iluminado por las lámparas: la enfermera y el hombre herido.

—Vaya, eres un chico listo, ¿eh? —murmuró—. ¿Crees que lo salvará por el bien de su amiga muerta?

—Mi hermana —musitó Freddie con una voz que apenas reconocía—. Laura.

Los camilleros estaban subiendo a Winter a una de las camillas. Kate se inclinaba para agarrar las placas que Winter tenía aferradas en la mano. Las placas de Freddie. Todo lo que quedaba del soldado Wilfred Charles Iven. Las sacó del puño débil de Winter, aunque él emitió un leve sonido de protesta.

—Vamos, no te vas a morir en mi guardia. Levantadlo. Cuidado con el brazo.

Y entonces se lo llevaron bañados por la lluvia. Se fue así de fácil. Como Laura. Todo el mundo se iba.

Freddie estaba solo. El propósito que le había ayudado a sobrevivir al risco lo abandonó de repente; se meció como una marioneta a la que le cortan los hilos.

Pero no se cayó. Una mano lo agarró del codo.

—¿Y ahora qué? —preguntó Faland, todavía a su lado—. ¿Vuelves a los barracones? ¿O más bien al frenopático?, si tenemos en cuenta la mirada de tu rostro.

Freddie no respondió. No le quedaba nada. ¿Qué futuro le esperaba más allá de tumbarse en el barro y dejar que el hombre ahogado tomara lo que era suyo?

—Ya estoy muerto —susurró.

—¿Directo a la perdición, entonces? —preguntó Faland jovialmente—. Bueno, ya no puede empeorar, ¿verdad? —Y cuando Freddie giró la cabeza para mirarlo, Faland estaba sonriendo.

24
AHORA HA VENIDO LA SALVACIÓN

CASTILLO COUTHOVE, FLANDES, BÉLGICA
MARZO DE 1918

Se llevaron a Laura al piso de arriba a una habitación vacía con el techo inclinado, y allí se pasó enferma durante cuatro días. Al principio, Pim rondaba con tés y caldos y sinapismos, pero hacia el tercer día Laura empezó a tener delirios mientras le subía la fiebre y Jones le ordenó a Pim que se mantuviera alejada. A Laura la atormentaban pesadillas con su madre, con manos que la atrapaban y ojos desgarrados. Soñaba que estaba en un pasillo sin fin lleno de puertas y alguien estaba gritando, en una voz que le parecía familiar. *¿Por qué no puedo acordarme?*

—¿Quién no puede acordarse? —preguntó Laura.

—Los bienaventurados —respondió la voz de Faland—. Los bienaventurados olvidan y los condenados recuerdan.

—¿Dónde estás? —inquirió. Pero la voz del hombre ya se empezaba a desvanecer en una más rotunda que decía:

—Iven, vuelve. —Y Laura abrió los ojos.

El doctor Jones estaba sentado al lado de la cama con el pulgar presionando en su muñeca para calcularle el pulso y una toalla y una palangana sobre una caja del revés a su alcance. Laura se dio cuenta de que tenía el pelo mojado; pequeños riachuelos de agua fría le recorrían el cuello y la mandíbula.

—No sabía que los cirujanos disfrutaran de la enfermería —dijo. Tenía la boca seca como el esparto.

El doctor la miró a la cara, y Laura creyó ver que su expresión se alegraba.

—Aquí estás. No, normalmente no. Pero nos falta personal y estás en estado grave; así que he venido para obligarte a superar la enfermedad. La fiebre te ha bajado durante la última hora. Ya ha pasado lo peor, espero. —Volvió a remojar el paño y lo colocó sobre su frente ardiente—. Pero, por si me equivoco, no tienes permitido morir, necesito que alguien me ayude con las cirugías. Bebe algo de agua, parece como si hubieras cruzado el Sáhara en agosto.

La ayudó a incorporarse y le puso un vaso en los labios. Tragó hasta que sintió que la cabeza le nadaba y se encogió cuando notó el dolor en los pulmones. Sus manos desprendían un ligero olor a desinfectante.

—Ya basta, vuelve a acostarte —le ordenó. Su tono era acerbo, pero sus manos eran estables, profesionales. Él había jurado los mismos votos que ella. Estaba intentando salvarle la vida.

—Gracias —susurró Laura, recostándose y dejando que se le cerraran los ojos.

—¿Por qué diablos volviste aquí? —Sonaba como si estuviera hablando para sí mismo más que con ella—. Herida, dada de baja con todos los honores… ¿Por qué has vuelto? —Laura no tenía una respuesta, pero él no parecía estar esperando una—. Limítate a respirar —le indicó, mientras más agua fría se mezclaba con el sudor y le chorreaba por la cara.

Laura superó lo peor de la enfermedad, y esa noche se despertó sola y se quedó mirando a una telaraña en la viga del techo, intentando recomponer todas las horas desde que había llegado a Europa. Esperaba que hubiesen podido darle a Fouquet un entierro digno. La habitación era pequeña, el techo inclinado, y no había nada más aparte de dos camas de latón estrechas, una en cada lado, con sendas mesitas de noche y colgadores como dedos retorcidos en la pared. Debía de haber sido la habitación de una criada, cuando el castillo era un hogar en vez de una estación de paso. El arcón de Laura estaba a los pies de la cama, recuperado del camión destrozado, y el de Pim reposaba al lado de la otra.

Habían llegado a Dunkerque y se habían subido a un camión. Se acordaba de Fouquet. Bombas. Una figura oscura en la carretera. Música. Pero por más que lo intentaba, era incapaz de visualizar el resto con claridad. Al final, llena de frustración, se puso en pie y se quedó agarrotada mientras le sobrevenía un mareo. Empezó a hurgar en el arcón en busca de un pañuelo y un uniforme limpio. No podía hacer nada bueno por Freddie estando en la cama. Cuando se vistió, se sentó durante unos minutos para despejar la cabeza que le daba vueltas. Entonces se obligó a ponerse en pie y se dirigió hacia la puerta con determinación.

Una escalera estrecha la llevó fuera de los aposentos de los sirvientes, abajo y abajo, hasta que al final desembocó en el vestíbulo principal, el claro centro neurálgico del pequeño hospital de Mary, lleno del ruido de pasos apresurados, una mezcla de voces femeninas y masculinas, el olor a putrefacción, chocolate y carbólico.

Se abrió una puerta que reveló detrás una sala de esterilización, situada en lo que en su día debía de haber sido la sala de música. Parqué astillado, cupidos descascarillados cerca del techo. Jeringuillas dentro de agua hirviendo, una mesa antigua, probablemente arrastrada de la cocina. Un batiburrillo de muebles refinados con la tapicería deshilachada. Un fuego hecho con carbón en la chimenea. Laura notó un pequeño soplo de calor en la cara, incluso desde la puerta. La voz americana inconfundible de Jones estaba reprendiendo a un camillero en un francés con marcado acento inglés:

—Mi rodilla —dijo—. La dejé aquí, justo aquí, sobre la mesa, en un cazo. ¿Dónde está?

Laura notó cómo las cejas le subían. Quería sentarse.

—¿Su… rodilla, *Monsieur*? —tartamudeó el camillero.

—Sí, sí —respondió Jones—. Justo allí. Quería sacarle la carne tras hervirla… muy interesante…

El camillero musitó algo.

—Una pata de carnero. ¡¿Una pata de carnero?! —exclamó Jones—. ¿Has confundido mi rodilla con una pata de carnero? ¡Era el espécimen perfecto! Una disposición de lo más interesante de los ligamentos anteriores.

Mary habló justo detrás de Laura, quien dio un brinco.

—Espero que no te la hayas comido, Colas —le recriminó al camillero severamente.

—Hostia puta —masculló Laura.

Jones salió de la sala de esterilización. Su recuerdo de la voz plana con acento americano, la cara huesuda, los ojos pequeños, era correcto.

—Siento lo de su espécimen —le dijo Laura.

—Y yo —repuso Jones—. Y puedes dejar de pensar que soy un demonio necrófago, Iven; yo no me lo he comido. ¿Cómo está tu pecho? Quítate el vestido.

—Dentro de la sala de esterilización —ordenó Mary llevándolos hacia dentro.

Laura se desabrochó el vestido obedientemente, y se lo bajó por los hombros. Jones colocó su gélido estetoscopio en diferentes puntos de la espalda de Laura. El pecho le seguía doliendo.

—¿Tengo que agradecerle por mi recuperación, doctor? —preguntó Laura, intentando ser cordial.

Con ese hombre malgastó la cordialidad.

—Claro, por supuesto. A mí y a una constitución apropiada. —Dio un paso atrás—. Lo superarás, si comes como es debido y no te enfrías. Vístete y déjame ver las manos.

Tensó los hombros. Dejar que le examinara las manos era mucho peor que quitarse el vestido.

—Mis manos están bien.

—Las tienes llenas de cicatrices —afirmó Jones clínicamente—. Y sin duda alguna desarrollarás artritis en los próximos cinco años. Déjame ver.

—Yo no soy una rodilla amputada —le soltó Laura.

—Discutirías menos si lo fueras —contestó Jones.

Estiró una de sus manos. Dedos largos y una manicura perfecta. Apretando los dientes, Laura colocó la suya encima. El doctor manipuló el tejido cicatrizado y comprobó el rango de movimiento.

—Bueno, el daño ya está hecho —dijo Jones, soltándola—. Una pena. Vas a tener que masajeártelas cada noche, para que las cicatrices no se anquilosen más. Con lanolina o cera de abeja. ¿Puedes ayudar en una operación?

—Sí —afirmó Laura, odiando la manera como sus ojos negros reseguían el destrozo de sus dedos.

—Muy bien. Ven conmigo a hacer la ronda, ¿quieres? ¿Te sientes preparada? —Le soltó las manos, y salió por la puerta.

Laura soltó un taco muy grosero.

—Él es así —lo justificó Mary—. No se le da bien tratar con los pacientes.

—Ya no estoy en cama. Y tengo alguna que otra credencial. ¿Cómo se piensa que conseguí estas cicatrices en las manos? No fue holgazaneando en algún hospital civil.

—Iven, puedes despotricar tanto como quieras, pero te suplico que intentes tolerar a Jones. Para preservar la armonía. Los cirujanos americanos cualificados no caen del cielo, sabes.

—Bueno, da igual —dijo Laura, recobrando la compostura—. ¿No deberíamos hablar del canibalismo involuntario entre el personal?

Mary resopló.

—No quiero ni saberlo. ¿Tú sí?

—En realidad, no. —Laura flexionó los dedos, intentando liberarse de la sensación del tacto de Jones—. ¿Cómo está Pim?

—Floreciente —respondió Mary—. Los hombres creen que es un ángel terrenal. Ven por aquí. Te mostraré el lugar. Necesito que empieces tus turnos lo antes que puedas. Dicen que los alemanes van a intentar romper la línea en Ypres y avanzar hacia el mar.

Laura se quedó callada. Cuatro años y a saber cuántos millones de vidas, y podían perderlo todo. Y entonces pensó: *Tiempo, solo necesito tiempo…*

—No va a ocurrir, Iven —añadió Mary al verle la cara—. Por aquí.

Mary abrió la puerta principal para desvelar un glorioso crepúsculo: un cielo escarlata, azafranado y violeta que apenas parecía pertenecer a aquella tierra gris.

—Las ambulancias suben por el camino, y tenemos la estación de triaje en la cochera —le explicó Mary mientras le señalaba los lugares—. Pasarás bastante rato ahí fuera.

Volvieron a la casa. La sala principal de Couthove se había instalado en el que fue una vez un elegante salón de baile y que esos días estaba lleno de camas y olor a enfermedad: alcohol y yodo, fluidos corporales y sudor. El elegante parqué manchado. Había un murmullo de conversación cuando entraron, y Laura captó solo algunas frases:

—Es el paraíso, si lo encuentras.

—¿Y qué? Todos los prostíbulos son el paraíso para algunos.

Otra voz, grave y profunda, añadió:

—Un colega mío lo encontró. Volviendo ebrio de permiso. Se le caían las lágrimas cuando me lo explicaba. Se olvidó de la guerra, me dijo. Igual que dicen las historias. Incluso vio a su chica, en aquel espejo mágico. Una noche perfecta. Pero no lo volvió a encontrar.

»Nunca lo vuelves a encontrar. No te cobra nada. Ni una moneda... Lo dejó con la chica, sabes, no mucho después. Era como si se hubiera olvidado por completo de ella. Ahora está muerto.

La conversación se apagó en un murmullo generalizado, y entonces Pim vino corriendo.

—¡Laura! —gritó—. Estaba muy preocupada. Tenías tanta fiebre, pero el doctor Jones dijo que lo superarías. ¿No crees que es un hombre maravilloso? ¿Cómo estás, querida?

—En la flor de la vida —respondió Laura. Pim tenía el rostro más enjuto que en Halifax, pero estaba sonriendo. Mary no había exagerado. Los hombres la miraban como si fuera su propio milagro personal.

—He estado escribiendo las cartas de los soldados —le explicó Pim—. Me las dictan, o si no pueden... no pueden dictar, entonces les escribo a sus madres yo misma. Y esbozo pequeños dibujos... Mira.

Sacó un cuaderno y desdobló una página suelta para mostrarle un esbozo muy realista de un hombre joven que sonreía con el hombro vendado.

—Estoy segura de que se sienten agradecidos... —empezó a decir Laura, y entonces apareció Jones, y la cortó.

—Las rondas, Iven —le recordó—. Media hora, luego la cena, y de vuelta a la cama.

Laura suspiró para sus adentros. Se recordó que Jones no era el cirujano más autoritario que había conocido, aunque tuviera una habilidad especial para irritarla.

—Sí, doctor —dijo, sumisa; le vocalizó a Pim «después» y cruzó la habitación.

Fueron de paciente en paciente, comprobando los historiales, tomando temperaturas y haciendo preguntas. Jones se mostraba apático en el trabajo pero era cuidadoso y decidido. Laura empezó a relajarse al ver lo rutinaria que era la tarea. Pero entonces, en la sexta cama, llegaron a un hombre llamado Trovato. Tenía la pierna con una gangrena más que evidente y Laura se quedó perpleja. ¿Por qué no la había amputado Jones? El olor era inconfundible: fétido, hediondo, como nada que hubiese visto.

—Doctor... —empezó a decir Laura.

—Ya, ya —la cortó Jones sin levantar la vista—. Acepto que es poco ortodoxo, pero la gangrena no se ha extendido; cabe la posibilidad de que se desprenda y podamos salvar la pierna.

—Me gustaría conservar la pierna —añadió Trovato seriamente.

Laura consiguió guardarse sus pensamientos para sí misma. Ningún doctor que hubiera conocido antes habría vacilado en amputar.

—Venda la herida, Iven —dijo Jones, como si pudiera oír su desaprobación, mientras tomaba notas en el informe. Laura empezó a disponer las vendas y el desinfectante.

—Señora Shaw, venga aquí —dijo Jones tras echar un vistazo a la cara compungida del paciente.

Laura se mordió el labio, pero Pim había decidido embarcarse para eso, así que permaneció callada cuando su amiga se acercó corriendo y agarró la mano de Trovato, sonriendo. El soldado relajó el semblante.

Laura se dispuso a irrigar la herida. Trovato profirió un pequeño sonido animal. Pim le sostuvo las manos con más fuerza. Laura no se detuvo. La medicina del ejército era tan impía como todo lo demás.

—Ya has estado aquí antes, enfermera, ¿verdad? —le preguntó Trovato a Laura, con el aire de un hombre que intenta distraerse. Tenía los ojos cerrados, pero debía de haber visto sus manos.

—Vine en la primavera de 1915. Con los pájaros azules. —Se refería al servicio de enfermería canadiense—. Me dieron de baja el pasado noviembre. —Le dedicó una breve sonrisa de consuelo, pero seguía con los ojos cerrados—. Supongo que me era imposible alejarme de vosotros.

—¿Tiene alguna historia que nos pueda contar, enfermera? —preguntó el hombre—. ¿De esos días lejanos?

Lo que sea con tal de distraerlo, pensó Laura, empezando a vendarle la herida. Miró de soslayo a Jones. Ya no estaba en el ejército regular, no hacía falta que se comportara.

—¿Has oído la historia del amonal en Hooge? —dejó que su voz llenara toda la habitación. Vio cómo los hombres se removían bajo las sábanas.

Jones arqueó las cejas.

—Fue durante los primeros días —continuó Laura, enrollando la venda—. Justo cuando tuvieron la brillante idea de sacar a los alemanes de Hooge debilitando sus posiciones y haciendo volar el lugar por los aires. Tranquilo. Lo peor ya está. —Trovato tenía la piel de un extraordinario verde grisáceo. Pim se inclinó para murmurarle algo al oído. El soldado le dedicó una sonrisa débil, en la que faltaba un incisivo.

»Ocurrió en 1915 —siguió Laura—. Las líneas pasaban justo a través de los terrenos del castillo de Hooge, y Hooge, como ya debéis saber, estaba situado en el peor lugar del peor saliente del peor sector del frente.

Algunos de los hombres se estaban incorporando para escuchar mejor.

—Los alemanes tenían en su posesión el propio castillo, y los nuestros el establo, y habían cavado trincheras entre medio. Cada bando hacía planes para bombardear al otro. Bueno, pues a los británicos les vino a la mente la idea de usar minas: cavar hoyos, llenarlos con algodón pólvora, prenderlos, y ya está.

»Los superiores tenían un gran ardid planeado para justo una semana después, y el brillante chico que estaba a cargo de colocar las minas se dio cuenta de que no había manera posible de que pudieran cavar un hoyo lo suficientemente grande en una semana en el que pudiera caber todo el algodón pólvora que necesitaban para hacer saltar por los aires a los alemanes.

»Así que propuso usar amonal, como suelen hacerlo en las minas de carbón. Más difícil de manipular, pero más poderoso. Se puede poner menos cantidad, ¿veis? Todo muy bien, pero el encargado de los suministros no tenía la menor idea de qué tipo de cosa era el amonal. Nunca lo había visto antes. Se lo preguntó a un amigo químico, y recibió esta respuesta…

Laura hizo una pausa, sonriente. La habitación entera la escuchaba, cautivada. Jones le lanzó una mirada.

—«Un medicamento», dijo él —continuó el relato Laura—. «Para disminuir el apetito sexual».

La habitación estalló en carcajadas.

—Bueno, no sé qué reacción tuvo el encargado de suministros, o si preguntó qué iban a hacer en Hooge para necesitar tanta cantidad de eso…

Más risas.

—Pero sí que hicieron volar a los alemanes, así que alguien debió de cambiar de actitud al final.

Hubo un coro de risas y sugerencias indiscretas. Pim parecía estar escandalizada. Jones sorprendió a Laura con una carcajada explosiva mientras meneaba la cabeza. Laura había terminado de vendar a Trovato. La cabeza del soldado se hundió contra la almohada. Su barba descuidada que le llegaba hasta el hueco del final del cuello le daba un aspecto harapiento, pero estaba sonriendo también.

El siguiente paciente había intentado suicidarse e iba a morir.

Laura no necesitaba que Jones se lo dijera. Podía asegurarlo por el ángulo de la herida y el color de la cara. Podía oír el estertor. Por lo que veía, se había puesto el rifle en el mentón y había intentado disparar con los dedos de los pies.

—¿Cómo se llama? —preguntó.

—No lo sabemos —contestó Jones—. Vino hecho un desastre. Sin placas. Aunque no paraba de gritar un nombre. El de una chica. Era lo único que decía. Mila, gritaba. Mila. Tal vez se disparara por ella, pero ¿quién sabe? Lo hemos estado llamando Mila a falta de algo mejor.

Trovato había girado la cabeza para observar.

—Pobre desgraciado. Vio al violinista. No pudo tolerarlo. Algunos dicen que te arranca el alma. Pero tal vez la guerra ya haya hecho eso. —Laura le había dado morfina; estaba divagando.

Pim le estaba limpiando la cara.

—Pero ¿quién es el violinista? —preguntó Pim dejando el pañuelo quieto.

Laura escuchó con atención, aunque no levantó la vista. Tenía que liberarse de un recuerdo involuntario, como algo que hubiese soñado sumida en la fiebre; el sonido ascendente de un violín, el fragante aroma del vino.

—Hay todo tipo de historias, pero ninguna de ellas adecuada para una chica delicada como tú. El violinista es para los tipos como nosotros. Si un hombre quiere arriesgarse… bueno, es su decisión. Pero tú… No te acerques a él.

—Pero… —empezó a quejarse Pim.

—Déjalo descansar, Shaw —intervino Jones.

Laura tenía sus propias preguntas, pero la herida de Mila la distrajo. Era como si el doctor no hubiera… Acabó el vendaje y miró con algo de sorpresa a Jones.

Le devolvió la mirada algo incómodo.

—¿Podemos hablar un momento, Iven? —le preguntó al final.

Laura lo siguió por el pasillo hasta la sala de esterilización. Jones cerró la puerta. La estaba observando.

—¿Qué piensas? —preguntó el doctor.

—¿Su pronóstico? Pobre —respondió Laura—. Habría sido mejor que lo operaran nada más llegar. O que al menos lo operaran —añadió con cautela.

Jones permaneció en silencio.

—He comprobado que no es el caso —siguió Laura, con más prudencia todavía.

—No.

—Es extraño, puesto que supongo que le dijeron que hiciera todo lo posible por salvarlo.

—Así es. —Claro que se lo dijeron. El suicidio era un pecado mortal. El ejército no quería que los hombres se fueran de rositas con algo así. No, tenían que salvarlos para que pudieran erguirse y enfrentarse a un pelotón de fusilamiento. Tal vez Jones la estaba tanteando porque creía que ella estaría… conmocionada, que fuera en contra del protocolo y dejara morir a un hombre en la cama. Dios. Pobre Jones. Unos meses atrás seguramente operaba en un hospital limpio de Boston, nada que ver con el revoltijo de éticas contrapuestas y moralidad *ad hoc* que se daba en un hospital militar.

—Quiero que nos entendamos mutuamente —dijo Jones, tirante.

—Creo que ya lo hacemos —repuso Laura—. Pobre hombre. Sin esperanza. No lo pudo salvar, a pesar de haberle proporcionado todos los cuidados.

Sus miradas se cruzaron. De repente Jones relajó el semblante y torció los labios.

—Has visto a hombres como él antes.

—He visto muchas cosas —dijo Laura.

—Más que yo —confesó Jones, con franqueza, sorprendiéndola de nuevo—. Lo tendré presente en el futuro. No es mi intención ser insufrible, Iven, por más que te dé la impresión de lo contrario. ¿Qué interés tiene la señora Shaw con ese violinista? Es un tormento para los pacientes. Siempre que alguien lo menciona, allí va ella, a toda prisa, para escuchar todos los detalles.

Un sudor frío se extendió por la piel de Laura.

—No lo sé.

—Vigílala de cerca; la gente desarrolla extrañas obsesiones aquí. Por el momento, tenemos que acabar la ronda y luego debes comer algo de cena, Iven. Antes he podido contarte las costillas.

Para sorpresa de Laura, notó cómo se ruborizaba. Sin mediar más palabras, Jones salió por la puerta.

La cena constaba de raciones de combate, mejoradas un poco con pan fresco y un huevo por persona. Laura, todavía con tos, tenía poco apetito. Pero se hizo con la sopa igualmente y una taza de té. Se sentó a la larga mesa desgastada donde el personal que no estaba trabajando se embutía los nutrientes.

—Pim, Jones me ha dicho que estás atosigando a los hombres con preguntas sobre el violinista.

Pim dio un sorbo al té, puso una mueca y le añadió más azúcar.

—He estado pensando que probablemente sea aquel hombre, Faland —dijo prosaicamente.

Laura dejó la cuchara sobre la mesa.

—¿Qué cuentan los hombres de él?

Como respuesta, Pim sacó el cuaderno lleno de notas, se lamió un dedo y empezó a leer fragmentos, pasando de una página a otra.

—Solo lo puedes encontrar por la noche —dijo—. Nadie ha oído de alguien que lo haya visto durante el día.

—¿Es un vampiro? —preguntó Laura fríamente. Llenó la cuchara de sopa.

—Calla. Toca el violín… Bueno, eso lo sabemos, ¿verdad? No hay mucho consenso sobre su aspecto. —Pasó otra página y allí estaba el rostro de Faland, el pelo representado con trazos rápidos, el ojo oscuro y el brillante. Pim tenía talento para dibujar—. Su hotel, a veces dicen que es un bar, es el mejor lugar que hay, aunque algunos afirman que también es el peor. —Le dio la vuelta a otra página—. Pasas la mejor noche de tu vida allí y aseguran que te mostrará lo que más anhelas. —Su voz tembló al pronunciar la última palabra—. Pero solo puedes estar en su hotel una vez. Y la gente que se ha tomado una copa allí lo extraña cuando se va. Entonces algunos de ellos enloquecen. —Pim frunció el ceño mientras miraba las páginas atestadas de letras—. Son bastantes rumores, ¿no crees? Sobre la misma persona. Me despierta la curiosidad.

—¿Solo la curiosidad?

A Pim le subieron los colores.

—El hotel de Faland fue como un milagro, pensé. Tan… tan cálido. Su música. Y entonces se desvaneció al alba.

La mirada que tenía su amiga en la cara le causó desconfianza a Laura. «Lo anhelan», había dicho el hombre.

—No es más que un estafador, Pim. Un hipnotizador que vende vino ilegal. Probablemente le echa algún tipo de droga. Ajenjo. Acetato de plomo. ¿Cómo están tus intestinos?

Pim apretó los labios.

—Pim, no creo que Faland sea buena persona —dijo Laura más seriamente.

—Tal vez no. Pero parecía mágico, ¿no crees? La música, la noche, el… el espejo. La mañana. Todo. —Había un deje de nostalgia involuntaria en su voz—. ¿Cuándo fue la última vez que algo en tu vida fue así de mágico?

Laura se quedó callada. Su convicción, nacida de días largos y noches todavía más largas, era que si en el mundo de verdad había algo de magia, entonces podía no haber guerra.

—Pim, ¿qué viste en el espejo? —preguntó Laura.

—Ah… —respondió Pim, desviando la mirada—. A Jimmy, claro. Vi a mi hijo.

—Pim, fue hipnosis.

—Oh, ya lo sé —dijo ella, aunque no sonaba del todo convencida—. De todas maneras no importa. Hay algo de la leyenda que es fácil de comprobar.

Eso sacó a Laura de sus pensamientos.

—¿Y qué es?

—Quiero volver al hotel, claro. Porque los hombres dicen que no lo puedes encontrar dos veces. Voy a ver si yo puedo. Incluso de día.

Pim dirigió la atención hacia su cena antes de que Laura pudiera expresar en voz alta su vehemente opinión sobre esa idea.

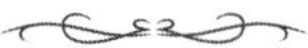

Ya era de noche cuando finalmente se dirigieron al piso de arriba para dormir.

Pim estaba contrariada, porque Mary, para el alivio de Laura, había enviado al traste cualquier idea de salir a ninguna parte.

—Shaw, los heridos van a seguir llegando aquí como un torrente. Si los alemanes rompen la línea aquí arriba, tal vez tengamos que evacuar el hospital. Necesito todas las manos disponibles preparadas, y nadie se va a ir de paseo por ninguna razón.

Laura no había apreciado nunca demasiado la autoridad mordaz de Mary, pero en ese caso estaba completamente de acuerdo. En su habitación compartida, Laura se quitó el vestido, las medias y la camisola; se quedó desnuda como Eva con un pañuelo mojado, y atacó la reminiscencias pegajosas del sudor de la fiebre. Pim se quedó sentada en la cama con delicadeza y pasaba la mirada por todos lados de la habitación menos por Laura.

—Después de mí lo harás tú —le informó Laura, divertida—. A menos que quieras ir a la cama sucia.

Unos pasos sonaron en el pasillo y Mary abrió la puerta. Pim soltó un grito de sorpresa.

Laura levantó la vista y siguió limpiándose.

—No pasa nada, Pim —le dijo Mary—. Iven defenderá tu virtud.

—No voy a defender a nadie sin tres horas de sueño, una taza de café y un cigarrillo —soltó Laura mientras se secaba—. Mary, ¿qué haces aquí arriba? Espero que no haya nadie con una hemorragia. Ve a despertar a Jones. Si intento trabajar ahora, envenenaré a alguien por accidente.

—Soy consciente. No, estaba revisando mi correspondencia y había una carta para ti. —La extendió—. Id a dormir. El día llegará rápido, y tienes turnos de trabajo en los que pensar, Iven. Y Jones me dice que tienes que ganar como mínimo cuatro kilos, y que tu tos sigue siendo desagradable.

—Un hombre oficioso —dijo Laura. Lanzó la carta sobre el catre.

Mary estaba examinando las piernas de Laura, del mismo modo que un ganadero mira a un ternero.

—Tiene bastante razón. Madre mía, y yo que pensaba que estabas esquelética antes.

—Buenas noches, Mary.

Mary se marchó, y Laura se puso un jersey raído por encima de la camisola y dejó el vestido del uniforme, el delantal y las botas a mano.

—Duerme mientras puedas —le dijo a Pim—. Si Mary tiene razón, no podremos hacerlo en el futuro próximo.

Recogió la carta y la abrió con su lanceta de bolsillo.

Reconocía aquella letra. Kate.

Querida Laura:

¿Cómo estás? Imagina mi sorpresa cuando me escribiste y me dijiste que volvías, que te ibas a incorporar a Couthove. Tan cerca. Me gustaría verte inmensamente, si te puedes escapar. Tengo una o dos cosas tuyas aquí, y noticias por supuesto. Conocí a un amigo tuyo hace unas semanas, y sé lo que te gusta un buen cotilleo, querida. Ven y te lo contaré todo.

Laura pestañeó. No había dejado nada en Brandhoek. ¿Y qué amigo?

Me han desplazado de Brandhoek, gracias a Dios. Ahora estoy en Mendinghem, un lugar mucho más agradable, si analizamos la situación actual, y a escasos kilómetros de tu castillo. Al menos no tenemos que hacer las rondas con las máscaras de gas preparadas. Tengo muchas ganas de verte, Laura.

Laura deseaba pocas cosas tanto como volver a ver a Kate White. Pero el tono no parecía el de ella, se leía una impaciencia entre líneas, igual que en su última carta. *¿Qué estás intentando decirme?*

Dándole vueltas, dejó la carta a un lado y se subió al catre. Si tenía que ir a algún lado, debía ser pronto. La tensión que se iba acumulando en el aire era palpable. La siguiente gran batalla era cuestión de cuándo, no de si tendría lugar, y sería, posiblemente, la decisiva. Y cuando al fin estallara, no podría ir a ningún sitio.

25

EN AQUELLOS DÍAS LOS HOMBRES BUSCARÁN LA MUERTE

BRANDHOEK Y UN LUGAR DESCONOCIDO
FLANDES, BÉLGICA
NOVIEMBRE DE 1917

Freddie se quedó inmóvil como una estatua de sal, un hombre despojado a la vez de su propósito, su pasado y su futuro. Deseaba que el hombre muerto viniera y se tomara su venganza. Era un asesino. Un traidor. Él también se tendría que haber ahogado.

A su lado, Faland se ajustó los hombros en su traje harapiento.

—Bueno, debería irme ya —dijo el violinista. Dio un paso hacia la oscuridad, pero un resplandor perdido se reflejó en su cabello plateado por la lluvia que hizo que Freddie saliera de su estupor y lo agarrara de la manga.

Faland se giró con expresión inquisitiva.

—¿A dónde vas? —preguntó Freddie. Estaba pensando en la bodega tranquila y profunda y en el aspecto que tenía a la luz de la vela que Faland había sostenido en la mano. Como si fuera de otro mundo. Incluso un espacio seguro. Freddie daría lo que fuera por volver a experimentar ese sentimiento. Quería abandonar el mundo y no volver jamás. Pero era demasiado cobarde, pensó amargamente, como para ponerse una pistola en la boca y apretar el gatillo.

—De aquí para allá —respondió Faland.

—¿Puedes...? ¿Puedo ir contigo?

Faland arqueó las cejas.

—Ese es el comportamiento de un pésimo soldado. Has consolado a tu enemigo, ¿y ahora traicionarás a tu país?

¿Enemigo? ¿Era Alemania su enemigo? En el transcurso de los últimos días, Alemania se había convertido en Winter, respirando junto a él en la oscuridad.

—No fue Alemania la que colocó el hospital de mi hermana al lado de un almacén de munición —rebatió Freddie.

La sonrisa de Faland era preciosa por sí sola, aunque brutal en contraste con la noche.

—Tal vez puedas venir conmigo. Aunque debes saber que cobro un precio.

—¿Cuánto? —susurró Freddie—. No tengo nada.

—¿Ah, no? Cada noche que te quedes conmigo, quiero que me cuentes una historia. Algo sobre ti. Bueno o malo, no me importa. Pero tiene que ser verdadera.

Freddie no sabía si era la lluvia fría o su propio corazón desbocado lo que le hacía temblar. Sentía que nada era real.

—¿Por qué?

—Llámalo inspiración —dijo Faland.

—¿Para quién?

—¿Sí o no?

—S-sí... Sí. —«Él no, Iven» le había dicho Winter. Pero Winter se había ido—. Lo que sea —añadió Freddie en voz alta, e incluso él mismo podía oír la verdadera desesperación que teñía su voz.

Sin mediar palabra, Faland se giró y cruzó una zanja embarrada, con pies ligeros. Freddie se esforzaba por seguirle el paso. Se alejaron hasta que no pudieron oír los sonidos que provenían de Brandhoek, y llegaron a un campo gris, envuelto en una niebla penetrante. Le parecía que el mundo discurría en un segundo plano, incluso los bombardeos se amortiguaron hasta convertirse en unos truenos distantes. Freddie se sintió tan aliviado que derramó lágrimas. No sabía a dónde se dirigían, aunque tampoco le importaba. Su corazón solo le pedía que se alejara, y eso le servía.

Soñaría con esa caminata, los días posteriores. Soñaría horrores imaginarios: un vergel de hombres muertos que colgaban como si fueran fruta, un río de sedosas aguas cobrizas. Pero los recuerdos solo le decían que caminó hasta el fin de sus fuerzas desfallecientes, que el mundo se redujo a nada más que el bamboleo desigual de los pasos de Faland delante de él. Que al menos siguieron juntos hasta llegar enfrente de una voluminosa puerta que funcionaba como un muro desgastado.

Que Faland abrió la puerta de un empujón y entró.

Freddie vaciló. Las gotas de lluvia le salpicaban la cara, pero dentro se extendía una oscuridad latente. Por poco no se dio la vuelta, pero su vida estaba en aquella lluvia, sus pérdidas, sus fantasmas. Cruzó el umbral. La puerta se cerró.

—Bienvenido —lo saludó Faland.

La primera impresión de Freddie fue de un espacio amplio, la segunda de opulencia. Recubrimientos de oro delicados, luz suave proveniente del fuego de la chimenea, marquetería y parqué, patrones y doraduras, terciopelo y cristal, casi le provocaba dolor en contraste con sus recuerdos más recientes. No podía ser real. Y aun así Freddie podía sentir el contacto de la lanilla del terciopelo en las paredes y las sillas, cuando lo resiguió con los dedos. El calor del fuego hizo que su cara entumecida hormigueara.

Su tercera impresión fue de desaliento. El terciopelo se deshilachó, las doraduras se desconcharon, las manchas se mostraban a través de las grietas en el cristal. Un polvo fino, que se elevaba con los pasos de Faland mientras cruzaba la habitación.

Freddie lo siguió aturdido, percatándose vagamente de que en la habitación había una sorprendente cantidad de puertas. Faland colocó la mano sobre una de ellas, pero antes de que la abriera, Freddie vislumbró un espejo. No vio su reflejo en él. Vio a Laura.

Estaba con Winter. Estaban sentados juntos a una mesa. Estaban bien. Enteros. Dios, incluso parecían amigos. Levantaron la vista hacia él al unísono. Laura y Winter, vivos. Su hermana: rápida, irónica, competente. Winter, con el rostro limpio, su pelo del color de la paja. En el espejo Laura le sonrió a Freddie y le dijo algo a Winter, que se rio.

Algo dentro de él se resquebrajó horriblemente, partiéndolo en dos. Estaban justo allí.

Faland lo agarró de la muñeca. Freddie se dio cuenta de que se había estado acercando al cristal.

—Ahora no —dijo Faland—. Más tarde, si quieres.

—¿Qué es? —preguntó Freddie.

—Depende de la persona que mire.

—Eso es imposible.

—¿Más que todo lo demás? —La inclinación de la cabeza de Faland parecía abarcar todo el mundo exterior; el mundo entero que se había vuelto loco.

Freddie no tenía respuesta a eso. Tal vez estuviera soñando. Esperaba no despertarse nunca.

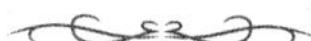

El dormitorio al final de las escaleras del piso superior era tan majestuoso como el vestíbulo de abajo, e igual de destartalado. Más terciopelo en las pesadas cortinas, en la colcha. Delicados muebles de madera tallados con maestría. Pero todo descascarillado, astillado, descolorido.

—Descansa —le dijo Faland delante de la puerta.

Freddie dejó de pensar. Se quitó los andrajos que quedaban de su uniforme, encontró agua tibia, una jofaina, se frotó la piel hasta dejarla en carne viva y entonces se desplomó desnudo sobre la cama.

Pero estaba demasiado cansado como para dormir, a disgusto sobre un colchón, debajo de unas sábanas, en soledad, después de tantas noches durmiendo a la intemperie con tantos otros, en barracones, en escondrijos, en extraños acantonamientos improvisados. Así que en vez de dormir se revolvió y sudó y al final se sumió en un duermevela, únicamente para despertarse en la oscuridad, pensando que volvía a estar en el fortín, pensando que lo asfixiaban bajo tierra. Sabiendo que estaba completamente solo. Winter no respiraba. Winter no estaba allí.

Un sonido, bastante parecido a un grito, casi le desgarra el cuello, y se aovilló, atrapado en un vacío sin aire. Durante un momento viró hacia el borde de la locura. Ya estaba muerto. Todo estaba roto, oscurecido por la lluvia. Creyó ver una estrella a través del techo derrumbado.

Entonces le llegó el resplandor de una luz desde el pasillo y la puerta se abrió de par en par.

Freddie se tapó los ojos con una mano. Faland estaba en el umbral sosteniendo una vela. La luz mostraba un techo intacto y una habitación de una opulencia desgastada.

—Silencio —dijo Faland—. Quédate la vela.

Una cama, pensó. *Paredes, suelo, aire.* La sensación de ahogamiento remitió. Intentó levantarse, pero no se podía mover. *Neurosis de guerra. Laura tenía pacientes que no se podían mover tras padecerla.*

Faland cruzó la habitación y colocó la vela sobre la mesita de noche. El pelo empapado por la lluvia se le había secado, y se había clareado a un tono plata dorado. Freddie comprobó que sus piernas rígidas volvían a hacerle caso. El pecho le brillaba por el sudor. Debía de haber armado un buen alboroto mientras dormía. Se estremeció por la corriente de aire que entraba por la puerta y se cubrió con las mantas.

—Lo… Lo siento.

Con la vela en la mesita de noche, el rostro de Faland estaba surcado por las sombras.

—Una vez me desperté en la oscuridad. Todavía sueño con ello. Vuelve a dormir —dijo con un extraño tono en la voz.

Con la luz a su lado, Freddie durmió, y la siguiente vez, se despertó a solas por el sonido de una música. Alguien en el hotel estaba tocando un violín. Con precisión, con dolor, con maestría, la música iba entrando en la habitación: una melodía que le parecía familiar. Vio ropa nueva doblada a los pies de la cama. Al principio pensó que era un uniforme, entonces se dio cuenta de que eran prendas separadas. Unos pantalones canadienses, una chaqueta británica. Descartes. Como él. Se la puso y se aventuró hacia la puerta con las piernas agarrotadas. Se asomó. El pasillo era mullido gracias a la moqueta. La música aumentó de volumen. Freddie siguió en busca de su origen bajando unas escaleras. Encontró una puerta y la abrió.

La música le azotó la cara, como si hubiese salido a la lluvia.

Se encontraba de vuelta en el vestíbulo, pero no estaba vacío. Unos hombres con uniformes completos llenaban la habitación, sentados a unas mesas, bebiendo, hablando, riendo. A veces llorando. Tenían los labios manchados, el suelo estaba pegajoso. Su ruido hacía que las arañas de techo temblaran. ¿Sería algún tipo de anuncio lo que los atraía?, se preguntó Freddie. No sabía si era de noche o de día. La habitación no desvelaba nada del mundo exterior.

Freddie se mantuvo en las sombras. La vitalidad tenaz y vibrante que llenaba la habitación lo atemorizaba, como si pudiera quedar atrapado en su maldito remolino si se acercaba demasiado. Pero nadie le hizo ningún caso, nadie le prestaba atención. Todos estaban observando a Faland. Era él quien estaba tocando el violín.

De algún modo a Freddie le sorprendió que el músico fuera él. Faland le parecía tan remoto. Distante. Pero su música no tenía nada de distante. Lo alcanzaba con una garra que se aferraba por sus entrañas hasta su olvidado corazón, que le latía con cosas que estaba demasiado lastimado como para sentir. Arrepentimiento, ternura. Era precioso y dolía demasiado.

Se quedó allí paralizado, y fue entonces cuando vislumbró el espejo encima de la barra.

Winter y Laura estaban tomando la cena. La guerra no había tenido nunca lugar. Freddie y Winter se habían conocido de la manera habitual. No había canas en el cabello de Laura, ninguna arruga en el rostro de Winter.

No oyó cuándo acabó la música. No oyó nada en absoluto hasta que la voz de Faland en su oído rompió la ilusión y lo dejó con la cabeza dando vueltas una vez más.

—Vaya, estás entre los vivos después de todo —dijo Faland. Llevaba consigo la funda del violín.

—¿Quién eres? —preguntó Freddie. Se dio cuenta de que las lágrimas le corrían por la cara—. No lo entiendo.

—Soy un eminente hostelero —respondió Faland—, y afortunadamente no tienes que entenderlo. ¿Quieres un poco de vino?

—Sí, por Dios —dijo Freddie.

Bebió hasta que dejó de tener miedo. Bebió hasta que la añoranza se transformó en un simple dolor placentero. Faland lo acompañó, con las mejillas sonrojadas y el ojo pálido brillando. Era un rostro persuasivo. Quería mirarlo y conocer sus secretos. Quería mirar a través de él donde vivía la música. La habitación que los rodeaba estaba sumida en charlas musitadas, embriagadas por el calor y el vino.

—¿Me contarás tu historia ahora, Iven? —preguntó Faland. Se había sentado al lado de Freddie, apoltronado a la luz tenue.

Freddie vaciló. Una historia significaba recordar. Quería permanecer a la deriva en ese presente no anclado a nada. Pero el silencio de Faland era expectante. «Cobro un precio», había dicho. Bueno, era un pequeño sacrificio a cambio de esas gloriosas horas de olvido. Freddie rebuscó por su mente enturbiada por el vino, en busca de historias que pudiera contar, tanto buenas como terribles.

—Laura me robó un helado un día —soltó abruptamente.

—Me temo que las fechorías son cosa de familia —dijo Faland. Apoyó el mentón sobre el puño y esperó.

Freddie no había pensado en ello desde hacía años, pero se encontró deslizándose hacia el recuerdo como si se le estuviera representando delante de las narices. Faland se inclinó hacia delante.

—Laura… Madre mía, me consentía mucho. Soy casi tres años menor que ella, sabes, y yo era un mocoso rechoncho de pelo zanahoria. Con unas pecas horribles. Y me llevaba de la mano un día y pasamos por delante de la tienda, y le dije que quería un helado. Laura no tenía dinero, por supuesto, ni yo tampoco. Pero no se me ocurrió, en ningún momento, que no me pudiera conseguir uno. Me miró. Miró a la tienda y se dirigió al interior con porte regio, tomándome de la mano. Tenía… ¿doce años? Sí, creo que doce. Y pidió helados para los dos. Con salsa de chocolate. Entonces se fue a la caja. Claramente no tenía ni un centavo, pero metió la mano en el bolsillo, aunque no había nada allí. Se le llenaron los ojos de lágrimas. Yo también empecé a llorar, viendo que ella lo hacía. Se giró hacia el tendero y le dijo: «Señor, se me cayó el dólar del bolsillo». Estuvo sollozando como una madona todo el rato, y se giró hacia mí. «Freddie, vete a casa, yo tengo que arreglar las cosas. Por favor, señor, perdone a mi hermano al menos…». Su actuación te rompía el corazón, de verdad. Y en resumidas cuentas nos hicimos con aquellos helados y salimos indemnes. Solía pensar que era extremadamente inteligente; ahora creo que el tendero simplemente estaba impresionado por su desfachatez y las lágrimas de cocodrilo.

Freddie levantó la vista y vio la cara adulta de Laura en el espejo, inmaculada. Como si aquella mujer hubiese crecido de la chica de sus recuerdos, sin haber pasado por un Armagedón. No sabía cuánto rato se había quedado observando, y cuando desvió la mirada, Faland había desaparecido.

Freddie no recordaba cómo o cuándo se había ido a la cama. Pero debía de haberlo conseguido de alguna manera, puesto que se despertó de vuelta en aquel lujoso dormitorio, con la boca seca y un terrible dolor de cabeza. No sabía qué hora podía ser, ni siquiera qué día. Recordaba vagamente haberle contado a Faland una historia. Pero no tenía ninguna noción de su contenido.

26

SU HERIDA MORTAL FUE SANADA

CASTILLO DE COUTHOVE,
FLANDES, BÉLGICA
MARZO DE 1918

Laura se despertó en la hora más oscura de la noche y supo que algo no andaba bien, aunque estaba en lo alto del ático, fuera del alcance del barullo de la sala de los enfermos. Antes de despertarse del todo, ya estaba fuera de la cama y vistiéndose a toda prisa con la ropa preparada sobre el arcón. En menos de un minuto, bajaba con sigilo las escaleras, agudizando el oído en busca del sonido de los aeroplanos y las explosiones. Nada. Pero oyó claramente la conmoción mientras se acercaba al salón de baile, vio el rielar de las linternas eléctricas del personal nocturno que acudía tarde al oírlo. Laura se unió a ellos mientras entraban en el salón de baile, sus luces barriendo el parqué manchado. El personal parecía desorientado, incluso avergonzado. Se estaban tomado un respiro en la cálida habitación de esterilización mientras el mundo se iba al garete en la sala principal. Laura tuvo que morderse la lengua para no ladrar órdenes y reprimendas.

La habitación estaba sumida en el caos. Mila —Dios, ¿por qué no había nadie con él?— estaba gritando.

—¿Dónde estás? —aullaba el moribundo, con un volumen y una claridad que no debía tener en absoluto, no con su rostro arruinado—. Por favor, por favor, por favor, lo prometiste...

Era el más ruidoso. Pero la habitación entera ululaba. Las voces de los pacientes le penetraban los oídos mientras se dirigía hacia el hombre que gritaba.

—Dios, ¿lo habéis oído?

—Es una señal, lo es, hemos perdido.

—Vendrá a por todos nosotros.

—Que Dios se apiade de nuestras almas.

Alguien estaba sollozando.

Laura se acercó a Mila, que había salido de la cama, bramando como un ternero, y se había sacado el vendaje de la cara. La sangre ya le había empezado a manar. Laura le agarró las manos con las que se estaba arañando.

—Señor, debe volver a la cama. —Laura no podía detenerlo físicamente; su cabeza le llegaba al hombro.

—Me conoce —dijo Mila—. No me importa lo que quiera, al menos me conoce. Era él, llamándome...

—Debe volver a la cama —insistió Laura.

—No me importa. Puede llevarme con él. No miente. Todos los demás son unos mentirosos —dijo Mila, ahogándose con sangre—. Me mintieron cuando me alisté. Dijeron que todos éramos héroes. —Entonces se tambaleó, puso los ojos en blanco, y Laura lo agarró, gritando. El soldado la habría aplastado, pero oyó una voz familiar y le llegó un olor a desinfectante, y entonces apareció Jones, sosteniendo el peso de Mila y llamando a los camilleros.

Más y más miembros del personal iban llegando; Mary también estaba, con una bata por encima del camisón, y aunando sus esfuerzos, la sala se calmó un poco. Metieron a los pacientes bajo las mantas, les dieron agua, bacinillas y morfina. Laura miró por la ventana. Apenas podía ver lo que había fuera por las luces del salón de baile. Creyó advertir, durante un instante, un movimiento en la oscuridad justo cuando una voz frágil detrás de ella decía:

—¿Se ha ido?

¿Quién?, pensó, antes de que el resto de su cerebro pudiera razonar. Era la voz de Trovato. Había algo fuera de lugar en su timbre. Se giró y vio el torrente de sangre negra que le bajaba por la pierna, una hemorragia que había pasado inadvertida en medio de la confusión.

—¡Doctor! —gritó Laura, sin levantar la vista. Sus manos se pusieron en movimiento al instante.

—No es un mentiroso —susurró Trovato. Intentó atrapar la muñeca de Laura—. Eso es lo peor, que no es un mentiroso. No finge lo contrario, sabes. Llévate a la pequeña a casa. Llévatela…

Afortunadamente se quedó inconsciente. El flujo de sangre remitió; Laura le había hecho un torniquete. Entonces cortó la venda empapada alrededor del gemelo. Vio que la gangrena se había caído, como había predicho Jones: toda la carne podrida se había desprendido y estaba empapando la ropa de cama. Pero la escara era lo suficientemente profunda como para haberse llevado con ella una arteria. Los labios y las uñas de Trovato ya empezaban a presentar tonos azulados. De repente tenía a Jones detrás, con una linterna en la mano. Evaluó la situación con ojos profesionales.

—Se ha desprendido —constató, mirando con satisfacción el agujero donde había estado la gangrena.

Trovato estaba inconsciente y Laura furiosa, por lo cual se permitió replicar en voz baja y salvaje.

—Sí, bueno, estoy segura de que le será un gran alivio que lo entierren con dos piernas y sin gangrena. —Aunque no se hubiera desangrado hasta la muerte enfrente de ella, ¿cómo iba el doctor a curar una arteria seccionada?

Jones se limitó a colocar el estetoscopio sobre el pecho de Trovato.

—Necesita sangre —apuntó. Un camillero desapareció. A Laura le dio un vuelco el estómago. Había visto intentos de transfusión antes. Significaba venas destrozadas, tubos por doquier y el paciente casi siempre moría.

—¿Alguna objeción, Iven? —preguntó Jones.

—Doctor, no es un experimento científico. Déjeme que le dé una solución salina y…

El camillero reapareció, portando, de todas las cosas posibles, un tarro de cristal lleno de sangre. Laura no había visto nunca sangre en un tarro. Las transfusiones se hacían entre personas, estiradas en paralelo. ¿Cómo podía estar la sangre en un tarro? Debería estar negra por la coagulación. Debería...

Jones empezó a colocar los tubos con movimientos rápidos y expertos. Habló con un tono sorprendentemente suave.

—Los demonios necrófagos con nuestros experimentos a veces tenemos la última palabra.

—He visto transfusiones. Entran en choque. Mueren.

—Una cuestión del tipo de sangre —dijo Jones—. Llevo años suplicándoles a los continentales que tengan en cuenta el tipo de sangre.

—No conoce su tipo —dijo Laura.

—No hace falta. Solo almacenamos sangre del tipo 0; pueden donar a todo el mundo. —Levantó la botella de sangre. Laura se quedó en silencio mientras le sujetaba la luz. El equipo de transfusión de Jones era una fea maraña de tubos, un caos de sangre y yodo. Pero si funcionaba...

—¿Cómo evita que se coagule? —preguntó Laura.

Absorto en lo que estaba haciendo, Jones había perdido gran parte de su aire altanero.

—Parafina dentro de las botellas, citrato y dextrosa. Si se mantiene en frío, dura unos días. Incluso semanas —contestó con ojos brillantes como los de un niño. Insertó una aguja en la vena del brazo de Trovato.

La implicación la dejó muda. Si podían almacenar sangre...

—Madre mía —exclamó Laura.

—Exactamente. —Jones levantó la vista. La luz en sus ojos le recordaba a Laura a Faland, en su hotel arruinado, cuando tocó aquella música imposible. Tal vez fuera solo el acto de poder sacar algo bonito o útil de la inmundicia.

—Imagínate —dijo Jones—. Estantes llenos de sangre. Y cuando llegue un ataque...

Sus palabras se apagaron. Laura podía visualizarlo. Todos los hombres que perecían por un choque y hemorragias... Tendrían una oportunidad. Nunca había conocido a nadie que hubiera sostenido el destrozo de la guerra entre las manos y aun así pudiera imaginar hacer del mundo un lugar mejor. Pero en ese instante observaba cómo el color volvía —como por arte de magia— al rostro de Trovato.

—Doctor, ¿me puede enseñar a usar los tubos? —le pidió tragándose el orgullo.

—Por supuesto. Tengo que deslumbrarla de alguna manera, Iven; a mí nunca me otorgarán una Cruz de Guerra.

No tenía una respuesta para eso, pero no parecía que el doctor quisiera una.

—Mira aquí —añadió él, serio, y se inclinó para enseñarle la disposición de los tubos, el vial, la jeringuilla.

El azul se había desvanecido de los labios del paciente. Laura se quedó quieta en un asombro frágil.

—Sé que estás absorta de la admiración, Iven, pero ya basta por esta noche. Deberías volver a la cama —le indicó Jones.

Laura negó con la cabeza.

—¿Después de toda esta agitación? Ni por asomo. Voy a tomarme un chocolate caliente y a tener una pequeña charla con la enfermera de noche. Menuda negligencia, dejar una habitación llena de hombres heridos desatendida.

Las salas de esterilización habían sido lugares de reunión en cada hospital de campaña donde había trabajado Laura, y la de Couthove no era una excepción. En ellas siempre había agua caliente. Una provisión continua, para limpiar los instrumentos. Se podía extraer agua para el chocolate o para el té. Podías quedarte cerca de la hornilla humeante y sentirte un poco más caliente. Pero esa vez, cuando Laura se aventuró en busca del chocolate, la sala de esterilización estaba vacía. O casi vacía. Para la sorpresa de Laura, Pim estaba allí, de pie, sonrojada y vestida por completo para salir al exterior con un abrigo sobre el uniforme. Tenía barro en las botas.

—¿Vienes de paseo? —preguntó Laura. Se entretuvo con el chocolate en polvo y el agua caliente, extra de azúcar y leche condensada.

Una línea apareció entre las cejas de Pim, pero respondió de inmediato.

—Fui a mirar.

Laura dejó de remover.

—¿A mirar?

—Oí a los hombres… no paraban de decir que él estaba aquí. Pensé que podía tratarse del violinista… el de su leyenda, ¿sabes? Pensé que podía ser Faland. Así que fui a mirar.

Varias respuestas acudieron a los labios de Laura, pero se mordió para reprimirlas. Al final, se decidió por la más sensata.

—¿Has visto algo?

Pim negó con la cabeza. Estaba en el centro de la habitación, con un aspecto frágil.

—Pim, ¿por qué iba a estar aquí? —preguntó Laura con amabilidad—. De todos los lugares posibles… ¿En este hospital, en medio de la noche?

—Simplemente creí que estaría. Tenía un presentimiento —dijo Pim.

—¿Quieres un té o chocolate? Necesitas algo; pareces estar congelada —dijo Laura sin conseguir entenderla.

—¿Mmm? Oh, té, por favor. Sin azúcar.

En silencio, Laura sacó más agua caliente, dejó algo de té en remojo y añadió leche condensada. Se lo pasó a Pim, que dio un sorbo. Puso una mueca. Ni siquiera el té infusionado a más no poder podía enmascarar el sabor del cloro.

Laura le dedicó una mirada cargada de significado y le acercó la caja de terrones de azúcar.

—Pim, el alboroto de esta noche… a los pacientes se les administró morfina, tienen dolor, han visto cosas terribles, tienen pesadillas. No es inusual, en los hospitales, que un hombre saque de quicio a los demás. Alguien tuvo un ataque y los demás lo encajaron de la peor manera posible. Pim, por favor, no era Faland. Déjalo ya.

¿Qué podría querer Pim de él? ¿Algo parecido a lo que obtuvo en los ritos espirituales de las Parkey? ¿Otra visión de su hijo en el espejo? *Lo extraña*. Con un escalofrío, Laura recordó su propia aparición de Freddie.

—Estaré bien, Laura —dijo Pim con una repentina expresión irónica, como si le hubiese leído los pensamientos—. No lo voy a extrañar. Deja de preocuparte tanto. Ha sido una estupidez por mi parte, lo sé. —Extendió la mano, vacilante, hacia la caja de azúcar.

—¿El qué ha sido una estupidez? —preguntó Mary, entrando seguida de Jones.

—Caries —respondió Pim, sin perder ni un segundo. Se pasó la lengua por los dientes.

Jones pasaba la mirada de Pim a Laura, como si hubiese captado la tensión que había entre las dos.

—Señora Shaw, hay una bonita palabra en francés que hemos adoptado, y esa palabra es *triage* —dijo Laura, y añadió pedante—, de *trier*, clasificar. En este caso, priorizar.

—No lo entiendo.

—Iven te está diciendo que los dientes son menos importantes que… —interrumpió Mary y le dedicó una mirada inquisidora a Laura.

—Superar la noche —acabó la frase Laura. Apenas despuntaba el sol y los restos de neumonía susurraban como unas alas cuando respiraba. Se acabó de un tragó el poso dulce de su chocolate y encendió un cigarrillo. Destinado para el ejército; sintió el tabaco penetrante en la boca. Pim pasó la vista de Laura a su té, entonces se armó de valor, echó tres terrones, removió y tomó un sorbo. Hizo otra mueca.

—Ambas tenéis muy mala pinta —observó Mary.

—Vengo de salir de la cama de un salto después de haber estado enferma y he aterrizado en la sala de un hospital a las cuatro de la mañana —dijo Laura. Sonaba malhumorada incluso en sus propios oídos—. Estaré acicalada como una novia después del desayuno. Que voy a tomarme ahora mismo. —Se fue de la sala de esterilización, preocupada por la expresión en el rostro de Pim.

Esa tarde, Laura acorraló a Mary en su pequeña cabina, lo que debía de haber sido el despacho del ama de llaves, donde estaba haciendo inventario. Mary no levantó la vista cuando Laura entró, sino que dijo directamente:

—Supongo que estás aquí para saber cuándo te voy a dar un permiso para que deambules por el campo en busca de tu hermano perdido.

Eso era, de hecho, lo que Laura quería saber.

—Si no es molestia.

Mary dejó el lápiz.

—Es verdad que te prometí que te lo concedería. Pero ya sabes cómo están las cosas, Iven. Te necesitaré. Fuerte. Sana.

Laura se limitó a asentir.

—¿Alguna vez has ido en motocicleta? —preguntó Mary.

—No —respondió Laura tras pestañear.

—Es mejor que ir haciendo autostop por la zona prohibida.

—Mendinghem no está tan lejos. Ni tampoco Poperinge.

—Tal vez no para una tropa de niñas exploradoras en un día despejado. Pero dudo de que tus piernas o tus pulmones estén de acuerdo. Mira, esto es lo que vamos a hacer. Cuando te hayas recuperado, empezarás a practicar con mi motocicleta. Necesitarás una semana de entreno antes de que pueda confiar en que no te matarás. Después de eso te daré dos días para que puedas buscar, pero si los alemanes atacan mientras estás fuera, tendrás que volver de inmediato. Y si la batalla empieza antes de que te puedas ir siquiera, bueno, entonces te quedarás hasta que la situación se normalice. ¿Te parece justo?

Laura lo meditó. La motocicleta la tentaba. La libertad que implicaba. El poder. Ir a donde la guiara el rastro, sin tener que dar explicaciones a nadie. Y Mary tenía razón; en su día tal vez podría haber ido andando, pero su pierna ya no era capaz de llevarla.

—Empezaremos mañana. Tengo prisa.

Mary suspiró.

—Está bien. Si comes bastante y duermes esta noche, Iven.

27
SU MENTE ES SU UNIVERSO

HOTEL DE FALAND, LUGAR DESCONOCIDO, FLANDES, BÉLGICA INVIERNO DE 1917-1918

Freddie nunca aprendió a distinguir el día de la noche en el hotel de Faland, aunque tenía la vaga sensación de dormir durante la luz diurna y despertarse al ocaso, cuando la música se abría paso por las escaleras y lo invocaba. Pero nunca estaba del todo seguro. El día y la noche no tenían significado en un lugar donde toda la luz provenía del fuego y estaban aislados del mundo exterior con tanta efectividad.

Freddie no echaba de menos el sol. Se mantenía en las sombras, bebía y miraba en el espejo de Faland, perdido en la añoranza. Era una añoranza infinita y soñadora, satisfactoria por sí sola, sin necesidad de culminación. La gente que mostraba el espejo no podía decepcionarlo de ninguna manera, y él jamás les fallaría, o los perdería, o lamentaría su muerte. Era más fácil así. Solo tenía que observar y desear. Y contarle a Faland una historia.

Freddie no tenía ni idea de por qué Faland quería oírlas. «Inspiración», le decía, y nada más. Tal vez no importaba lo que quisiera Faland. Las historias eran un pequeño precio que tenía que pagar a cambio de que cesaran los terrores nocturnos, a cambio del vino, de la quietud en la mente de Freddie que casi podía interpretar como estar en paz, así que Freddie le relató cuando él y Laura quitaban los bichos de las coles en el huerto de su madre, y decidieron jugar a los ángeles vengadores, con los escarabajos como sus víctimas, hasta que Freddie estalló en llanto y dijo que no creía que los insectos merecieran la condenación eterna por comer col.

Le narró a Faland la historia de cuando Silas French se prendó de Laura y no paraba de seguirla hasta casa desde la escuela intentando llevarle los libros, hasta que ella finalmente se hartó, abrió uno y empezó a leer, con voz melosa, sobre extirpaciones de intestinos, hasta que Silas se puso verde y se largó.

Le contó sobre los barcos que observaban desde la ventana del piso superior de Laura y cómo se imaginaban historias completas sobre ellas: la lista de pasajeros, la destinación, secretos y asesinatos.

No era fácil. A menudo lo odiaba. Cada recuerdo lo pinchaba como mil agujas, un parte muerta de él que se removía lentamente de nuevo a la vida. Los pensamientos que intentaba evitar corrían por su mente: *¿Qué pensaría mi familia de mí?*, y peor aún, su dulce anhelo de cuento de hadas por el sueño que encerraba el espejo de Faland se convertía en una melancolía enfermiza, cuando se percataba otra vez de que no le quedaba nada más allá del espejo y los recuerdos, que su hermana estaba estirada en una caja de pino, bajo la misma tierra de la que él, a veces, desearía no haber escapado. Que había abandonado a Winter a un destino incierto. Le contaba una historia a Faland —incluso una alegre— y entonces tenía que apretarse las palmas de las manos sobre los ojos para dejar de sentir, buscando desesperadamente el olvido de nuevo.

Faland le servía una copa a Freddie en silencio, con el ojo brillante y el opaco fijos en su rostro.

Una noche, afinaba el violín mientras escuchaba, el instrumento colocado con cuidado sobre la rodilla, desprendiendo un murmullo de fondo sobre el que se alzaba la voz de Freddie mientras hablaba de la batalla campal que tuvo lugar en su casa cuando Laura entró en la escuela de enfermería, cómo su padre se había negado en rotundo a pagar, y cómo Laura le había dicho que no hacía falta, que iba a encargarse del trabajo sucio del hospital y costearlo todo ella sola. Y así lo hizo. Vaya si lo hizo.

Cuando se quedó callado, el sonido disperso del violín pareció, por un breve instante, seguir la historia con acordes llenos de determinación y orgullo testarudo, más parecido a la auténtica Laura que la chica que le sonreía en el espejo.

Freddie le dio la espalda al sonido, temblando con arrepentimiento, amor y pesadumbre. Se sirvió una copa, se la acabó de un trago, y mientras esperaba notar los efectos espetó:

—¿Qué haces aquí?

Faland deslizó el arco por todas las cuerdas a la vez, y la melodía se desvaneció. A Freddie le alivió que acabara, y a la vez deseaba que la volviera a tocar.

—¿Aquí? —inquirió Faland.

Freddie a duras penas sabía qué estaba preguntando. Pero los pensamientos seguían intentando invadirle la mente, así que abrió la boca de todas maneras.

—Aquí, en la zona de guerra. Podrías regentar un hotel en cualquier otro lugar. En Londres. Nueva York. Podrías tocar el violín en la sala de conciertos del Carnegie Hall.

El arco de Faland produjo otra serie de notas resplandecientes, algo nostálgico que evocaba una ciudad brillante, muy lejana.

—Tal vez. Pero en Nueva York me pagarían con dinero. O tal vez con amor, o secretos, como a veces hacen los hombres. Pero aquí… —El violín cambió de clave, parecía susurrar furtivamente para sí mismo. La luz del fuego afiló los rasgos del semblante de Faland—. Bueno, aquí, la gente me dará cualquier cosa.

—Pero tú no pides cualquier cosa. Solo historias.

El instrumento murmuró de nuevo, algo vagamente familiar esa vez. ¿Dónde había oído esa melodía?

—Sí —afirmó Faland, meditativo—. Solo historias.

La noche siguiente, cuando Freddie estaba en un duermevela en las sombras cerca de la barra, posó la vista vagamente en la gente que mostraba el espejo de Faland y le vino una pregunta. Intentó desestimarla. Pero no pudo, así que cuando Faland se le acercó y esperó, Freddie explotó.

—¿Qué te conté anoche?

Faland se limitó a mirarlo.

—Mi historia —insistió Freddie—. Anoche. No recuerdo qué te conté.

Faland se había servido una copa de vino. Le dio un sorbo. Las arrugas sutiles de la comisura de sus ojos se hicieron más profundas.

—¿No?

Freddie maldijo su cerebro ebrio. Intentó rememorar una noche, y la anterior.

—Y… y la historia antes de esa… ¿recuerdas qué te conté?

—Sí. Lo recuerdo todo.

—Yo no —susurró Freddie—. No recuerdo ninguna de ellas. —Se le había secado la boca.

—Bueno —dijo Faland—, pagaste con ellas, ¿no es así?

—Yo… No puedes… —Pero Freddie cruzó la mirada con la de Faland y supo al instante que sí podía. Rebuscó en sus recuerdos. ¿Cómo iba a saber lo que había perdido? ¿Cuántas noches?

—¿Cuántas historias te he contado? —bisbiseó.

—¿De verdad quieres saberlo?

—¿Quién eres?

Faland estaba recostado en la barra.

—¿Yo? Una reliquia en un bravo mundo nuevo. ¿Acaso importa? Me las contaste a voluntad.

Freddie permaneció callado. Deseaba no haberse dado cuenta. Quería hundirse de nuevo en aquella paz aletargada. Le hervía la sangre.

La mirada famélica de Faland parecía tragarse cada detalle del rostro aterrorizado de Freddie.

—Lárgate, entonces —dijo tras erguirse. Señaló con el dedo—. Allí tienes la puerta, vete.

Pero Freddie se quedó paralizado. ¿Irse? Quería gritar. ¿Irse a dónde? Pero si se quedaba, entonces… Por Dios, no.

La voz de Faland se suavizó sin ningún esfuerzo y adoptó un tono íntimo que hizo que a Freddie se le estremeciera el cuerpo entero.

—Una vez me preguntaste por qué estoy aquí. Bien, ahora te lo preguntaré yo. ¿Por qué estás tú aquí? ¿No lo sabes?

Freddie tenía la vista pegada a la cara de Faland.

—Porque ahí fuera puedes abandonar cada pieza de tu ser a cambio de nada, dejar que el barro te trague, sin nombre y desnudo, o puedes venderte a mí, historia a historia, a cambio de todos los deleites de la paz. Hay dos demonios —su voz se tornó irónica—, y yo soy el menor. Además, ¿a dónde ibas a ir? —Las palabras parecían calar en el cuerpo de Freddy y perforarle el corazón—. Imagínate por un momento que tu hermana no estuviera muerta. ¿De verdad crees, por un instante, que estaría contenta de verte?

Freddie guardó silencio.

—¿Lo digo por ti? —le preguntó Faland—. Desertor. Traidor. Cobarde. Ya has decidido. Si sales y te atrapan, ya no estarás muerto con honores. No serás más que otro pobre necio que salió huyendo. Te pondrán contra la pared en el patio del ayuntamiento de Poperinge y te fusilarán.

Freddie no medió palabra.

—Y tu alemán —siguió Faland—. ¿Winter? Intentó avistarte, ¿no es así? Te dijo que fueras valiente. Pero no le hiciste caso. Este mundo no quiere nada más de ti aparte de tu muerte, Wilfred Iven. Aun así yo quiero más. Creo que tú también lo sabes.

Freddie intentó encontrar las palabras para dar una respuesta. Siempre las había tenido. Había sido un poeta. Pero en ese momento lo único que le venía a la mente eran fragmentos.

—No… No soy un cobarde. —No podía pensar. Ni siquiera se podía mover cuando Faland extendió un dedo torcido y le empujó la cabeza hacia atrás.

—¿Ah, no?

Freddie era como una marioneta bajo los dedos del otro hombre. Se quedó completamente inmóvil.

—¿Cómo puedes hacer estas cosas? —susurró.

—Esa no es la pregunta, ¿no?

Muere, pensó Freddie. *Está claro que es mejor morir que vender mi alma, pedazo a pedazo. ¿No es así?*, dudó entonces. Se dio cuenta, para su pavor, de que su soledad estaba intentando contestar por él. Había inclinado la cara hacia la mano del otro hombre, anhelando el calor mortal de la palma del violinista, e incluso más, la terrible comprensión en sus ojos. Faland podía arruinarlo, pensó Freddie. Pero lo conocería antes. Allí fuera, Freddie no era más que un cuerpo vestido de marrón.

Faland tiró del pelo de Freddie y se inclinó hacia él.

—Entonces quédate —murmuró. En sus ojos había un hambre infinita—. Cuéntame una historia.

Freddie se zafó y corrió hacia la puerta.

Desconocía qué puerta era, por supuesto. Se dirigió hacia la que tenía más cerca, la abrió y la cruzó. La puerta daba a un pasillo largo con moqueta, con candeleros que ardían con un brillo tenue en las paredes. Todo el camino estaba atestado de puertas. Freddie las dejó todas atrás. Corrió hasta que el miedo ciego dio paso a pensamientos inconexos. *Tengo que salir de aquí. Pero no hay dónde ir. Mejor me quedo. ¿Acaso importa?*

Winter había intentado advertirlo. Laura no habría querido que le pasara eso. Llegó a otro largo pasillo, lleno de puertas. Debía salir. ¿Era esa puerta? Intentó abrirla. Cerrada. Todas las puertas estaban cerradas. Un pavor creciente lo embargaba. ¿Aquellas escaleras? ¿A dónde se estaba dirigiendo?

Echó la vista atrás, como un niño que comprueba que el hombre del saco no lo haya seguido hasta casa.

El hombre ahogado estaba allí. De pie, goteando, en el pasillo, el rostro blanco como la cal, con los labios azules. Sonriendo, con una paciencia infinita. El hombre ahogado siempre estaría allí…

Freddie echó a correr de nuevo. Corrió hasta que le fallaron las piernas. Hasta que se tropezó con nada y se cayó y no fue capaz de levantarse. Se aovilló y esperó el tacto húmedo del cadáver. No se merecía otra cosa.

Casi gritó cuando notó algo que le tocaba la espalda. Pero la mano era cálida. Freddie no se movió. Las lágrimas se le habían secado en las pestañas.

Faland lo levantó del suelo como si no pesara nada en absoluto. Freddie tenía la sensación de que lo estaba transportando un río frío y negro, una voluntad más poderosa que la suya. Todavía no había abierto los ojos.

—Cuéntame una historia, Iven —le exigió Faland.

Y Freddie, con el rostro enterrado contra el cuello de Faland, así lo hizo.

28
HE AQUÍ UN CABALLO NEGRO

CASTILLO COUTHOVE, FLANDES, BÉLGICA
MARZO-ABRIL DE 1918

Cuando Mary se llevó a Laura al campo detrás del castillo para enseñarle a ir en motocicleta, Laura estaba determinada a aprender más rápido que cualquier mujer en la historia. Las novedades que llegaban del sur eran cada vez más aciagas; se rumoreaba que el enemigo estaba avanzando, que se perdían posiciones y los soldados se retiraban apresuradamente. Couthove estaba agitado, sus residentes al límite después de tales noticias. Laura ansiaba alejarse. Cada hora que pasaba sentía que se estrechaba su ventana de tiempo. Se puso delante de Mary sobre el escuálido metal del transporte y esperó.

Mary se inclinó sobre el manillar, con una mirada pícara.

—Lo primero… ¿Has dejado preparado el testamento?

—Muy gracioso, señora Borden.

—Está bien, está bien, sube al asiento… sí, justo ahí. ¿Sabes diferenciar la izquierda de la derecha?

La motocicleta era un aparato raro sobre el que montar a horcajadas, especialmente si llevabas falda.

—Mary, tu sentido del humor es maravilloso, por Dios…

—Veo que no sabes apreciarlo, Iven. Está bien. Esa es la palanca del acelerador. Asegúrate de que esté en punto muerto, sí, ahí, a menos que quieras arrancar a toda velocidad. Aquí está el embrague... no, ahí abajo, cerca de la rueda delantera. Empújalo. Bien. Está bien, atención ahora, enciende el motor y dale algo de gas. Entonces coloca el pie en el pedal y aprieta.

En el quinto intento de Laura, un sonido como una explosión hizo traquetear el motor y la motocicleta dio un bote hacia delante, sacudiéndose y tirando a Laura al suelo.

—No es el momento de desmontar —señaló Mary.

—Mary, serás...

—Inténtalo otra vez. Mira, cuando empieza a andar, cambias la marcha de punto neutro a lento, poco a poco.

Mary siguió instruyendo a Laura hasta que acabó empapada de sudor por los nervios. Al final, negó con la cabeza, se subió ella misma, apretó el embrague, dio gas y arrancó como si estuviera espoleando a un caballo en plena cacería.

—Le acabarás encontrando el truco —gritó Mary por encima del hombro.

—Cuanto antes mejor —dijo Laura mientras observaba cómo Mary arrojaba arcos de barro frío—. ¿Cómo la detienes?

—Bueno —dijo Mary, regresando tras dibujar un amplio círculo—. Un método que nunca falla es ir de frente contra un árbol. —Se rio al ver la expresión de Laura—. Uno mejor es dejar el acelerador, quitar la marcha y apretar el freno. Así. Venga, súbete detrás de mí, Iven; verás lo que se siente.

Laura se subió y notó el retumbo, el temblor nervioso de la máquina entre sus piernas.

Mary soltó el embrague y pisó el acelerador.

—No te sueltes. —Salieron disparadas.

Laura gritó. Podía notar las convulsiones de la risa de Mary donde Laura se aferraba a ella alrededor de la cintura.

—¡Estás loca! —gritó Laura, pero el corazón le iba desbocado de alegría. Por más cosas que le hubiera arrebatado la guerra, la había compensado con aquella libertad: dirigir un hospital sin interferencias y conducir una motocicleta sin que nadie la juzgara.

La censura también pertenecía al antiguo mundo. Mary giró en redondo y se dirigió hacia la puerta del castillo, y Laura también se estaba riendo para entonces, inclinada hacia delante.

Vio a un caballo que había cruzado la verja y estaba trotando por el lateral de la senda. Su jinete era alto, con guantes blancos y la espalda erguida, como un caballero errante que se hubiera equivocado de camino. O tal vez fuera otro refugiado proveniente de un mundo desaparecido. El caballo se detuvo en seco delante de la puerta, arqueando el cuello.

—¿Qué pasa ahora? —masculló Mary, apagando el motor. Se bajaron de la motocicleta y se acercaron al visitante. Con sorpresa, Laura reconoció al lugarteniente Young, de la fiesta de Londres. Sus orejas seguían siendo de soplillo, pero tenía una gracia sobre la silla que no mostraba cuando estaba con los pies en el suelo.

—Lugarteniente —dijo Mary, enmascarando su sorpresa—. ¿Qué lo trae a nuestra puerta, señor?

Había tenido el aspecto de un caballero sobre el corcel, pero seguía siendo un hombre extraño cuando desmontó.

—Señora Borden —la saludó con entusiasmo—, traigo noticias que conciernen al hospital. Y, mmm… —tragó saliva y dijo, cohibido—: He venido a visitar a la señora Shaw. Me escribió. Dijo que era urgente. ¿Puedo hablar con ella?

Mary y Laura intercambiaron una mirada.

—¿Eso dijo, señor? —preguntó Mary, recobrando la compostura—. Creo que está trabajando, pero haré que la llamen. ¿Qué tiene que contarme?

—Bueno —empezó a decir Young, bajando la voz—, hay el temor de que se produzca un ataque en esta zona.

—Lo sé —afirmó Mary, con un deje de impaciencia. Como si no lo supiera todo el mundo.

—Y hay un espía alemán suelto —continuó Young.

Esas eran las noticias.

—Estaba herido —añadió Young—. Consiguió que lo llevaran a un hospital. Una estratagema bastante inteligente, la de ese canalla. Cuando mejoró, se escabulló. Está claro que sabe de artimañas.

Un hombre con un brazo. Por lo que se ve, habla inglés. Hay el temor de que pueda llegar hasta los suyos con información sobre nuestras fuerzas y posiciones, antes de que lancen el ataque. Tenemos que estar todos ojo avizor con ese hombre.

—¿Cómo se llama? —preguntó Mary—. ¿Qué aspecto tiene?

—Bueno, es un hombre de pelo claro, por lo que se ve, pero muchos son así. Dicen que se llama Winter.

Mary no le dio demasiada importancia a las noticias de Young en lo que refería al espía alemán, y Laura estuvo de acuerdo. ¿Qué podía hacer un solo espía, corriendo harapiento por la zona prohibida, con la certeza de que lo iban a capturar? Un espía útil estaría archivando papeles sin levantar sospechas en Washington o en Whitehall. Toda la historia olía a una excusa de Young para acercarse y poder ver a Pim.

—Bueno —dijo Mary juiciosamente, una vez que hubo enviado a Pim a pasear agarrada del brazo del respetuoso Young por el huerto—, si Pim quiere encandilar a ese joven y ayudarme a que el cuartel general me tenga en buena estima, puesto que Young es el sobrino de Gage, ya sabes, entonces que haga como se le antoje.

Laura esperaba como agua de mayo saber por qué Pim le había escrito a Young. Pero tenía que aguardar hasta poder estar con ella a solas. Mientras tanto, al personal del hospital, como en todos los lugares donde Laura había trabajado, le encantaba un buen romance y los rumores corrían como la pólvora. Una de las enfermeras se había acercado con bastante descaro al huerto para escuchar a escondidas.

—Oí cómo él le prometía que le enseñaría a montar e incluso a disparar una pistola. ¡Le dijo que ella sería la coracera más bella de toda Europa!

—¿A quién le podría gustar? ¿Alguna vez habías visto unas orejas así?

—Pero es rico, por lo que dicen.

Laura se olvidó durante un momento de que era una voluntaria recién llegada, y cortó los cuchicheos de raíz. Con una sola mirada severa, desaparecían. Pero el hospital entero siguió chismorreando.

—¿Le escribiste a Young, Pim? —le preguntó Laura al final. Era última hora de la tarde, y estaba sentada en su catre, desatándose las botas. Laura había subido y se había encontrado a Pim cepillándose el cabello con un cuidado exagerado. No la culpaba. Los soldados llegaban al hospital infestados de piojos.

—Bueno, me gusta. Es muy agradable.

—Pim.

—Me va a ayudar —dijo y se sonrojó—. Es… bueno, me ha invitado a cenar. Mary no me lo va a impedir; quiere estar en buenos términos con los oficiales. Y… creo que Young me podría llevar al hotel de Faland. En coche. Después de la cena, si se lo pidiera.

Pim no miraba a Laura y seguía cepillándose con determinación.

La cosa era que tenía razón. Para ir a cualquier lugar que quisiera, todo cuanto necesitaba era la ayuda de un oficial aristócrata del estado mayor, sobrino del hombre al cargo del sector y completamente enamorado de ella. Pero Laura no sabía qué idea era peor: que Pim tuviera la determinación de buscar a Faland o que se pusiera en deuda con Young.

—¿Te vas a acabar casando con el pobre muchacho para compensárselo? —le preguntó Laura.

Pim parecía indignada; probablemente por la insinuación de que no pudiera manejar a una malhadada criatura como Young, aunque era demasiado educada como para decirlo en voz alta.

—Pim, no es una buena idea —insistió Laura.

—Estaré bien —le aseguró Pim, retomando el cepillado de su pelo—. Young es inofensivo. Tiene buenas intenciones.

—¿Y Faland? —preguntó Laura. Se estaba subiendo las medias; se detuvo y miró a su amiga con los ojos entrecerrados.

Pim no contestó. Dejó el cepillo a un lado y empezó a trenzarse el pelo para la noche.

—Pim… hacer esto no va a… —empezó a decir, pero titubeó. Pim se giró para mirarla.

—¿No va a…?

—No va a devolverte a Jimmy. Faland no va a conjurar el fantasma de tu hijo para ti.

Pim se tensó con una dignidad decidida en cada línea de su rostro.

—Si las Parkey pudieron contactar con Jimmy, ¿por qué no podría también Faland?

—¡Las Parkey no son más que un trío de viejas timadoras! Son buenas, son amables, pero no hay algo oculto, no hay… Pim, no te lances a la misericordia de Young, todo por perseguir un fantasma. No dejes que Faland te haga eso, sea lo que fuere él.

Pim no replicó. Era una señora victoriana hasta la médula, pensó Laura, y no tenía ni idea de cómo entrar o salir de una discusión como tal.

—Sé… Sé que tu consejo tiene buena intención, Laura, pero yo… —dijo Pim con un hilo de voz— necesito ver el espejo. Tengo que preguntarle a Faland una cosa.

—No lo hagas, Pim —reiteró Laura—. Olvídate de él. —No sabía si estaba hablando de Faland o de Jimmy.

Pim había terminado de arreglarse el cabello. Ni siquiera se giró cuando añadió:

—Tú te vas a ir con la motocicleta de Mary. Vas a ir en busca de noticias de tu hermano. Yo solo voy en busca… de noticias a mi manera. Soy como tú, Laura. Tengo esperanza.

No es lo mismo. Yo no estoy esperando un milagro, quería decir Laura. Pero no lo hizo. Tenía un poco de miedo de que Pim tuviera razón. Y nunca se había considerado una hipócrita.

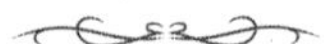

Pim se negó a seguir discutiendo, pero Laura podía ver que se había decidido bajo sus rasgos delicados, terca como una mula. Así que Laura trabajaba y observaba y se preocupaba y practicaba con la motocicleta, hasta que llegó el día en que Mary declaró que estaba preparada para que saliera con la máquina a recorrer el mundo.

Fue una coincidencia afortunada que ese mismo día fuera cuando Pim salía del castillo para su cena con Young.

Laura odiaba pensar que Pim iba a ir sola, con sus esperanzas y sus estratagemas, su coraje y su implacable inocencia, y odiaba que tal vez no estuviera presente cuando ella regresara. Así que, sin que se le ocurriera nada más, Laura fue a buscar a Jones.

No estaba trabajando. Tampoco estaba en los pabellones ni en la sala de esterilización. Finalmente Laura salió por la puerta principal del castillo y para su sorpresa lo encontró sentado fuera, en el escalón agrietado de mármol. Rara vez veía a Jones sentado. Era muy dinámico durante las cirugías y en la sala principal. Pero estaba sentado, con los codos apoyados sobre las rodillas y la cabeza levantada. El tiempo se había ido calentando y había pasado de un marzo de aguaceros a un abril en el que abundaba el verde, y un sol inclinado calentaba la piedra de la fachada oeste del castillo. El camino cubierto de hierba zigzagueaba elegantemente hacia la bulliciosa carretera; el antiguo vergel, sin podar, dejaba ver las ramas brotadas, iluminadas por el sol. El cielo se mostraba en el oeste con un rosa oscuro espectacular.

Jones estaba arremangado y sostenía un cigarrillo entre los dedos, con la piel algo reseca de frotarse las manos constantemente. Sus brazos eran finos y se le marcaban los huesos de la muñeca. Parecía sorprendido de verla allí.

—Iven. ¿A qué debo este honor? ¿No te vas mañana? ¿No deberías estar gorroneando combustible para la máquina infernal de Mary, o…? —Se fijó en la expresión de ella y se quedó callado—. ¿Qué pasa? —preguntó, tajante—. ¿Es uno de los pacientes? —Se puso de pie, la languidez desaparecida, el cigarrillo prendido ignorado.

—No —contestó Laura, cuestionándose por qué había acudido a él—. No es un paciente.

El doctor frunció el ceño.

—Bien. —Rebuscó en el bolsillo y extendió una caja de cigarrillos, una de bastante calidad. Plateada, con un monograma. Laura agarró uno y aceptó su mechero.

Jones se volvió a sentar. Tras un momento, ella se sentó a su lado.

—¿Y bien? —inquirió Jones y le dio una calada al cigarrillo. Giró la cabeza y estudió la expresión de Laura—. Dime qué te preocupa.

Laura no sabía el motivo exacto por el que lo había ido a buscar. Tal vez porque Mary era demasiado despiadada como para confiar en ella. Tal vez fuera el recuerdo de su rostro decidido durante la transfusión de Trovato o su rápida sonrisa torcida. O incluso un recuerdo más profundo, de despertarse con el olor a desinfectante y su irascible voz nítida incluso a través de la neblina de su fiebre.

Exhaló el humo.

—Estoy preocupada por Pim.

—Si estás actuando como una remilgada porque va a salir mañana con ese chico…

—No es eso —lo cortó Laura, tajante, y Jones se quedó callado.

—Este papel de padre confesor es un trabajo jodidamente duro. Está bien, ¿por qué estás preocupada por tu amiga? —El intenso sol le enrojecía el pelo castaño.

Laura apretó dos dedos entre los ojos, sin saber cómo responder. El olor a la tierra de primavera se mezclaba con el del desinfectante del hospital.

—Iven, justamente hoy uno de los pacientes juraba que la señora Shaw tenía la cara de alguien que ha visto al violinista. ¿Es eso?

Laura sacudió la mano. La ceniza cayó de la punta del cigarrillo.

—¿Qué significa eso?

Jones parecía atónito.

—¿Cómo diablos lo voy a saber? Supongo que con un aspecto endeble. Como si estuviera a punto de deshacerse de esta condición terrenal. Los soldados son un puñado de cretinos supersticiosos. Me gustaría conocer a ese violinista; los tiene a todos alterados.

Laura le dio otra calada al cigarrillo, para calmarse.

—Creía que era usted un hombre de ciencia, doctor. No me diga que cree que hay un hombre ahí fuera con un violín mágico. —Un escalofrío le recorrió los brazos.

—No me encasilles, Iven. La magia no es más que ciencia que no comprendemos. ¿Y si un hombre de hace mil años viera uno de esos aparatos voladores que tenemos titilando por todos lados? Pensaría que es magia. Me has distraído... Bien hecho. ¿Por qué estás tan preocupada por la señora Shaw?

Laura cedió y se lo contó. Desde la noche que aplastaron el camión hasta la conversación que había mantenido con Pim en el piso superior. Lo único que se guardó fue la visión de Freddie en el hotel de Faland.

Jones se quedó callado mientras ella hablaba, y se fumó otro cigarrillo. Cuando acabó, soltó un silbido suave.

—Qué traviesa, Iven, por no haber dicho nada. Así que conociste al violinista de verdad.

—Un hipnotizador que se vale de vino con alucinógenos. Pero Pim quiere que la engañen. Quiere creer. Quiere encontrarlo de nuevo.

—Así que va del brazo de Young para que la ayude a buscar —Jones determinó—. Ese chico probablemente esté encantado con esa oportunidad. Si no es la mujer más bonita de Flandes, está muy cerca.

Laura asintió.

—Sin embargo, no sé qué puedes hacer. Sus decisiones son cosa suya, mientras cumpla con su deber en el hospital. El montón de cartas que está escribiendo les da la vida a los hombres.

—¿Le echará un ojo? —pidió Laura—. Me iré mañana y no estaré aquí para...

—¿Despedirla? ¿Darle la bienvenida? ¿Entonces no es solo un padre confesor lo que buscabas? Vale, está bien, la vigilaré si lo necesita, pero todavía no sé qué puedo hacer yo o tú o cualquier otra persona. Quizá Young piense que ella le deba una, e intente cobrárselo, pero eso ella ya lo sabe. No está ciega, a pesar de toda esa obnubiladora inocencia. Eres una mamá gallina, Iven.

Laura se quedó callada, dándole la razón.

Jones fijó la mirada en ella.

—Y huelga mencionar que te marchas hacia tu propia aventura, ¿no es así? A pesar de la neumonía y de todos mis esmerados cuidados. ¿No deberías estar más preocupada por lo que vas a hacer tú? ¿Partiendo sobre una motocicleta con una batalla en el horizonte?

—Sé cuidar de mí misma.

Al doctor se le marcó un músculo en la mandíbula.

—Mary me contó que tu gente murió cuando aquel barco explotó. Que eres huérfana.

Laura quitó la ceniza de la punta del cigarrillo con un ligero toque.

—El mundo está lleno de huérfanos, doctor.

—Sin duda —dijo Jones—. Iven, ¿qué pretendes hacer?

¿No podía dejarlo estar? ¿No podía dejar de mirarla de esa manera, percatándose de las marcas de estrés que surcaban su cara y las cicatrices anquilosadas de sus manos?

—Voy a tomar la motocicleta de Mary e irme de permiso.

—No… quiero decir una vez que hayas resuelto el misterio. ¿Te vas a quedar en Couthove hasta que tu pierna no pueda más? ¿O volverás a Halifax?

Laura pensó que nada de eso lo incumbía a él. Volvería a casa después de la guerra, patentaría su técnica de transfusión, se casaría con una chica rica de manos perfectas y lo invitarían a dar ponencias. Mientras que ella…

—No tienes ni idea, ¿verdad? —le dijo Jones—. Ni una. Y aun así vas detrás de la señora Shaw por ser una temeraria.

¿Por qué estaba enfadada? El doctor no se equivocaba.

—Sí.

Para su sorpresa, Jones no hizo ninguna sugerencia, ni fanfarroneó, o le dijo que estaba siendo pesimista, o hipócrita, o cualquier otra cosa. Se limitó a asentir, sacó un frasco, bebió y se lo pasó. Brandy. Laura dio un buen trago.

—Voy a empezar a comprar licor más barato si te lo vas a beber así —apuntó él.

Laura reprimió una risa y dio un sorbo más delicado, dándole vueltas en la boca, deleitándose con el ardor.

—¿Mejor?

—Mucho mejor. —Sus ojos seguían fijos en su cara. Entonces le arrebató el frasco de los dedos y lo pesó en la mano.

—Jesús, Iven, eres una borracha.

Volvió a beber.

Laura no dijo nada. El brandy le había sentado bien. Se sentía apacible, como si estuviera flotando.

—¿Por qué no acudes a Borden? —preguntó Jones de repente—. Si necesitas a alguien que vigile a la señora Shaw.

—Porque a Mary no le va a importar si le hacen daño a Pim. El hospital es lo único que tiene en mente. —Laura vaciló—. Creía que tú serías distinto.

Esbozó una sonrisa torcida.

—¿Confías en mí, Iven? —inquirió.

La boca de Laura se curvó como respuesta.

Creo que sí, y que Dios nos ayude. Ahora pásame el brandy.

29
UN RIACHUELO SILENCIOSO

HOTEL DE FALAND, LUGAR DESCONOCIDO
INVIERNO DE 1917-1918

Freddie se despertó en la cama, y antes incluso de abrir los ojos, arañó por su mente en busca de sus recuerdos. Ni siquiera sabía lo que había perdido, pero podía notar su ausencia. Como un miembro amputado. Se sentía más pequeño, de algún modo.

El violín sonaba, atormentando sus oídos con una familiaridad extraña, llamándolo como siempre hacía. Se puso las piezas de su uniforme arrugado y se encaminó hacia la puerta.

No, pensó, con un destello rebelde. Esa noche iba a explorar el hotel. Iba a comportarse como un hombre, no como un fantasma. Decidiría, razonadamente, cuáles iban a ser sus siguientes pasos.

Cuando salió al pasillo, se encaminó en dirección contraria, como si huyera del sonido.

El pasillo estaba como siempre: tenue, apagado, polvoriento. Las puertas estaban colocadas demasiado juntas, así que te imaginabas que al otro lado había extrañas habitaciones. Tal vez celdas. Pero cuando Freddie puso la mano sobre el pomo más cercano e intentó girarlo, la puerta estaba cerrada con llave.

Lo intentó con otra. Puerta tras puerta. Todas cerradas.

Empezó a andar más rápido. Siguió intentando abrir las puertas. El pasillo estaba siempre igual. Era igual de largo, con la misma moqueta, la misma luz engañosa. Incluso el mismo violín, burlándose de él por las cosas que no recordaba, un sonido del que no podía escapar. Incluso aunque se puso las manos sobre las orejas seguía oyendo la melodía sin fin en su cabeza. Al final trastabilló, sin aliento, y cruzó un arco para llegar una vez más al vestíbulo. Sentía que aquel lugar era una trampa en vez de un refugio: una versión lujosa del fortín. Anhelaba escuchar la respiración de Winter.

Le llevó unos segundos identificar a Faland. Estaba en la otra punta de la habitación, de espaldas a él. La primera emoción que sintió Freddie al verlo fue de alivio. Como si la familiaridad fuera más fuerte que cualquier terror reflexivo. Intentó reprimir su ira. Necesitaba ser corajoso. *Se va a dar la vuelta, y le voy a preguntar otra vez cuál es la puerta que da a la salida. Y me lo va a decir, y me voy a ir. No soy su marioneta.*

Pero Faland no se giró.

A Freddie se le erizó el vello. Faland estaba mirando al enorme espejo sobre la barra. Había dejado el violín. No se reía ni hablaba ni servía vino. Freddie se sorprendió caminando sigilosamente hacia él. La sala estaba abarrotada, pero Faland estaba solo en una esquina. Freddie se colocó detrás de él. No vio a Winter ni a Laura en el espejo. No vio nada que pudiera comprender en absoluto.

El espejo parpadeaba con imágenes. Un trono. Un bosque muerto. Un cielo rojizo. Una ciudad que centelleaba como el oro al igual que los recubrimientos desconchados del hotel, y había una luz que hizo que Freddie quisiera llorar…

Faland se giró. Freddie desvió la mirada del espejo. Faland agarró una botella de vino y bebió, su garganta subiendo y bajando mientras tragaba.

—¿Has venido a pagar, Iven?

—¿Qué ves? —susurró Freddie—. En el espejo… ¿Qué es? ¿Qué quieres?

Faland bajó la botella.

—Ah, no. No, nunca te prometí historias a ti. Tampoco es que tenga ninguna que te pueda interesar de todos modos. Te helarían la sangre. No, cuéntame un cuento, Iven, estoy esperando. —Posó la mano sobre la funda del violín con los dedos flexionados. Tenía el rostro rubicundo por el vino y los ojos vidriosos.

—¿Por qué? —preguntó Freddie. Se había imaginado plantándole cara a Faland noblemente y exigiendo su libertad. Pero no fue eso lo que le dijo—. Podría trabajar a cambio de seguir aquí… o lo que sea. No puedes… no puedes arrebatarme… ¡No tienes ningún derecho!

—Así funciona el mundo en estos días. ¿Acaso esperabas una justicia honesta? No la hay. Ahora es un mundo nuevo. Te devora, pecadores y santos, lo mismo da —dijo Faland en un tono amargo como la vida.

—Dime quién eres.

—Lo sabes —terció Faland—. O crees que lo sabes. Pero no es verdad. Nadie es el mismo ya. Ni siquiera yo.

—Me mentiste cuando me dijiste que tenía la opción de irme. No he podido. Todas las puertas estaban cerradas.

Faland volvió a beber.

—No querías irte de verdad. Todavía no quieres. Crees que me puedes superar, y sabes que no hay victoria que se pueda conseguir ahí fuera.

El espejo estaba oscuro. Faland casi se había acabado la botella. Se secó la boca con el dorso de la mano. En su cara, bajo aquella luz, estaba la sombra de una belleza terrible, desgastada por el tiempo como aquel hotel. La luz le reflejaba destellos plateados en el cabello. Freddie, con la clarividencia nacida de la desesperación, reconoció la expresión de Faland.

—Odias este lugar, ¿verdad? Lo odias todo. Odias la guerra tanto como yo —dijo lleno de sorpresa.

Faland descorchó otra botella y la levantó para hacer un brindis.

—Sí, lo odio, chico listo. Es un infierno sin dueño, que los hombres se crean ellos mismos. —Bebió—. Por supuesto que lo odio.

—¿Pero no te puedes ir? —susurró Freddie.

Faland dejó la botella a un lado con un golpe sordo sobre la barra.

—Oh, sí. ¿Pero sabes qué es lo peor de todo, Iven? Que también lo adoro. ¿Has creído que yo era solo una pobre víctima, como tú? No. ¿Sabes qué hacen los hombres aquí? Acuden a mí. Me escogen. Dicen «mejor tú que eso». Una y otra vez me eligen a mí —le dijo en voz baja y en tono confidente. Los ojos de Faland desprendían avaricia a la par que desesperación—. Me dan sus almas. Como hiciste tú. Por eso estoy aquí, porque no me puedo obligar a marcharme.

A Freddie se le había hecho un nudo en la garganta por el pavor, y lo peor era que todavía dudaba entre retroceder o ceder a él.

El brillo del ojo claro de Faland daba miedo en su cara colorada. Bajó la voz.

—Pero, sabes, solo me has contado cosas que te gustaría recordar. Me podrías contar cosas que quieras olvidar.

A Freddie se le cerró la garganta. Faland esperó.

Solo le había contado historias que sabía que no le harían daño: vivencias de color sepia de su niñez. No tenía palabras para describir según qué recuerdos. La lengua que había aprendido en su infancia no parecía estar a la altura para describir algunos de ellos. Era mejor dejarlos sin pronunciar. Sin forma, escondidos. Olvidados.

Olvidados… Miró a Faland con una rabia repentina. «Me podrías contar cosas que quieras olvidar».

Claro, para hacer eso, primero tendría que recordar.

—No todo es malo, ¿no crees, Iven? —preguntó Faland suavemente.

Freddie se quedó atrapado entre impulsos opuestos. Creía que Faland lo sabía, y saboreaba su desazón. El miedo le atenazó las entrañas. Estaba cediendo, estaba feliz de ceder, y estaba aterrorizado.

—Por favor —musitó, aunque no sabía por qué lo decía.

Faland se limitó a mirarlo. No había ni rastro de misericordia en su rostro, pero ¿quién la necesitaba cuando alguien te miraba de ese modo, como si entendiera cada pensamiento que te cruzaba la mente? ¿Como si distinguiera cada matiz de tu alma antes de devorarla?

Freddie agachó la cabeza. Pensó durante un momento.

—Llovía a cántaros, cuando la orden de avanzar llegó y...

Le contó a Faland todo lo que podía recordar del avance sobre el risco, y le dolió cada una de las palabras. Debía darle frases, color, apariencia, horas y minutos a los días sin forma que se habían extendido como una niebla amarga. Conjurados allí, en la luz tenue y parpadeante del hotel: «Eso ocurrió, y aquello y lo otro». Ningún eufemismo satisfacía a Faland, ninguna barrera, por pequeña que fuera, que separara la experiencia, la mente y la voz.

Las palabras lo arrastraron a aquel tiempo, le hicieron revivir todo, atrapado con impotencia en su propia mente hasta que tuvo el cuerpo empapado en sudor y se sintió mareado y sin aliento, como si el barro, el gas y la lluvia se pudieran encarnar a partir de un recuerdo. La narración lo llevó hasta el fortín.

—Y entonces no podía ver nada —dijo Freddie, jadeando.

—¿Y luego? —preguntó Faland con amabilidad.

Cuéntaselo todo, pensó Freddie. *Y olvida que ocurrió de una vez.* No se volvería a despertar ahogándose, asustado por las sombras. Nunca recordaría por qué debía estar atemorizado.

Pero Winter estaba con él en la oscuridad. No había manera de separar el terror de la evocación de la voz de Winter, de su coraje. No era capaz de soltar ese recuerdo. Le parecía que estaba mal, que dejarlo ir era ser irrespetuoso con lo que habían compartido.

—Te he contado una historia —concluyó Freddie.

La siguiente vez que Freddie se despertó, las horas pasadas en el risco habían desaparecido de su mente. Se acordaba de que le habían dado órdenes, y luego de nada más hasta el fortín. Se sentía más ligero, pero también más inestable. Como si se hubiera deshecho de una sección enferma de un brazo, y ya no lo tuviera y hubiese perdido un equilibrio esencial.

Debería contar el resto. Sobre el fortín, y la huida, y el agujero del proyectil, pensó. *¿Para qué guardármelo? Tampoco es que vaya a volver a ver a Winter.*

Sin embargo, esa noche, le relató a Faland la historia sobre el hombre muerto bajo el parapeto cerca de Arras, cuya mano chocaban para tener buena suerte mientras subían.

Una noche dio paso a la siguiente, y cada una, Freddie le arrojaba sus peores historias a Faland: malos días en las trincheras, compañeros en el hospital, el día que le dijo a su madre que se iba a alistar y ella lloró sobre su hombro. Pero no le contó a Faland nada sobre el fortín. No pronunció palabra sobre Winter.

Faland escuchaba, como siempre, en silencio.

Entonces, en un momento indefinido, cuando el hotel estaba sumido en el silencio y las sombras, la vela de Freddie se consumió y este volvió a despertarse en la oscuridad, gritando el nombre de Winter.

Solo le respondió el silencio. El silencio y luego una voz. Pero no una que anhelara oír.

—¿Para qué guardarlo con tanto recelo? —le preguntó Faland al oído, con voz sedosa. Esa vez no había ido con una luz. Estaba sentado en el borde de la cama de Freddie, olía a vino, trementina y flores marchitas. Estiró un brazo como si pudiera ver en la oscuridad, pasó una mano por el pelo de Freddie y lo sostuvo por el cuello. Freddie inclinó la cabeza, odiando la manera como acudía sin remedio al calor.

—Dime lo que recuerdas. Cuéntame lo que pasó en la oscuridad, entre tú y el alemán. Eso es lo que quiero saber. Eso es lo que he querido saber siempre.

Freddie no pronunció palabra. No volvería a ver a Winter.

¿De qué le servía el recuerdo? Pero permaneció callado. Mantuvo el silencio hasta que Faland se levantó y se marchó, llevándose consigo la vela.

30

Y LE DIERON A LA MUJER DOS ALAS

HOSPITAL DE CAMPAÑA DE MENDINGHEM,
FLANDES, BÉLGICA
ABRIL DE 1918

Durante sus años en los hospitales militares la enfermera jefe Kate White había sido la mentora de Laura y su amiga. Kate conocía a todo el mundo, a cada médico, enfermera y camillero de la retaguardia. Si alguien, en cualquier hospital, había visto a Wilfred Iven, lo hubiese atendido o enterrado, Kate podía saberlo.

El caos fue al encuentro de Laura rápidamente en la carretera que salía de Couthove al noroeste. Estaba llena de mulas, municiones y hombres que marchaban. Bicicletas, motocicletas, oficiales de botas altas a caballo. Sentía la percusión de las pistolas en los huesos de la cara mientras se adentraba en el tráfico, zigzagueando porfiadamente. Para cuando llegó a Mendinghem, su dolor de cabeza era como un clavo, metido justo entre los ojos, de la fiera concentración que precisaba para conducir la motocicleta. Quitó la marcha y apagó el motor, la dejó al lado de la puerta y entró.

Como todos los hospitales de campaña, estaba formado por un conjunto de cobertizos y grandes tiendas, que le resultaba familiar pese a no haber trabajado nunca allí. Había camillas por doquier, hombres a los que transportaban, enfermeras con jeringuillas. Y entonces una figura familiar apareció por entre dos tiendas, y sus ojos se iluminaron al verla.

La primera vez que Laura había visto la zona prohibida había sido en 1915, cuando la destinaron cerca del frente a su primer hospital de campaña. La enfermera jefe White la había estado esperando en la estación de tren de Poperinge. Beatrice Hoppel, que bajó del tren con ella, había susurrado asombrada:

—Allí está. Estuvo en Sudáfrica, por lo que me dijeron. Es una leyenda.

Laura había observado cómo Kate White cruzaba la plaza principal. Había anticipado austeridad y un comportamiento orgulloso. De cabello gris metálico, y tal vez la disposición de una madre superiora. La enfermería tenía un origen monjil, después de todo.

Laura no se esperaba a una mujer rechoncha, alegre, de mejillas rosadas, con puntos de color rubí en la nariz y unos ojos que no se perdían detalle de nada.

—Bienvenida a Pop —la había saludado—, donde la ratio de hombres con mujeres es aproximadamente de cien mil por una. Te aviso ya que a todos ellos, más o menos, les gustaría llevarte a la cama.

Beatrice soltó una exhalación indignada. Había una amabilidad pícara en la mirada astuta de Kate, mientras las observaba a las dos.

—Pues qué desgracia para ellos —dijo Laura y Kate se rio.

Bea no pudo soportarlo; se casó con un piloto al cabo de seis meses y la dejó viuda y embarazada tres meses después. Pero Laura y Kate encontraron una amistad la una en la otra. Fue la voz de Kate la que los había retado a todos a continuar con su labor la primera vez que les llegaron heridos por gas, con los camilleros alejándose atemorizados, las enfermeras sollozando mientras trabajaban, los chicos ahogándose mientras morían, una y otra vez hasta que Kate colapsó. Entonces Laura tomó el mando de los pabellones, organizó a las enfermeras y se pasó setenta y dos horas sin dormir. Fue Kate la que estuvo hombro a hombro con Laura durante sus primeros heridos por gas mostaza, cuando descubrieron juntas que el gas permanecía en la ropa de los hombres, en su piel y en su pelo, quemando los ojos de las enfermeras, las palmas y los pulmones.

Fue la voz de Kate la que le había gritado a Laura que aguantara, con la pierna empapada de sangre.

Era esa misma Kate, la que cruzaba el espacio que las separaba, con más edad que cuando habían estado en aquella plaza de Poperinge en 1915, las arrugas más marcadas alrededor de los ojos. Pero esos ojos eran los mismos.

Se giraron algunas cabezas y Laura reconoció a algunas de las personas. El rumor corrió como la pólvora, «Iven, es Laura Iven», y entonces el personal se empezó a acercar a ella, ansioso, mientras las preguntas le llegaban por todos lados como si fueran disparos: «¿Estás viva? ¿De dónde vienes? ¿Cómo tienes la pierna? Nos contaron lo de Halifax, ¿por qué has vuelto?». Laura sonreía con una satisfacción irrefrenable.

—Madre mía —exclamó cuando pudo hablar—. Me alegra veros. Pero esta guerra está al borde, de eso no hay duda... la mitad de la gente de las islas británicas están ahí fuera acercándose al frente. Y aquí estáis todos vosotros holgazaneando.

Eso provocó un coro de carcajadas, pero entonces la voz incisiva de Kate irrumpió.

—Todo el mundo fuera. Iven está viva, y trabaja con esa extraña gente de Couthove. Ya la importunaréis cuando no nos estén a punto de invadir. Fuera.

Se dispersaron, con miradas hacia atrás.

—¿Invadir? —preguntó Laura.

—Eso es —dijo Kate y se le desvaneció la sonrisa—. Han estado evacuando los hospitales de campaña hacia el sur, y dejando atrás a los hombres a los que no podían transportar. Nosotros seremos los siguientes. Incluso dicen que vamos a retirarnos del risco, puesto que es indefendible. —Negó con la cabeza.

—¿Retirarnos del risco? —inquirió Laura—. ¿Por el que murieron tantos hombres para tomarlo? De qué sirvió si simplemente van a... —Se tragó el resto.

Kate parecía sorprendida por su vehemencia.

—No pienses así, Iven, o te volverás loca. Ven. Cenaría contigo si pudiera, pero me temo que solo dispongo de media hora. Aunque sé que es una hospitalidad nefasta para tus dolores. —Le dirigió una mirada escrutadora al paso de Laura—. ¿Te curaste bien?

—Olvida mi pierna —repuso Laura.

Kate entró en la carpa de esterilización.

—¿No? Te haces una herida horripilante, vuelves a casa con todos los honores y ¿ahora regresas?

Laura se debió de quedar callada demasiado rato. O tal vez mostrara algo en la expresión. Kate la conocía muy bien.

—Ay... Por el amor de Dios... nos enteramos de lo de Halifax por el periódico. Pero no me dijiste nada en tus cartas. ¿Tus...? —Kate leyó la respuesta en el semblante de Laura. De repente parecía mayor—. Laura, ¿tu gente...?

—Una pena, lo sé, pero tal vez entiendas ahora por qué estoy tan interesada en la suerte de mi hermano —dijo Laura con una frialdad que en realidad no sentía.

—Laura, yo... —Kate volvió a interpretar la cara de Laura, y se calló—. Como quieras. Pero... —Guardó silencio, con el ceño fruncido.

Laura se fue a buscar té, y se tomó un momento para recomponerse. Encontró los instrumentos para hacer la infusión sin problemas, añadió azúcar y leche condensada y volvió con dos tazas. Entonces se sentó y sin más preámbulos dijo:

—Recibí un telegrama en Halifax de la Cruz Roja. Decía que Freddie estaba desaparecido y que lo daban por muerto. Pero si está desaparecido, no podrían haberme enviado sus cosas, ¿no crees? Y lo hicieron. Tengo sus placas. Las dos. —Laura las sacó de donde las llevaba colgadas alrededor del cuello—. No tenía ningún sentido, así que decidí volver.

Algo se movió en los ojos de Kate, como si las hubiese reconocido.

—Kate —dijo Laura.

—No creía que volverías. No me atrevía a decir nada por

carta. Y ahora que estás aquí, todavía no... —Perdió el hilo de las palabras. Empezó de nuevo—. Ocurrió después de que te hirieran, después de que te evacuaran. Fue un completo caos, ese día.

Laura era muy consciente de su pulso, que le palpitaba en el cuello y las muñecas.

—Lo recuerdo.

La expresión de su amiga era reacia.

—Yo... no quiero ponerte en peligro.

La única respuesta que dio Laura fue un resoplido incrédulo.

Kate parecía enfadada.

—Sí, ya sé que no te importa, chica estúpida. Pero vas corriendo temerariamente como un hombre en un asalto a una trinchera. ¿Crees que no puedo verlo?

—Eso es asunto mío.

—También es mío, y de todas las demás personas que te quieren, desgraciada cascarrabias. ¿Crees que quiero decirte algo que va a hacer que salgas escopetada, que te arresten o que te maten?

Laura se la quedó mirando.

—¿Todo eso? Kate, cuéntamelo.

—Te fuiste. —Sonaba casi furibunda, que Laura hubiese permitido que la hirieran. Laura podía entenderlo. La peor noche de sus vidas, y la incansable suplente de Kate, la enfermera del pabellón no estaba. Así de sencillo—. No habrían pasado más de un día o dos antes de que te hubiéramos enviado al hospital base. Apenas sabía dónde tenía el norte esos días, o qué le dije a quién. No creí que sobrevivirías. Te lloré. Estaba muy cansada. Y ya no me puedo acordar bien de las cosas. —Meneó la cabeza—. Pero recuerdo que un hombre joven vino al hospital. Estaba muy sucio, como todos los hombres del risco. Y tenía esa mirada vacía, conmocionada.

Laura conocía bien esa mirada. Vidriosa, perdida en el infinito.

—Pero no estaba herido —prosiguió Kate—. Era... era extraño. Si te soy sincera, ni siquiera estaba segura, tiempo después, de que no hubiese sido un fantasma. Me preguntó por ti. No recuerdo qué le respondí. «Se ha ido», creo que le dije. Y le indiqué que esperara. Tenía que atender quince emergencias a la vez, y fui a lidiar con la peor de ellas. Cuando regresé, todavía estaba allí. Me dijo que había un hombre, un prisionero alemán, herido, al que había encontrado con las placas y la chaqueta de Wilfred Iven.

Laura apenas se atrevía a moverse, por miedo a interrumpirla.

—Por supuesto, por ti, fui a comprobarlo. El alemán deliraba, casi muerto de cansancio y tenía una herida en el hombro gangrenada. Pero llevaba puesta la chaqueta de tu hermano. Se aferraba a ella, con las placas en la mano. Le pregunté qué le había pasado al dueño de la chaqueta, pero tenía una fiebre demasiado alta como para oírme, así que ordené que lo entraran de inmediato y quebranté un centenar de normas para conseguirle una cama y poder amputarle el brazo a tiempo... Pensaba en ti, en cómo amabas a tu hermano, y que si sobrevivías, querrías saber lo que le había ocurrido. Y ese alemán podía ser el único que lo supiera.

—¿Qué pasó con el otro soldado... el que fue a buscarte? —preguntó Laura—. ¿Qué aspecto tenía?

—Apenas pude discernirlo, con la noche, la lluvia y la suciedad. Nunca me dijo su nombre. Se desvaneció tras acabar la tarea. Tal vez el alemán lo salvara y estaba intentando devolverle el favor.

—¿Sobrevivió? ¿El alemán?

—Ah, sí. Le amputamos el brazo a la altura de la articulación del hombro. Me quedé a su lado; estuvo a las puertas de la muerte con fiebre durante... ¿semanas? ¿Más? Pero sobrevivió.

—¿Te dijo cómo era que tenía las cosas de Freddie?

—Apenas hablaba al principio. Sus ojos eran... Tenía esa mirada que se les queda después del combate... como si no pudiera ver. Pero hice todo lo que pude por él, me propuse arreglarle los vendajes yo misma. Al final superó la fiebre. ¿Fue por

Navidad? ¿O después? Ya habíamos recibido las noticias de Halifax por entonces, así que fue después. Tal vez en enero. Hasta entonces, solo había hablado cuando le subía la fiebre, y exclusivamente en alemán. Una de las enfermeras conocía un poco del idioma, dijo que debía de ser algún tipo de extraño protestante, porque no paraba de hablar sobre el diablo.

—Eso no importa. ¿Qué sabía? ¿Dónde está ahora? —Había algo raro en el rostro de su amiga—. ¿Qué pasa, Kate?

—Huyó.

Un brazo. Young dijo que el espía… No, seguro que no es.

—¿Lo atraparon?

—No.

—¿Qué sabía el alemán de Freddie?

Su amiga vaciló.

—Le pregunté sobre Freddie. Una y otra vez. Durante mucho tiempo no me respondió. Pero finalmente una noche, me dijo que él y tu hermano se habían quedado atrapados bajo un fortín derruido, que habían escarbado juntos para salir de él. Pero tu hermano había muerto en un cráter, me dijo, y que se había llevado las cosas de Freddie. Después de eso, según me contó, lo habían hecho prisionero.

Bueno, eso lo explicaba todo. La llegada de la caja, los mensajes confusos. Laura se había montado en la cabeza algún tipo de misterio inescrutable y lo único que era… Estalló.

—¿Por qué demonios me enviaste esas cartas crípticas, entonces? ¿Por qué no me lo dijiste directamente? No habría vuelto si… —No debería haber vuelto. Se había dicho a sí misma que no tenía la esperanza de hallar a Freddie con vida, así que ¿por qué le dolía tanto?

—No, claro… Yo jamás… Laura, el alemán dijo algo más.

—¿Qué dijo?

—Era tarde. No estoy segura de que supiera que era yo. Le había dado morfina. Le estaba cambiando las vendas, seguía teniendo mucho dolor. Hablaba en alemán, y el Señor sabe que he aprendido alguna que otra palabra, cuidando prisioneros. Dijo: «No está muerto». Y yo le pregunté a quién se refería. «Iven», me respondió. «Se lo prometí».

»Le pregunté qué era lo que le había prometido, «que lo salvaría», me respondió. «Se lo prometí», repitió. No dijo demasiado más. Por la mañana, me convencí a mí misma de que todo era fruto del delirio. Pero entonces… unas pocas semanas después, cuando tuvo un poco más de fuerzas, escapó.

—¿Ya está? —Laura vio la respuesta en la cara de su amiga—. ¿Le creíste, no es así? Creíste lo que dijo ese alemán. Piensas que mentía la primera vez, cuando dijo que Freddie había muerto en aquel agujero.

—Es muy difícil saber qué creer a veces —dijo Kate—. Incluso cuando lo ves con tus propios ojos, o lo oyes con tus propios oídos, piensas, bueno, estaba mortalmente cansada, o me había tomado alguna que otra copa durante la cena. Un hombre me contó una vez, con una seriedad aplastante, que había visto a su hermano que había muerto tres años antes, en el refugio donde estaba, y que lo guio fuera justo antes de que cayera la bomba. «Los fantasmas tienen las manos cálidas», no paraba de decirme, como si fuera el mayor secreto del mundo. Recuerdo haber asentido como una tonta. Sin embargo, todavía ahora, siempre que toco los dedos fríos de un hombre, pienso: *Bueno, no es un fantasma todavía.* —Kate extendió las manos—. Así que sí, Laura. De algún modo le creí. El alemán sobrevivió. Se curó. Huyó. Todavía lo están buscando. No lo han encontrado. Y, para bien o para mal, creo que se fue del hospital para ir a buscar a Wilfred Iven, quien según él sigue con vida. —Hizo una pausa—. Tal vez fuera un loco, pero he visto suficientes hombres enajenados aquí. Y… no creo que él fuera uno de ellos. Tenía algo en la expresión.

—¿Qué apariencia tenía?

—¿El alemán? Un hombre muy apuesto —dijo Kate—. Ojos azul claro. Nítidos, sabes. Inteligente. Un poco mayor… treinta y algo, diría. Educado.

—Y un brazo. ¿Recuerdas su nombre?

Kate suspiró.

—Winter. Se llamaba Winter.

Poperinge se había venido a menos: un pueblo de prósperos burgueses convertido en una fruslería, donde las pocas industrias necesariamente tenían que producir para la guerra o aportar entretenimiento a los soldados. Abundaban las cafeterías y los bares, las tiendas de suvenires y los burdeles.

Pero había vida en Poperinge. La plaza principal rebosaba de hombres que hablaban y molían, bebían y se reían. Pop era igual de bueno que París, decían los soldados. Marcado por las bombas, pero vivo. Se podía conseguir una bebida allí. Reservar una habitación y dormir en una cama. No como Ypres al este, que solo era adecuada para los fantasmas.

Después de partir de Mendinghem, Laura dirigió la motocicleta hacia Pop. Había acordado reunirse con el oficial de Freddie, un hombre llamado Whiting, para tomar juntos una cena temprana. Laura llegó cubierta de barro y sudor por los nervios, pero se las apañó para no dañarse a sí misma ni a nadie a su alrededor a pesar de los intentos de la motocicleta por acabar con ella.

No sabía qué hacer con lo que le había contado Kate, y no tenía tiempo para pensar en ello.

Whiting era un tipo esbelto de mandíbula prominente, con la mirada ligeramente vacía fija en la distancia que muchos hombres adquirían después del combate, y un toque de neurastenia: un temblor en las manos. También tenía un resfriado de mil demonios, pero apenas había hombres que estuvieran sirviendo que no lo tuvieran. Pidió vino de un franco para los dos y se acabó el suyo rápidamente.

—Su hermano murió rápido, señorita Iven —dijo Whiting directamente—. Sin dolor. —Estornudó. Mostraba una expresión de paciencia cautelosa: un hombre haciendo su deber por un camarada caído. Probablemente estaba esperando lágrimas y súplicas.

Laura dejó el vaso.

—No estoy aquí para llorar sobre su hombro, señor. Solo deseo saber, con tantos detalles como pueda, lo que le ocurrió a mi hermano. —Colocó la mano plana sobre la mesa.

Los ojos del oficial se dirigieron hacia la mano y volvieron a la cara.

—Es mejor no saberlo, enfermera —dijo.

—Nada de lo que tenga que decirme será peor que lo que he imaginado, señor —replicó Laura con voz llana.

Whiting se armó de valor visiblemente. Con una nueva voz, sin tono alguno, empezó a narrar:

—Estaba lloviendo. Nos ordenaron tomar el risco de Passendale. Un terreno escabroso; nunca había visto nada peor. El barro nos llegaba hasta la cintura, y los alemanes estaban bien atrincherados… Fortines y nidos de ametralladoras.

Laura sabía que lo que estaba haciendo era algo mezquino, hacerle revivir todo eso. Pero no le pidió que parara.

—Había un fortín, nos tenía a la vista. Con una ametralladora dentro, haciéndonos trizas. Teníamos que acabar con ella. Su hermano, Iven, atacó con una granada. Un muchacho valiente. No vi lo que ocurrió exactamente. Había poca luz y llovía a cántaros, así que no se podía distinguir la tierra del aire, con el barro tan espeso. No sé si la granada explotó, porque justo cuando golpeó la puerta, un proyectil impactó en el fortín. Se dio… se dio la vuelta. A veces ocurre, especialmente con los que los alemanes construyen demasiado rápido.

—¿Se dio la vuelta, señor? —preguntó Laura.

Whiting parecía reacio.

—Sí… algo desafortunado… se da la vuelta con la puerta girada, sabe. La única manera de salir es por la puerta y el hormigón es más grueso que tres hombres. Cualquiera que estuviera allí… no iba a poder salir.

«Kate dijo que el alemán había quedado atrapado con mi hermano dentro de un fortín. Pero él le dijo que consiguieron salir».

—Y mi hermano estaba allí dentro.

—Así es. Pero no se preocupe, estoy seguro de que estaba muerto antes de que se diera la vuelta.

—¿Y si no lo estaba?

Whiting bajó la vista hacia su vaso, con una expresión de compasión distante.

—Bueno, está muerto ahora, señorita. —Se echó algo de coñac en el vaso vacío de vino y le dio un copioso trago—. Era un chico valiente. Muchos muchachos valientes se perdieron ese día. Una maldita vergüenza. Una maldita vergüenza.

—Sí —dijo Laura, en una voz extraña incluso para sus propios oídos—. Gracias por contármelo.

Whiting vaciló.

—Hay algo más. No lo habría mencionado, pero usted es una mujer sensata, eso está claro, y no le dará demasiadas vueltas, solo para que sepa que no lo hemos olvidado.

Laura no se sentía sensata para nada en aquel momento.

—Bowles, mi ayudante, dice que vio el fantasma de Iven.

Laura quería varias copas más.

—¿Ah, sí? ¿Dónde?

—Durante una cena en el cuartel general. Fue todo un festín. Navidad. Incluso pudieron disfrutar de un ganso. Yo era colega de uno de los chicos del personal, por eso me invitaron. Habían contratado a un violinista. Madre mía, era muy talentoso, recuerdo que incluso los sirvientes lloraban a lágrima viva como bebés por las esquinas. De todos modos, Bowles estaba ayudando con el servicio y estaba justo al lado de la ventana, con la sopera, y se puso blanco como la cal y se le cayó al suelo. Y cuando le pregunté qué diablos le ocurría, me dijo que acababa de ver el fantasma de Iven.

Laura no tenía la menor idea de qué responder a eso.

—Solo mirando. Mirando por la ventana.

—Parece un largo camino para un fantasma, bajar desde lo alto del risco, solo para aparecerse en el cuartel general —dijo Laura sin estar segura de si estaba bromeando.

—Esos malnacidos, trinchando el ganso y dándose la enhorabuena por una exitosa temporada de campaña militar —dijo Whiting con un veneno abrupto y concentrado—. Espero que los persiga a todos. —Se sirvió más vino blanco, y se lo bebió de un trago de nuevo. Agachando la cabeza añadió, en su voz normal—: Mis disculpas, enfermera. Eso es todo lo que le puedo contar.

—Gracias —le dijo Laura. Se fue de la cafetería poco después. Por el rostro de Whiting sabía que el oficial estaba ansioso por un buen rato de bebida, y que no quería que ella estuviera para presenciarlo.

31
EL ARCÁNGEL PERDIDO

**HOTEL DE FALAND, LUGAR DESCONOCIDO,
FLANDES, BÉLGICA
INVIERNO DE 1917-1918**

Cuando Freddie volvió a bajar las escaleras, hastiado de las pesadillas, no había nadie en el hotel. El vestíbulo estaba vacío a excepción de Faland, que estaba sentado sobre una caja de munición del revés con el violín encima de las rodillas. Estaba deslizando el arco por las cuerdas, con el ceño fruncido, y la melodía a medio formar que envolvía la habitación era desgarradora de una manera que hizo que Freddie se encogiera.

—¿Me dirás lo que odias, Iven? —preguntó Faland, sin levantar la vista, aunque la melodía se había ido apagando hasta desaparecer. Observaba pensativo el instrumento que tenía en las manos. Su voz era amable.

—Todavía no —contestó Freddie. Buscaba una botella—. No te puedo contar una historia todavía.

—Limítate a responder a la pregunta.

—¿Por qué?

Faland levantó la vista del violín.

—Llámalo «curiosidad».

Freddie se maldijo por no poder quedarse callado cuando Faland lo miraba de aquella manera.

—A todo el mundo. A todos aquellos que nos enviaron a Winter y a mí al risco, a los que destinaron a Laura a Brandhoek. A todos los hombres de manos limpias, resguardados en el cuartel general, haciendo planes con nuestras vidas.

—¿Qué les dirías, si pudieras?

Se sintió como un ratón bajo la mirada atenta de un búho.

—¡Te he dicho que todavía no!

—¿No? ¿Pero no te pica la curiosidad el motivo por el que quiero tus historias?

Unas respuestas feroces emergieron en la cabeza de Freddie, adecuadas para el poeta que había sido: *Te las comes. Las acaparas como si fueran joyas. Las quieres porque tú no tienes alma…*

—¿Por qué? —preguntó.

—¿Quieres que te lo muestre?

¿En qué momento se había acercado? A Freddie le llegaba el olor a vino, trementina y flores marchitas. No levantó la vista, temeroso de que estuviera buscando cualquier razón para confiar en Faland de nuevo, que estaría contento si encontraba otra grieta en su frágil armadura.

—Está bien.

Faland recogió la funda de su violín y se fue prosaicamente hacia una puerta. Aquella puerta no era diferente a las demás, pero cuando Faland la abrió una ráfaga de viento gélido entró y Freddie vio oscuridad y estrellas, y el mundo exterior. Era de noche. No lo sabía. No se había dado cuenta de cuán cubierto de moho estaba el hotel, cuán viciado, hasta que olió el aire nocturno y sintió un copo de nieve perdido sobre la mejilla. Se quedó pasmado, queriendo respirar a grandes bocanadas ese aire, y a la vez quería suplicarle a Faland que cerrara la puerta y la sellara para protegerlo de todo.

—Ven —le ordenó Faland, y añadió, cuando vio que Freddie vacilaba—: ¿Tienes miedo de que te abandone en la tierra salvaje? No será esta noche. Ven.

Freddie no recordaba nada del paseo más allá del paso renqueante de Faland, aunque soñó más tarde, algunas veces, que caminaba por la orilla de un lago de ascuas rojas. Pero cuando Faland se detuvo, Freddie se dio cuenta de que estaban a la sombra de un edificio que emitía un zumbido como el puerto de Halifax en julio. Las luces eléctricas lo deslumbraron después de tanto tiempo de ver solo con el resplandor del fuego.

—¿Lo reconoces? —le preguntó Faland curvando los labios.

Freddie no había estado nunca allí. Pero era inconfundible.

—El cuartel general. Pero está... eso está a kilómetros hacia el sur.

Faland no respondió. Freddie se quedó callado, absorto. El cuartel general no era solo un castillo, era un pueblo entero de edificios recortados que se alzaban nítidos contra las estrellas. No olía a muerte. Solo a combustible, a tierra y a comida. Freddie había olvidado que los edificios podían ser majestuosos, o brillantes, o bien mantenidos. Incluso el hotel de Faland, con toda su magnificencia, tenía un aire de incesante decadencia. Creyó ver un destello plateado detrás de una ventana iluminada, una mesa puesta.

—Colócate debajo de la ventana. Lo entenderás —le ordenó Faland.

—Me verán.

—¿Qué más da? Es Navidad. —Faland mostró los dientes un poco—. Cuando los pobres fantasmas caminan por la faz de la Tierra. ¿Qué crees que eres? —Una nieve fina estaba cayendo, cubriendo el mundo de blanco.

—Estoy vivo —dijo Freddie. Aunque a veces no estaba del todo seguro—. ¿Qué vas a hacer?

Faland no respondió, pero Freddie sospechaba que le gustaba el drama tanto como el vino. Faland se limitó a cruzar el terreno, llamó a la puerta y lo dejaron pasar.

Freddie pensó en alejarse. Sabía dónde estaba. Podía encontrar ropa de civil, tal vez, y entonces... ¿Qué? Se imaginó valiéndose por sí mismo, en un mundo que parecía real, y no fue capaz. Dio un paso, luego otro, y descubrió que había dado la vuelta, no por la puerta, sino hacia la ventana, manteniéndose pegado a las sombras. Se asomó.

Se estaban preparando para servir la cena. Había cubiertos. Mantel blanco. Mermeladas en tarros de cristal. ¿Cuánto hacía desde la última vez que había tenido hambre? Aquella elegante mesa no se podía parecer menos a las últimas navidades que había celebrado, lloviendo a mares y compartiendo un pastel seco que alguien había conseguido de casa.

Los oficiales, rubicundos por la bebida, empezaron a entrar en el salón. Reconoció a algunos. Otros que portaban uniforme americano no le eran familiares. A los oficiales que servían en el ejército regular, además de llevar la ropa lejos de prístina, se los podía distinguir por sus caras y por algo rígido y ausente en sus expresiones, la marca que dejaban las trincheras. Estos hablaron poco y dieron buena cuenta de inmediato de la comida.

Pero los miembros del estado mayor, los hombres que no iban al frente, iniciaron una conversación caótica. Chistes, retales de noticias, brindis por la victoria. Freddie se dio cuenta de que se estaba mordiendo el labio. No tenían malicia sino que estaban llenos de una extensa y fatal ignorancia. *Libran la guerra en el mundo anterior, pero nosotros estamos muriendo en este.*

Faland apareció en la puerta.

Se giraron algunas cabezas. Lleno de furia, Freddie esperó ansioso para ver lo que haría. Ninguna ignorancia despreocupada, Freddie estaba seguro, podía sobrevivir bajo su mirada penetrante, y podía llegar a ser muy cruel. ¿No tenía pruebas Freddie de ello? Faland hizo una reverencia a la sala y dijo algo sonriente. Los oficiales se miraron.

Hazles daño, pensó Freddie.

Faland se llevó el violín al hombro y empezó a tocar.

La música se elevó en bucles, hacia la habitación, hacia la noche. Las conversaciones murieron a medida que el sonido ganaba cuerpo lentamente. Suavemente. Freddie estaba indignado.

No, pensó. *Aquí no. Esta noche no. Cómo te atreves a tocarles algo bonito…*

Y entonces, como si Faland lo hubiese oído, la música se tornó salvaje. La suavidad se convirtió en furia, se transformó en una pérdida devastadora. Freddie no había oído esa melodía en su vida, pero de alguna extraña manera conocía cada nota.

Entonces Freddie lo entendió. La música, su familiaridad, la razón por la que le dolía al oírla. Era él mismo. Sus amores, sus flaquezas, la manera como su mundo había cesado de existir. Su rabia profunda y ruinosa. Sus recuerdos no se habían desvanecido, estaban allí, en los movimientos de las manos de Faland, a su servicio. En ese instante, Freddie comprendió el poder de Faland; lo había compartido con él, en su día. Era la alquimia del poeta, alcanzar lo intangible o innombrable y arrastrarlo hacia el mundo real. Pero en las manos de Faland ese don era monstruoso. El propio mantel de plata traqueteaba con la fuerza de la angustia de Freddie. Parecía una amenaza. Parecía magia, un grito de desafío, la voz de su alma en un mundo al que no le importaba si tenía una. Pero la música lo redujo a él también, lo allanó hasta un grito en un mundo salvaje sin fin. No había lugar en la representación de Faland para la risa de Laura o los ojos de Winter. Freddie empezó a preguntarse si solo quedaba de su ser el grito furioso del violín de Faland.

Aun así, junto a su miedo había una alegría brutal. Porque la nota lamentosa de su agonía estaba perforando la ignorancia profunda de los asistentes a la cena. Freddie vio movimientos preocupados, puños apretados, ojos que se movían rápidamente. La guerra estaba allí, a su alrededor: la lluvia, la oscuridad, el hambre, la sed. Los muertos. Cosas que no se podían expresar con palabras, pero el violín no las necesitaba. Aullaba. Freddie no había perdido el alma, pero se había encogido a causa del dolor, condensando su poder hasta estar al alcance de la mano de otra persona. Freddie se había olvidado de ser otra cosa que no fuera el grito del violín. Se encontró balanceándose al borde de la locura, pero no le importaba. Pensaba que a los hombres sentados a la mesa les podía estar pasando lo mismo. *Detente*, pensó hacia Faland. Y luego: *No te detengas*.

Una colisión repentina hizo traquetear la ventana.

El hechizo de la música se hizo añicos, y Freddie dio un salto instintivamente hacia la protección de los rododendros. Pero era demasiado tarde: un hombre estaba observando la ventana, con los ojos como platos. Era Bowles, el ayudante de su comandante. Estaba mirando directamente a Freddie.

Freddie se obligó a quedarse completamente inmóvil e hizo lo único que le vino a la mente. *Cuando los pobres fantasmas caminan por la faz de la Tierra…*, como un hombre que ha superado la culpa, Freddie levantó la mano en un saludo solitario, y se ocultó en las sombras. Estaba temblando.

Nadie fue en su busca. Pero la música no volvió a sonar.

Un tiempo después, unos pasos familiares rasguñaron la gravilla helada y Faland apareció a su lado, bajo las sombras oscuras de los árboles. Freddie estaba apoyado contra uno de ellos, todavía tiritando. No se le había pasado por la cabeza huir.

—Por eso quieres que te cuente historias. Para tu música.

Faland permaneció callado.

—Pero ¿por qué tengo que olvidar? —preguntó Freddie. ¿Acaso quería recordar, siquiera?

Creyó que Faland no respondería, y si lo hacía sería con un chiste o una mentira.

—Una vez hice música para mí mismo —contestó finalmente. Levantó la vista un momento, y Freddie vio una estrella solitaria que desapareció en el gris que los envolvía—. Y la enseñé al mundo. Pero ahora no puedo crear sin destruir.

—¿Por qué no?

—Fisgonear es de muy mala educación.

—Eso es lo que tu espejo hace, ¿verdad? Ves quién es la gente y lo tocas en el violín.

—Tienen que pagar por el vino de alguna manera —arguyó Faland con una leve malicia familiar.

—¿Todos se olvidan de sí mismos? —preguntó Freddie, helado.

Faland se encogió de hombros.

—La gente se olvida de todas maneras. La guerra los destruye, los rehace. Al menos yo saco provecho de ellos. De otro modo simplemente... se desvanecerían.

—¿Sacas provecho cómo? En el salón, esa música... no era yo. Solo era... no era más que un grito.

—Ay, chico —dijo Faland con suavidad—. Eras tú.

La realidad se inclinó de nuevo un instante, como si con su alma compusiera la música de Faland, pero esta a su vez lo rehiciera a él, dando vueltas, un uróboro infinito, hasta que era lo bastante pequeño como para caber en las cuerdas del violín. Apretó los dientes.

—¿Y de qué sirve? —pudo decir Freddie. Faland se giró para mirarlo—. Lo que has tocado, hoy, no era más que música de ambiente. No importa lo rara o... bonita que fuera. No importa que la consiguieras de... de mí, de todas las cosas que te he contado. La escucharon, pero eso no ha cambiado nada. No importa. Tú no importas. Pero podrías. Te vi en Ypres. Eras como un rey. Nada te tocaba. Tienes esa virtud... y solo te dedicas a jugar con las vidas de las personas. Construyendo y destruyendo. ¿Para qué?

—Bueno —intervino Faland, con un deje arisco en la voz—. Tal vez me falte la inspiración adecuada. Está claro que no me has dado lo mejor de ti, ¿no es así? —En su rostro había un aspecto hambriento, casi de deseo—. Dime qué es lo que hace que te despiertes gritando por la noche. Los recuerdos que yacen en el fondo de tu alma. Dámelos. —Su voz hizo que se le pusiera la piel de gallina—. Cuéntame más sobre el alemán.

—¿Qué harás con eso? —musitó Freddie, con la boca seca.

—Desgarrar los corazones de los hombres. Ni se te ocurra decirme que no quieres que lo haga.

Freddie permaneció en silencio. Estaba temblando. Se volvería loco si le diera ese recuerdo. Lo vio claramente de inmediato.

Era una piedra angular de la tambaleante estructura de su alma. Todo su ser estaba en ese recuerdo: miedo y coraje, oscuridad y amabilidad. Si lo perdiera se derrumbaría como un castillo de naipes. No podía perderlo. No podría soportarlo.

Faland había dejado de andar. Observaba a Freddie en silencio. Esperando. *Lo esperaría para toda la eternidad*, pensó Freddie ensimismado, sin saber si estaba asombrado o aterrorizado. No sabía lo que iba a decir antes de abrir la boca.

—Dijiste que fuiste un mal soldado en su día. ¿Qué hiciste? —le preguntó en un susurro. Creía que Faland no le contestaría.

—¿Por qué haces preguntas de las que ya sabes la respuesta? —Se rindió—. Me rebelé.

Freddie no podía pensar a causa del latido desbocado de su corazón.

—¿Cómo te heriste la pierna?

—Me caí —dijo Faland. El ojo oscuro absorbía la luz, más renegrido que la superficie de un espejo deslustrado—. Y entonces me desperté en la oscuridad.

El muchacho que había sido Wilfred se habría sentido mareado y aterrorizado. Pero Freddie ya no sabía a qué tenerle miedo. Tal vez el poeta que llevaba dentro estuviera entusiasmado. Tal vez el poeta lo entendiera. Tal vez Faland fuera un poeta. No podía hablar. La voz de Faland era como una seda deshilachada.

—Y eso es todo lo que obtendrás de mí. Te he mostrado lo que puedo hacer. Te mostraré más, si me cuentas por qué te despiertas gritando, Wilfred Iven.

32
Y VI LA SANTA CIUDAD

POPERINGE, FLANDES, BÉLGICA
ABRIL DE 1918

El día estaba descendiendo hacia su fin cuando Laura dejó a Whiting y se dirigió hacia la motocicleta de Mary. Debía subirse, meterle la marcha y volver a Couthove antes de que cayera la noche. Pero vacilaba. Mary estaría molesta si llegaba tarde; sin embargo, tenía un último recado en mente. No para ella, sino para Freddie. Para Pim.

Laura dejó la motocicleta y la plaza principal y se detuvo a la mitad de la calle Priesterstraat, delante de una casa con una larga fila de hombres haciendo cola hasta la puerta. Una lámpara ardía con un brillo escarlata al lado de la entrada. Muchas cabezas se giraron, pero Laura no los miró.

Madame Maertens era la mujer de negocios más conocida del sector, y ese negocio era la prostitución, alimentado por la concurrencia doble de vírgenes eduardianas en uniforme y mujeres belgas sin recursos. Había aumentado la afluencia durante el curso de la guerra. *Madame* no sabría nada de un soldado muerto llamado Wilfred Iven. Los muertos en el campo de batalla, en su mundo, no eran interesantes, pero comerciaba con rumores y escándalos. Sus chicas los recababan diligentemente en sus pequeñas habitaciones. *Madame* tal vez sabía alguna historia sobre un hombre al que llamaban «el violinista». Quizá había oído relatos sobre un hotel y alguien llamado Faland. Tal vez sabía lo suficiente como para aliviar la mente de Pim. El hijo mayor de *Madame* estaba apostado en la puerta, manteniendo el orden.

—Estoy aquí para verla, Gerald —dijo Laura.

Gerald conocía a Laura. Había medicado a la mitad de las chicas por la sífilis y ayudado en el parto de más de un bebé.

—Me habían dicho que te habías vuelto a casa. Algunos incluso afirmaban que habías muerto.

—Todavía no —repuso Laura.

Gerald le hizo una señal con la cabeza y Laura entró.

El despacho de *madame* había sido una despensa antes de la guerra. Estaba musitando sobre sus libros cuando Laura llamó a la puerta. Levantó la vista de golpe.

—¡*Mademoiselle* Iven! —gritó, con un placer sorprendido—. Nos dijeron que habías perdido una pierna.

—Un poco hecha polvo, nada más —dijo Laura.

—Cierra la puerta y siéntate. —Le clavó la mirada a Laura con ojos astutos—. ¿Qué te trae por aquí? Algo peculiar, no me cabe duda.

A *madame* no le interesaban las formalidades.

—Estoy buscando a un hombre llamado «el violinista».

Algo se endureció en sus ojos.

—Ah. Todo el mundo lo pregunta, ¿verdad? No les importa que los hombres vuelvan como si fueran fantasmas. Siguen buscando.

—¿Por qué? —preguntó Laura.

Madame se encogió de hombros.

—¿Quién sabe? Dicen que les arrebata el alma a cambio de vino. —Laura no sabía decir si estaba de broma—. Pero —añadió *madame*—, los que han estado ahí fuera el tiempo suficiente también pierden el alma de todos modos. Así que ¿quién sabe?

Madame y las supersticiones no casaban.

—Pero ¿quién es él? Mi amiga lo conoció, y está desesperada por encontrarlo de nuevo. Ha destapado... historias extrañas sobre ese hombre. Por su bienestar, quiero saberlo. ¿De dónde viene? ¿Qué hace aquí? —preguntó Laura, impaciente.

Madame se cruzó de brazos.

—Nadie lo sabe. Yo que tú… —Entonces titubeó, con la vista puesta en la cara de Laura—. ¿Estás siendo sincera, pequeña?

—Si estuviera de broma, estoy segura de que se me habría ocurrido algo mejor.

Madame se la quedó mirando unos segundos más. Entonces se curvó sobre el escritorio y rebuscó. Sacó precisamente una copia de *The Wipers Times*. El diario satírico que los soldados confeccionaban en sus imprentas destartaladas.

—Esto es lo único que tengo —dijo. Dobló hacia abajo el ejemplar y señaló una de las páginas.

El *Times* era el equivalente impreso de silbar al lado de un cementerio, y cada edición era un batiburrillo frenético de humor negro. Había cartas falsas al editor. Había respuestas falsas a corresponsales. Pero *madame* señalaba una página de anuncios falsos. «¡¡¡BAILE!!!», decía uno de ellos.

Clases semanales con el profesor Rechoncho
El profesor hará una muestra en solitario del
TANGO DE TRINCHERA
ENTRADA: SE ABONARÁ EL PRECIO HABITUAL
CON EL IMPUESTO DE GUERRA INCLUIDO

Era absurdo. Laura se descubrió sonriendo. Pero al lado del primer anuncio había otro. «¡¡¡MÚSICA!!!», decía.

EL SEÑOR FALAND
EL ACLAMADO VIOLINISTA, PROVEEDOR DEL LÍQUIDO
QUE INFUNDE CORAJE, ILUSIONISTA
VENID A LA INIMITABLE FIESTA BACANAL
PREPARADOS PARA UNA MELODÍA DE AUTOCONOCIMIENTO
QUE DESGARRA EL ALMA
PUEDE SER EN CUALQUIER LUGAR
BUSCAD Y LO ENCONTRARÉIS
NO SE ACEPTA DINERO

Laura pasó la vista del texto a *madame*. Era justo el tipo de sátira con la que traficaba el *Times*, exactamente el tipo de broma que haría reír a los hombres y resoplar indignados a los oficiales.

—No lo entiendo —dijo con cautela.

—Me has preguntado quién es. Creo que esta es la respuesta, o más bien la única respuesta que vas a obtener.

—Qué podría ganar con… —empezó a decir Laura.

—Soy una mujer de negocios, así que te doy una respuesta acorde: obtiene una buena remuneración por todas sus molestias, bromas incluidas. Si quieres una respuesta mejor, tal vez deberías consultarle a un cura —la cortó *madame* abruptamente.

Laura no sabía qué contestar. El rostro de pómulos marcados de *madame* estaba completamente serio. Laura se consideraba una persona racional, pero el espejo sobre la barra ocupaba su mente, la cara de Pim y el recubrimiento de oro desconchado, el polvo del despertar de aquella mañana. «Buscad y lo encontraréis». Bueno, ellas lo habían conseguido.

—También pienso —añadió *madame* con prudencia— que este es un buen lugar y año para los monstruos, y que deberías volver y decirle a tu amiga que si le tiene aprecio a su vida, se olvide de ese hombre.

—¿Y si no lo hace? —musitó Laura.

—Entonces lo siento mucho por ella.

Anochecía. Las indagaciones de Laura la habían dejado con más preguntas que respuestas, una sensación de desconcierto y un insidioso pavor. Intentó pensar en sus siguientes pasos. ¿Hablar con Young sobre el prisionero alemán fugado? ¿Intentar encontrar a Pim y advertirle que no se acercara a Faland? ¿Hallar la manera de que la enviaran a casa? Pero ¿qué derecho tenía Laura a interferir? Pim no era una niña.

Laura dirigió los pasos hacia donde había dejado la motocicleta. El viento soplaba, revolviéndole la falda, el abrigo y la bufanda por encima del pelo. La luz era extraña, y las casas tapiadas desprendían un aura de malignidad con unas ventanas vacías que se cernían sobre ella. Tropezó con un fragmento de hormigón. La guerra también había dejado su marca allí.

Cuando volvió a levantar la vista, una figura le impedía el paso. Dio un salto hacia atrás y un sonido ahogado emergió de su garganta. Una figura conocida. Trasladada de un lugar en sus pesadillas. A diez metros, clara como la luz del día. Bata ensangrentada, ojos inyectados en sangre. Levantó la mano y la señaló con un dedo, condenándola.

—No eres real —susurró Laura—. No eres real... basta. ¡Basta!

Fue retrocediendo hasta una esquina, y se apresuró hacia otra calle, pensando únicamente en volver a las luces de la plaza principal. Pero ¿dónde estaba? Había paseado por las calles de Poperinge cientos de veces, y aun así, por más vueltas que daba, se encontraba en un laberinto de bocacalles, de ventanas vacías y cristales rotos, sin ningún rastro de la plaza.

Entonces se topó con la figura delante otra vez, igual, sin ojos, señalándola, y Laura giró de nuevo, un dolor lacerante en los pulmones. Casi estaba corriendo cuando la figura se alzó por tercera vez y Laura no pudo soportarlo más.

—¿Qué quieres? —gritó tras detenerse en seco—. Lo siento. Lo siento mucho. No quería que murieras.

¿Pensaba que la figura muerta se desvanecería tras aceptar sus disculpas? ¿Creía que la figura muerta estaba allí? Señaló de nuevo, no a Laura sino a algún lugar detrás de ella. Laura giró la cabeza y creyó ver un movimiento furtivo en las sombras justo cuando se cayó al suelo tras tropezar con un trozo de madera y se golpeó la sien.

Cuando se puso en pie, con la cabeza dándole vueltas, la figura había desaparecido. Oía voces en la calle. Las luces parecían brillar con más intensidad. Un soldado dobló la esquina; había otros transeúntes también. Belgas, que la miraban. Entonces más soldados aparecieron en la calle: la policía militar. Sus voces retronaban en sus oídos.

—Se fue por aquí. ¿Quién es esa?

—La conozco —dijo una voz familiar.

Unos segundos después, los hombres la rodeaban y una linterna la deslumbraba. Un rostro en la penumbra que le resultaba vagamente conocido merodeaba detrás de la luz.

—Vaya —dijo la voz—. ¿Señorita Iven, se encuentra bien? ¿Qué está haciendo aquí? ¿Lo ha visto?

—¿Ver a quién? —preguntó Laura, intentando recomponerse.

—Oh —exclamó Young, pues era él, ruborizado y ansioso, con las orejas tan grandes como siempre—, el alemán fugado. Dicen que se ha escondido en… Pero no, usted no lo puede saber. Disculpe que la haya importunado. —Young estaba siendo caballeroso y reconfortante. A Laura le vino a la mente que era un chico bastante agradable, sin lugar a duda una persona sincera. Siguió hablando, y Laura agradeció la charla intrascendente y bien educada; le dio tiempo para apaciguar su respiración—. ¡Menuda coincidencia verla aquí! La señora Shaw va a venir con nosotros esta noche, como supongo que ya sabe. ¿Le gustaría verla? ¿Tal vez le gustaría algo de cena?

Laura no lo habría rechazado aunque hubiese tenido la entereza como para pronunciar palabra; quería ver a Pim. Young le dio unas órdenes a sus hombres y le ofreció a Laura el brazo. Se le daba mucho mejor acompañar a señoritas que dar caza a fugitivos; pudo leerlo en las caras rígidas de sus hombres. Se marcharon juntos y los diez minutos anteriores empezaron a parecer como un sueño lejano.

Toda la plaza principal rebosaba vida con los hombres, los camiones y las luces de las cafeterías que tenían las puertas abiertas para darle la bienvenida al aire de primavera. Laura suponía que Young habría quedado con Pim en una de las cafeterías, pero en su lugar la guio hasta el cuartel general del regimiento cinco de infantería.

Lo habían establecido en el edificio del ayuntamiento de Poperinge: un edificio útil readaptado para la guerra. Los cables de teléfono colgaban en bucles por el exterior como guirnaldas y un sinfín de mensajeros, montados en motocicletas, bicicletas y caballos, iban y venían a toda velocidad.

—Mi tío insistió en celebrar una cena —explicó Young—. Estaba tan impresionado, sabe, por la señora Shaw, su coraje, sabe…

¿Estaba farfullando? Debía de estar enamorado hasta las trancas, para estar tan nervioso. Entonces ella pensó: *¿De verdad eso es amor?*, sonaba tan… inquieto.

—¿Ha logrado alguna información sobre la captura del alemán? —preguntó con cuidado—. ¿Cree que está en Pop?

—Pues… —Young parecía estar distraído—. No, no lo hemos atrapado todavía, no. Pero oímos… nos dieron un informe… sospechamos que estaba aquí… solo es cuestión de tiempo. —Hablaba como si su mente estuviera en otro lugar—. Estoy muy contento de que esté aquí, de verdad, señorita Iven, creo que le será de gran consuelo a su amiga.

Laura se quedó atónita. Conocía el malestar de Pim, pero ¿no era extraño que se lo hubiese confiado al desventurado de Young?

Entraron en el cuartel general, y al subir por una escalera descubrió que aquella cena no era un asunto íntimo para nada; había otros oficiales presentes y algunas enfermeras voluntarias de mejor cuna que Laura. Tres de ellas la conocían; hubo exclamaciones y una oleada de recuerdos. Laura intentaba no parecer distraída. Pim estaba ya sentada, hablando con Gage. Young fijó la vista en ella automáticamente nada más entrar; la miraba como si fuera una sirena sacada de las profundidades del océano.

Pim miró a Laura. Durante un segundo se preguntó si estaría disgustada por verla. Puso una expresión rara. Pero entonces sonrió, se levantó, y corrió hacia ella con la mano extendida.

—¡Laura! Creía que habías vuelto a Couthove hace horas, querida; estoy muy contenta de verte.

Gage miraba a Pim con expresión intensa. ¿Acaso también estaba enamorado de ella? Pero le pareció detectar algo de desazón además. Laura no lo entendía.

—Aquí le traigo una sorpresa, señora Shaw —dijo Young—. Me encontré a su amiga en la calle, toda una coincidencia, y sabía que se alegraría de verla.

—Por supuesto —confirmó Pim, sonriendo.

Apareció una copa de vino y Laura le dio sorbos, agradecida. Distaba bastante de la variedad que se vendía por un franco en las cafeterías.

—He pasado un día muy encantador —decía Pim—. Fuimos a montar y luego el lugarteniente me enseñó a usar una pistola... Ay, tenía tanto miedo, pero en realidad es bastante sencillo. Y hay otras noticias... el general Gage le va a dar a Mary una enorme sorpresa.

Laura no estaba especialmente interesada en los tejemanejes de Gage. *¿Has ido a buscar el hotel de Faland?*, Laura no podía preguntarlo con gente presente. *¿Irás?*

No podía interrogarla en aquel instante, así que, entre sorbos, Laura pudo saber que la sorpresa era una bien grande: Elizabeth, la mismísima reina de Bélgica, quería visitar un hospital, vestida con un uniforme de enfermera y acompañada por los fotógrafos. Pim le había sugerido Couthove. Probablemente, Laura pensaba cínicamente, porque la delicada atmósfera de un pabellón en un salón de baile en ruinas constituía un telón de fondo atractivo para las fotografías. Estaba claro que las carpas y marquesinas de la cercana Mendinghem no resultaban tan pintorescas.

Gage sonreía. Iba a acompañar a la reina, si podía escaparse. Estaría deleitado. Encantado. Procedió a ofrecer a Pim, a Laura y a Couthove una sucesión de bien formulados y encandiladores cumplidos. ¿Por qué parecía estar tan incómodo?

Laura no creía que la visita de la reina fuera una buena idea. Una visita real significaba romper con la rutina del hospital. Significaba fregar y lavar ropa, y meter a los hombres bajo las sábanas sin que se viera ni una arruga, y ordenarles que no se movieran, que no gruñeran, y si era posible, que no sangraran, no tuvieran aspecto mortecino ni olieran.

—Estoy segura de que Mary estará encantada —dijo Laura. Pidió que le rellenaran la copa. Mary estaría encantada. Invitaría a su periodista favorito y usaría todo el evento para obtener más donaciones.

Pim le tocó el brazo a Laura consoladoramente, como si lo entendiera.

Se sirvió la cena. No era lujosa, pero había pollo, había mantequilla, había huevos. El vino de Laura tembló por el impacto de una explosión distante. Intentó no imaginarse lo que estaba ocurriendo cerca del frente, mientras ellos comían, bebían y hablaban. Pim mostraba la tensión en la espalda, en la cara, en la mano que sostenía la copa. Pero aun así encandilaba tanto a Gage como a Young, sonriendo, escuchando. La noche era cálida; la gran ventana frontal estaba abierta. Hubo una pequeña pausa en la conversación. Durante el breve silencio, Laura oyó las voces de unos hombres y una risa estridente en la calle de abajo.

La melodía de un violín se filtró por la noche, solitaria e insistente.

Laura por poco derrama el vino; sin hesitar, Pim arrastró hacia atrás la silla, justo en medio de una de las anécdotas elegantes de Gage. Se apresuró hacia la ventana, y lo dejó balbuceando. Laura se recompuso, dio una excusa vaga y se afanó a seguirla.

No había ningún violinista en la calle, pero sí una gran cantidad de hombres. ¿Más de lo normal? La música se enrollaba entre ellos, un hilo brillante de sonido.

Pim se quedó completamente quieta.

La música cambió. Un terrible sonido estridente arrojado desde las cuerdas, y en algún lugar más allá de lo que alumbraban las luces, Laura oyó un cristal que se rompía. A su lado, Pim estaba petrificada.

Un hombre echó a correr a través de la plaza mientras una voz gritaba: «¡Quieto!». Hubo otro sonido de cristal roto. Una multitud se había congregado a empujones en la plaza. Riendo y rompiendo cosas. Laura creyó ver el brillo de las lágrimas en el rostro de uno de los hombres. Silbidos y bramidos salían de aquellos que intentaban restablecer el orden, pero en vano. Toda la escena se disolvió en el caos. Laura no podía oír el violín, pero no importaba, de alguna manera la melodía resonaba todavía en el barullo de los disturbios. Como si el violín les hubiera insuflado la locura en las mentes o tal vez simplemente les hubiera recordado que algunos hombres comían pollo asado mientras otros morían, que los pesares de la guerra no eran iguales, y así había sido siempre. Alguien intentaba alejar a Pim y a Laura de la ventana.

Y entonces Laura vio —o creyó ver— una cabeza de cabello ceniciento y unos hombros estrechos con un traje, durante un destello, y luego la figura se desvaneció en la oscuridad.

De repente Pim ya no estaba a su lado. Se había liberado de los atentos oficiales y corría hacia las escaleras. Laura se iba a girar para seguirla cuando titubeó. Fuera, en la plaza, estaba su fantasma sin ojos, con la cabeza levantada y los pozos escarlata fijos en ella.

Laura dijo una palabrota. Para sí misma, o para su fantasma, o para Pim, no lo sabía. Entonces echó a correr. Alguien en el piso de abajo la estaba llamando.

Era Young. Se unió a él al final de las escaleras.

—Señorita Iven, debe quedarse aquí, yo iré a buscarla… debe calmarse —le dijo.

Pim había salido, pues. Laura se giró hacia la puerta. Young, detrás de ella, protestó, pero Laura veía nítidamente el aviso de *madame* en la mente. Se abrió camino hacia el caos. ¿La seguía Young? No lo veía. Tres pasos y supo que había cometido un error, había subestimado la muchedumbre y sobrestimado su propia fuerza. La turba era como unas aguas revueltas, su ruido como una cascada que golpea el lecho. En algún lugar de su clamor, sin embargo, todavía le parecía oír el eco de la música de Faland. Laura intentó ajustar la vista. Unos baños de luz, de un brillo violento, daban paso a unas sombras profundas. Un hombre la empujó por el costado, pero ella apenas notó la sacudida, su mente prendida por la adrenalina.

Y entonces se le apareció justo enfrente el fantasma sangriento de su madre. Se tragó un grito, preocupada por su salud mental. ¿O esperaba una absolución? No había nada más que aquel dedo que señalaba. Siguiendo su línea, Laura no vio a Pim, ni a Faland, ni a Freddie, sino a un hombre, un desconocido, acurrucado en un portal, observando aquella locura con unos ojos azules sorprendidos.

Entonces le falló la pierna. Se le dobló con un calambre y Laura se cayó, y durante un segundo la pisotearon cientos de botas despreocupadas, revolcándose por el polvo.

Apareció un hombro, un cuerpo, creando espacio. Una mano desconocida la agarró y tiró de ella. Jadeando, la puso en pie y la arrastró hacia la protección de un umbral.

—¿Estás bien? —le preguntó una voz.

Laura tenía el labio partido y sangraba. Tenía moratones por todo el cuerpo. La luz estaba detrás de su salvador.

—Gracias —dijo, sin aliento, y entonces se quedó de piedra. El hombre tenía una cara de pómulos marcados, marcada con una barba incipiente color arena, el pelo de un tono algo más oscuro, como si la arena se hubiese mojado. Era un hombre corpulento venido a menos. De rostro estoico y expresión alerta.

La manga de su abrigo estaba vacía.

Las palabras de Kate y de Young se hicieron sitio a empellones en su mente: «Un espía alemán, fugado. Trajo noticias de tu hermano. No creía que Freddie estuviera muerto. Lo creí. Lo creí».

No podía ser que estuviera allí, caminando por las calles de Poperinge desvergonzadamente, con la mitad del ejército británico corriendo como loco por la ciudad. Y aun así... Laura no tuvo tiempo de pensar en lo que aquel dedo que señalaba significaba.

—Es mejor que se quede aquí, señorita —dijo él, y cuando se giraba para irse ella lo agarró de la manga vacía.

—¿Te llamas Winter?

La alarma llenó los ojos azules. Se zafó de un tirón.

—Me llamo Laura Iven. Soy enfermera en el castillo Couthove —añadió de inmediato.

Él se quedó quieto. Sus ojos se clavaron en los de ella.

—Estoy buscando a mi hermano —continuó Laura.

Un destacamento numeroso de la policía militar se acercaba cruzando la plaza, enarbolando porras y gritando. ¿Lo habrían visto? Podía ser. Se había expuesto a su línea de visión, en la multitud, para salvarla. ¿Se atrevía a preguntarlo? ¿Acaso podía ser capaz de no hacerlo?

—Winter —confirmó Laura—. ¿Conocías a mi hermano? —Y entonces formuló la pregunta peligrosa—. ¿Está mi hermano vivo?

La policía militar estaba a poca distancia. Él abrió la boca como si fuera a hablar, desvió la mirada, se liberó y desapareció entre la muchedumbre.

33
NO SUEÑES CON OTROS MUNDOS

CASTILLO DE COUTHOVE, FLANDES, BÉLGICA
ABRIL DE 1918

Sofocaron los disturbios. Los silbidos y los gritos llenaron la plaza; la disciplina militar poco a poco se reinstaló. Laura se mantuvo en la seguridad del portal hasta que se acabó, escudriñando en busca de Pim, Faland, y, aunque se dijo a sí misma que no podía ser, el pelo bermejo de Freddie. Pero no vio a nadie conocido. No hasta que volvió trastabillando al cuartel general y se encontró a Pim, tan sosegada como siempre, hablando con Gage mientras Young rondaba con gesto serio. Cuando Laura, desaliñada, finalmente llegó a la puerta, Pim se giró hacia ella de inmediato, con una expresión de preocupación.

—Ay, Laura, lo siento mucho. ¿Saliste en mi busca? No fui… bueno, no llegué a ningún lado antes de darme cuenta de lo boba que había sido… Pensaba que había visto a alguien que conocía, como le he contado al general. Entonces me di la vuelta como una mujer sensata. —Pim examinó preocupada la cara de Laura—. Ay, no, tu labio.

Les ofrecieron llevarlas de vuelta a Couthove en el coche del general, y aceptaron. Una línea pensativa, fina como un hilo, corría por entre las cejas de Pim, y estaba terriblemente atenta a

Laura. Pidieron el coche, y le dieron la tarea a un hombre de seguirlas con la motocicleta de Mary. Había un millón de cosas que quería decir Laura, pero ninguna que pudiera pronunciar en presencia del conductor. Así que el silencio reinó entre ellas todo el camino hasta Couthove.

Jones las esperaba en la puerta, echó un vistazo a la cara de Laura y se le ensombreció el semblante.

—Y dijo que podía cuidar de sí misma.

El viaje de vuelta a Couthove le había dado tiempo a Laura para percatarse de un gran número de moratones que no había visto antes, y no estaba de buen humor.

—Nada que un baño y un poco de descanso no puedan remediar.

Pim ya había murmurado «buenas noches» y estaba desapareciendo escaleras arriba. Laura hizo ademán de seguirla.

—Iven —dijo Jones.

—Doctor. No quiero…

Jones hizo un sonido impaciente.

—No diré ni una palabra censuradora si me dejas que te eche un vistazo. Parece como si vinieras de pasarte cuatro días en un bombardeo. ¿Qué te ha pasado en el labio?

—Un percance durante la cena.

—Menudo percance. —Se giró hacia la sala de esterilización, y se volvió rápidamente—. Hay tres camilleros jugando a las cartas ahí dentro… ¿Me acompañas arriba? Puedo llamar a Shaw si quieres que esté presente una mujer. —Parecía incómodo mientras lo decía y luego impaciente con su propia incomodidad.

Tal vez fuera eso lo que hizo que ella dijera, fríamente:

—Supongo que me voy a meter en la boca del lobo, aunque no puedo soportar una reprimenda esta noche.

Jones parecía aliviado.

—No la habrá, por más que me gustaría dártela. Ahora sube, antes de que te desplomes.

Jones tenía una habitación mejor que la de Laura y Pim: había sido uno de los dormitorios auténticos del castillo antes de la guerra, aunque no contenía nada más que el catre espartano de Jones y su arcón, con un maletín de escritura pasado de moda y un libro al lado. La ventana estaba abierta hacia la calurosa noche de primavera.

Le daba la espalda a Laura cuando encendió la luz.

—¿Cree que estoy loca? —preguntó Laura.

El doctor se dio la vuelta. Tenía una expresión de cautela.

—No, Iven.

Laura estaba al lado de la ventana, mirando las luces de la guerra que brillaban en el horizonte.

—¿Esa es su opinión médica?

Sintió cómo sus pasos cruzaban la habitación y notó su presencia en el hombro.

—Eres muy insistente con un hombre que se prometió no husmear, Iven. Pero sí, la es. Tu mente está bien, aunque tu vestido ha visto días mejores. Ven a la luz.

Laura bajó la mirada. Vio roturas, manchas y polvo. Jones la agarró del codo.

—Alguien te ha pateado. Hay una huella de bota ahí —dijo el doctor, con una cuidada voz neutral.

—Ha sido un accidente —explicó Laura.

—¿De verdad? —Tenía la mirada severa, pero no hizo más preguntas. Presionó la palma sobre la huella, y ella se encogió sin quererlo—. ¿No sientes dolor alrededor de las costillas?

—Solo magulladuras —dijo Laura. ¿Por qué estaba allí? Se podía revisar ella misma sin problemas. ¿Por qué había accedido a aquello, a ir a aquella habitación y estar al lado de su cama? Sintió su propia vulnerabilidad. Con mucho cuidado, Jones le tomó la mandíbula con la mano y la giró hacia la luz. Tocó el moratón que tenía en la quijada y otro alrededor del ojo. Lo palpó con delicadeza—. ¿Te ha saltado algún diente?

Negó con la cabeza. Desde que se había alistado al ejército los hombres se habían aferrado a Laura por dolor, por miedo, por soledad. Tenía un arsenal de defensas profesionales contra eso. Pero no tenía ninguna armadura, se dio cuenta de repente, contra aquellos dedos precisos y poco exigentes ni la preocupación en sus ojos. Se alejó, temerosa de su propia fragilidad.

—¿Iven? —dijo Jones, mientras Laura retrocedía.

—Lo… Lo siento, doctor —dijo—. Estoy bien.

—Puedo darte una pomada para…

Se marchó.

Laura subió las escaleras directamente, y por fortuna Jones no la siguió. Rezó por que Pim estuviera ya dormida, para que Laura pudiera entregar sus emociones a la almohada en silencio y se pudiera despertar más tranquila al día siguiente.

Pero Pim no estaba en la cama. Estaba frente a su pequeña mesa con una lámpara encendida delante de ella, hojeando su cuaderno. No se movió cuando Laura abrió la puerta.

Laura se sentó en su catre para quitarse las botas. Pim cerró el cuaderno y se giró.

—No me atreví a preguntarlo antes… ¿Conseguiste noticias de Freddie?

—Sí.

El silencio de Pim estaba cargado de expectación.

¿Qué le podía contar? No sería que había hablado con un fugitivo que Kate White creía, contra toda lógica, que se había escapado para ir en busca del hermano perdido de Laura. No sabía ni qué pensar.

—Su comandante me dijo que había muerto en el risco.

Los ojos de Pim se llenaron de compasión.

Laura agarró con torpeza la media empapada mientras la desenrollaba.

—Pim, ¿tú cómo estás?

—¿Yo? Oh, pero Laura… —atisbó la mirada de Laura y dijo reticentemente—: Estoy bien. Bastante bien. ¿No te ha parecido deliciosa la cena?

—¿Saliste en busca de Faland?

Pim asintió con la cara llena de vergüenza.

—Fue una tontería por mi parte. No pude encontrarlo.

—¿Te fuiste con Young a buscar su hotel?

—Oh… no. Te… Te escuché y atendí a razones. No sirve de nada lanzarse en su busca. Y está claro que Faland no quiere que lo encuentren. Ya estoy cansada de indagar.

Laura se puso en pie para quitarse el vestido, aliviada.

—Probablemente sea lo mejor. Estás muy delgada. Mary te está haciendo trabajar demasiado.

—No más que a ti. —La boca de Pim esbozaba esa sonrisa oculta que enseñaban a las niñas buenas en la infancia—. Estoy contenta de haber escrito tantas cartas. Espero que eso consuele a la gente. Me habría gustado recibir una carta. En Halifax. De alguien que hubiera estado con Jimmy. Y un dibujo. ¿Qué te parece este? Lo hice esta mañana. Para Mila.

Recogió el cuaderno, pasó algunas páginas y sacó un dibujo suelto de una tumba iluminada por el crepúsculo. La lápida que Pim había dibujado era mucho más bonita que la cruz blanca de madera que en realidad tenía Mila, y las flores imaginarias que caían eran hermosas. Estaba claro que consolarían a su madre, si algún día descubrían quién era.

—Es precioso —dijo Laura—. Pero tienes que descansar.

—Estoy bien, de verdad. —Vaciló unos segundos—. Laura, sé que estás cansada, pero ¿me harías un favor?

—Si puedo.

Pim no contestó con palabras, sino que alzó las manos y empezó a quitarse los alfileres del pelo. Todavía lo llevaba trenzado de la cena. Mechón a mechón, lo fue liberando. Tenía un aspecto especialmente bonito, de algún modo conmovedor, cayendo lacio en el ático con suelo de madera. Pim se pasó los dedos por él, de la cabeza a las caderas.

—Me lo lavé ayer. Estaba frío, así que tardó una eternidad en secarse. Y no dejo de imaginarme que noto los pies… Los pequeños pies de los piojos…

A Pim le temblaban las manos mientras rebuscaba en su bolsa y sacaba sus tijeras. La habitación estaba lo suficientemente silenciosa como para que se pudieran oír los incesantes crujidos nocturnos de las salas del piso inferior.

—Pim, ¿por qué ahora? ¿No es solo por los piojos, verdad?

Pim desvió la mirada.

—El general… fue muy encantador durante la cena. Muy civilizado. Pero yo… yo no quería sentirme bonita para él. O para cualquier otro. ¿Sabes que sentía más afinidad con los hombres de la calle que corrían, gritaban y rompían cosas? A veces, me gustaría poder gritar yo también.

Laura agarró las tijeras.

El oro limpio caía como la luz encima del vestido de Laura y del de Pim. Laura casi le pidió permiso para quedarse un mechón, como un caballero enamorado o una envidiosa tía victoriana cuyo luto no le permitiera lucir bella. Pero se mordió la lengua y acabó el trabajo en silencio. Entonces hizo lo único que se le ocurrió. Dejó las tijeras a un lado y rodeó con los brazos los hombros de Pim. Pim no lloró, pero enterró la cara en el hueco del codo de Laura. Se quedaron así sentadas, agotadas, el calor de sus pieles latiendo juntas, un instinto más antiguo que el mismo Armagedón, hasta que Laura apagó la lámpara.

34
AHORA HA VENIDO LA SALVACIÓN

HOTEL DE FALAND, LUGAR DESCONOCIDO, FLANDES, BÉLGICA INVIERNO-PRIMAVERA DE 1917-1918

Freddie todavía no le había contado a Faland lo ocurrido en el fortín. A veces pensaba que era un mero desafío sin sentido, no darle lo que quería. Otras que no podía soportar la posibilidad de olvidarse de los ojos de Winter.

No estaba seguro. Pero no le hablaría sobre el fortín.

Faland no le dio otra vela para aligerar la oscuridad, y no aparecía cuando Freddie se despertaba gritando. Empezó a errar por el hotel vacío durante el día, estremeciéndose ante cualquier susurro. A veces vislumbraba al hombre muerto que lo esperaba en las esquinas.

El vino se volvió agrio en su paladar, como si estuviera picado, e incluso el espejo, aunque lo miraba con la desesperación de un demente, comenzó a parecerle insípido. Miraba a la cara de Laura y pensaba: *Nunca me sonreiría de esa manera, me preguntaría qué diablos estoy haciendo.*

Winter tampoco sonreiría. Me diría que tengo un deber. Las personas reales eran complicadas y te hacían daño, te abandonaban, y ningún espejo podría jamás…

Y con todo, le seguía contando historias a Faland. Otras historias. Pero se habían vuelto muy vagas. A veces tenía que rebuscar las palabras, rebuscar la secuencia de eventos, y temblaba mientras hablaba, como si su alma fuera una pared que empezaba a desmoronarse. Casi le suplicó a Faland que tocara el violín, para poder recordar su yo perdido, pero le asustaba la persona que Faland era capaz de conjurar, le asustaba no reconocerla… O tal vez sí, demasiado bien. Así que se tragó las palabras.

A veces, mientras paseaba por los pasillos del hotel, Freddie se decía que estaba tratando de encontrar la puerta que daba a la salida, pero no era verdad. No le quedaba suficiente esperanza como para intentarlo. Todas sus puertas estaban cerradas, y aquel hotel era todo su mundo.

Al final, cada vez que se dormía se despertaba gritando.

Pero aun así no daba su brazo a torcer.

—Cuéntamelo —le exigió Faland con la avaricia acechando en los ojos y la voz lo suficientemente amable como para hacer que Freddie quisiera llorar—, y quítate esa carga. Compondré una música tan espectacular de ti, Iven.

Al final iba a acabar cediendo. Su mente estaba fallando. Él lo sabía y Faland también. *Díselo ya*, pensó. *No esperes hasta ser una carcasa vacía.*

Faland pareció sentir el cambio en su interior. Su ojo claro brilló.

Pero entonces, después de que las horas se sucedieran las unas a las otras terriblemente, tras un espacio indefinido de tiempo, tres mujeres entraron en el hotel, y una de ellas era su hermana.

Estaba pálida, mugrienta y empapada. Tenía el aspecto que se imaginaba que podía tener, muriéndose herida en el barro de Brandhoek, el pelo apelmazado sobre la nuca, las cicatrices prominentes en sus manos. Quizá fuera un fantasma, como el hombre ahogado.

Y en ese momento caviló, con un extraño sobresalto en el corazón, si un fantasma tendría un aspecto tan parecido al que había tenido en vida. ¿Irritada por estar mojada, con expresión escéptica, esperando a que Faland dejara de tocar el violín y las atiborrara de vino? ¿Sería tan dolorosamente real como para reducir la imagen del espejo a un esbozo vago, esfumado, sin vida?

¿Podría un fantasma hacer que todos sus recuerdos ausentes le dolieran tantísimo?

Y entonces Freddie atisbó el rostro de Faland, y se quedó completamente quieto.

Podía jurar que Faland estaba enfadado, incluso perplejo, aunque había cruzado la habitación sonriendo, y en ese momento el pensamiento se abrió paso a través de la neblina de su mente como un maremoto: *Esa es mi hermana y está en el hotel y está viva.*

Se lanzó hacia delante, pero Faland le dirigió una mirada y el pensamiento se hizo añicos, transformándose en: *¿De verdad es ella? No puede ser. Y aunque fuera ella, ¿por qué querría verme? Ya no soy Freddie. He olvidado demasiado, he cambiado demasiado. No soy nadie.*

Con los puños apretados vio cómo Faland les servía vino. Vio a una de las otras mujeres, la más bonita, acercarse al espejo. Oyó su grito. El espejo hacía que los hombres gritaran, ¿pero llorar? Freddie atisbó un frenesí en el reflejo de la mujer, algo rojo como la sangre.

Su hermana estaba de pie con el rostro lleno de preocupación. Cruzó la habitación cojeando. ¿Por qué cojeaba? Ni siquiera fue consciente de haberse movido hacia ella. El instinto ciego era más profundo incluso que la apatía con la que Faland lo había alimentado. Esa era Laura, y lo necesitaba.

Ella se giró y lo vio, provocando su conmoción y su miedo, y algo demasiado doloroso como para ser placentero; se dio cuenta de que Laura estaba mirando al espejo, con la vista fija en él. Podía verlo en el cristal. Freddie no podía apartar los ojos. Sus miradas se encontraron, y él vio cómo se medio giraba, oyó su grito, su voz viva que lo llamaba: «¡Freddie!».

Debo ser el mismo, porque me reconoce. Faland no. Él solo conoce los fragmentos. Intentó llegar hasta ella a empujones. Entonces la multitud se interpuso entre ellos. Tuvo tiempo para vacilar, para pensar. *¿De verdad? ¿Quién eres ahora, Wilfred Iven?* El recuerdo de quien había sido titubeaba en la estructura semiderruida de su mente. Ni siquiera sabía todo lo que se había perdido entre ellos. Le flojeaban las piernas. ¿Tanto había bebido? Creyó ver a Faland al lado de su hermana, agarrándola por los hombros. Cuando intentó gritar para advertirla, no le salió ningún sonido. La multitud era demasiado espesa. ¿Dónde estaba ella? Vislumbró a Faland delante de la exuberante mujer. Su pelo rubio era algunos tonos más oscuro que el suyo. Hacía gestos negativos con la cabeza.

Los labios de Faland se movían. Estaba sonriendo.

—¿No? —dijo él.

No sabía distinguir si era rabia o terror lo que había en la cara de la mujer. Un deleite impío en la de Faland. ¿Dónde estaba Laura? Intentaba llamarla.

Entonces el mundo se disolvió, y se despertó de golpe, de nuevo en su cama, con un dolor de cabeza espantoso. Se quedó tumbado jadeando, con los ojos apretados, intentando frenéticamente, como había hecho tantas veces antes, descubrir qué era real, y qué había perdido ya en el erial de su mente.

35
¿QUÉ ASUNTO TIENE LA NOCHE CON EL SUEÑO?

CASTILLO DE COUTHOVE, FLANDES, BÉLGICA
ABRIL DE 1918

La mente dormida de Laura registró que el tempo de los disparos distantes se había incrementado justo cuando una campana empezó a tañer, por lo que salió de la cama antes de estar propiamente despierta.

—Arriba, Pim —le ordenó mientras se vestía—. Van a necesitar todas las manos disponibles.

Había unas manchas moradas debajo de los ojos de Pim y su pelo recién esquilado le rodeaba la cabeza como la pelusa de un diente de león. Se puso en pie. Laura la miró de soslayo, preocupada. Pim no había visto nunca la sala de un hospital durante una ofensiva. No estaba preparada para lo que estaba por venir.

Cuando se apresuraron escaleras abajo, vieron que el hospital estaba agitado: Jones en el quirófano, preparando sus bisturíes; Mary decidida y moviéndose afanosamente.

—Triaje, Iven. Por ahora, que Shaw se quede contigo —les ordenó cuando pasó como un exhalación por su lado.

Las ambulancias ya empezaban a llenar el camino. Una mirada fuera mostraba a los camilleros portando a los hombres envueltos en mantas sucias. Laura y Pim salieron a la cochera. Los camilleros los trasladaron y los pusieron en el suelo, y de repente Laura estaba demasiado ocupada como para pensar.

El tiempo se redujo a una serie de imágenes, cada una grabada a fuego en su mente: un hombre sonriente a pesar de tener el muslo abierto; sabía que sobreviviría y le darían un billete para volver a casa por ello. Un hombre con la tez grisácea y la cabeza caída a un lado. Un paciente tras otro. Mary dirigía a los camilleros para distribuir a los hombres que llegaban sin cesar.

— … ponlo ahí.

—No, no podemos salvar el pie…

—Agua, por el amor de Dios, enfermera —dijo un hombre tirado en el suelo.

Las botas rajadas se amontonaban al lado de las camillas. Los camilleros iban con cubos de agua jabonosa para limpiar los pies de uñas amarillas. Laura iba de hombre a hombre, examinando, consolando, decidiendo quién necesitaba una cirugía urgente y quién podía esperar.

—¡Aquí! —gritó—. Una hemorragia en un pulmón. —Recogieron al hombre y se lo llevaron.

Una voz, con premura:

—Enfermera, enfermera, ¿qué hago? El cerebro de este se ha desprendido con la venda. Lo he puesto en un cubo.

Le administró morfina al hombre.

—Pero, Laura, ¿no le estás poniendo demasiado? —susurró Pim. Laura no le respondió y ella se quedó callada. El aliento del paciente se detuvo con un estertor.

En algún punto, se dio cuenta de que unas manos se posaban sobre las suyas y una voz acerba le hablaba.

—Doctor —dijo Laura.

—Iven, si te miraras en el espejo y te vieras la cara…

—Conozco mi límite —repuso ella.

—¿Se te ha ocurrido que tal vez tu límite haya disminuido después de haber experimentado una copiosa dosis de neumo…?

—No terminó la frase. Tres voces lo estaban llamando, y otras llamaban a Laura—. Iven, si te desplomas, me vas a tener cacareando «te lo dije».

Se fue a grandes pasos.

Ya casi despuntaba el alba. La afluencia había remitido un poco. ¿Cuántas horas habían pasado desde que se había iniciado la ofensiva? Laura se detuvo para aliviar el creciente dolor de su espalda, y en ese momento oyó un grito de Pim en algún lugar de fuera. Olvidando la espalda, Laura salió corriendo hacia el sonido. Había visto a pacientes que se volvían asesinos antes, la guerra más viva en sus mentes que en la realidad. El grito provenía de algún lugar entre la cochera y el castillo. Laura se detuvo en el camino cubierto de hierba, buscando.

Vislumbró un uniforme manchado y allí estaba Pim, trastabillando, sosteniendo a un hombre en las sombras del edificio. Laura corrió hacia ella y consiguió meter un brazo debajo de él antes de que se cayera.

Mientras Laura y Pim lo colocaban con cuidado entre las dos, vio su rostro enjuto.

Sus ojos azules.

Estaba herido y la miraba fijamente.

—Laura, pensaba que era Jimmy —dijo Pim sin aliento—. Quiero decir, vi... su pelo... él...

Laura no tenía tiempo para responder. Sus manos sobrevolaban el cuerpo de Winter, en busca del origen de la sangre que empapaba su ropa. Estaba sudado. Encontró el agujero de bala en el costado izquierdo, de pequeño calibre. Tal vez no hubiese perforado el intestino, aunque sí había dañado el hígado y había estado sangrando durante un buen rato. Su pulso pendía de un hilo; Laura creía que no gozaba de muy buena salud desde hacía tiempo. Sus ojos abiertos seguían fijos en su rostro.

Tuvo solo un instante para decidir qué hacer.

—Pim, ve a buscar a Jones. Ya. Solo a Jones; nadie más. ¿Me entiendes?

Pim le dirigió una mirada y se marchó, sus pies ágiles sobre la gravilla cubierta de hierba.

—Laura Iven —dijo el hombre en el suelo. Sus ojos buscaban su cara—. Laura.

—Yo soy Laura —susurró ella—. Laura Iven, y Wilfred es mi hermano.

Winter pareció fugazmente perplejo.

—¿Cómo he llegado aquí? —Tenía los ojos entornados.

—No lo sé. Estás herido —dijo Laura.

—Lo vi ayer. A Wilfred —susurró el alemán.

El corazón de Laura dio un vuelco.

—¿Sabes dónde está ahora?

Antes de que Winter pudiera contestar, Laura oyó la voz de Pim detrás de sí.

—Justo aquí, doctor. Ay, creo que está en muy mal estado.

—¿Qué hace aquí desplomado en los setos? ¿No podía hacerlo dentro como un hombre sensato? —inquirió la voz de Jones, más afilado de lo habitual por el cansancio.

Entonces se arrodilló al lado de Laura y le pasó a Pim una linterna para que los iluminara.

—Dime, Iven.

—Una bala. Creo que es el hígado —informó Laura, intentando ordenar sus pensamientos—. Y es… —Pero Jones se quedó quieto, con una sorpresa recelosa en su cara cansada mientras escudriñaba los ojos azul claro y la barba incipiente color arena. El uniforme irregular y el muñón curado. Jones no era ningún necio. Había oído la historia del alemán fugado.

Winter parecía encogerse bajo la mirada escrutadora de Jones, como si pudiera ponerse en pie, escabullirse y esconderse de nuevo en el caos. Pero estaba al límite de sus fuerzas.

—No pasa nada —dijo Laura, aunque no estaba segura de que ese fuera el caso.

—No podrá huir sin ayuda —intervino Winter de repente, como si hubiese decidido hablar mientras todavía pudiera sin importar quién fuera a oírlo. Agarró la muñeca de Laura con su mano huesuda—. Tienes que ayudarlo.

Laura se inclinó un poco más hacia él, ignorando a Jones y a Pim.

—¿Dónde está?

—Está con… —intentó decir Winter—. Está perdido… —Quizás el inglés le estuviera fallando por el cansancio, pues solo pronunció una palabra más, con los ojos azules ardientes—. Faland. —Y se desmayó.

Laura oyó el grito ahogado de Pim. La luz en sus manos tembló.

—Jesús —dijo Jones, bruscamente—. El alemán de Young. Un brazo, andrajos, acento. ¿Qué está haciendo aquí?

—Ha venido para decirme que Freddie está vivo —susurró Laura con los ojos puestos en la cara relajada de Winter—. *Con Faland, con Faland. Así que cuando lo vi… debí de ver…*

Pero, Freddie, ¿qué te ha pasado? ¿Por qué no te acercaste a mí?

Él lo sabía, ¿verdad? Ese cretino con el violín. Lo sabía. Me mintió.

Sus pensamientos se detuvieron en seco. Jones se había puesto a su lado.

—Ha venido… ¿Y lo crees? Iven, te ha dicho lo primero que le ha venido a la cabeza. Está jugando con tu compasión.

—Sabe el nombre de mi hermano. —Estaba mirando a Winter. También Pim, con el rostro bastante pálido.

—Puede haberlo oído por ahí. Si lo salvo, entonces vendrán a por él. Lo interrogarán y lo colgarán —aseguró Jones.

Laura negó con la cabeza, aunque no discrepando.

—Necesito saber la información que tiene.

—Tu hermano está muerto —dijo Jones.

Laura se limitó a lanzarle una mirada.

—Dime por qué lo crees. Una maldita razón real. Iven… dame algo —suplicó Jones.

—Una amiga me contó… alguien en quien confío, que este hombre salió del campo de batalla con las cosas de Freddie. Lo que sepa… necesito saberlo yo también, Jones, debo saberlo.

Jones se pasó una mano por la cara en la que empezaba a despuntar la barba. No le preguntó por qué no le había dicho nada de eso antes.

—Iven, esto no puede acabar bien.

Laura lo sabía. Una cosa era ser descuidada consigo misma, pero aquello era un riesgo para personas que no habían pedido ponerse en peligro, personas que confiaban en ella, y con las cuales tenía una responsabilidad. Aun así no vaciló.

—Por favor.

Jones asintió lentamente con la vista clavada en ella.

—Muy bien pues, Iven. Muy bien. Lo llevaremos al quirófano. Shaw, ¿podría...?

Pero Pim ya estaba cruzando la hierba a paso veloz, y un momento más tarde dos camilleros llegaron. Pim todavía estaba con ellos. Sus ojos se encontraron con los de Laura en una prolongada mirada. Pero Pim, la voluble Pim, no pronunció palabra.

Los camilleros se llevaron a Winter, todavía inconsciente, hacia la sala de rayos equis para luego pasarlo a cirugía, donde Jones y Laura se miraban mutuamente, a solas con el cuerpo inconsciente del alemán. El pulso del doctor era firme mientras disponía los instrumentos, pero su voz sonó dura.

—Iven, dices que trajo las cosas de tu hermano... pero sabes que podría haberlas conseguido fácilmente del cadáver. Podría ser un loco. Esta zona está completamente llena de enajenados... —Se quedó callado un momento—. Dijo «Faland», ¿verdad? El hombre que crees que es un violinista. Una leyenda, un charlatán.

Estaba colocando la mascarilla, el algodón para el éter y comprobando el pulso de Winter.

—Vi a Freddie —confesó Laura.

—¿Qué? —se sorprendió Jones.

—La noche que pasé con Pim y con Mary. En el hotel de Faland. El que le conté. Creo que vi a Freddie esa noche, entre la multitud. Pensaba... pensaba que era una alucinación causada por la fiebre. Pero tal vez no fuera así.

—O quizá sí y te estás aferrando a un clavo ardiendo. Iven, no quiero ver cómo se llevan a rastras a ninguno de mis pacientes para que lo cuelguen.

Laura se quedó callada.

—Y si descubren que lo ayudamos, bueno, tal vez nos cuelguen a nosotros también. O cierren el negocio de Mary y la manden de vuelta a Inglaterra. Les gustaría hacerlo, ya lo sabes, y reemplazarla por un hombre —añadió Jones.

—Aduciremos que no lo sabíamos si llegamos a ese punto. Por el caos… la pelea. Diremos que nos movíamos entre los pacientes, que estábamos cansados, él no hablaba y no nos dimos cuenta. —Estaba preparando a Winter para la cirugía mientras hablaba, cortándole la ropa y limpiando con una gasa la zona de la operación.

—Nos estás poniendo a todos en riesgo —le recriminó Jones.

Era cierto. No parecía estar acusándola, pero podía ver la pregunta en su rostro: «¿Por qué, Iven? Dime el motivo».

La única respuesta que le venía a la mente era una que le generaba un nudo en la garganta y calambres en las manos. Una que no quería revelar. Pero se lo debía. Le estaba pidiendo que fuera en contra de su propio juicio, de su propia moral. Le estaba pidiendo que confiara en ella. Así que se lo dijo, con una voz que apenas reconocía, mientras contaba las respiraciones de Winter.

—Cuando el barco explotó en Halifax, yo no estaba en casa. No estaba en Veith Street, cerca del muelle. Estaba trabajando. Me acababan de contratar para cuidar de tres ancianas. Debería haber estado todavía en la cama. Me dolía la pierna y cojeaba. Vi la explosión por la ventana; un destello de luz y un ruido, lo suficientemente estruendoso como para romper el cristal. Me envió directamente a Flandes. Me arrojé al suelo, temblando como un flan, y durante… no sé… un cuarto de hora… fui incapaz de pensar. Volvía a estar en Brandhoek, con las bombas cayendo a mi alrededor. Simplemente inútil, paralizada. Las ancianas me ayudaron con sales volátiles y una manta caliente. —Su boca se torció en una burla para sí misma—. Solo fue después de eso, cuando recobré la conciencia, que me di cuenta de lo que debía de haber ocurrido en casa. A fin de cuentas, vivíamos al lado del muelle, mis padres y yo. Miré por la ventana. Podía ver cómo los fuegos empezaban a extenderse. Me levanté y me fui. No podía correr; mi pierna no lo soportaba. Caminé. Todo el camino hasta allí. Era… Dios, a veces me voy a dormir y parece que todavía esté andando. Casas convertidas en cerillas, chispas cayendo, fuego por doquier. Y los gritos. Fue justo a la hora en la que los niños iban andando a la escuela. Las madres gritaban sus nombres. Algunos estaban debajo de los escombros pero seguían gritando. —Tragó saliva—. Llegué a casa y vi… Bueno, mi madre había estado al lado de la ventana, mirando el barco en llamas en la bahía. Fue un espectáculo bastante vistoso, y por supuesto mi padre estaba allí fuera. Intentando apagarlo. La explosión… hizo estallar el cristal de la ventana. —Hizo una pausa—. Quizá no había ninguna manera de que la hubiera podido salvar. Había tantos fragmentos de cristal en sus ojos y en su cara que apenas la podía reconocer. Pero no paro de pensar que podría haberlo hecho. Si hubiese llegado más rápido. Si hubiese sido más lista. Si no me hubiese pasado media hora sacudiéndome en el suelo como un pez. Así que si hay una mínima posibilidad de salvar a Freddie, tengo que intentarlo. No tengo… Jones, no tengo a nadie más.

Se quedó callada. Sintió cómo el mundo volvía lentamente. Durante un momento se había ido muy lejos. Era como si aquel día en Halifax hubiera escarbado su propio lugar en su mente, e incluso una palabra descuidada bastaba para llevarla de vuelta y retenerla allí, perdida. Winter ya estaba preparado para la cirugía sobre la mesa, si tan solo Jones lo hiciera… Lo miró a los ojos y aguantó la respiración.

—Está bien —accedió el doctor—. Está bien. —Empezó a arremangarse.

—¿Qué está haciendo?

Le dedicó una mirada malhumorada.

—Mi sangre es de tipo 0. Muchas de las reservas de los estantes eran mías. ¿Cómo te crees que descubrí que una sangre siempre funcionaba y otra no? La mía siempre iba bien. Ahora ve y tráeme los tubos, Iven. Necesita sangre, y no nos queda ningún tarro.

Muda, Laura se marchó. Al cabo de unos minutos, la sangre estaba corriendo hacia Winter, y un poco de color volvió a sus mejillas.

—Gracias. No estoy segura de por qué está haciendo esto. Pero gracias —susurró Laura mientras observaba al paciente.

Los ojos de Jones resiguieron el trazado de los tubos y examinaron el color de la cara de Winter.

—Porque me lo has pedido, Iven —dijo al fin.

Ella no lo miró. *No,* quería responderle. *No, no es real, sea lo que sea esto. Las cosas buenas no crecen en esta tierra podrida.*

Jones resopló.

—Casi puedo oír tu dramatismo y ni siquiera has abierto la boca.

Operaron a Winter y se despertó del éter todavía vivo pero semiinconsciente. Por supuesto, cabía responder a la pregunta de dónde colocarlo. El castillo distaba de estar vacío. Estaba atestado de enfermeras, camilleros, doctores, pacientes, y de los belgas que acudían cada día para cocinar y hacer la colada.

Pensaron en esconderlo, pero Laura lo consideró un mal plan.

—Menudo aspecto de culpables tendríamos si alguien lo descubriera desangrándose en la alacena. En la sala principal y con un pijama nuevo nos servirá, por el momento. No creo que nadie tenga ganas de percatarse de la presencia del arcángel Gabriel con su trompeta después de todo esto, mucho menos de otro hombre herido.

Jones seguía sin estar convencido.

—Mira —le dijo al absorto Winter—, seas quien seas, no puedes hablar. Tienes que ser como uno de esos hombres que sobreviven a un bombardeo; no digas ni una maldita palabra, simplemente finge estar ausente, ¿me entiendes?

Los iris azules titilaron; imposible saber si lo había entendido.

—Yo le echaré un ojo, Iven —le dijo Jones.

—Puedo...

—Soy muy consciente de que puedes. Pero no estoy seguro de si deberías —la cortó el doctor secamente.

Laura se quedó callada y de golpe le sobrevino un dolor lacerante en los pies y los tobillos, un calambre en el gemelo y el mal residual de su pecho.

—Ve a dormir una hora. Te diré si me dice algo. No conseguirás nada bueno para él, para tu hermano o para nadie más si recaes.

Laura vaciló. La confianza, la gratitud; qué sentimientos más extraños.

—Está bien —accedió.

Se miraron.

—Andando, Iven —le ordenó Jones, y así lo hizo.

Pim estaba en el vestíbulo.

Tenía la piel empapada de sudor, el uniforme cubierto de manchas y pegajoso y los rizos de su pelo dorado cortado se escapaban de su cofia. Los ojos vidriosos. Tenía el mismo aspecto destrozado que Laura.

—Ven conmigo —le dijo esta, agarrándola del brazo—. Vas a tomar algo de ron, una chocolatina y unas cuantas horas de sueño.

Pim hizo un gesto negativo con la cabeza.

—No... No. No, de verdad, Laura. Estoy bien. Me necesitan.

—Ahora, señora Shaw —le ordenó Laura.

Apuró a Pim por las escaleras. Cuando llegaron a la puerta de su habitación, Pim se zafó y estalló.

—¿Quién eres tú para darme órdenes? Sé que has mentido, Laura, ¿no es así? Cuando me contaste lo que había ocurrido, cuando saliste a investigarme dijiste que estabas segura de que Freddie estaba muerto. Pero tú... tú no parecías para nada sorprendida cuando viste a ese hombre esta noche. Ni siquiera te sorprendiste cuando dijo «Faland», ¿verdad? Me has estado diciendo... diciendo que dejara de buscar, y todo este tiempo tú estabas...

—Oí... rumores —dijo Laura—, en Poperinge. Pero eran tan extraños que no les hice caso. Entra, por el amor de Dios. —Cerró la puerta tras ellas.

—¿Qué rumores, Laura? —preguntó Pim.

—Pim, estás cansada, estás...

—Tú estás mucho peor que yo —replicó Pim, con una ferocidad que Laura no le había oído nunca—. Vuelves a tener calambres, ¿verdad? En la pierna. Y aun así me estás dando órdenes. Y me mentiste.

Laura, sin responder, se quitó el vestido, se sentó en su cama y se desabrochó las ligas. El músculo de su pantorrilla derecha estaba duro como una piedra, y sus arruinados y fatigados dedos se convulsionaban con tanta violencia que era incapaz de aplicar presión.

—Déjame a mí —dijo Pim abruptamente y se arrodilló a sus pies.

—Pim, puedo...

—Déjame ayudarte. —Había rencor en su voz—. ¿O no confías en mí, Laura?

Laura se relajó y se reclinó hacia atrás. Pim se había quitado la cofia; su pelo salía disparado en espinas y empezó a masajear.

—¿Y bien? —preguntó Pim sin levantar la vista—. ¿Está tu hermano muerto, Laura?

—No lo sé.

Pim asintió mientras seguía trabajando los calambres.

—Y el paciente, ese hombre rubio..., es de quien nos habló Young. El alemán.

Laura sintió un atisbo de pánico.

—Pim, por favor...

—No se lo diré a Young —le aseguró—. No se lo diré a nadie. Nunca haría eso, Laura.

—Mi amiga me explicó lo de Winter. Me dijo que el espía de Young era el hombre que había llevado las cosas de mi hermano desde lo alto del risco —dijo Laura con un hilo de voz. Entonces titubeó, apretando los dientes mientras otro calambre le tiraba la pierna.

Pim presionó con más fuerza. Lo único que podía ver Laura de ella eran sus manos y la coronilla dorada de su cabeza. Los ojos se le empañaron de lágrimas por la presión, pero lo peor de la tensión había pasado.

—Y durante los disturbios, Winter me salvó; me sacó de debajo de la gente. No... él no sabía quién era yo. Lo hizo por amabilidad. —No mencionó la coincidencia, si es que se trataba de eso: el dedo ensangrentado que la señaló directamente a Winter—. Lo reconocí gracias a la descripción que me había dado mi amiga; ojos azules, un brazo. Le pregunté si conocía a mi hermano. No me respondió. No sabía qué pensar. Pero entonces apareció, herido, en el hospital, y dijo el nombre de Freddie, y que está vivo, y dijo el nombre de Faland, y Jesús, Pim. —Laura oyó su propia voz endurecerse—. ¿Crees que sé algo en absoluto? ¿Más que tú? Winter podría ser un loco o un mentiroso. Y aunque no lo sea... sigo sin entenderlo.

Las manos de Pim vacilaron y se quedaron lánguidas. Entonces levantó la vista.

—Pero ahora estará bien, Laura, estoy segura. Lo encontrarás.

—¿Cómo? —preguntó Laura.

—Lo harás —respondió Pim, y de alguna manera su voz hizo que Laura se estremeciera.

—¿Encontraste a Faland, Pim? —inquirió Laura—. ¿En Poperinge? Sé que fuiste en su busca.

Pim dudó una mínima fracción de segundo. Negó con la cabeza y el ceño fruncido.

—No. Pero lo conseguiré. Ya lo verás. Todo irá bien ahora. Sé que estás cansada, pero no debes rendirte.

—No me estoy rindiendo, Pim.

Se dio la vuelta y se desvistió, y ambas se limpiaron lo peor de la mugre y se metieron debajo de las mantas, tumbadas en silencio. Laura estaba mortalmente cansada, pero la mente le daba vueltas como un tirabuzón. Por lo que parecía, Pim estaba igual.

—¿Por qué estamos aquí? —preguntó Pim de repente con un hilo de voz.

Laura se obligó a abrir los ojos.

—¿En Couthove?

—No. No es... Ay... ¿Cómo llegamos aquí? ¿Cómo pudo todo alcanzar este punto?

Laura no tenía respuesta, aunque acabó respondiendo con voz entrecortada:

—Un día estaba en una fiesta y había un renombrado académico militar. Había bebido demasiado. Una de las cosas que recuerdo que me dijo fue que la razón por la que los alemanes no decidieran cancelar la invasión de Bélgica, en 1914, era que ya habían colocado las vías del tren, y cualquier desvío en la planificación podía arruinarlo.

—¿Entonces crees que las vías del tren nos metieron en esta guerra? —preguntó Pim, escéptica.

—No. O tal vez un poco. Pero no son solo las vías. El mundo entero está formado por sistemas ahora. Sistemas que son demasiado grandes como para que los entienda o controle una persona, y mucho menos como para que los detenga. Como las programaciones. Alianzas. Filosofías. Así que ahora estamos aquí, aunque nadie lo quería.

—¿Por qué ha permitido Dios que ocurriera esto? —susurró Pim—. Intenté entenderlo... durante todos esos días en Halifax, después de la muerte de Nate, y oí que Jimmy estaba desaparecido. Iba a la iglesia y me decía que Dios tenía un plan para cada uno de nosotros. Pero ¿cómo podemos saberlo?

—No lo sé —dijo Laura. No le iba a espetar el pensamiento hereje que en realidad tenía: *¿Qué es Dios sino otro sistema?*

—Quiero odiar a alguien —dijo Pim—, pero no puedo odiar a los alemanes. ¿No es extraño?

—No. No a los hombres de ahí fuera. Están igual de atrapados que nosotras. Duérmete. Te despertaré cuando sea el cambio de turno.

Pero Laura no podía dormir. Y a juzgar por los crujidos, Pim tampoco.

—Ven a mi cama —dijo Laura al final—. Tengo frío, y hay espacio para las dos.

Era una muestra de la fatiga de ambas que Pim —la parlanchina Pim— no dijera nada, pero se levantó en silencio y se metió bajo las mantas. Se acurrucaron juntas, y Laura le pasó el brazo por encima y apagó la lámpara. Se durmieron al instante. Laura no podía recordar la última vez que había estado tan calentita.

36
PANDEMÓNIUM

HOTEL DE FALAND, LUGAR DESCONOCIDO,
FLANDES, BÉLGICA
MARZO-ABRIL DE 1918

Por primera vez, Freddie se despertó en el hotel no con una ausencia sino con un nuevo recuerdo. Frágil como una telaraña, borroso, pero allí estaba. Había visto a Laura. Viva. Cojeando. En el hotel. La razón le decía que no era posible. Podía ser un nuevo truco de Faland, una imagen del espejo que su mente intentaba insistirle en que había sido real.

Pero el recuerdo persistía. Las cosas que aparecían en el espejo de Faland desaparecían nada más apartar la vista. Pero aquella mujer le devolvía la mirada desde el ojo de su propia mente, tan inolvidable como una herida: empapada, con cicatrices, furiosa, vital, canas plateadas en su cabello rubio oscuro. No se la podía haber imaginado. Era Laura.

Había olvidado tanto, cambiado tanto. Pero no se había olvidado de ella. En casi cada recuerdo de su infancia estaba presente su hermana. Viéndola, recordó que él también era una persona, por más destrozado que estuviera. No era una nota solitaria y agonizante en las manos pacientes de Faland.

No sabía cuánto tiempo había pasado desde la última vez que la había visto. Hacía mucho que se había dejado de preocupar por el día o la noche, pero en ese momento pensaba: *¿Cuánto tiempo ha pasado? ¿Dónde está ella ahora?* Con una ferocidad que lo sorprendió incluso a él mismo, Freddie se levantó y bajó las escaleras.

Había avanzado unos pasos por el pasillo cuando los primeros compases de la música lo alcanzaron. Se encogió ante el sonido. Faland estaba tocando una pieza que no había oído antes, y su sonido era estremecedor. Abrupto, glorioso, demencial.

Entonces la música se detuvo y empezó de nuevo, más insegura, como si Faland, por primera vez desde que Freddie lo conocía, estuviera tanteando algo que no le resultaba familiar.

Freddie siguió el sonido por el pasillo y bajó las escaleras hasta el vestíbulo abovedado.

Se detuvo.

El vestíbulo estaba vacío. Todo era una ruina. Olía a moho y a ratones, los muebles destartalados, cristales rotos en el suelo. Y la peor parte era que Freddie en ningún momento se planteó qué habría podido ocurrir. Porque era como despertarse, cuando las reminiscencias de los sueños se disuelven en la fría luz de la mañana. Claro que el vestíbulo tenía aquel aspecto.

Un crujido del violín captó su atención, y se dio cuenta de que Faland estaba sentado en el filo de una caja de munición del revés, ajeno a las ruinas. Intentó volver a tocar la música nueva; se elevó durante un instante, gloriosa y enajenada, y entonces cayó. Faland tenía el ceño fruncido.

Levantó la vista hacia Freddie; su aspecto era igual que siempre, su traje a cuadros un poco raído, sardónico, el fantasma de una belleza espantosa todavía acechando en algún lugar de su rostro, bajo el cinismo y la desintegración. Parecía estar más en su lugar rodeado de las ruinas que del hotel impoluto.

Sus ojos se cruzaron.

—Mírate, el soldado de juguete recordando que es un niño de verdad —dijo Faland tras estudiarlo un instante.

Freddie repuso lo único que importaba.

—He visto a mi hermana.

Faland empezó a tocar el violín de nuevo. Un continuo de notas ordinarias, sazonadas sarcásticamente con anhelo.

—¿Ah, sí?

Sí. Sabía que la había visto. La emoción que lo había invadido era demasiado violenta, demasiado brillante y frágil como para pronunciarla siquiera. *Está viva.*

—¿Dónde está ahora?

Le dedicó una pequeña sonrisa torcida.

—Se ha ido fuera al mundo brillante, *mon brave.* ¿De verdad creías que esa chica resplandeciente querría merodear por las sombras contigo?

No debería herirlo ese comentario. Freddie se dijo a sí mismo que no le afectaba.

—Estaba cojeando.

Faland permaneció callado.

—Se la veía enferma.

Faland contestó con la música, una melodía como un maullido formado por plañidos de niño.

—Voy a ir a buscarla —masculló Freddie.

—¿De verdad? —La música tomó un aire de nobleza exagerada. Como si Faland estuviera mostrando todas las variaciones del alma de Freddie y encontrándolas superficiales y obvias—. ¿Para permitir que se lamente por los vestigios del hombre que eras? ¿Vas a hacer que ayude a un desertor? ¿Vas a permitir que vea cómo te disparan, o que le disparen junto a ti, cuando intente ayudarte?

Freddie se quedó sin palabras. Cómo iba a poner en riesgo...

—No... No puedo... está viva. Tengo que ir con ella. A ella... no le importará lo que he hecho. Iré de incógnito, no me quedaré, yo... —titubeó Freddie.

La música del violín cambió a una clave mayor, enérgica, con un coraje feroz, y Faland dijo por encima de las notas:

—¿Crees que lo aceptará? ¿Esa chica de ojos ambarinos? No, se convertirá en una traidora por ti, te ocultará, a un desertor, sin recelos, intentará todo lo que esté en su mano para salvarte, y cuando la arresten por ello, no se encogerá ni un momento. Irá a la muerte a tu lado. ¿O me equivoco?

Freddie se odiaba a sí mismo por temblar y quedarse mudo.

—¿Si no va a dudar en poner en riesgo su vida, vas a permitir que lo haga? —añadió Faland.

Era incapaz de visualizarlo. Quedaba muy poca cosa de su antiguo ser.

—Eso pensaba —dijo Faland.

Freddie se mordió el labio.

—Al menos tengo que saber que está bien.

Un leve brillo en el ojo claro de Faland y la música socarrona se fue apagando.

—Bueno, tal vez podría ayudarte con eso.

—¿De verdad?

—Sí. —Miraba directamente a Freddie, y el silencio polvoriento en medio de toda aquella ruina era mucho peor que la música de violín de fondo.

—¿Qué quieres? —susurró Freddie. Creía saber la respuesta.

Pero Faland lo sorprendió. No preguntó por el fortín.

—Cuéntame una historia que te dé miedo.

—¿Por qué?

—Estás muy lleno de preguntas para un hombre cuya única preocupación es el destino de su querida hermana.

Freddie seguía dubitativo.

—Y si te cuento…

—Entonces la verás, y no pondrás en riesgo su vida. Lo prometo.

—Pero ya sabes lo que me da miedo. Te he contado… —No recordaba lo que le había contado a Faland.

Faland empezó a afinar el violín, como anticipándose.

—Eso no. Dime por qué gritas por la noche.

—No —repuso Freddie en voz baja. Los recuerdos que lo despertaban chillando todos los días tenían que ver con Winter. No estaba preparado para…

—Pues que ella se enfrente a su destino, ¿a mí qué más me da? —le dijo Faland. Pasó el arco suavemente por encima de las cuerdas, puso un mohín de insatisfacción por el sonido y volvió a afinar el violín.

No podía ir con Laura. Eso estaba claro. El hermano al que había querido había muerto en aquel fortín. Pero si podía hacer cualquier cosa, por pequeña que fuera, desde la distancia, para asegurar su bienestar, entonces cualquier recuerdo era un nimio precio que pagar. Una vez más, notó que cedía.

—¿Tengo tu palabra?

—Sí.

Freddie se quedó callado. ¿Qué lo asustaba? Los recuerdos le resultaban cada vez más difíciles de desenterrar, y cuando por fin veían la luz estaban desdibujados, como una tinta demasiado manoseada. Y Faland quería oír sobre uno de los días para los cuales no tenía palabras, que deberían quedarse en su mente, siempre sin pronunciar. Pensó en la noche en la que creyó que Laura había muerto y abrió la boca con la carretera hacia Brandhoek brillando vilmente detrás de sus ojos. Pero de repente le dio miedo que ese recuerdo de duelo fuera parte de la estructura que afianzaba su amor por ella en su mente. ¿Acaso no podía liberarse de la pena sin perder el resto?

Faland esperó.

Entonces, ¿qué? ¿Tenía miedo al hotel? No. Tenía miedo de lo poco que quería salir de él.

Sin ser consciente de haberlo decidido, empezó a hablar sobre el camino del cráter a Ypres. Le volvió todo a la mente: la cara del hombre muerto y las manos de Winter que evitaban que cayera de nuevo al agua. Su coraje, aliviando el terror, el único motivo por el que Freddie había salido sano y cuerdo. Le vinieron arcadas con las palabras, y no sabía si era por el recuerdo o por la pena de perderlo. El color de los ojos de Winter ya parecía menos inmutable en su mente. Aun así lo explicó.

Esa vez Faland escuchó con los labios entreabiertos. Como si pudiera beberse la vida entera de Freddie y tragársela para nutrirse.

Al final, Freddie sollozaba, y Faland soltó un largo suspiro de satisfacción.

Freddie se quedó callado. Levantó la vista y el hotel era nítido, cálido y dorado, aunque más destartalado que nunca y los cristales rotos seguían en el suelo. La realidad era algo tembloroso, un árbol podrido.

—¿Este sitio es una ruina? —preguntó en voz baja.

Faland alargó el brazo y recolocó un mechón de pelo de Freddie detrás de la oreja. No se había dado cuenta de lo mucho que le había crecido.

—Para ti no, soldadito. No mientras estés conmigo.

El fuego desprendía tanto calor. Faland tenía los dedos enredados en su pelo.

—Vi unas ruinas —insistió Freddie.

—No las mires. Fíjate en mí —le dijo Faland.

¿Y no era esa la parte desdichada? Freddie no podía apartar la vista.

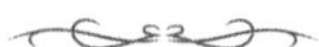

No sabía cuánto tiempo pasó después de eso. El mundo se movía cada vez más hacia la lógica de los sueños. Desconocía si habían transcurrido horas o días.

—Me lo prometiste. No me queda mucho tiempo —dijo Freddie, y no estaba mintiendo. No sabía si era su mente la que fallaba o su cuerpo, pero después de haberle contado a Faland su primer recuerdo de Winter, vivía en un estado de agotamiento emocional. Estaba bastante seguro de que si no llegaba a ser porque había visto a Laura, ya habría enloquecido o muerto. Rememoraba el recuerdo una y otra vez en su mente: su aspecto, el tono de su voz. Y así aguantaba.

—Tengo que verla. Me prometiste que la vería.

Entonces, entre una hora y la siguiente, Faland se acercó a donde estaba dormido y lo despertó con un zarandeo.

Freddie levantó la cabeza, y durante un instante creyó ver el tejado derrumbado sobre su cabeza, una estrella solitaria brillando, y con la luz tenue detrás de él, Faland, un espectro de avaricia y desesperación. Freddie lo habría llamado cruel en su día, pero ya sabía más. Fuera lo que fuere Faland, no era cruel. La crueldad estaba allí fuera, en el risco.

—Ven conmigo —le ordenó ofreciéndole una mano.

Freddie se la agarró justo cuando Faland miraba hacia arriba, a la estrella. Meneó un poco la cabeza, y cuando se dio la vuelta, portando su violín, Freddie lo siguió. Era de noche y el aire estaba impregnado de primavera. Freddie notaba la debilidad en sus piernas y la atenuación en los ojos. Sollozó un poco mientras caminaba.

Se detuvieron en un cementerio colindante a un antiguo castillo desmoronado.

—¿Dónde estamos? —susurró Freddie. Estaba muy cansado.

—Observa —dijo Faland, y giró la cabeza para fijar la mirada de su oscuro ojo izquierdo en él—, y no digas nada.

La luz de la luna relajó algunas de las arrugas del rostro de Faland; su esplendor bañaba su rostro vivo con lo que parecía ser curiosidad. Y allí Faland colocó el arco sobre las cuerdas.

Por primera vez, Freddie se dio cuenta de que Faland en su hotel simplemente se había estado entreteniendo, intentando una melodía y otra, un músico practicando. En Navidad, era verdad, había llenado el aire de rabia y quizá hubiese perturbado la noche de sus oyentes. Pero había estado complaciendo a Freddie, dándole solo una muestra, nada más. No lo había hecho adrede.

Quizá rara vez lo hacía adrede. Pero en ese momento sí, pues Faland tocaba a conciencia una música de puro terror en la noche.

Freddie escuchó con el puño cerrado sobre la boca. No era música. Era el temor de un hombre en la trinchera del frente, saltando a cada ruido; era el temor de un hombre en un hospital cuando la Parca de alas flexibles aparece al lado de su cama. Era terrible y primario y era suyo, la carretera hasta Ypres, con los proyectiles cayendo y los cuerpos y el fantasma. Freddie quería gritarle a Faland que parara. Si se exponía demasiado a esa música el terror sería lo único que recordaría Freddie; no sería más que una evocación de un pavor reptante. *Laura*, pensó. *Laura*.

Los soldados despojaban a la guerra de emociones lo mejor que podían. Se volverían locos de lo contrario. Pero Faland era implacable; vertía un miedo rechazado en la noche hasta que los hombres de detrás de las ventanas oscuras del castillo empezaron a gritar aterrorizados.

En medio del clamor, Faland se quedó inmóvil como el ojo de un huracán, dibujando a Freddie mediante el sonido, hasta que este lo hubo olvidado completamente todo menos estar asustado. Hasta que hundió las rodillas en el suelo sin ser consciente, con los brazos rodeándole la cabeza.

Al fin el violín descendió al costado de Faland, pero la música no murió. A Freddie le parecía que su esencia permanecía en los sonidos provenientes del castillo: gritos, órdenes, luces que se movían. Levantó la cabeza; estaba empapado por un sudor frío y rebuscaba desesperadamente fragmentos de recuerdos, cualquier cosa que lo anclara y lo ayudara a soportar el miedo. No había nada. Se sentía como si se estuviera ahogando en el barro. En algún lugar detrás de sus ojos, el hombre muerto le sonrió. Faland se limitó a quedarse de pie tranquilo, esperando. Sus ojos estaban puestos en la ventana.

Se prendió una luz, y con ella, Freddie vio a Laura. Era ella misma, hombros cuadrados, uniforme impecable, autoridad en las líneas de su cuerpo. Estaba bien. *Laura*, pensó. *Laura, tengo miedo.* Ella se giró hacia la ventana; Freddie vio su cara con claridad gracias a la luz que había dentro. Su respiración empezó a calmarse. Un paciente estaba de pie en pijama, mirando por la ventana. Más luces llegaban a la sala. Su hermana le habló al paciente, entonces lo sostuvo cuando se desplomó. Llegó un doctor y la ayudó a recolocar al paciente en la cama.

Laura volvió a mirar hacia la ventana.

Instintivamente Freddie se encogió hacia las sombras, pero estaba tan ensimismado con la visión de su hermana —en ese momento estaba inclinada sobre un paciente con un doctor alto de pelo oscuro a su lado— que no se percató de la mujer que había salido por la puerta principal del castillo hasta que estuvo a la mitad del camino de entrada al edificio, con pasos indecisos sobre la hierba cubierta de rocío. Faland se movió y Freddie se giró y reconoció a la mujer. Del hotel. Con el pelo dorado.

El rostro le cambió cuando vio a Faland. Acortó la distancia que los separaba, lentamente, y se detuvo delante de él, pálida bajo la luz de la luna. La música parecía que seguía resonando, en el clamor moribundo del castillo.

—He estado hablando con los hombres. Dicen muchas cosas sobre ti. ¿Son verdad? —preguntó la mujer.

—¿Y qué es lo que dicen?

La mujer se quedó callada.

Faland sonrió.

—Quizá sean verdad, entonces.

—No lo haré —susurró ella—. Sabes que no. No importa lo que haya visto. —Era preciosa. Freddie quería decir algo, pero tenía un nudo en la garganta. Ella no había apartado la vista de Faland ni un segundo.

La voz de Faland era más suave de lo que había oído Freddie jamás.

—Y aun así has salido.

No respondió, pero en su cara había un extraño y terrible deseo que hacía que a Freddie se le erizara la piel. Faland la observaba como si estuviera fascinado. Entonces la mujer negó con la cabeza.

—No… no… ni siquiera sé cómo lo haría.

—Oh, creo que sabes exactamente cómo —repuso Faland.

La mujer se quedó quieta, con los labios entreabiertos. Entonces se dio la vuelta de golpe y desanduvo corriendo el camino por el que había venido.

—Bueno, ya está —dijo Faland tras girarse.

—Déjala en paz —le advirtió Freddie—. Es la amiga de mi hermana. Déjala en paz.

—¿Acaso le he pedido que vagabundease de noche y discutiese con hombres malvados? Deja que me divierta, Iven, el mundo está muy triste ahora.

—¿Qué quiere?

—¿Qué quiere todo el mundo? El deseo de su corazón. Ya basta. Me voy. Vuelve conmigo o vete al infierno, chico, ¿cuál eliges?

—Vete al cuerno —dijo Freddie—. ¿Qué pasa con mi hermana?

—La has visto, está perfectamente bien.

Freddie no se movió.

—Me mentiste. Viniste a por esa mujer. No has venido a mostrarme a Laura.

—Laura estaba enferma —dijo Faland, con precisión—. Gripe y neumonía. Está claro que sobrevivió. Ahora trabaja en ese… —Señaló hacia el castillo—. Un hospital de campaña privado. Feliz como una perdiz. ¿Algo más que quieras saber?

—¿Cómo lo sabías?

—Soy un cotilla redomado.

—Deja en paz a mi hermana.

Faland resopló.

—Si ella me deja en paz a mí; es de las del tipo honesto y entrometido, ya sabes.

Freddie puso a prueba sus disminuidas facultades.

—¿Y esa mujer? ¿Qué quieres de ella?

—Creo que tu pregunta debería ser qué quiero de ti —dijo Faland con una paciencia exagerada.

—Ya sé qué quieres de mí.

Se miraron durante un buen rato. *No es muy diferente al amor*, pensó Freddie en algún lugar de las ascuas de una mente que había sido la de un poeta. *La unión entre el cazador y su presa.*

—Quiero volver a ver a Laura.

—Te dije que la verías, y así ha sido. Podrías haber entrado.

No era verdad. Faland, ese cretino, lo sabía.

—¿Te quedas o te vas, Iven? —preguntó Faland.

Ya se estaba alejando, sobre la hierba cubierta de rocío de primavera, silbando para sí mismo, como si intentara componer una melodía. Sin mediar palabra, con la cabeza gacha, Freddie lo siguió.

Pasó más tiempo. Nadie más fue al hotel, como si Faland se hubiera cansado de pronto de jugar al hostelero. Freddie deambulaba por pasillos que no siempre reconocía; vivía en un mundo formado mayormente por sueños. No recordaba la última vez que había comido, pero seguía aferrándose a los fragmentos de su ser. Laura estaba allí fuera. Había sobrevivido y había vuelto. A Freddie no le quedaban fuerzas para ir hasta ella, aunque tampoco podía soportar dejarla atrás. No cuando ella no lo había abandonado. Tal vez la volvería a ver, pensó vagamente. Ni que fuera de lejos. Así que dudaba como si fuera un desconocido para sí mismo. Hora tras hora.

Faland se pasaba todo el rato con una composición que no parecía capaz de dominar, amor y locura entrelazados en un remolino mareante. Freddie seguía contando recuerdos que le parecía que pertenecían a otra persona, intentando rearmar el tejido de su alma a la par que Faland lo desgarraba. Al final de la historia diaria, cuando Freddie se desplomaba llorando, sintiendo que se había arrancado partes de sí mismo con sus propias uñas, le preguntaba:

—¿Cómo está ella?

—Igual —le respondía Faland.

Hasta que un día la respuesta cambió.

—Se ha ido del hospital. Tu hermana.

—¿Por qué? —inquirió Freddie. Pero ya sabía el motivo. En lo profundo de los restos de su alma lo sabía, más allá de lo que su mente intentara decirle. Se le aceleró el corazón; ¿era miedo o alegría? *Está buscándome.*

No me encuentres, Laura. No quiero que me encuentres. Se odiaba a sí mismo por estar contento de que lo estuviera buscando.

—¿Quieres verla? —preguntó Faland.

Intentó abrirse paso a través del letargo, como apartando telarañas. ¿Por qué se lo preguntaba Faland?

—Sí.

Faland tocó la cara de Freddie con una amabilidad dolorosa.

—Muy bien. Te llevaré con ella, pero antes quiero que me digas qué ves, todas esas veces que has huido de la nada, cuando miras detrás de ti en mi hotel.

Veía al hombre ahogado. Era uno de sus recuerdos guardados de Winter. Claro que Faland lo quería.

—Yo… —No pudo decir más. Quería ver a Laura. Quizá su visión le diría lo que debía hacer, cómo vivir o cuándo podría morir. Tal vez se había cansado demasiado de cargar con su propio peso—. Está bien, escucha.

Faland le sonrió, con una amabilidad desgarradora.

Freddie le narró el momento en el que se refugiaron en el cráter, la noche que escaparon del fortín. Le habló del hombre ahogado y de cómo Winter lo había mirado a la cara, después de matarlo. ¿De qué color eran los ojos del alemán? ¿Eran oscuros, no? «No».

—Ven conmigo —le dijo Faland cuando hubo terminado. Estaba exultante, como si el amor y el terror de Freddie fueran cosas que pudiera sostener, cargar, poseer—. Sé dónde está ella.

—¿Dónde? —preguntó Freddie. Iba lento, como un niño cansado.

—Poperinge —respondió Faland.

Caminaron, y un tiempo después —no tenía ni idea de cuánto— Freddie vio las luces de Pop a su alrededor, temblando como si las viera bajo el agua. Quizá, meses atrás, cuando llegó al hotel por primera vez, habría estado asustado. Asustado de que la enérgica y pulsante vida de Poperinge, su ajetreo aturdidor, lo pudiera arrastrar de vuelta a las fauces sangrientas del mundo. Pero no en aquel momento. Quedaba demasiado poco de sí mismo como para estar asustado. Su relación con el mundo pendía de un hilo.

Poperinge estaba lleno de hombres ruidosos, como en una fiesta, y Freddie los observaba con ojos distantes.

—¿Dónde está Laura?

Como respuesta Faland agachó la cabeza, colocó el arco sobre las cuerdas y desató la música como un aluvión de flechas en la noche.

Esa vez no era miedo lo que conjuraba Faland. Era una rabia parecida a la locura, sin el atenuante del raciocinio o la tristeza. La rabia ciega de un soldado durante el asalto a una trinchera, la ira ponzoñosa de los hombres en la retaguardia a los que les informan que deben pulirse los botones entre ataques en el frente. La rabia que había ahogado a un hombre en un agujero de proyectil en la tierra de nadie, bajo la mano férrea de Freddie.

Era lo peor que había escuchado jamás. Lo conjuraba todo, cierto como la vida misma: los sonidos que el soldado había hecho mientras moría, el color de su cara, el olor de la lluvia; toda la existencia de Freddie se contrajo en ese único momento, en ese ser miserable, ese asesino. Eso es lo que era. Todo lo que sería, por los tiempos de los tiempos, amén. No había nada más. Estaba gritando, pero nadie lo oía. El pueblo entero gritaba.

Porque habían oído su ira, y habían respondido a ella. La misma violencia yacía en el corazón de cada hombre presente, y Faland la azuzaba como un conjurador. Entre una nota y la siguiente, la música se transformó en el sonido de los disturbios: gritos y pasos apresurados, chillidos y risas malvadas. El cristal se rompía, la madera se astillaba y las calles se llenaban, todos apenados, alborotados, embriagados. Freddie gritaba junto al resto. Tal vez caminaran, rieran y pelearan como hombres, pero todos gritaban en su interior. Faland lo sabía. Claro que Faland lo sabía. Faland podía ser el olvido con manos y una cara y una lengua afiladas, pero los conocía a todos. Él también había sido un soldado.

La multitud pasó por su lado como una exhalación. Creyó ver a Faland cara a cara con la mujer de pelo dorado. Los ojos de ella tan salvajes como los de él. Sus labios se movieron.

—¿Te lo muestro? —dijo él. Desaparecieron entre la confusión.

Freddie no los siguió. El tumulto estaba a su alrededor, el tumulto era él. Iba a ahogarlo. Laura no estaba allí. *Por favor, que no esté aquí. Que se acabe todo.*

Pero antes de que pudiera moverse, se quedó paralizado. Había visto a un fantasma entre la muchedumbre.

Un fantasma al que conocía.

Esa vez no era Laura, sino Hans Winter, un punto quieto en medio de todo ese movimiento frenético. Sus miradas se cruzaron. La manga izquierda de la chaqueta de Winter estaba vacía.

Freddie se dio cuenta de que Winter se esforzaba por llegar hasta él, y que él estaba haciendo lo mismo, empujando hacia delante. Winter no se había ido. No lo había olvidado. Sus ojos no eran oscuros. Eran de un azul devastador.

«Te despreciarían», le había dicho Faland. Laura y Winter. Pero no había ni rastro de desprecio en el rostro de Winter. Empujaban el uno hacia el otro, y Freddie sintió que la mente se le despejaba lentamente, sintió que recobraba la razón durante un instante. Durante un segundo, era él mismo, y pensó: *Me necesitan. ¿Por qué le daría mi alma a ese diletante músico?*

Freddie oyó unos pasos que se acercaban corriendo. Una voz gritó: «¡Alto!».

Vio el miedo en los ojos de Winter, debía de ser un fugitivo. ¿De qué otra manera iba a estar allí si no? Sus manos casi se rozaban cuando una pistola chascó desde un lugar desconocido, la multitud se agitó y Winter trastabilló hacia atrás con la mano presionándose un costado.

Freddie vio cómo la mancha se expandía.

Unos ojos azules desesperados lo observaron.

—Aguanta, Iven. —Entonces Winter salió corriendo, tambaleándose y se perdió entre el gentío.

Freddie se dirigió directamente a Faland, aunque le llevó demasiado tiempo encontrarlo, corriendo a toda velocidad envuelto en el pánico por las luces y la oscuridad, con el sonido del disparo retumbándole en la cabeza y la mirada de Winter. Freddie encontró a Faland sentado en una cafetería, ni más ni menos. Tenía una copa llena de algún líquido y una expresión de profundo contento.

—Parece que has tenido una tarde agradable —le dijo a Freddie, con un brillo de malicia—. ¿Has visto a alguien conocido?

—Winter está vivo —dijo Freddie jadeando.

Faland arqueó las cejas, le dio un sorbo a la bebida y puso una mueca. Se le ocurrió a Freddie preguntarse cuánto sabía Faland, cuánto de todo aquello había planeado, pero apartó el pensamiento de su mente. No importaba.

—Está herido… un disparo… lo están buscando. Tengo que ayudarlo.

—¿De veras?

Una confesión amarga.

—No puedo hacerlo solo.

No podía hacer nada solo. Apenas podía existir.

Faland le dio vueltas a la copa entre los dedos.

—¿Y qué me darás, si te ayudo?

Notó que todo el aire le abandonaba los pulmones.

—Ya lo sabes. Solo hay una cosa que quieras de mí. Y… y esto lo planeaste. Para arrebatármelo.

—¿Y bien? ¿Lo he logrado?

—Sí. Maldito seas. Sí. Lo que sea.

Faland se puso en pie. Su ojo centelleaba.

—Muy bien. Arrancaremos una página de tu libro, Iven, y llevaremos a tu pobre amigo perseguido con tu hermana. ¿Un precio justo, no te parece?

Freddie permaneció callado.

Faland se lo quedó mirando con una media sonrisa.

—Y después, Wilfred, me contarás al fin lo de la oscuridad, y cómo llegaste a enamorarte de ese hombre.

37
Y VI UN NUEVO CIELO Y UNA NUEVA TIERRA

CASTILLO DE COUTHOVE, FLANDES, BÉLGICA
ABRIL DE 1918

Todavía era de noche fuera, la hora fría y pegajosa antes del amanecer. Laura se despertó, con el sueño pesado en los ojos, y vio a su madre en las sombras.

Salió de la cama sin pensar. La oscuridad estaba vacía. Pero Laura alargó la mano de todos modos. Por primera vez, su primer pensamiento no era un grito mudo de terror o culpa. Su primer pensamiento fue: *¿Estás ahí?*

Su segundo pensamiento fue: *¿Por qué estás aquí? ¿Me guiaste hasta Winter?* Esa era, aunque no se lo había dicho a nadie, la otra razón por la que había estado dispuesta a confiar en él.

¿Me estás ayudando?

Ninguna respuesta llegó desde la oscuridad, pero Laura se quedó mirando la esquina vacía, y ni la experiencia ni la razón podían suprimir su esperanza: *No estoy sola.*

Entonces Laura se dio cuenta de que Pim no estaba.

No sabía por qué le dio un vuelco el estómago. Pim podía haberse escabullido por un sinfín de razones. Pero incluso mientras intentaba calmarse, Laura buscaba su vestido, metía los pies en las botas húmedas y se colocaba la cofia mientras se giraba hacia la puerta.

Pim no estaba en la sala principal. Lo supo con un vistazo, pero Laura entró de todos modos, su linterna eléctrica era como un baño blanco azulado en la oscuridad. Se detuvo aquí y allá, ofreciéndole a un hombre una bacinilla, a otro un trago de agua. Les preguntó a los que estaban despiertos si habían visto a la señora Shaw. Con un suspiro, admitieron que no.

¿Dónde estaba, pues?

Se acercó al silencioso Winter. Había vendado el muñón curado del hombre para ocultar esa antigua herida; hizo ver que la examinaba y entonces se focalizó en el agujero de bala del costado. No había empapado el vendaje de sangre, aunque la piel estaba caliente y seca. Creía que se repondría. Su sentido de los estadios de los moribundos era infalible. La sangre de Jones había ayudado, y el efecto del éter había desaparecido.

Todos los hombres de alrededor estaban dormidos, aunque algunos se revolvían en un duermevela llenos de dolor. Un chico estaba gimoteando. Laura se giró para darle morfina, sintiendo la mirada de Winter; entonces volvió con él y le dio algo de agua, y bajo el pretexto de ayudarlo a incorporarse y sostener el vaso en sus labios, el alemán dijo:

—Tu hermano está con una persona llamada Faland.

Disponían de pocos segundos: «Cómo, cuándo, dónde» eran preguntas que no podía hacerle.

—He conocido a Faland. Cuéntame —se limitó a susurrar.

—Estábamos en Ypres juntos, heridos, cuando Faland nos encontró. Yo estaba a punto de morir; quizá por eso le tenía tanto miedo. Me parecía que era la encarnación de la guerra. Devorador. Intenté advertir a tu hermano, pero no lo entendió. Me salvó la vida, pero huyó con Faland. Ahí es donde está. Ahí es donde debo encontrarlo.

Ella no le preguntó por qué se arriesgaba tanto por su hermano. Sabía lo suficiente sobre los soldados como para comprender los vínculos que se establecían entre los hombres en el campo: más estrechos que la sangre y abnegados.

—¿Lo encontraste?

—Lo vi. Durante los disturbios. —Los ojos azules se fijaron en el techo más allá del hombro de Laura, y ella pensó en lo que habría tenido que pasar como fugitivo, buscando, robando—. El fantasma señaló y te vi. Y esa misma noche… lo vi a él también. Me pareció un milagro —añadió Winter casi para sí mismo.

—¿Un fantasma? —exclamó Laura sin poder contenerse.

—El frente está lleno de fantasmas —dijo Winter en voz baja. Tenía la mirada un poco perdida. Laura apoyó el dorso de la mano contra su frente y notó que la temperatura le estaba subiendo—. ¿Cuántos hombres muertos? ¿Un millón? ¿Más? Las tumbas están abiertas. ¿No estaba escrito? Pronosticaron que esto ocurriría, en el fin del mundo. «Y vi a los muertos, grandes y pequeños». Pueden ayudarte. A mí me ayudaron. La gente creía que era uno de los hombres salvajes. Por eso no me capturaron. Los muertos, ellos me dijeron: «¿No lo has visto? El nuevo cielo». Eso también estaba escrito. La nueva tierra. También el nuevo infierno. Eso no está en el verso. Pero es verdad. Tú lo has visto, ¿no es verdad? Cómo el nuevo mundo y el antiguo comparten el espacio… —Negó con la cabeza.

—¿Cómo encuentro a Faland?

—Los fantasmas. Tienes que preguntarles a los fantasmas.

Laura temía que la esperanza pudiera arrastrarla hacia la locura con él. Temía que ya hubiera enloquecido. Temía que ambos pudieran estar cuerdos y el mundo fuera un lugar infinitamente más extraño de lo que había creído. Ella era una persona que se basaba en sus sentidos: diagramas, cuerpos. No estaba preparada para eso; ella no era una poetisa.

—Winter, ¿quién es Faland? ¿Qué puede querer de mi hermano?

La lucidez se desvanecía paulatinamente del rostro de Winter.

—Para comer. Igual que hace la guerra. Solo que él lo saborea. ¿Eso lo hace ser mejor? Los fantasmas me dijeron que su mundo se estaba acabando también.

—Lo encontraré —le dijo Laura. Era su promesa. Se puso en pie—. ¿Has visto a mi amiga? Tiene el pelo rubio —añadió.

Mostró un rostro perturbado con el ceño fruncido, pero hizo una señal negativa con la cabeza. Laura se giró y abandonó la sala.

No había ni rastro de Pim en todo el castillo. En la sala de esterilización, Laura solo encontró a dos camilleros que jugaban a las cartas y a Jones, que removía chocolate en polvo en una taza de leche caliente con los ojos rojos. Parecía contento de verla.

—Iven, debes venir conmigo y ver la pierna de Trovato. Creía que tendríamos que amputarla después de todo, por la arteria seccionada. Pero los vasos sanguíneos más pequeños están haciendo el trabajo y no hay necrosis en el pie…

Entonces vio la preocupación en su cara.

—¿Qué ocurre?

—No puedo encontrar a Pim.

—Es una mujer adulta… —Pareció darse cuenta de que Laura estaba muy alarmada—. Bueno, no está aquí.

—No está en el castillo. Tengo que encontrarla.

Se marchó de la sala de esterilización, las palabras se fueron apagando en el silencio sorprendido de Jones, y tiró de la puerta principal rompiendo el aire viciado del hospital con el olor de inicios de primavera. Miró desde adentro hacia el gris previo al alba.

Jones la siguió hasta el vestíbulo.

—¿Iven?

Laura estaba escrutando el terreno, el camino. Justo enfrente, la verja oxidada del castillo, y más allá la carretera, marcada con las luces de los camiones que se dirigían hacia el este. A la izquierda estaba el maltrecho vergel, y unos metros más alejado estaba el cementerio del hospital, que se alargaba cada semana de guerra que pasaba. ¿Había una luz allí, entre las cruces?

Jones también lo había visto. Estaba observando con los ojos entrecerrados en medio de la noche.

—Pensé que Shaw tenía un aspecto peculiar, ayer por la noche, cuando volvisteis de aquella cena. Supongo que era demasiado para ella, cenar rodeada de lujos después de semanas de ocuparse de hombres hechos trizas. Y la señora Shaw es de las que se rompería de una manera pintoresca y saldría a vagabundear por los terrenos vestida con un camisón o algo así.

Era una explicación demasiado cercana a la realidad como para que resultara graciosa, pero Laura estaba agradecida por la presencia de Jones cuando salieron juntos, cruzando la hierba húmeda del borde del camino de entrada. Laura casi podía autoconvencerse con una explicación inocente, persuadirse a sí misma de que Pim estaba en el castillo. El cementerio estaba en la otra punta del descuidado vergel de manzanos. Acortaron por entre los árboles, cuyas sombras apenas eran visibles bajo el cielo grisáceo.

La luz reapareció en el cementerio. Laura creyó oír una voz.

—¿Dijo que yo lo tenía? —No era la voz de Jones.

Laura no pudo oír la respuesta, pero el hablante se rio.

—Oh, te lo dijo, ¿no es así? ¿Vendré si tú lo haces? Sí, claro que sí. Pero no pienses que…

Las voces se desvanecieron. El brillo de la luz había vuelto a desaparecer. Pero los ojos de Laura captaron movimiento en el cementerio. Demasiado alto para ser Pim. Más delgado que Jones. La luz era muy inestable. ¿Acaso se trataba de Faland? ¿Había de verdad, en su mundo despojado de maravillas, un monstruo al que ella pudiera aplacar para recuperar a su hermano? La voz de Pim, temblorosa, dijo: «Por favor».

El cerebro de Laura se puso en funcionamiento de nuevo. ¿Por qué iba a estar Faland allí? ¿Cómo lo había podido saber Pim? ¿Qué estaba haciendo?

Entonces la luz de Jones mostró a Pim corriendo. No había nadie más allí.

—Señora Shaw —gritó Jones imperiosamente.

Pero Pim no le prestaba atención.

—¡No! —gritó ella, todavía corriendo—. Espera, te dije que lo haría, yo...

No había nadie. Pim frenó la carrera y se detuvo, jadeando. Se quedó con la mirada perdida en las tumbas. Laura vio cómo le temblaban los hombros. Entonces Pim se giró hacia ellos, recomponiéndose con la asombrosa rapidez de una mujer criada en la alta sociedad. Laura la había visto de perfil, los labios entreabiertos, una cara llena de alguna emoción tormentosa demasiado compleja como para describirla, pero Pim estaba sonriendo para cuando se dio la vuelta.

—Laura, ¿eres tú? —inquirió—. Y el doctor Jones, gracias al cielo. ¿Me estabais buscando? Ay, Dios mío, ¿me he comportado como una tonta? Perdonadme, por favor, los dos. —Se sacudió la hierba de la falda. Jones no había dicho nada; pero tenía una mirada llena de suspicacia. Laura se preguntaba qué habría oído y pensado de esa conversación truncada en las sombras. Pim siguió hablando—. ¿Estaba caminando dormida? Supongo que ha sido eso. Sabéis, tenía una tía soltera propensa al sonambulismo. Una cosa terrible. Creo que es por el sobreesfuerzo. ¿Creéis que es demasiado pronto para una taza de té?

Ay, Pim, pensó Laura. Tenía una docena de preguntas en la punta de la lengua, pero una mirada le mostró los ojos recelosos de Pim detrás de aquella preciosa sonrisa y Laura pensó que no conseguiría ninguna respuesta. No con Jones a su lado.

Sería en el castillo, pues. En cuanto ella y Pim estuvieran a solas.

Pero la soledad no era algo fácil de obtener. Estaba amaneciendo y una decenas de voces saludaron tanto a Laura como a Jones en el instante en que pasaron por la puerta: un clamor de emergencias. Un hombre había empapado de sangre las vendas, una enfermera había visto indicios de gangrena en la pierna de otro, iban a llegar más franceses ese día, lo que fuera con tal de aliviar la presión de los saturados hospitales regulares. El ritmo de todo ese conjunto absorbió a Laura, y Pim aprovechó para que no la acorralara; estuvo trabajando sin descanso, buscado cosas, cargando, dibujando y escribiendo mientras los hombres le dictaban cartas.

Young llegó a mediodía, la dignidad de su porte solo arruinada ligeramente por sus orejas. Se encerró en un salón primero con Mary y luego con Pim, dejando a todo el personal con las ganas de saber qué estaba pasando.

—Sigue buscando al prisionero alemán fugado —dijo una de las enfermeras, la que no se avergonzaba por escuchar a hurtadillas—. Parece que lo vieron en Poperinge. Están registrando los edificios abandonados de las cercanías. ¡Y la reina de Bélgica vendrá a visitarnos! Al menos ese rumor es cierto. Esta misma noche, para la cena, y el general Gage la acompañará. Y un periodista. Ay, Mary nos va a tener a todas frotando sin parar.

38
EL FRUTO DEL ÁRBOL PROHIBIDO

A Winter le había subido la fiebre desde el alba. Laura se detenía en su cama cuando podía, para comprobar su herida y aplicarle agua fría en la cara. Una vez entró en la sala y vio a Pim y a Winter con las cabezas juntas, susurrando. Winter hacía un gesto negativo con la cabeza.

Laura se acercó, y oyó que Pim decía: «Qué otra manera», pero antes de poder oír más, el paciente que tenía al lado tiró de su manga. Cuando levantó la vista, Pim se había esfumado y Winter parecía preocupado. Laura se dirigió hacia él.

—¿Qué te ha dicho?

—Está decidida, tu amiga —respondió Winter.

—¿Decidida a qué?

—A ayudarte.

—¿Cómo?

Winter vaciló, y entonces Laura, para su desazón, oyó cómo la llamaban. El hospital entero debía refregarse hasta quedar inmaculado, supervisado por una Mary de mirada marcial.

—Conseguir el apoyo real es algo espléndido a cambio de frotar un poco —les dijo. Laura se mordió para no soltar su temperamento enardecido. Al menos Winter estaba a salvo.

Ya había hervido su termómetro, y lo había untado a escondidas con vaselina para dejarlo pegajoso y pálido. Las enfermeras más experimentadas tenían un don para hacer pasar a alguien por enfermo; siempre había pacientes —mayormente los ocasionales soldados de quince años— a los que intentaban mantener en el hospital el máximo de tiempo posible. Cuando Laura hubo acabado, Winter parecía tener un pie en la tumba, y fue pan comido que lo apartaran al final de la sala, donde su muerte inminente no pudiera inquietar a su majestad.

Pim estaba al borde de un ataque de nervios aunque intentara ocultarlo. A Laura no la engañaba, y Jones podía verlo también. Laura lo sorprendió echándole un vistazo a Pim desde la otra punta de la sala.

—No me importa lo mucho que anime a los hombres —le dijo a Laura, después—. Parece condenada. Acabará mal. ¿Y qué ha pasado ahí fuera, esta mañana? ¿Estaba buscando al violinista de nuevo?

Jones era demasiado perspicaz.

—Hablaré con ella —le aseguró Laura—. Lo habría hecho antes, si no fuera por las restricciones de Mary. Abajo con todas las monarquías, es lo que digo yo. Creo que me mudaré a Rusia y me uniré a la revolución.

—¿Y jugártela con esos bolcheviques asesinos? Podrías venirte a América, donde no tenemos zar ni tampoco káiser.

Jones no apartó la vista cuando Laura se lo quedó mirando.

—¿Y qué haría yo en América? —Los ojos del doctor eran muy oscuros. Se estudiaron mutuamente.

Pero si Jones quería responder, intervinieron otras voces.

—¡Está aquí! —gritó una de las enfermeras que hacían guardia en la ventana frontal, y una oleada de murmullos se extendió por entre los miembros del personal.

—Vaya —musitó Jones—. Ahora estoy contigo. *Vive la révolution*.

Laura resopló. Él le sonrió y de repente parecía más joven.

Pulidos y almidonados, todo el personal se reunió para darle la bienvenida a la reina. El sol se inclinaba en el oeste. Laura deseaba que su majestad hubiese llegado antes; muchos de los hombres se quejaban de dolor por la noche. Vio estrés en las caras de todas las personas de la sala. Y no solo de los pacientes. El cuerpo entero de Pim radiaba tensión cuando un precioso coche blanco encauzó el camino de entrada. Tal vez la visita sería breve, pensó Laura. Era la hora de la cena.

La mujer que salió era deslumbrante, mientras caminaba hacia el castillo tomada del brazo del general Gage. Llevaba puesto un tipo de uniforme de la Cruz Roja, pero un modista experimentado lo había arreglado rápidamente para que quedara elegante. El blancor era cegador. Nadie enfermo había estado cerca de él, pensó Laura. Ni sangrado encima.

—Bienvenida, su majestad —la saludó Mary.

La reina sonrió, distante como un pavo real blanco. No parecía real. *Qué mundo más extraño*, pensó Laura. Había cambiado tan rápido, tan de repente, que te preguntabas, una y otra vez, qué era real y qué no.

Tal vez más cosas de las que creía.

Y su mente volvió a Faland. *Freddie.*

Un tedioso tiempo siguió a continuación. Laura podía notar el nerviosismo de Jones, que cambiaba el peso de un pie al otro a su lado. Gage se mostraba encantador, con su ingeniosa plática irlandesa, y Young, que había venido con él, decía cosas inanes y miraba anhelante a Pim. ¿Seguían hablando? ¿No tenían una guerra que dirigir? La reina deseaba conocer a los hombres. Un periodista los había acompañado de verdad —Laura no sabía si venía de parte de Mary o de la reina— y empezó a tomar fotografías laboriosamente.

En la sala principal, Laura se colocó donde podía distraer mejor a los curiosos de la presencia de Winter. El alemán se había ocultado bajo las sábanas, y parecía no ser nada más que un montón de mantas. Nadie miró en su dirección. Había demasiadas caras con matices verdes rivalizando por la atención de la reina, y a su favor, no puso ninguna mueca ante ninguno de ellos. Fue de hombre a hombre repartiendo palabras amables y pedacitos de chocolate. Laura casi le podría haber estado agradecida, si no fuera por la cámara chascando y emitiendo destellos de luz, alterando a los hombres y a ella misma. Al menos, para su consuelo, la reina era eficiente y el periodista también. Con un poco de suerte, se habría ido antes de que anocheciera.

Laura se preguntaba cómo llegar hasta Faland, qué decirle a Pim, cuando el estruendo de un disparo retumbó por la sala.

La mitad de los hombres gritaron, y la mayoría saltaron de sus catres buscando refugio instintivamente, entonces aullaron cuando se abrieron sus heridas. Laura también se arrojó al suelo, con el mismo instinto básico, pero de pronto levantó la vista, sin comprender. Pim estaba trastabillando hacia atrás, en el centro de la habitación, forcejeando con… forcejeando con Winter por una pistola. ¿Qué diantres? ¿Cómo había conseguido levantarse? Estaba febril y blanco como la cal, pero de pie. ¿Cómo se había hecho con una pistola? ¿Cómo la había ocultado? Había intentando disparar… ¿A quién? ¿A la reina? Dios, ¿por qué?

La pistola volvió a disparar, y cuando la bala pasó silbando por el lado de su oreja, Gage se sacudió, perdió el equilibrio y cayó con un golpe sordo. La sala montó en cólera con más gritos. Un paciente arremetió contra la pareja que forcejeaba, mientras el general se ponía de pie a trompicones, gritando. Pero antes de que nadie pudiera llegar hasta ellos, Winter golpeó a Pim en la mandíbula y la envió al suelo.

Entonces se quedó jadeando, casi doblado por la mitad con la pistola en la mano. Miró con los ojos desorbitados alrededor de la habitación; se fijó en Laura. Miró a Pim y luego a Laura. Levantó la vista un instante hacia la ventana. Había un mensaje furioso en sus ojos, pero uno que ella no podía leer.

—Lo volvería a hacer —dijo. Su acento era terriblemente alemán. Dejó caer la pistola y sus rodillas cedieron.

Gage estaba sudando de conmoción y furia; la reina estaba blanca y sobresaltada. Había faltado poco. Laura gateó hasta Pim, mientras Jones iba en busca de Winter; agarró la pistola, sacó las balas del cargador y se la pasó rápidamente a Young, que intentaba torpemente pasar por encima de Laura y de Pim. Entonces le dio la vuelta a Winter para comprobar los vendajes, y maldijo al ver la mancha escarlata; a Winter se le habían saltado todos los puntos.

—¿Cómo ha conseguido una pistola? ¿Cómo logró entrar? —rugió Gage, inclinándose hacia Jones, que permaneció callado. No miraba a Laura. Young se había quedado inmóvil, congelado y abstraído con la pistola en la mano.

Laura rodeaba a Pim con los brazos. Su amiga estaba sentada, pasando la mirada de Gage a Winter con unos ojos llenos de un terror abyecto. La cara ya se le estaba hinchando.

¿Qué demonios había ocurrido?

Winter se estaba desangrando rápidamente por la herida reabierta. Jones se estaba encargando de ella de manera competente, pero, Laura se percató, no aplicándose lo suficiente como para contener la hemorragia, con el semblante lúgubre.

—¡Salva la vida de este hombre! —Retronaba la voz de Gage—. ¡Sálvalo, maldita sea! ¡Debemos interrogarlo! Es él… Es el espía… intentando asesinar…

¿Un asesino? ¿Tanto la habían engañado? Pim miraba por la ventana. Winter también, y sus miradas tenían algo parecido, absortas y desesperadas.

Laura miró también.

Durante solo un instante, con la cara desdibujada en el anochecer, vio a Faland, observándolos a todos con los ojos dispares y brillantes.

Pim temblaba violentamente, intentando hablar.

—Silencio, querida, ahora no —le dijo Mary. Su cara estaba demacrada y mostraba una rabia apabullada.

—¡Salva la vida de ese cretino, joder! —berreó Gage de nuevo.

Los ojos de Jones eran de un negro frío; la cara rígida, inexpresiva.

—Saca a todo el mundo de aquí si quieres que lo salve. Dadme algo de espacio —dijo—. Maldito seas —añadió, en voz baja, para el alemán. Seguía sin mirar a Laura.

Winter alargó la mano y agarró a Laura por la muñeca.

—¿No lo ves? Ha venido por esto.

Sin poderlo evitar, Laura volvió a mirar por la ventana. Faland se había esfumado. Tal vez nunca había estado allí.

Mary sacó a Pim, que estaba temblando, de la habitación; Young las siguió, con la expresión perturbada. Los ojos de Winter seguían fijos en Laura incluso cuando lo subieron a una camilla. Había un mensaje frenético en ellos.

Laura se dio la vuelta, y salió corriendo de la sala, del castillo.

39
HACIA ESTE AGRESTE ABISMO

CASTILLO DE COUTHOVE Y UN LUGAR DESCONOCIDO, FLANDES, BÉLGICA
ABRIL DE 1918

El camino de entrada estaba vacío, a excepción del coche de la reina y las sombras del vergel que se proyectaban largas sobre la gravilla. Las cruces del cementerio se recortaban contra el cielo que se iba apagando. Notaba el aire de primavera frío en la cara, y Laura de algún modo no se sorprendió al ver una figura ensangrentada entre las sombras de los árboles. Señaló con el dedo, y Laura giró la cabeza y vio movimiento; un breve destello desconocido cerca de la verja. Ya no se hacía preguntas, ni dudaba ni temía. Simplemente corrió hacia él.

Faland estaba al lado de la verja mirando hacia el ocaso, con el pelo del mismo color que el cielo nublado. Casi se le había echado encima antes de verlo, y entonces lo agarró de la manga y le dio la vuelta.

Para su sorpresa, no se resistió, pero giró, observándola con escaso interés.

—Sé perfectamente lo que estaban esperando —dijo—. Pero no estaba seguro de que los fueras a creer. —Parecía satisfecho.

Laura apretó los dientes.

—¿Dónde está mi hermano?

—«Grande es el dios de la guerra» —citó Faland—. «Grande igual que su reino». Se ha ido, por supuesto.

—Eres un mentiroso. —Laura esperaba que la voz de Mary, o la de alguien, la llamara, inquiriendo, exigiendo, pero la puerta de Couthove no se abrió. El conductor del coche brillante no giró la cabeza.

—Quizá lo sea —confirmó Faland—. Pero se ha ido. Todo su ser es mío ahora. Todo lo que importa. Me lo dio. —Faland hablaba como si andar por el caos del mundo no fuera nada para él. Divertido, curioso y ávido por las almas humanas.

A ella no le importaba. No era más aterrorizante que Brandhoek, las malas noches y los peores días. Su mente racional todavía protestaba, pero le indicó que se callase. Su querido hermano estaba allí fuera en alguna parte, en el abismo. Y ella iba a encontrarlo.

—Te equivocas —susurró Laura.

—¿De veras? ¿Te apostarías la vida? —La miró con los ojos entornados.

—Sí.

—No se va a ir —dijo Faland—, y no serás capaz de volver atrás. No adonde te llevo. No esta vez.

—Marca el camino —le ordenó Laura.

Laura habría dicho que conocía la zona prohibida del saliente de Ypres. Conocía sus áreas de descanso, sus aeródromos, sus pueblos derruidos, la disposición de las carreteras, el color de su cielo. Sabía cómo vivían los hombres allí, lo que comían, cómo bromeaban. Sabía cómo morían y dónde estaban enterrados.

Pero nunca recordó aquel camino, nunca pudo recordar la senda que habían tomado, aunque más tarde soñó con haber visto cosas que no estaban allí: un río, una gran pared desmoronada. Recordó que el hotel la tomó por sorpresa, que a primera vista pensó que era un palacio, recortándose en ruinas contra el cielo feroz del ocaso. Pero se trataba solo del hotel de Faland. El hombre abrió la puerta hacia un vestíbulo vacío, silencioso, oscuro y del que emanaba olor a polvo. Le hizo pensar en el mismo Faland, su brillo y ese aire de años y lenta decadencia. La habitación estaba igual que como la había visto la última vez: unos escombros, muertos y fríos.

Pero Freddie estaba allí.

Arrodillado, con la mirada perdida. Un espejo roto colgaba por detrás de su cabeza.

—¡Freddie! —El grito desgarró la garganta de Laura. Cruzó a trompicones la habitación y se hundió a su lado.

Su hermano no levantó la vista.

—Freddie, soy Laura.

Parecía un fantasma. Ni siquiera la reconocía.

—Freddie, ¿qué te ha pasado?

Intentó agarrarle la mano. Él la soltó con amabilidad.

—Freddie, por el amor de Dios…

Sus cejas se juntaron. No le dirigió la mirada.

—¿Estás muerta?

—No, no lo estoy. No, Freddie, estoy aquí. Volví para encontrarte. Freddie, por favor.

Quedaba poco de su hermano en aquel hombre encorvado de tez grisácea.

Se giró hacia Faland.

—¿Qué le has hecho? —En Brandhoek, y después, durante todos aquellos largos días en el tren-hospital y en el barco-hospital, a pesar de todo el dolor, no había llorado ni una vez. Pero en ese momento le caían las lágrimas.

Faland le respondió con una voz casi amable.

—Al menos yo sé su nombre. Estoy seguro de que has visto hombres en un estado mucho peor, y causado por las manos de sus prójimos.

Laura se quedó callada.

—Quédate —le ofreció Faland—. Como mis invitados. Estaréis juntos. ¿Qué tiene el mundo para ti de todas maneras?

—¿Fue eso lo que le dijiste?

Faland no respondió. Había sacado su violín y apoyaba los dedos inquietos sobre el mango como si pudiera producir música de su amor y pena. Tal vez no hubiese ninguna manera de llegar hasta su hermano. *Tenemos que salir de aquí,* pensó. Fuera, bajo el cielo, hacia un mundo que a veces tenía sentido.

—Freddie, tenemos que irnos.

Era como una marioneta cuando tiró de él para ponerlo en pie.

¿Por qué puerta habían entrado? Había demasiadas. Todas iguales. Lo arrastró hasta la más cercana. Giró el pomo.

No estaba cerrada. La puerta se abrió. Laura se echó atrás. Freddie soltó un grito.

No era la salida. No era algo que Laura pudiera comprender.

La puerta se abrió con una ráfaga de aire helado, hacia un día gris como el acero y una lluvia que caía implacable. Laura titubeó; el suelo había desaparecido como por arte de magia. Se tuvo que aferrar al marco de la puerta para recobrar el equilibrio.

Estaban en el borde de una trinchera.

Laura se quedó inmóvil, incrédula. A su lado, Freddie emitió un sonidito, de miedo o de repentina comprensión. Hacía frío, y la lluvia caía detrás de aquella puerta ordinaria de madera. Se oían los sonidos de las pistolas, el olor a lana mojada, excrementos y cadáveres. Los hombres vadeaban la trinchera, sin levantar la mirada, el barro hasta la cintura, sosteniendo los rifles por encima de la cabeza. Uno se acercó a otro y le dijo, sonriendo:

—Pronto tendrán que traer a la armada, para sacarnos de aquí. Demasiado mojado para la infantería… —Justo cuando una sección de la trinchera cedía y un cuerpo, medio descompuesto, se precipitaba desde el muro de contención…

Freddie soltó un sonido grave y agonizante.

Laura cerró la puerta de golpe. Freddie retrocedió. El terror estaba intentando abrirse paso a través de la inexpresividad de sus ojos.

—No —dijo—. No, eso lo había olvidado.

Faland los estaba observando.

Laura recobró la compostura. Agarró la mano de Freddie, que no opuso resistencia, y tiró de ella.

—Solo tenemos que salir de aquí. Intentaremos con otra puerta. Solo una más, Freddie.

Pero la siguiente se abrió hacia un hospital, y fue el turno de Laura de quedarse petrificada en el umbral. Pues estaban envolviendo a un hombre muerto con una sábana y los camilleros se preparaban para levantarlo mientras una enfermera se inclinaba hacia delante y gritaba: «No, esperad, con cuidado…».

Pero lo levantaron demasiado rápido, y su cuerpo roto simplemente… se separó…

—Laura —dijo Freddie entonces—. No puedo. —No estaba siendo dramático. Solo constataba un hecho. La puerta seguía abierta. El recuerdo del hospital era demasiado nítido, incluso se percibía el olor. Laura cerró la puerta. Freddie estaba temblando como si estuviera enfermo.

—¿Quieres venir conmigo?

—No —contestó Freddie.

Su corazón se hizo añicos. Tendrían que probar las puertas para salir. Una tras otra. ¿Qué más les aguardaba detrás de ellas? ¿Le podía pedir que les hiciera frente? ¿Tenía el derecho de decidir por él, a fin de cuentas?

—¿Entonces… quieres quedarte aquí?

—No quiero nada —susurró—. No soy… no soy nada. No me quieres.

Laura le rodeó la cara con las manos.

—Nunca digas eso. Nunca. Eres todo lo que tengo.

Durante un largo rato Freddie se quedó callado. Laura creía que no le diría nada más. Entonces levantó la punta de su dedo astroso y secó la cara húmeda de ella.

—¿Laura?

—Estoy aquí —susurró.

—No soy… no soy el mismo. No me quieres. El Freddie al que querías… murió.

—No me importa.

—Soy un traidor —musitó—. De eso me acuerdo. Hice... Hice algo terrible. Maté... —Se le rompió la voz—. Hui. No soy valiente.

—No tienes que serlo. No para mí.

La inexpresividad estaba intentando apoderarse de sus rasgos de nuevo. Pero apretó los dientes.

—No quiero... —se detuvo—. No sé si podemos irnos.

—Podemos. Sé que podemos.

Freddie parecía tan frágil.

—Lo intentaré.

Temblaba tan violentamente que zarandeaba el brazo de Laura cuando le agarró la mano. Abrieron otra puerta. Y otra.

Ninguna los llevaba fuera. Daban de vuelta a su mente. A su miedo, hastío, envidia, rabia. A sus residuos, desilusión, noches frías y días oscuros. Laura no se percató de que estaba llorando hasta que probó el sabor de la sal. La cabeza de un hombre arrancada de los hombros pero el cuerpo todavía corriendo. Una bomba que había caído en un puesto de observación y le habían dado una pala y un saco de arena a Freddie, para que recuperara los cuerpos.

Laura empezó a vacilar antes de los impactos que los esperaban detrás de cada puerta, pero su cara inexpresiva había tomado lentamente una determinación demente. Era él el que iba delante, abriendo una puerta tras otra, como si estuviera buscando algo. Como si fuera alguna verdad sobre sí mismo, una que necesitaba, recluida en unos de esos monstruosos minutos.

Una sola mirada hacia atrás les informó de que Faland los seguía, expectante.

Entonces Freddie abrió otra puerta, y no continuó con la siguiente. Se quedó allí, rígido. Laura, a su lado, vio a Freddie, en un recuerdo, que tambaleaba y se caía en un agujero de proyectil, seguido por un hombre corpulento cuyo cabello color arena estaba apelmazado por la lluvia. Entonces otro hombre, en un uniforme canadiense empapado, cayó con ellos entre gritos. Vio cómo el hombre que chillaba atacaba al hombre rubio —*Winter*, pensó

Laura—. Freddie y Winter. Vio cómo el canadiense se levantaba cuan alto era con la bayoneta en ristre. Pero Freddie estaba allí, bajó el hombro y arremetió contra el hombre, mandándolos a los dos hacia el agua repugnante. Se retorcieron durante algunos segundos, uno boca arriba y luego el otro, hasta que Freddie consiguió tener los pies encima de él.

Sostuvo al otro hombre bajo el agua hasta que dejó de retorcerse.

En el hotel, en el umbral, Freddie se quedó petrificado.

—Lo maté. —Su voz era completamente llana—. Quería que lo vieras. Era uno de los nuestros y lo maté.

Laura no lo tocó. Creía que se apartaría de ella.

—No querías hacerlo.

—Ah, sí quería —confesó Freddie.

Seguían mirando por la puerta, donde, en el recuerdo, Freddie estaba trepando por el lateral inclinado y empapado de agua helada del cráter. Winter lo agarró alrededor de los hombros antes de que se pudiera caer, y le llevó una cantimplora a los labios. Se estaban mirando. Como si cada uno contuviera el mundo entero del otro.

Laura se mordió el labio con tanta fuerza que se hizo sangre. Pensó, y por primera vez se arrepintió de verdad, que Winter iba a morir. Le había sobrevenido un acceso de locura —o de patriotismo— y había intentado matar a un general. Lo iban a interrogar y a ejecutar.

Se quedó callada. Freddie estaba con la mirada fija en la oscuridad. Pero no estaba mirando a Winter. Tenía los ojos puestos sobre el cuerpo que flotaba bocabajo en el agujero.

—Lo siento —le susurró—. Debería haber sido yo, no tú. Lo siento. —Freddie alargó la mano y cerró la puerta lentamente. Parecía haber envejecido, pero la inexpresividad no le volvió al rostro—. Necesitaba recordar eso. —Su voz no era más que un graznido—. Y hay algo más que debo recordar.

—¿El qué?

—Lo sabré cuando lo vea.

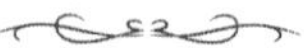

Laura no sabía cuántas puertas después, pero finalmente una de ellas se abrió a la nada. Hacia una oscuridad como la del principio del mundo. Y en la oscuridad, oyó fragmentos de voces.

— … luz de sol en los pinos. Moras…

— … el mar. Me encanta el mar.

El verso de un poema. Voces que se mezclaban en el vacío. Se dio cuenta de que estaba llorando otra vez.

—Ahora me acuerdo. Estaba muy oscuro —susurró Freddie.

—Y Winter estaba allí —añadió Laura.

—Así es. Estaba allí. —Se giró. Y eran los ojos color avellana los que la miraban. Cansado, triste y con un pavor que acechaba detrás de ellos. Pero Freddie estaba allí.

—Iré donde quieras, Laura. Tanto como puedas. Pero sigo siendo un traidor. Sigo siendo un cobarde y un asesino.

Laura le agarró la mano y no dijo nada.

Faland los observaba como había hecho todo ese rato.

—¿De verdad? —les preguntó—. ¿Os desvelo los secretos de mi hotel y así es como respondéis? ¿Volver ahí fuera y vivir con ello? —Cruzaba la habitación con aire ofendido. Freddie y Laura se quedaron muy quietos—. ¿Acaso no le gritaste a tu madre que huyera, aquella noche en mi hotel, Laura? Te oí. ¿Quieres recordar esto durante el resto de tu vida? —Tenía la mano puesta sobre el pomo de otra puerta. La abrió.

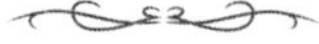

Era la habitación de sus padres en Halifax, llena de cristales rotos. Su madre en el centro, tumbada en el suelo y cercada por su propia sangre. La habitación se estaba llenando de humo y las chispas caían fuera. Su madre intentaba llorar pero sus conductos lacrimales habían desaparecido.

Freddie se quedó completamente inmóvil.

Y Laura se abalanzó hacia delante, hacia el recuerdo, y se arrodilló al lado de ella. Lo único en lo que podía pensar era que al fin tenía una segunda oportunidad. De vuelta al núcleo de sus propias pesadillas, podía vivirlo todo otra vez. Y otra. Y otra, hasta que lo hiciera bien. Hasta que pudiera salvar a su madre.

Sin embargo alguien tiraba de ella. No se quería ir. Pero unos brazos la sujetaron y de pronto se encontró sollozando contra el pecho de su hermano. Freddie la estrechaba en su abrazo. Estaban juntos en el recuerdo, en la sala de estar chamuscada de Veith Street.

—¿Cuándo? —musitó él, con la boca apretada contra el pelo de Laura.

Su voz era casi irreconocible.

—En diciembre. Mamá y papá están muertos. La casa, desaparecida. Todo ha desaparecido.

Freddie permaneció en silencio. Mantuvieron el abrazo, temblando. ¿Cómo sigues adelante cuando todo ha llegado a su fin? Laura no sabía la respuesta, ni él tampoco. Los paralizaba, los detenía. En la oscuridad plagada de dudas, les llegó la voz de Faland y los envolvió de nuevo.

—No tenéis que seguir. No tenéis que recordar.

Tenía razón, pensó Laura. Les serviría vino, si se lo pedían. Tocaría su violín. No necesitarían nada más. Podía ver esa verdad en los ojos afligidos de su hermano. Ambos se podían limitar a detenerse. Una mirada de triunfo cruzó el rostro de Faland.

—No me podía ir por mis propios medios —dijo Freddie con un hilo de voz—. Pero Laura no se puede quedar aquí. Laura... tiene que ayudar a la gente. ¿Me oyes, Laura? No permitiré que te quedes aquí.

Las palabras de Freddie hicieron que Laura pensara en Jones. Él, que todavía creía que habría un futuro. Quizá hubiera algo más allá de todo aquello, algo que ella no conseguía ver.

—No me iré sin ti —repuso ella.

—No sé cómo salir. Ni siquiera sé por dónde empezar.

Deja de intentar las puertas, pensó Laura. Las puertas no eran la manera de salir. Era Faland. Rebuscó en el bolsillo. Tenía cerillas de encender el quemador Bunsen de la sala de esterilización. Levantó la vista. Cruzó la habitación. Faland estaba recostado en una mesa, observándola cuidadosamente. Sacó una de las cerillas, la prendió y la sostuvo en alto.

—Déjanos salir, o haré que este sitio arda.

Faland parecía poco impresionado.

La cerilla era lamentable; le estaba quemando los dedos. Laura se acercó un paso a él. Y otro más. Faland parecía impacientarse. Entonces, Laura lanzó la cerilla. Dibujó un arco y él la siguió con los ojos.

Mientras estaba despistado, Laura se abalanzó hacia delante y agarró su violín y lo levantó dispuesta a destrozarlo.

—Ahora qué —lo retó ella.

Faland se quedó completamente quieto.

—No podéis escapar. Aunque os dejara salir. No hay ningún lugar al que podáis escapar. ¿No lo entiendes? ¿Qué futuro os espera, ahí fuera? ¿En el caos del mundo? ¿No habéis visto todas las maneras en las que estáis destrozados?

Laura no respondió. Temía que de hacerlo le diera la razón. En vez de eso agarró el violín por el mango y empezó a agitarlo.

—¡Detente! —le gritó Faland.

Laura esperó.

—¿Crees que esto es una victoria? Solo terminará en cenizas.

Laura no dijo nada. Finalmente, a regañadientes, Faland giró la cabeza. Laura siguió su mirada, y donde había solo una pared, vio otra puerta.

—Con mi maldición —dijo Faland, con un tono casi amable.

—No te tengo miedo —repuso Laura. Aferró la mano de su hermano y caminaron hacia fuera.

40
¿CÓMO PUEDO VIVIR SIN TI?

CASTILLO DE COUTHOVE, FLANDES, BÉLGICA
ABRIL DE 1918

Freddie tenía el pulso acelerado; estaba demacrado y tenía los labios agrietados. Laura podía notar cómo él intentaba no apoyarse en ella, pero no le quedaban muchas fuerzas. Laura cargó con su peso lo mejor que pudo. Estaban fuera del hotel, en el patio, con edificios derruidos a su alrededor. Era de noche. Una noche cerrada sin luna y ni una estrella visible. Laura buscó la carretera, algún punto de referencia.

Nada.

Nada aparte de edificios, caminos y oscuridad. Estaba perdida. ¿El abismo tenía confines? ¿Acaso se podía aplacar a los monstruos? *Tal vez no. A fin de cuentas es un mundo nuevo.*

El susurro pegajoso y persuasivo de Faland le retumbaba en el oído. «Volved a dentro. Es mejor dentro. Al menos yo recordaré vuestros nombres, Laura».

Freddie intentaba mantenerse erguido.

—Laura, tengo miedo. No puedo ver el camino.

«Pregúntales a los fantasmas», había dicho Winter.

«Juntas a los fantasmas tras de ti», le habían dicho las Parkey.

«No creo en los fantasmas», había respondido Laura, una y otra vez. ¿Pero acaso había importado? El fantasma la había seguido de todos modos. Laura creía que la había conjurado a partir de su propia culpa y pena. Pero tal vez fuera algo más.

Habló en voz baja como la niña que no había sido desde hacía mucho tiempo.

—Mamá, estoy perdida. ¿Puedes oírme? Nos hemos perdido, Freddie y yo.

Silencio.

Una mano rozó la suya. Dedos cálidos, un poco ásperos por los fragmentos de cristal. *Los fantasmas tienen las manos cálidas.* No abrió los ojos. No se atrevía. Si miraba se rompería la burbuja frágil de fe. Ni siquiera oteó cuando esa mano familiar entrelazó los dedos con los suyos, y tiraron de ella hacia delante. Aferrándose a Freddie, caminó. Y entonces, tras un número indefinido de pasos, la mano se soltó. Laura abrió los ojos y vio que Freddie y ella estaban detrás del castillo de Couthove, que se adivinaba borroso tras la bruma de sus lágrimas.

No había ni rastro de Faland. No los había seguido, pero Freddie estaba desfalleciendo a su lado, y Laura podía sentir cómo los otros monstruos los acorralaban, en su manera mucho más implacable. La ley, las regulaciones, las costumbres. Esperaban para reivindicar su derecho con el desertor. Para reclamarlos a los dos.

Una luz se movió en uno de los dormitorios del piso superior, y Laura contó las ventanas. Se dio cuenta de qué habitación era. Sin pararse a pensar, recogió un montón de piedrecitas del camino y las lanzó. Traquetearon en el cristal.

La ventana de Jones se abrió. Sacó la cabeza por el agujero y los vio a los dos, de pie en un pequeño halo de luz. Igual de rápido, se desvaneció.

A Laura se le hundió el corazón. Podía notar las fuerzas de Freddie menguando.

—¿Dónde? —balbuceó Freddie. La cabeza caída—. ¿Laura, dónde estamos?

Laura no tuvo tiempo de responder antes de que Jones apareciera por el lateral de la casa y se dirigiera hacia ella a largos pasos.

—¿Qué demonios, Iven? —exclamó. Y luego miró más de cerca a Freddie. No es que se parecieran mucho, pero la conmoción de adivinarlo cruzó la cara de Jones de todos modos, mientras estiraba un brazo para cargar con el peso de Freddie—. ¿Cómo?

—Lo encontré. Estaba atrapado... estaba... No fue culpa suya.

—Entra; estás tiritando —dijo Jones, tras una pausa.

—Tenemos que irnos de aquí. —*No debería pasar nada*, pensó ella, cansada. Estaban juntos, hablaban francés, ellos...

Pero entonces Freddie se estiró y dijo:

—Winter.

Jones apretó la mandíbula.

—Winter —repitió Freddie—. Estaba aquí. Lo recuerdo. El castillo. Lo trajimos aquí. ¿Dónde está Winter?

—Lo trajiste... —empezó a decir Laura, pero Jones fue directo al grano y tenía los instintos de un cirujano: cortar para curar.

—No lo podemos salvar —atajó Jones—. Intentó asesinar a un general, a las puertas de una masiva ofensiva alemana. Se lo llevaron al momento, sin importar su herida, y lo deben estar interrogando en este mismo instante. Y lo van a colgar. —Para Laura añadió—: Tenemos que llevar a tu hermano dentro.

—No —musitó Freddie, y Laura sintió que se le encogía el corazón. Quizás el cuerpo de Freddie sobreviviría, si gracias a algún milagro conseguía llevarlo de vuelta a casa. Pero el resto de él estaba muy maltrecho. ¿Sobreviviría su mente, si conseguía huir, pero dejaba atrás a Winter, ejecutado? Rememoraba cómo se habían mirado los dos, en el recuerdo, en aquel agujero. ¿Por qué diantres había disparado la pistola Winter?

—No permitiré que arresten a mi hermano —le dijo Laura a Jones, con la voz rota.

—Lo sé. Pero los dos parece que os vayáis a desplomar en cualquier momento. Llevémoslo dentro. Entonces pensaremos qué hacer, sin dramas.

La última vez que Laura le había pedido que confiara en ella había acabado con un disparo. Debería estar enojado con ella. No debería estar jugándose el cuello. Otra vez. Pero allí estaba.

—Muy bien, doctor.

—Llámame Stephen —repuso él. Parecía estar irritado, pero sus dedos eran amables cuando la liberó del peso de Freddie—. Nos queda mucho camino por recorrer. Os cuidaré a los dos.

La esperanza de Laura —e imaginaba que la de Jones también— era que pudieran infiltrar a Freddie en el castillo sin que los vieran. Instalarlo, conseguir que comiera algo y bebiera un poco de té. Dejarle dormir. Y luego… Bueno, oficialmente estaba muerto, así que tal vez con un poco de argucia burocrática podrían sacarlo a hurtadillas. Laura no tenía dinero para comprar un pasaje de vuelta a Canadá, pero primero lo primero. Podía conseguir trabajo, hablaba francés…

Esos pensamientos le corrían por la mente mientras Jones, con Freddie recostado sobre su hombro, se escabullía por la entrada del servicio y se dirigía hacia las escaleras traseras, con Laura a la zaga.

Se encontraron con Pim que bajaba.

Estaba completamente vestida y acicalada, a pesar de la hora, y no los vio. Estaba hablando hacia detrás de ella mientras caminaba.

—No, ya he telefoneado, no puedes detenerme, Mary. Me voy.

Mary estaba unos cuantos escalones detrás de ella.

—Has pensado ni que sea por un momento, que es mejor no atraer atención… —Vio al trío al pie de las escaleras.

Todo el mundo se quedó quieto.

Mary fue la primera en recuperarse.

—¿Dónde has estado, Iven? Estábamos… —Vio a Freddie—. ¿Quién es ese? Llevadlo a la sala. Dios mío, ¿es…? —Se quedó callada, viendo las miradas en el resto de las caras—. ¿Qué?

Pim lo había entendido. Con un paso ligero, llegó al final de las escaleras y lanzó los brazos alrededor de Laura.

—Lo has encontrado. —Tenía los ojos empañados de lágrimas—. Lo has encontrado.

—¿Qué diantres ocurre aquí? —preguntó Mary.

Laura, de repente sobrecogida por el pavor, intentó poner en orden sus pensamientos. No había planeado nada para después, cuando el milagro había ocurrido. No debería haber ido allí. Mary no era del tipo sentimental. No pondría en riesgo su hospital para ayudar a un desertor harapiento.

—Mary, pues está claro, es Freddie. —Pim rodeó a Laura por encima de los hombros—. Es el hermano de Laura.

Al oír la voz de Pim, Freddie levantó la cabeza. Una mirada extraña surcó sus ojos desorientados.

—Te recuerdo. Sea lo que fuere que te dijera, te mintió.

—¿Disculpa? —intervino Pim.

—Te vi. —Freddie se esforzaba por sacar las palabras—. Lo vi… —Sus ojos escudriñaban la habitación—. ¿Dónde está Winter?

—¿Dónde lo encontraste? —exigió saber Mary.

—Atrapado —respondió Laura.

Mary le dedicó una mirada desdeñosa.

—Desertado, querrás decir. Y aun así lo has traído aquí, Iven, por Dios. Sabes que voy a tener que…

No, no lo harás. Laura abrió la boca, furiosa, pero Pim habló primero.

—Mary Borden, ¿cómo te atreves? —No por primera vez se le ocurrió a Laura que los modales un tanto absurdos de Pim no eran más que un constructo, un escudo que había mantenido perfectamente desde hacía tanto tiempo que ella misma se olvidaba a veces de lo que había detrás.

—Los vas a ayudar —aseguró Pim—. Porque si no lo haces, no voy a suavizar el… incidente con Gage de hoy. Le diré a

Young cuando me pregunte que tú sabías quién era Winter cuando lo hospedaste, que te daba lástima. Le diré a Young un montón de cosas.

Nadie en la habitación se atrevió a decir ni «pío». Era como si un ratón hubiese rugido.

Mary apretó los dientes.

—Shaw…

—Lo digo en serio. Lo haré. Estarán muy enfadados. Te obligarán a cerrar el hospital. O podrías tener un gesto amable por una vez en tu vida, Mary.

—Muy bien —aceptó Mary con rencor—. Está bien, Pim, desgraciada. Irás a Poperinge y arreglarás las cosas con el general. Y llévate a Iven contigo. No confío en que no hagas algo temerario.

Laura se había perdido algo.

—¿Esta noche?

—He llamado por teléfono a Young. Quiero ver al general. Había algunas cosas que recordé, que… que Winter me explicó. Creía que podían ser de su interés. —Miró a Mary—. Y pensé… que puedo asegurarme de que no estén enfadados con nosotras por ello. Young viene a buscarme. Pronto, de hecho. Pero por el amor de Dios, Mary, no hay ninguna necesidad de que Laura…

Laura no estaba escuchando. No tenía ningún sentido. Si Pim podía llamar por teléfono a Young para decirle que tenía cosas que contarle, ¿por qué no simplemente… se las decía? Una mirada a la cara de Mary le mostró que ella tampoco se la creía por completo. ¿Qué era, entonces?

—¿Winter? —dijo en voz baja Freddie.

—Puede esperar —le espetó Jones, en un tono que no admitía réplica—. Apenas te mantienes en pie.

—¿Vas al cuartel general del regimiento cinco de infantería esta noche, Pim? —preguntó Laura con un hilo de voz.

—Así es. Pero está claro que no necesito que Laura venga conmigo, Mary. Debería quedarse aquí, con su hermano…

—No —contradijo Mary—. Me has acorralado en una esquina, Penelope Shaw, y te dejaré ir bajo esa única condición, que Iven vaya contigo. No sé a qué estás jugando, pero Iven te mantendrá alejada de los problemas, aunque solo sea por el bien de su hermano. Te asegurarás de que nadie del cuartel general culpe al hospital de este desdichado contratiempo. A cambio, instalaremos al hermano de Laura en una cama sin alboroto, y haré los preparativos para que puedan salir del país. ¿Estamos de acuerdo?

Pim negaba con la cabeza.

—No... Mary, preferiría que no...

—Te lo digo en serio. Es eso, o mando al hermano de Iven directamente al ejército canadiense para que lidien con él. No me queda paciencia para esto.

Pim parecía estar cansada de repente.

—Está bien.

—Cuanto antes salgáis, antes estaréis de vuelta. Le encontraré una cama a tu hermano —dijo Jones tranquilizadoramente.

Freddie meneaba la cabeza.

—No. ¿No lo veis? —Era como si peleara por hallarle sentido pero no pudiera.

—Stephen —dijo Laura, en voz baja—, cuida de él.

41
EL INVENCIBLE BRÍO Y LA ESFORZADA VENGANZA

POPERINGE, FLANDES, BÉLGICA
ABRIL DE 1918

Young apareció por el camino justo después de que Laura se tomara el baño más rápido de su vida y se enfundara en un uniforme limpio. Mientras, Jones se había apresurado a llevarse a Freddie a su propia habitación. Cuando Laura se pasó para echarles un vistazo, su hermano estaba sentado en la cama de Jones sin las botas y con los hombros tensos.

—Desnutrido —dijo Jones mientras lo examinaba—. De hecho, no sé de qué diantres se ha estado alimentando. Mírale los dientes.

Laura no respondió. Creía que Freddie ni sabía dónde se encontraba. Estaba sentado muy quieto. Ella cruzó la habitación y se arrodilló. Él levantó la vista hacia su cara. Un deje de confianza, una pregunta oculta bajo la confusión. ¿Cómo, después de todo, podía abandonarlo?

Jones pareció captar su pensamiento.

—Si Borden dice que hará algo, ten por seguro que así será —dijo desde detrás de ella—. Lo dijo en serio. Hazlo y os conseguirá sacar a los dos.

Laura pensó que tenía razón. Pero aun así le daba miedo irse. Como si al perder de vista a su hermano solo un instante, se pudiera romper el hilo que los unía con su pasado y a ellos dos.

Notó la mano de Jones en el codo. La levantó y la miró a los ojos.

—Cuidaré de él, Laura —le aseguró.

Stephen era impaciente y poco sentimental, pero le había cedido su cama a su hermano. Había corrido un riesgo terrible, actuado en contra de su propio juicio y usado su propia sangre para salvarle la vida a Winter. Y luego, cuando Winter había pisoteado su confianza, no había pronunciado ni una palabra al respecto.

—¿Por qué, Stephen? —le preguntó ella.

Se encogió ligeramente de hombros.

Ella esperó.

—Me gustaría que volvieras a casa —dijo al final—. Y quiero oírte reír algún día. Márchate, Iven.

Laura colocó una mano en el hombro tenso de Freddie. Él levantó la mirada, pero no dijo nada. Entonces Laura se fue.

Young esperaba fuera del coche, con un aspecto juvenil en la suave noche de primavera, sus orejas absurdamente protuberantes, la inclinación adolescente de sus hombros oculta bajo su uniforme. A su favor, solo un poco de decepción cruzó su rostro cuando vio a Laura correr a grandes pasos siguiendo los talones de Pim.

Se metieron en el coche y salieron a toda velocidad.

—¿Se encuentra bien, señora Shaw? —preguntó Young—. Ha sido una experiencia horrible. Su heroísmo, deteniendo al espía…

Pim no respondió, pero cuando sonrió y le tocó la mano, el muchacho se quedó boquiabierto.

—Ojalá hubiese recordado antes lo que ese hombre me había contado —dijo Pim.

¿Qué te dijo, Pim? La pregunta penetró la niebla de la mente cansada de Laura. Algo no tenía sentido.

—¿Algo que le dijo ese canalla? —preguntó Young, verbalizando el pensamiento—. Ay, Dios mío, cuando pienso en él… tan astuto… allí a su lado y usted sin sospechar nada, y la pistola fácilmente podría…

Tragó saliva y se quedó callado. Pim le había apoyado la mano encima de la suya de nuevo. Otra vez mostraba aquella aflicción extraña en el semblante, que poco tenía que ver con el amor.

—No pasa nada —aseguró ella—. Estoy bien. Solo debo ver al general. Ha sido muy amable por su parte concederme un momento.

—Bueno —dijo Young con una franqueza encantadora—, todo el mundo está que trina. Un espía en nuestra propia puerta, que por poco no mata a un general. Y los alemanes atacando… Es una completa pesadilla allí arriba en estos momentos, Ypres hecha pedazos por las bombas. Y han tenido que retirarse del risco. Era indefendible, sabe.

Pim lo sabía, igual que Laura, aunque el color abandonó su cara ligeramente de todos modos. Su hijo había muerto conquistando el risco. Sus ojos y los de Laura se encontraron, solo un instante, en la oscuridad.

Poperinge estaba sumida en una conmoción mayor de lo que Laura había visto jamás. Coches, camiones, caballos. Bicicletas y motocicletas y gente a pie. Teléfonos, mensajeros, hombres anunciando noticias. Tropas que subían, los heridos que volvían. El ruido de los bombardeos, rápidos como un redoble de tambor, y el cielo entero rasgado de par en par por los estallidos de luz.

El coche se detuvo delante del cuartel general. Young habló con algunos hombres y volvió con ellas.

—Mi tío está con el prisionero ahora —las informó—. Podéis esperar para hablar con él. O… hay alguna esperanza de que, en vuestra presencia, quizá, cuando sepa lo que podéis revelar, se vea inducido a decir…

Pim se había quedado inmóvil solo un segundo.

—Está bien —dijo.

—¿Está… Está segura, señora Shaw? —preguntó con la voz un poco ronca.

—Estoy segura. —Lo agarró del brazo para que la acompañara hacia dentro del edificio—. Soy bastante valiente, sabe.

—Oh, lo sé —repuso Young fervientemente.

Verían a Winter. Laura no sabía cómo sentirse. Tal vez le debía algo a su hermano, pero se había desenmascarado como un alemán leal al final. Había visto la oportunidad de matar a un general y no había dudado. Solo la suerte, y Pim, se lo habían impedido. Quizá no fuera malo que ella estuviera allí, si podía decirle de alguna manera que Freddie estaba a salvo. Por el bien de su hermano.

La razón se abrió paso a picotazos, diciéndole que eso no explicaba la presencia de Faland fuera del castillo o la mirada fija de Winter en la suya.

Tal vez no lo descubriera nunca.

Young las llevó a una habitación del sótano con una puerta robusta, una habitación que tiempo atrás habría podido alojar licores o las reservas de oro de la ciudad. Winter estaba allí, en una silla, con moratones en la cara. Laura supuso que no tenían tiempo para interrogatorios amables, no con un ataque literalmente en marcha. Racionalmente lo sabía. Pero todos sus instintos se rebelaban contra apalizar a un hombre herido. Cruzó la habitación con tres zancadas y buscó con los dedos el pulso bajo el sudor frío del cuello de Winter, girándolo para que pudiera ver la sangre en su costado, donde el minucioso trabajo de Jones con los puntos se había abierto de nuevo. Sus ojos se fijaron al instante en su cara.

Le dedicó un leve asentimiento. *Lo he encontrado. Está vivo.*

Los cerró.

—Señorita Iven —dijo una voz. Laura se dio la vuelta. La habitación no estaba vacía. Estaban Young y Pim, por supuesto, detrás de ella. Y Gage, de pie, y un edecán sentado, y otro hombre con el uniforme de la inteligencia militar—. Qué bien verla de nuevo, querida. Sus impulsos caritativos la honran. —Había un deje de irritación en su voz educada; estaba claro que no quería que el prisionero estuviera cómodo. Pero no se quejó de ella. Se giró hacia Pim, brillante incluso en la luz tenue—. Dígame, señora Shaw, ¿qué información le desveló este hombre? Aprisa, aprisa, debo volver al frente dentro de poco.

Winter había levantado la barbilla, y Gage obviamente lo vio; le giró la cabeza, observando su reacción. Pero Winter los sorprendió a todos. Tenía los ojos puestos en Pim, pero le habló a Laura. Su labio partido se agrietó y empezó a sangrar cuando dijo:

—Iven, sácala de aquí.

Mientras pronunciaba esas palabras, Laura oyó un alboroto que provenía del pasillo. Un golpe y gritos. Luego, para su asombro, alguien que se reía. Todo el mundo en la habitación se tensó. *¿Un sabotaje?*, pensó Laura, y Gage compartió el mismo razonamiento.

—Edwards, Boyne, id a ver —ordenó el general, y el oficial de inteligencia y el edecán se apresuraron hacia la puerta y salieron al pasillo.

Entonces Laura vislumbró los ojos de Pim, que tenían una mirada helada y penetrante y estaba completamente tranquila.

—No —dijo Winter, intentando levantarse.

Pero Pim se dirigía hacia la puerta detrás de los dos oficiales. La cerró de un portazo y pasó el cerrojo. Laura, sobresaltada, reaccionó demasiado lentamente cuando Pim sacó una pistola del bolsillo, se colocó detrás del indignado general y la presionó justo detrás de su oreja.

Todo el mundo se quedó de piedra.

—¿Se ha vuelto loca? —susurró Gage, manteniéndose rígido.

—¿Pim? —dijo Laura con un hilo de voz.

Young se quedó paralizado con la boca entreabierta.

—¿Penelope?

—Te advierto, mujer —dijo Gage—, detén este sinsentido a la de ya o...

—¿O? —repitió Pim, en una voz grave y terrible—. ¿Me matarás, igual que a Jimmy?

La habitación pareció quedarse sin aire. Pim tenía la espalda recta, y los ojos fríos, fríos, fríos. ¿Era locura lo que había en su brillo?

—¿Penelope? —volvió a decir Young con voz forzada y baja—. Le dije a mi tío que no te lo debía de haber contado. Lo siente. Lo siente mucho. Baja la pistola.

Winter estaba rígido bajo las manos de Laura con la cara blanca como la cal.

—Habla con ella —bisbiseó—. No le permitas hacer esto.

—Pim —insistió Laura. Pero no tenía palabras, no entendía para nada la expresión que veía en su cara.

Extrañamente, Young parecía estar más al corriente de la situación que Laura.

—Lo siento. Es... bueno, una noticia horrible. Lo sé. Tú... quizá yo también habría estado molesto. De verdad. Pero esto no está bien. Baja el arma, por favor.

—No vale la pena —le dijo Winter a Pim.

—Él no vale la pena —repitió Laura, encontrando su voz de nuevo—. Pim... sea cual fuere la razón... no es... —se quedó titubeando. La desesperación en el semblante de Pim era absoluta, y eso la asustaba. Un sudor fruto del miedo caía a chorros por la cara de Gage.

—Tal vez no —confirmó Pim, y apretó el gatillo.

Fue estruendoso y desagradable. El general se tambaleó y se desplomó. Laura cruzó la habitación para impedir que golpeara el suelo. Tenía la mirada fija y su cuerpo se convulsionaba.

Pim dejó caer la pistola. Había ruido en el pasillo, gritos, golpes en la puerta. Young, completamente rígido, no se había acercado al cerrojo, no había abierto la puerta. Solo Dios sabía lo que creerían que estaba pasando dentro.

La sangre de Gage empapó la falda de Laura.

La respiración de Pim era agitada y sonora en el espacio confinado.

—Tú… —empezó a decir Young, pero se detuvo. Se lamió los labios—. ¿Era por eso… desde el principio? ¿Para llegar hasta él?

Pim asintió.

—Puedes arrestarme. No pasa nada.

—Pim, intentaste disparar al general en el hospital, ¿verdad? —Entonces lo comprendió—. Winter te lo impidió.

—Nunca hubiese querido que muriera por mí. Se lo habría dicho a todo el mundo, pero antes tenía que hacer esto —le dijo Pim apasionadamente.

—Pero ¿por qué? —musitó Laura—. Por el amor de Dios, Pim, ¿por qué?

42
NUESTROS TORMENTOS SE CONVERTIRÁN EN NUESTRA ESENCIA

CASTILLO DE COUTHOVE Y POPERINGE, FLANDES, BÉLGICA
ABRIL DE 1918

Freddie volvió a ser el mismo de antes tras un proceso lento y doloroso. Estaba en un lugar oscuro que olía a tela antigua. No era el hotel. Era más frío, de algún modo más agreste, sin el aislante del vino, la música y los recuerdos perdidos. Estaba de vuelta. En aquel momento, no quería estarlo. Deseaba volver al olvido. ¿Dónde estaba Laura? Había regresado por ella. Y por…

Winter.

Va a morir, había dicho alguien.

Ese pensamiento lo espabiló. «Cobarde», lo había llamado Faland. Quizá fuera cierto. Pero era un cobarde con un propósito, y llevaba el suficiente tiempo siendo soldado como para saber que el propósito daba fuerzas hasta al hombre más débil. Se obligó a abrir los ojos, sentarse y existir, por primera vez en meses, en un lugar que no estaba protegido ni confinado por la presencia abrumadora de Faland.

La habitación estaba iluminada con luz tenue, austera y prosaica, pero no le llegaba ningún olor a polvo o putrefacción. Solo algo ligeramente astringente. Estaba tumbado en una cama, con un arcón a los pies y una mesita plegable cerca. Había un hombre sentado a su lado, un hombre con unas muñecas grandes y huesudas. Unos brillantes ojos oscuros suavizaban una mandíbula prominente y una nariz aguileña. Freddie lo recordaba vagamente. Había llamado a su hermana Laura. Freddie se incorporó sobre un codo.

—¿Quién eres?

—Soy cirujano. El nombre es Jones —le llegó la respuesta comedida.

—¿Me puedes decir qué está pasando?

Los ojos oscuros lo miraron sin emoción.

—Si me lo cuentas tú primero. La verdad es que no tengo la más remota idea.

Freddy intentó organizar su mente. Recordaba el hotel. Una mujer preciosa de cabello dorado. Había visto cómo inclinaba la cabeza hacia Faland... ¿Dónde? ¿En el hotel? ¿En algún otro lugar? Un sitio oscuro. Ambos envueltos en la música. No... en ruido. Los grandes ojos azules. ¿Qué había visto ella en el espejo? ¿Qué le había dicho Faland en aquel momento? ¿Y más tarde? ¿Dónde estaba Winter? ¿Dónde estaba Laura?

—Dime primero dónde está mi hermana —exigió Freddie tajante.

Los ojos negros de Jones lo examinaron.

—En Poperinge. Con su amiga, la señora Shaw, que tenía un comportamiento de lo más peculiar.

Freddie agarró a Jones de la muñeca mientras su mente iba a toda velocidad, como un engranaje que acabaran de engrasar.

—Es la mujer del pelo dorado, ¿verdad? Tenemos que ir con ellas. Algo no está bien. Él no ha acabado con nosotros. Tenemos que irnos.

Jones se liberó de su agarre.

—Estás enfermo, has pasado por un calvario y sigues en estado grave. Aunque, sinceramente, no es algo que me preocupe en demasía, pero me importa mucho tu hermana. Así que por su bien, te voy a mantener…

Esa vez los dedos de Freddie se cerraron con desesperación en el antebrazo de Jones.

—Déjame que te lo explique y decides. Pero no creo que tengamos mucho tiempo. Verás, he visto a esa mujer, la señora Shaw, antes.

Los ojos oscuros afilaron todavía más la mirada.

—Entonces habla, Iven.

No había ni rastro de remordimiento en la cara de Pim. Solo una rabia infinita e implacable.

—Lo siento, Laura. Siento que hayas tenido que verlo. Pero pensé que no te importaría. Tú también lo odias. Por Brandhoek, por lo que ocurrió en el risco…

—¿Que no me importaría? —bisbiseó—. Pim, no estaba… nos van a arrestar a todas. Por el amor de Dios, qué te ha poseído… —Pasó la vista de la cara inexpresiva de Pim a la de Young—. Dime qué ocurrió, Pim.

—Jimmy huyó —explicó Pim. Sus ojos suplicaban comprensión, bendición—. Después de Passendale. Después de la terrible batalla en el risco. Jimmy sobrevivió, pero huyó. Lo atraparon. En El Havre. Intentaba subirse a un barco. Para tratar de volver con… Da igual, lo atraparon y lo llevaron al tribunal militar. Lo condenaron. Lo mandaron… al pelotón de fusilamiento. Al alba. En Poperinge, detrás del ayuntamiento. Faland… Faland me mostró el lugar exacto. El patio, el puesto. La celda donde lo metieron. La noche de los disturbios me lo enseñó. Me lo dijo. Sabe muchas cosas, Faland.

—Lo siento mucho, Pim —la consoló Laura. Un sudor helado le caía por las costillas. Rebuscó las palabras adecuadas—. ¿Pero qué tenía Gage que ver con todo eso?

—Gage… estaba de paseo… esa mañana, cuando llevaban a Jimmy para… —Pim hablaba como si no consiguiera inspirar el aire suficiente—. Gage lo vio. Pura casualidad. Lo detuvo. Le preguntó… lo que había hecho. Le dijeron lo que había hecho. Y Gage le dijo a Jimmy… —a Pim le temblaba la voz— que había cometido un error e iba a morir por ello. Para que otros hombres no hicieran lo mismo. Así que al morir… de la manera como lo iba a hacer, él… él estaría sirviendo a la causa de la guerra después de todo. Ni siquiera pudo liberarse con la muerte. —Su voz se rompió por completo—. Y Gage fue la última persona de esta tierra con la que habló Jimmy. La última voz.

—¿Y te contó todo esto? —preguntó Laura, atando cabos—. Gage te lo contó en Londres, ¿verdad? ¿Cuando te llamó a la biblioteca?

—Así es. Creo que pensó que de alguna manera me aliviaría saber que Jimmy no había muerto en vano. —Su voz estaba teñida de rencor—. Creo que no lo hizo con mala intención.

—¿Por qué no nos lo dijiste?

—No tenía palabras. Era un veneno. Lo odiaba. Ay, Laura, no había odiado a nadie antes. No de ese modo. Lo he odiado desde entonces. Ese rencor me estaba carcomiendo. Podría haberlo salvado, de eso estoy segura. Podría haberlo enviado de vuelta a casa. Aquella noche en el hotel de Faland, cuando miré en el espejo, creía que vería a Jimmy. Por supuesto eso era lo que más quería. A mi niño. Pero no fue eso. En su lugar, me vi matando a Gage, y pisoteando su cuerpo. —Pim echó sus delgados hombros hacia atrás—. Cómo se atreve a llevarse a mi hijo.

Laura se estremeció. Ella había peleado contra su monstruo, y Pim había encontrado uno para ella. Era mucho más fácil odiar a un hombre que al sistema: vasto, inhumano, manchado de sangre.

—Y bueno… estaba Young, y sabía que yo le gustaba. Eso me dio una idea. Se ofreció a enseñarme a montar, y le pregunté si podía enseñarme a disparar también, como si fuera un juego. —Se rodeó el cuerpo con los brazos—. Pero no lo era.

Cuando Young habló, dijo lo último que cualquiera de las dos podía esperar. Sus ojos estaban empañados de lágrimas.

—Diré que el alemán disparó a mi tío. —Miró a Winter—. Si tú dices lo mismo.

—Lo haré —afirmó Winter, sin dudar.

Young dio un paso hacia Pim. Tenía los ojos ciegos de devoción, mientras que los de Pim estaban vacíos de rabia. Jesús, ¿había alguien que estuviera cuerdo?

—Él era… quiero decir… lo siento. No creo que matarlo… —se le rompió la voz— te haya devuelto nada. Pero puedo sacarte de aquí.

—¡No! —gritó Pim—. No… ¡No! —Irguió todo el cuerpo—. Diré la verdad. ¿Crees que quiero que alguien muera por mí? Sabía lo que estaba haciendo. Quería hacerlo. —Se giró con determinación hacia la puerta.

—No, espera, Pim… —empezó a decir Laura, pero ella ya había liberado el cerrojo y abierto la puerta de par en par. Laura esperaba ver a una masa de edecanes furiosos y a la policía militar, pero solo estaba Faland, apoyado en la pared de delante.

—Ya era hora —dijo él. Miró al general, tumbado en el suelo. Y se rio.

—¿Penelope? —dijo Young, mirando atónito al desconocido de cabello claro y el pasillo vacío—. ¿Quién es él?

Pim levantó el mentón y se encaró a Faland.

—No creía que fuera capaz.

—Al contrario, sabía que lo harías. No subestimo a las personas, como norma. Con alguna excepción ocasional. —Le dedicó una mirada a Laura—. ¿Y ahora? ¿Vas a atenerte a las consecuencias? ¿Confesar y morir junto al espía aquí dentro?

—¿Acaso tengo otra opción? —dijo Pim.

—Y tanto. Ese chico quiere rescatarte. —Sus miradas se cruzaron—.

—¿Y tú? —susurró Pim.

—Yo quiero destrozarte —confesó Faland—. ¿Cuál eliges? —Un alboroto retumbó por el pasillo; gritos y pasos que se acercaban.

—Pim, por el amor de Dios, tenía a Freddie. Freddie no era más que una… una cáscara cuando lo encontré. No… sea lo que fuere lo que te esté pasando por la mente. No lo hagas.

Pim seguía mirando a Faland.

—Si voy contigo, ¿podrás sacarlos de aquí?

—Supongo que podría. Incluso podría arrancar una de las hojas del libro de Iven —dijo sosegadamente.

Laura no sabía a qué se refería, pero pronto lo vio claro. Faland se arrodilló al lado del hombre muerto y le registró los bolsillos. Sacó una cajita de cerillas. Con dedos hábiles, extrajo algo de la carga explosiva de la pistola. Encendió uno de los fósforos. Prendió con una velocidad sorprendente. El humo se elevó por la habitación. A Laura le empezaron a picar los ojos.

No había tiempo para encontrar la llave de las esposas. Laura tuvo que hacer acopio de valor y dislocarle el pulgar a Winter para que pudiera liberar la mano. Se sometió a ello sin emitir sonido alguno. Entonces subieron por unas escaleras vacías, tosiendo. El silencio que envolvía el edificio era inquietante. No veía a Faland. No veía a Pim. Se sintió vacía por la conmoción de la traición cuando salieron a la noche de primavera que rugía con coches que se desplazaban y hombres que se movían. Sacudió la cabeza como si hubiese salido a rastras de un sueño.

¿Dónde estaba Pim? Young estaba caminando en un gran círculo como si él también la buscara. Allí. Estaba delante de Faland. Ninguno de los dos se movía. Young recobraría la razón y daría la voz de alarma en menos de un minuto. Laura, todavía sujetando a Winter, acortó el espacio que los separaba, sintiendo los pies extraños sobre el polvo.

—Pim, vamos, alejémonos. Volveremos a Halifax y...

Pim giró la cabeza un poco y la voz de Laura murió en su garganta. Winter se aferró con más fuerza a su brazo. Se había pasado años ejerciendo en una realidad dura y fría, y reconoció la mirada en el rostro de Pim. Era la misma que los hombres heridos tenían a veces, hombres que tal vez no tuvieran una herida mortal, pero que simplemente no querían seguir. Que preferían dejar el mundo atrás.

—Pim, él no es... —Pero sus ojos se cruzaron con los de ella. Se quedó callada. Sintió cómo Winter se estremecía mientras peleaba por mantenerse en pie.

—Los ayudarás a salir. Hasta el final. Hasta un lugar seguro. Hasta el mundo ordinario —le exigió Pim a Faland.

Faland tenía la vista fijada en Pim como si estuviera fascinado, como si pudiera leer la inestable muestra de emoción como si fuera una partitura.

—Y tú me lo contarás todo. Cada noche. Lo que amas. Lo que odias. Y de qué tienes miedo. Hasta que no recuerdes nada en absoluto.

—Sí.

—Pim, no lo hagas —susurró suplicante Laura.

Faland esbozó una media sonrisa.

—Disfruta de los fragmentos que quedan de tu hermano, Iven. O más bien, disfruta observando como él se divierte con ellos. ¿Crees que alguna parte de tu querido Freddie te pertenece? Te equivocas. Son suyos. Y un poco míos.

Laura se tragó un enorme nudo en la garganta y Pim únicamente se giró y la besó levemente en la mejilla.

—Es la mejor opción, Laura.

Laura se quedó callada. Porque al fin había visto a la Pim que había detrás del velo de su naturaleza brillante y dulce. Y lo que se movía debajo de la piel estaba herido, era despiadado y ciertamente un poco perturbado. Se dio cuenta de que estaba llorando, y vio que Pim también.

Faland tenía su violín. Sus ojos seguían clavados en Pim.

—¿Qué te parece esto, encanto? Lo he acabado. —Colocó el arco sobre las cuerdas.

No era tanto una melodía sino un grito enajenado, de rabia y pena y determinación demente, abrupta y miserablemente preciosa. Laura oyó la voz de Pim en su aullido. El rugido de la multitud imitaba el sonido de la música, el ritmo revuelto de la guerra a su alrededor. Laura se quedó allí durante un instante, atrapada entre el refugio ponzoñoso de Faland y los peligros del mundo. Podría haberse decidido por ir con él. Faland seguramente lo sabía. Winter estaba callado, pero podía sentir cómo temblaba a su lado. En cualquier momento sonaría la alarma y entonces…

Y entonces llegó Jones.

—¿Qué diablos, Iven? —le recriminó.

43
POR EL EDÉN SE MARCHARON SOLITARIOS

POPERINGE, FLANDES, BÉLGICA
ABRIL DE 1918

Sin más medios a mano, Freddie y Jones caminaron hasta Poperinge, ocultándose en las sombras, apresurándose a recorrer los tres kilómetros aproximadamente que separaban Pop de Couthove, una tarea casi demasiado ardua para las piernas exiguas de Freddie. La ciudad estaba sumida en un caos parecido al de una batalla, y el ruido le ponía los nervios de punta.

Cuando estaba con Faland, sentía que nada más en el mundo podía tocarlo. Pero en ese momento el mundo estaba a su alrededor, descarnado, brillante y doloroso, sus peligros inmediatos, su fealdad obvia. Mantenían las cabezas gachas mientras pasaban por las afueras del pueblo, esquivando el tráfico frenético con poca visibilidad hasta que llegaron a la plaza, que estaba abarrotada de gente. No estaba seguro de cómo, entre la confusa neblina que formaba la multitud, sus ojos encontraron a Laura. Pero la localizó. Estaba con Winter, sujetándolo, él con el brazo rodeando los hombros de ella.

Winter tenía los ojos entornados por el dolor y el rostro concentrado. Había sangre en la falda de Laura, y restos de lágrimas en su cara. ¿Cómo estaban…?

Entonces los sentidos de Freddie se despejaron un poco, y oyó la música debajo del alboroto del gentío y se dio cuenta de que la gente no se reunía movida por las reivindicaciones de la guerra moderna, sino por otro poder completamente distinto. Faland estaba allí. Estaba tocando el violín.

Jones se separó y se acercó a Laura.

—¿Qué diantres ocurre, Iven? ¿Estás bien? ¿Dónde está Shaw? Qué demonios estás haciendo con… —Le dedicó una mirada de pocos amigos al semiinconsciente Winter.

Freddie había seguido a Jones, intentando ignorar la música que acechaba en el barullo creciente del gentío. Winter levantó un poco la cabeza. Sus miradas se cruzaron.

—Iven… ¿Por qué…? —empezó a decir Winter, pero lo cortó una nube de fuego que se elevó y las llamas empezaron a fluir a raudales desde el ayuntamiento, y volvió a sonar la música, insistente, subyacente al ruido de la multitud.

Había gritos de miedo, de rabia, el sonido de los cláxones de los coches, como si Faland los estuviera arrastrando y sacando a la luz toda la locura desde donde merodeaba bajo la superficie de sus mentes. O quizá solo estuvieran reaccionando al fuego. Freddie ya no sabía discernir qué era real y qué no. Se sentía bastante enajenado.

¿Y ahora qué?

Levantó la vista y se encontró con los ojos de Faland. Como si siempre hubiese estado allí, con los párpados pesados mientras esperaba que Freddie se percatara de su presencia. Había dejado de tocar el violín, pero eso no tenía importancia. La muchedumbre se había adueñado de su esencia.

Faland no estaba solo. La mujer preciosa estaba con él, y Freddie comprendió la expresión que tenía en el rostro, la terrible decisión. Magia y olvido por un lado, y un completo futuro roto en su nuevo mundo por el otro.

—Señora Shaw… ¿Qué está haciendo? —le preguntó Jones.

Freddie sabía lo que estaba haciendo. Sintió que la envidia lo invadía. Él había escogido el nuevo mundo, había escogido a Winter, a Laura, el erial de su vida, con los brotes verdes que pudiera persuadir de que crecieran en el terreno reseco de su alma. Vio que la mujer había escogido la otra opción, la de ir hacia la oscuridad con el desconocido, y permitirse olvidar.

Durante un segundo, él se arrepintió. Durante un segundo, por poco no llama a Faland, todo su corazón retorciéndose por el anhelo. Faland lo observó, expectante. Pero Winter le rodeó el cuerpo con fuerza, y Laura se inclinaba hacia él por el otro lado, y todos se estaban sujetando en aquella locura, y no se podría haber roto esa conexión, por nada en el mundo.

La cara delicada de la señora Shaw se retorcía por el deseo, y tenía los ojos fijos en Laura. Vacilaba.

—Pim —susurró Laura, a quien apenas se la podía oír por encima de la locura—. También te necesito a ti. Tenían los ojos ambarinos y azules trabados.

Se limitó a negar levemente con la cabeza. Freddie vio que la mujer tenía las manos cubiertas de sangre. Ella levantó la mirada hacia Faland.

—¿Y bien? —le preguntó a Faland. Podía ver el brillo de las lágrimas en la luz nebulosa. Freddie también quería llorar, pero su mente y sus recuerdos estaban sumidos en el caos absoluto.

—Tenemos que salir de aquí —dijo Jones.

—Por aquí —señaló Winter.

Laura permaneció callada, igual que Freddie. Pero ambos se giraron cuando los otros dos tiraron de ellos, y los ecos de la música de Faland los persiguieron hasta que dejaron Poperinge atrás. La multitud se revolvía guiada por su emoción y justo cuando apenas podía oírla, Freddie creyó escuchar la voz de Faland.

—Hasta más ver, Iven —le dijo, y se echó a reír—. Intenta no pensar en mí demasiado.

Caminaron. Winter, apoyándose en el hombro de Freddie, era el único de ellos que parecía tener alguna idea sobre a dónde se dirigían, qué carreteras y rutas los ocultarían. Quizá había sido así como había sobrevivido durante todos esos meses. Cuando se quedó. Buscando a Freddie.

Freddie no sabía cómo sentirse.

Caminaron hasta que les pareció que llevaban andando una eternidad.

Jones se pasó todo el rato insultándolos, acosándolos, ordenándoles que siguieran adelante. Y Winter apretó los dientes y mantuvo la marcha, como había hecho en el campo de batalla, su coraje con el mismo brío que había tenido allí.

Y así continuaron.

Finalmente —y Freddie no sabía decir exactamente cuándo ocurrió, excepto que el día empezaba a despuntar y estaba completamente exhausto —dejaron de caminar y llegaron a los confines de un pueblo cualquiera, con el murmullo de la guerra más tranquilo que la ida y venida del mar. Freddie no sabía cuán lejos habían ido. No podía reunir lo suficiente de su ser como para que le importara. Sentía que se había despertado de un sueño, y deseaba a medias no haberlo hecho.

Laura aún tenía la cara manchada de lágrimas; su tez se dibujaba grisácea a la luz de la mañana y su falda estaba ensangrentada. Winter no mostraba ninguna expresión, pero tanto él como Freddie se habían sostenido mutuamente durante el último trecho, buscando instintivamente la fuerza del otro.

—Debemos encontrar una pensión dirigida por belgas —informó Laura—. Una pensión modesta. Y pagarles bien, para que no hagan preguntas. O hablen.

—Yo iré —se ofreció Jones. Parecía que no tenía ni idea de qué había ocurrido. Pero era el único de los cuatro que no iba ensangrentado ni tenía aspecto de fantasma. Sostuvo la mirada de Laura brevemente. Entonces se fue.

Apenas les llevó media hora, lo cual era bueno porque todos estaban, en diferentes grados, en las últimas. Ni siquiera fue tan difícil. Nadie, durante aquellos días tan malos, rechazaría dinero en efectivo, por más rara que fuera la aparición de un doctor y una enfermera y dos hombres ojerosos que se mantenían en las sombras. Reservaron dos habitaciones y cerraron las puertas, y entonces llegó la calma y Freddie no supo qué hacer. Él y Laura se quedaron en una de las habitaciones, Jones y Winter en la otra. Freddie no medió palabra. La oscuridad era prosaica, los horrores del mundo grises, sin la malicia de Faland ni su dolorosa empatía. Freddie se quedó de pie, sintiéndose vacío.

El colchón era de calidad cuestionable y las tuberías chirriaban. Freddie no había pronunciado palabra. Pero Laura estaba demasiado cansada y demasiado afligida como para preocuparse por ello; él estaba allí, vivo, lo habían arrastrado a su lado contra todo pronóstico. Ella lo había salvado, se recordó a sí misma. Había ido hasta allí para salvarlo, y lo había logrado. Aunque no hubiese podido conseguirlo con Pim.

Le dolía pensar en ella.

Se quitó el vestido mugriento y lo tendió para que se secara. Se quedó solo con la combinación y las medias y una manta alrededor de los hombros. Freddie seguía de pie, mirando alrededor de la sencilla habitación como si no pudiera acabar de creerse que fuera real. Cuando Laura se acercó a él, se mostró pasivo; dejó que le quitara la ropa y le limpió la cara con un trapo que luego le colocó en las manos.

—¿Esto es real? —preguntó él, en voz baja.

Y finalmente se fue a la cama, y cayó en un sueño inquieto. Su pelo surcado de canas se le pegaba a las mejillas. Laura se sentó, observando, como si pudiera solucionarlo todo para él si no apartaba la vista.

No era posible, por supuesto. Freddie se despertó gritando, en algún punto, en la oscuridad. Ningún esfuerzo de Laura, ningún ruego, consuelo, tacto ni palabra conseguían tranquilizarlo.

Angustiada, no se dio cuenta de que Winter entraba en la habitación ni oyó sus pasos vacilantes hasta que llegó al lado de la cama. Jones lo había examinado en la habitación de al lado; le había limpiado y vendado la herida. Laura creía que ya estaría dormido como un tronco. Pero estaba allí, al lado de la cama de Freddie, con expresión precavida.

Freddie levantó la cabeza y miró a Winter como si no hubiese visto a Laura.

—Es de noche —dijo.

—A veces, cuando me despierto, vuelvo a estar en el fortín, sin escapatoria. No hay luz. No hay aire. Habría muerto de haber estado allí solo. Me habría vuelto loco de haber estado allí solo. —Hizo una pausa, y le siguió hablando a Laura, aunque sus ojos no se despegaron de Freddie en ningún momento—. Creo que para él es lo mismo.

Como compartir la misma muerte, el mismo cumpleaños. Laura lo comprendió. También sintió una impía descarga de rabia. ¿Cómo se atrevía? Ese alemán, ese enemigo. Habría matado a Freddie en la tierra de nadie si no llega a ser por ese giro del destino. ¿Cómo se atrevía a estar allí, mirándola con los ojos firmes, como si conociera a su hermano, lo último que quedaba de su familia, mejor que ella?

Su hermano que no la había olvidado. Su hermano al que quería. Que era todo lo que le quedaba en el mundo. Cuyos ojos estaban abiertos como platos, desnudos y asustados. Había rechazado el olvido para intentar volver con ella. Lo había salvado de eso.

Pero no podía salvarlo de lo que veía en ese momento.

Quizá nunca encontrarían el camino que los llevara juntos de nuevo. Pero tenían la oportunidad de intentarlo. Porque estaba vivo.

Se lo debía a Winter.

Se alejó en silencio, hasta que tocó con la espalda la puerta que daba a la habitación contigua. Se detuvo en el umbral.

—Él es todo lo que tengo —le dijo a Winter. Era a medias una disculpa y una advertencia.

—Lo sé —terció él. Y, extrañamente, lo creyó. Fue ese entendimiento, y únicamente eso, lo que le otorgó las fuerzas para darle la espalda a su hermano, cruzar la puerta y dejarlos a solas.

Jones estaba de pie, delante de un fuego que acababa de alimentar. Bueno, por supuesto estaba despierto, habría oído los gritos de Freddie. ¿Acaso dormía en algún momento, Jones? Incluso en Couthove, siempre había estado ocupado con algo. Iba vestido con los pantalones y la camisa arremangada.

—Ven, siéntate al lado del fuego —le propuso tras mirarla.

Laura se había olvidado de que llevaba una manta enrollada alrededor de las medias, la combinación y poco más, hasta que notó el calor del fuego en los hombros desnudos, y se dio cuenta del frío que tenía.

Se sentó en una silla destartalada y Jones se inclinó sobre la repisa.

—Le administraría una dosis a tu hermano, si me quedara algo que darle. Gasté con Winter todo lo que tenía.

Laura negó con la cabeza.

—No es eso. Hay demonios contra los que no podemos pelear. Ni siquiera tú. —Intentó sonreír—. Una dosis no lo ayudará, creo. Si alguien puede ayudarlo, ese es Winter.

—¿Se ha ido, entonces? ¿Shaw? —preguntó Jones.

Laura se encogió. Jones esperó.

—Quería ir con Faland —explicó Laura—. Ya no quería seguir con su vida. Había perdido a su marido y a su niño. No pude… no pude retenerla. Pude hacerlo con Freddie, pero no con ella.

—No puedes servir a todo el mundo, Iven. —La voz pragmática de Jones era reconfortante.

Laura agachó la cabeza. Él se quedó mirándola, y ella deseaba que se marchara, deseaba que dijera algo, deseaba que él…

—Laura —la llamó, y ante el nuevo tono en su voz ella levantó la mirada—. ¿Puedo tomarte las manos?

Sus ojos se mostraban negros a la luz del fuego. Jones esperó, y sin mediar palabra ella colocó una mano sobre la suya.

Se arrodilló, en silencio, sobre la alfombra al lado de ella y cubrió su mano derecha con las suyas. Sus dedos estaban tan limpios como siempre, fríos, secos y precisos, mientras examinaba la piel cicatrizada, el rango de movimiento de sus articulaciones, masajeando las partes que estaban hinchadas. Jones levantó su otra mano y resiguió las líneas claras de las marcas, presionando para que ella pudiera notar la sensación, ligera, debajo de las cicatrices. Laura no podría haber soportado gestos dulces o sentimentales. Pero él tenía el tacto de un cirujano, amable y un poco brusco, y la confianza hizo que se le aflojaran algunos de los nudos que tenía en el alma. Les venía un silencio absoluto de la habitación contigua.

—Se necesitan el uno al otro —declaró Laura. *Más de lo que me necesita a mí,* le impedía decir en voz alta el orgullo. *Conseguí traerlo de vuelta y lo he perdido…*

—Así es como sobrevivieron, creo —dijo Jones. Seguía mirándole las manos—. Necesitándose mutuamente. No puedes cambiarlo, y tampoco deberías intentarlo. Pero lo trajiste de vuelta.

Laura se quedó callada, pero después de una larga pausa dejó que la cabeza le cayera sobre su hombro. La mano de Jones la rodeó para sujetarla allí, enredando los dedos entre los cortos rizos rubios. A Laura le parecía que todo le venía grande, todo era demasiado extraño como para expresarlo en emociones. Pim y Freddie, Winter y Jones. No sabía cómo sentirse.

—No sé qué hacer ahora —dijo ella, contra su hombro, notando los dedos de él en el pelo—. No… no esperaba…

—Es comprensible —la tranquilizó Jones. Su voz se había endurecido un poco, pero sus manos eran tan precisas como siempre en su pelo y entre sus escápulas—. Volverás a casa, por supuesto. Llévalos a los dos a casa, y soluciona las cosas allí, alejada de los sonidos del maldito frente. Ahora tienes tiempo. Un futuro entero por delante. No hay más guerra para ti, Laura.

No levantó la cabeza.

—No sé cómo llevarlos a casa —admitió en voz baja.

—Winter necesitará una identificación, igual que Wilfred, y tres literas en un barco. Te ayudaré a conseguirlo.

Sus manos se separaron cuando ella alejó la cabeza de su hombro.

—Stephen... —empezó a decir. Todavía notaba su nombre extraño en los labios, y vio cómo el rostro del doctor se ruborizaba. Pero la interrumpió, pragmático como siempre, antes de que pudiera añadir nada más.

—No dejes que el orgullo te guíe en este asunto. ¿De qué modo vas a volver a casa si no? ¿Te vas a quedar aquí hasta que alguien se pregunte qué diantres estáis haciendo los tres?

—¿Y tú? ¿Volverás a Couthove? —preguntó ella, intentando emplear un poco de sensatez.

Le pareció que vacilaba un instante.

—Sí. Tengo pacientes. Obligaciones.

—Yo no quiero ser una obligación.

—No lo eres.

—No quiero... no quiero algo así entre nosotros. Ya te debo...

—Jesús, Laura —exclamó—. No me debes nada porque no te lo voy a permitir. Quiero... —No terminó ese pensamiento. Laura no sabía si estaba contenta o apenada—. Bueno, tenemos tiempo de sobras para eso más tarde.

De algún modo la dureza de él rozó los cantos afilados de ella y los suavizó.

—Entonces ven a buscarme. Cuando todo haya acabado. Y dime lo que te debo —musitó Laura.

—Nada —terció él, lo suficientemente cerca de ella como para que Laura notara el cosquilleo de su pelo contra su oreja y su cuello. La vibración de su voz—. Ya te lo he dicho.

—Ven a buscarme igualmente —insistió ella.

En las profundidades de su pesadilla, Freddie oyó una voz que le decía «Wilfred», con una extraña cautela. Su mente se despejó un poco. La puerta se había cerrado detrás de Laura y solo estaba Winter. Freddie no sabía qué decir, ni cómo decirlo.

Winter le parecía extrañamente desconocido, con su palidez tirante y un solo brazo, de pie junto a la cama; completamente fuera de lugar.

—Yo... cuando me quedo dormido sueño que estoy en el fortín y no hay escapatoria —le explicó. En su voz se intuía en parte una pregunta.

—A mí también me pasa —dijo Freddie.

—Pero conseguimos salir.

Freddie no estaba seguro de ello. El hotel lo había mantenido todo en suspenso, pero no había arreglado nada, y había abierto cada una de sus puertas para poder salir, y en ese momento todos sus peores recuerdos nadaban dando vueltas una y otra vez por su mente.

Winter se sentó, con mucho cuidado, en la cama a su lado, sin tocarlo. Freddie notaba el calor de su cuerpo febril. No había música allí, ningún tipo de olvido. Solo el sonido familiar de la respiración de Winter.

—Winter, yo...

—No pasa nada, Iven.

—Fui un cobarde.

—Eras un hombre. Yo también me habría ido con él, si hubiese estado en tu posición.

—Soy un desastre —admitió Freddie—. Permití que se hiciera con... mi mente, conmigo. Y recuperé... solo las peores partes, apenas puedo acordarme de nada más. —*Excepto a ti.* Eso no lo dijo. *Te recuerdo a ti.*

—Sin embargo volviste —repuso Winter. Tenía la espalda más erguida que nunca.

—Tú te quedaste.

—Te juré que no iba a permitir que murieras. Sabía que era lo último que iba a hacer en esta vida. Yo no rompo mis promesas.

—Yo te prometí lo mismo.

—Y estamos vivos.

—¿De veras? —preguntó Freddie, con amargura—. Yo es como si estuviera muerto.

—¿Cómo te atreves a decir eso, Iven? ¿Acaso supones que me quedé porque creía eso? ¿Crees que tu hermana volvió en tu busca porque creía eso? —dijo Winter con una ferocidad repentina.

Freddie no respondió, pero su silencio estaba cargado de resentimiento. Ya no miraba a Winter, así que se sobresaltó cuando él le tomó la barbilla con la mano. Freddie levantó la vista de golpe y se encontró con los ojos de Winter.

—Te llenó el oído con veneno, ¿verdad? Ese Faland.

—Me dijo que el mundo había acabado y que soy un cobarde —admitió Freddie—. Y tenía razón.

Podía ver cómo se tensaban los músculos a lo largo de la mandíbula de Winter, aunque este se quedó callado durante un momento.

—Sí, tal vez tuviera razón. Pero eso no significa que te lo contara todo.

—¿Qué más hay por contar? —preguntó Freddie.

Winter había alejado la mano de la cara de Freddie, y este deseaba seguir sintiendo su contacto. Winter era real de una manera que Faland no había sido nunca.

—Que no existe tal cosa como un cobarde, o un hombre valiente... al menos no ahí fuera. Ningún hombre tiene una voluntad más fuerte que la guerra. Tanto te podría haber dicho que eres un ángel como que eres un cobarde, la... diferencia... Todo tiene el mismo valor. Es decir, nada en absoluto. Y está claro que el mundo se acabó. Pero también continuó —dijo Winter en voz baja, como pensando para sí mismo en voz alta.

Winter se había girado un poco mientras hablaba, levantando una rodilla para que estuvieran uno frente al otro. Los dos observándose, un poco recelosos, sopesando. Todavía tenía un alma, pensó Freddie, un poco maravillado. ¿Pues qué otra cosa podía ser eso que tenía dentro que lo unía a Winter, como manos entrelazadas? No era una unión agradable. Habían mentido y sufrido, incluso matado, el uno por el otro. Con Faland, hicieras lo que hicieras, no había consecuencias reales, excepto por una única gran consecuencia: la completa pérdida de uno mismo. Pero eso no había parecido importar. La guerra ya le había hecho olvidar que era una persona.

Pero era una persona y en aquel instante había consecuencias. Si alargaba la mano hacia Winter, él podía apartar la suya.

Si alargaba una mano hacia Winter, tal vez se enfadara.

Si alargaba una mano hacia Winter, tal vez él alargara la suya, como un espejo, ahogándose en la desesperación, y Freddie no sabía qué lo asustaba más.

—Winter, ¿qué ocurrió? Después… en Brandhoek. Cuando me fui. ¿Qué ocurrió?

—Estuve enfermo. Muy enfermo; debería haber muerto. Fue tu idea lo que me salvó, darle a la amiga de tu hermana una razón para valorar mi vida. No morí. —Dirigió la mirada hacia el lugar donde había tenido el brazo.

—Pero… pero te podrías haber ido. Cuando te recuperaste. Podrías haber sido un prisionero y estar a salvo. Casi mueres porque no te fuiste.

—Sabía que te habías alejado con Faland, Iven. ¿Te crees que no lo comprendí? Lo vi, cuando me estaban llevando con ellos. Intenté avisarte. No podía permitir que te retuviera, así que busqué. Me escondí. Robé. Me sentía como un demente por intentarlo, o como un fantasma. O como uno de los hombres salvajes que aquel pobre muchacho se pensó que era. Estaba al borde de la desesperación aquella noche en Poperinge.

Freddie alargó el brazo en ese instante; sus dedos rozaron la cara de Winter y bajaron por la mandíbula y el cuello. Notó cómo él se quedaba inmóvil, con los ojos azules buscando los suyos.

Pero entonces Freddie retiró la mano de golpe; el tacto había desatado un recuerdo, despiadadamente intenso. De repente estaba allí, de vuelta en el agujero de proyectil, con las manos en un cuello distinto, también caliente, apretando, la tensión corriendo por las cuerdas del cuello, húmedo. Había lluvia, y había agua, y había asfixia, su propia desesperación, y él no quería vivir, no quería recordar.

—No puedo —dijo. Su voz se rasgó, justo al final—. Winter, no puedo. No podía articular qué era lo que no podía hacer. Apenas podía vivir, mucho menos amar. Había dicho que lo intentaría pero no servía de nada, no era capaz.

—Iven…

—No puedo —repitió Freddie.

—No tienes que hacer nada. Solo estar aquí. Quédate, Iven.

Pero Winter era un hombre, y no mentía como Faland, más allá de las obligaciones del mundo, más allá de lo que el mundo dirimía como bueno y malo. Habría un mañana. Y tal vez otro, después, y otro.

Pero el mundo ha acabado, pensó Freddie, con un asombro extraño. *Mamá siempre decía que el fin del mundo llegaría, y así fue.* Cuando era niño se había imaginado que sería glorioso. Como soldado, había pensado que significaba algo gris y desesperanzado.

Pero en aquel instante, con el primer sentimiento de esperanza que había sentido desde... ni siquiera podía acordarse, pensó: *Todo es distinto ahora. Qué importa si alargo la mano hacia él, aquí en la oscuridad y...* No dejó que el pensamiento acabara de formarse; alargó la mano en busca del brazo de Winter y dijo, oyendo su voz áspera y abrupta:

—¿Tienes frío?

Notó que Winter se quedaba completamente quieto. El brazo bajo la mano de Freddie se tornó rígido. Vio sus ojos azules negros en la oscuridad, la cara de rasgos marcados, el pelo color arena.

El tiempo se detuvo. La pregunta estaba suspendida en el aire, y la habitación estaba sumida en un completo silencio.

Con cuidado, con mucho cuidado, la mano de Winter se elevó y se cerró sobre el brazo de Freddie.

—Sí —respondió.

Lenta y torpemente a causa de su herida, se metió bajo las mantas de lana y se tumbó sobre su costado bueno. Freddie apenas podía verlo, pero era mejor así. Conocía a Winter mejor en la oscuridad, y quizá siempre sería así. Winter no se movió cuando Freddie lo tocó, pero su corazón latió con fuerza bajo su mano.

—¿Por qué te quedaste? —preguntó Freddie. Su voz no era más que un murmullo, y ni eso, en la oscuridad.

—Te lo prometí —respondió Winter.

—¿Ese es el único motivo?

Winter hizo un sonido grave.

—¿Necesitas preguntarlo? Iven, morimos juntos, y renacimos juntos. No puedo vivir sin ti. —No parecía estar contento con ello. De hecho, sonaba muy parecido a como se sentía Freddie, como si hubiese sido cambiado en contra de su voluntad y estuviese marcando los nuevos límites de su ser.

A Freddie le temblaba la mano donde la tenía apoyada contando el ritmo rápido del corazón de Winter.

—Te recordaba —dijo Freddie—. Estaba perdiendo todo lo demás, pero te recordaba. Me despertaba intentando escuchar tu...

Winter se movió hacia delante, bruscamente, y lo besó, su cuerpo cálido y su agarre casi le hacían daño. Era desconcertante. Era inevitable. Era el hogar. Era la primera vez que Freddie se sentía vivo en su propia piel desde aquella noche en la que había subido el risco de Passendale.

Él devolvió el beso, sus manos duras en la cara de Winter, amables en su lado herido. Winter se separó, pero solo a un aliento de distancia, lo suficientemente cerca como para que Freddie pudiera ver sus pupilas bien abiertas y su cara asustada. Ninguno de los dos, pensó Freddie, era la persona que había sido. Pero si no hubiesen cambiado nunca, no estarían allí, juntos, en la oscuridad.

—Quédate —le pidió Freddie, y entrelazó los dedos con los de él y se mordió el labio inferior. Sintió su respiración.

—Está bien —accedió Winter.

44
MAS LOS DEMÁS MUERTOS NO TORNARON A VIVIR

HALIFAX, NUEVA ESCOCIA,
PROVINCIAS MARÍTIMAS CANADIENSES
PRIMAVERA DE 1918-PRIMAVERA DE 1919

Jones se negó a contarle, por más veces que le preguntara, cuánto había pagado, a quién había sobornado, para conseguirles documentos y ropas, y literas en un barco, todo lo suficientemente verosímil como para que lograran llegar a casa en vez de que los arrestaran.

—No, Iven —le dijo irritado, cuando Laura le preguntó por cuarta vez—. No te lo diré. Ya está hecho, de todos modos. Vuelves a Canadá, adonde perteneces, y ¡que Dios te acompañe!

El aire de primavera era cálido a su alrededor. Estaban en la cubierta del barco. Freddie y Winter ya habían bajado a los camarotes. Winter seguía febril. Según sus papeles, era un joven americano adinerado, tullido en combate. Laura era su enfermera y Freddie su sirviente. Hacia el este, la guerra convulsionaba el mismísimo aire; podían oír en la lejanía las pistolas, incluso allí en el puerto de Le Havre.

—Estoy en deuda contigo, entonces —dijo Laura.

Jones fumaba ansiosamente, sin dedicarle ni una mirada.

—La herida de Winter… los puntos…

Laura se acercó a él, y la voz del doctor desapareció.

—Soy capaz de encargarme de los puntos de Winter —le aseguró Laura.

—Lo sé.

Lanzó el cigarrillo por la borda, observándola. Con mucha delicadeza, ella le tocó la cara, la palma rozando su pómulo. Estaba enfadada con él por ser tan déspota, pero quizá solo era su desconfianza reflexiva hacia alguien que intentaba ayudarla. Era una experiencia inédita, al fin y al cabo. Él no se movió. *Ven con nosotros,* era algo que Laura no le había pedido. Jones era como ella. Sabía cuál era su deber, y mientras le quedaran fuerzas, no apartaría la mirada. El deber de Laura estaba debajo, con lo último que quedaba de su familia, renacida.

—Escríbeme —le pidió—. Infórmame de cómo os las apañáis.

—Si tú haces lo mismo.

Se quedaron callados otra vez. Finalmente, Laura resopló y tiró de la cabeza de él hacia sí y lo besó. Cuatro años antes su comportamiento habría convulsionado toda la cubierta; en aquel momento nadie les prestaba atención siquiera. Cuando Jones se apartó, tenía los ojos brillantes. El silbato sonó para anunciar la partida.

—Mierda —dijo Jones, y la besó otra vez. Entonces se dio la vuelta, bajó por la rampa de desembarco y se fue.

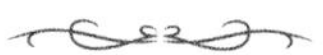

La travesía fue lenta, tranquila y privada. Se quedaron la mayor parte del tiempo en sus camarotes. Laura se despertaba, sollozando, recordando el viaje de ida y a Pim. Pero Freddie la reconfortaba y Winter también. Winter era observador, en su manera calmada, y se sentaban en la biblioteca juntos cuando no había nadie más. Winter demostró tener un afilado sentido del humor que los ayudaba a superar los momentos más difíciles. Como cuando Freddie, seriamente, le pidió a Laura, la primera noche, si le podía contar cosas sobre sí mismo. Le explicó el motivo.

Así que, noche tras noche, le contó toda su infancia a Freddie y también a Winter. Recuerdos intranscendentes. Recuerdos divertidos. Le contó sobre el niño que había sido, y tuvo el doloroso placer de ver a su hermano —si no convertirse de nuevo en la persona que había sido— al menos empezar a parecérsele.

Vio la relación que tenían Freddie y Winter. No tenía envidia, pero la hacía sentir más sola.

Llegaron a Halifax a finales de primavera.

Laura, sin otro lugar mejor al que ir, los llevó a todos directamente a la casa Blackthorn, con la esperanza de que las hermanas se apiadaran de ellos, al menos hasta que pudiera planear el siguiente paso. El antiguo edificio seguía estando firmemente afianzado en su sitio, lleno de rincones y recovecos, con vistas al mar. Laura, Winter y Freddie iban vestidos con las ropas de civil que habían conseguido en Bélgica, aunque sudaban bajo el sol claro.

Durante todo el trayecto en taxi, Laura pensaba: *Tendré que buscarme un trabajo. Solo Dios sabe qué haré con Freddie y con Winter... Freddie está oficialmente muerto, y Winter...* Sus pensamientos habían corrido más o menos en la misma línea durante todo el viaje a través del océano, sin hallar una solución. La preocupación la tenía ensimismada, tanto que apenas vio la casa incluso cuando el taxi los dejó delante de ella. O al menos no la vio hasta que Winter frunció el ceño y dijo, con el tono censurador de un granjero alemán puntilloso:

—Mirad el jardín.

Laura miró, con atención, el jardín que había sido el orgullo y gozo de las Parkey. En esa época del año, los lirios debían de estar empezando a salir, y las pobres rosas trepadoras, con las peonías casi tapándolas, pero aun así ondeando con un abundante colorido con el viento proveniente del mar. Pero el jardín estaba descuidado y lleno de malas hierbas.

Los rojos escarabajos del lirio habían dado buena cuenta de las flores que había plantadas al lado de la puerta, y sus tallos lucían tristemente desnudos. Y la casa... había algo extraño en la quietud de la casa.

La puerta estaba cerrada. ¿Había estado cerrada esa puerta alguna vez?

Nadie acudió cuando Laura llamó.

Finalmente Laura rebuscó, sin esperanzas reales de encontrarla, la llave oculta detrás de un fragmento suelto del revestimiento. Para su sorpresa, todavía estaba allí. Vacilante, la metió en la cerradura. La puerta se abrió.

La casa estaba vacía y silenciosa. Polvo y sábanas cubrían los muebles.

—¿Señora Parkey? —llamó Laura—. ¿Señora Lucretia? ¿Señora Clotilde?

Silencio. La profunda quietud de una casa que solo contenía sus fantasmas. ¿Habrían muerto?

—¿Qué es esto? —dijo Freddie desde el vestíbulo, unos cuantos pasos detrás de ella—. Tiene tu nombre escrito.

Laura se giró. Vio una carta en la mesita del recibidor, dirigida, con una letra elegante y ligeramente temblorosa, a la señorita Laura Iven. Un sobre mucho más grueso estaba debajo del primero. Laura abrió el sobre con su lanceta de bolsillo y sacó la carta.

Vio la misma escritura en la carta, que decía:

Mi querida Laura:

Así que has vuelto, ¿verdad? Bien hecho. Nos hemos ido, como puedes ver. Pero te hemos dejado unas cuantas cosas. Te las has ganado. Tómate tu merecido descanso, querida.

Atentamente,
Agatha Parkey

Laura se quedó mirando la extraña misiva. La miró y la miró, y finalmente se la pasó a Freddie mientras abría el segundo sobre, para quedarse observando pasmada un testamento en el que se dejaba la casa, los efectos y los fondos de Agatha, Clotilde y Lucretia Parkey a una tal Laura Elizabeth Iven.

Así que tenían un lugar donde vivir, después de todo. Cuando Laura acudió al abogado de las Parkey, supo, para su sorpresa, que también había heredado dinero con el que vivir. El suficiente como para comprar ropa respetable y comida de verdad, para devolverlos a los tres a algo parecido a estar sanos.

Incluso era el suficiente dinero como para que Laura, caminando aturdida por el vasto y polvoriento caserón, pudiera pensar: *¿Podría hacerlo? ¿Podría abrir un psiquiátrico aquí? ¿Podría ayudar a las personas a las que la guerra ha roto?*

Pero todavía no. Había un millar de detalles de la vida que tenía que solucionar primero. Winter, el segundo día tras su llegada, salió hacia el cobertizo de las herramientas y encontró montones de instrumentos de jardinería oxidados y se dispuso a limpiarlos y afilarlos. De la noche a la mañana, el jardín pasó a estar recortado, desbrozado y fertilizado con harina de pescado. No tenían tiempo de sembrar un cultivo de primavera, le explicó Winter, pero podían plantar lechugas. Perejil. Coles. Incluso patatas.

Llevaba flores a la casa cada día.

Freddie ayudaba a Winter con el jardín. Pero Laura le había comprado un cuaderno de bocetos y un caballete, lápices y tizas, y más tarde también pinturas al óleo, y al poco estaba ocupado con sus dibujos. Las imágenes eran descarnadas, hechas con colores violentos, y hacían que a Laura se le erizara la piel, pero Freddie siempre estaba algo más feliz, algo más vivo, después de acabar uno.

Y así se curaron, poco a poco, en su pequeño refugio lleno de recodos de aquella antigua casa chirriante. Al otro lado del océano la guerra seguía su curso, durante aquel verano y hasta el otoño. «Los aliados están avanzando», le escribió Jones a Laura. «Han obtenido una victoria cerca de Marne. He extirpado un intestino hoy, pobre hombre, ya veremos…».

«Parece que se acerca el final», le escribió Kate. «Pero la gente se sigue muriendo».

Y así era. La gente moría y moría y moría durante aquel verano. De gripe, de hambre, de guerra. Los jinetes galopaban, incorpóreos, y el antiguo mundo se retorcía atormentado, alumbrando a uno nuevo.

Nunca hablaron de Faland. Freddie no les contó lo que había vivido en el hotel, con la excepción de una pintura de una habitación maltrecha con los dorados desconchados y los colores que se elevaban como el sonido por el lienzo abstracto. Laura vio cómo lo observaba, con un extraño anhelo enfermizo en la cara. Entonces clavó la espátula en la pintura y la rasgó de punta a punta.

—Se acabó —dijo Laura—. Está bien.

—Pero nunca volveré a oír música como aquella —repuso Freddie, y parecía avergonzado de sí mismo por haber pronunciado esas palabras.

Laura cruzó la habitación y lo agarró de la mano.

Era setiembre cuando al fin Laura y Freddie fueron juntos, los dos solos, al anochecer, a visitar el lugar en el que había estado la casa de Veith Street. Era la hora de la cena, y todo el mundo estaba encerrado en casa. Freddie iba con el rostro cubierto para que los vecinos no pudieran reconocer al soldado muerto, Wilfred Iven.

Laura se había comprado una motocicleta y un automóvil, y practicó con determinación hasta que supo conducirlos ambos bastante bien. Así que ella y Freddie bajaron en coche hasta Veith Street y salieron del vehículo; se quedaron juntos, en silencio, donde había estado la casa. No quedaba nada, de hecho. Sus hacendosos vecinos habían retirado la madera; cualquier cosa que quedara debajo hacía tiempo que alguien se la había apropiado o se la habían llevado a la chatarrería. Solo quedaban el agujero de la bodega y los recuerdos.

—Deberíamos venderla —dijo Laura—. La tierra tendrá bastante valor. O quizá debería construir una casa nueva; no como la nuestra, diferente de la nuestra, y alquilarla. A mujeres jóvenes, tal vez. *Construye algo nuevo*, pensó. *Algo para poder recordar*. Pues todos los recuerdos que tenía de aquella casa habían convergido en uno solo: sangre, cristal y humo.

Freddie asintió, sin mirarla.

—Recuerdo cómo era… lo que vi. En el hotel. Cuando el barco explotó. ¿De verdad fue así?

—Sí.

Su madre no se había aparecido más, en sueños o despierta, desde que los había guiado fuera del hotel de Faland. Un milagro para sus queridos hijos, que nunca imaginaron que en el mundo pudiera haber ni los misterios ni las maldiciones en las que ella había creído tan fervientemente.

—¿El fortín fue como… como lo que vi en el hotel? —preguntó Laura por primera vez.

—Así es.

—Lo siento.

—Mamá tenía razón, sabes. Sobre el mundo. *Requiescat in pace*.

Y apoyó la cabeza sobre la palma, y durante un momento ninguno de los dos habló. Laura le pasó un brazo por encima y él le rodeó la cintura con el suyo, y por un instante, estaban tan unidos como lo habían estado en la niñez, como si el Armagedón no se hubiese interpuesto nunca entre ellos.

—Vamos. Winter nos está esperando —dijo Laura.

Y vio, con placer y una pequeña punzada, cómo la luz iluminaba el rostro de Freddie.

Se dieron la vuelta y salieron de Veith Street juntos, por última vez.

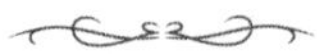

Laura había pensado que mejorarían allí. La casa albergaba un silencio que era propicio para la sanación. Construirían nuevas vidas allí juntos, y se reharían a sí mismos. Jardinero, pintor, enfermera. Estarían bien.

Pero setiembre dio paso a octubre, y Laura empezó a preguntarse si Freddie de verdad se estaba curando. Día a día, su arte se fue haciendo más extraño, estaba más delgado, más pálido y más callado, sosteniendo un libro en el regazo sin leerlo.

A veces Laura podía oírlo deambulando inquieto por la casa después de haberse ido a la cama, y luego los pasos livianos de Winter que iban a buscarlo y sus voces en la oscuridad.

Octubre pasó a ser noviembre.

Era el once de noviembre, por la mañana temprano, cuando estaban todos despiertos y reunidos alrededor de la mesa del desayuno, cuando las campanas empezaron a tañer. Todas las campanas de la ciudad, iglesia a iglesia, elevando y elevando un clamor salvaje. Laura oyó el correteo de los pies y los gritos de la gente.

Estaba sirviendo huevos cuando empezó el sonido, su cabeza llena de planos para el solárium y las habitaciones para tratamientos. Soltó la cuchara de servir al oír el ruido y arrambló la espalda instintivamente contra la pared. Winter y Freddie saltaron a cubierto debajo de la mesa. Los tres se quedaron paralizados durante un instante, mirándose.

Laura se dio cuenta la primera.

—Se ha acabado —constató—. La guerra se ha acabado. La alegría era palpable en el ruido que había en las calles. Pero ella no lo sentía. Durante un momento casi podía oler el tufo a pantano del hospital y notar la sangre debajo de las uñas. Vio los ojos azules de Pim, inexpresivos con una furia enloquecida.

Winter había agachado la cabeza. Freddie alargó un brazo y cubrió su mano con la suya. «Hemos ganado», gritaba la gente fuera. *¿No saben que hemos perdido todos?*, pensó Laura.

Pero se había acabado. Los combates se detendrían. La matanza cesaría. Y quizás el mundo habría aprendido. Quizás aquella era la guerra que acabaría con las demás guerras. Quizá.

Durante unos minutos eternos nadie pronunció palabra.

Entonces Freddie estalló, apasionadamente, como con algo en lo que llevaba pensando mucho tiempo pero que nunca había pronunciado en voz alta.

—No podemos quedarnos aquí.

Laura todavía estaba desconcertada por el ruido. Durante unos segundos, no lo entendió. Entonces sí, y comprenderlo le sentó como un bofetón. Winter volvió lentamente a la silla, con ojos preocupados. Freddie seguía hablando con las campanas como un extraño telón de fondo de su voz. Sus palabras se atropellaban; hablaba como si pudiera perder el coraje si no lo decía todo del tirón.

—Laura… no podemos quedarnos aquí. En Halifax. No me puedo quedar en Halifax. Es… es demasiado estrepitoso aquí. Hay demasiados ruidos. Demasiadas paredes. No puedo… Wilfred Iven está muerto, ¿recuerdas? ¿Cómo puedo formar una nueva vida, escondiéndome?

—No lo sé —susurró Laura. La gente seguía gritando de alegría fuera—. ¿A dónde irás? —preguntó con esfuerzo.

—A Cabo Bretón —respondió Winter en un tono que significaba que ya habían hablado de ello, lo habían planeado. Todas esas noches, cuando Laura había oído sus voces. *No te enfades.* No tenía ningún derecho a enfadarse.

—Es una tierra salvaje. Aislada. A nadie le importará quiénes somos. Habrá ovejas y reses quizá. Y nieve. Y silencio. Paz, para nosotros, allí. Wilfred podrá pintar —siguió Winter.

Laura asintió lentamente.

—Sabéis que no os puedo acompañar —dijo con voz dura.

—Lo sé —terció su hermano. Laura podía ver el amor en su cara, y el arrepentimiento. Pero mezclado con todo eso estaba el anhelo de desaparecer. Durante un momento, le sobrevino esa mezquina rabia de nuevo, que lo había salvado para otra persona.

Dejó que esa sensación se alejara.

—Solo prométeme… —se le rompió la voz, y lo intentó de nuevo—. Prométeme que vivirás. Y que intentarás ser feliz.

Freddie miró a Winter, y la luz que le iluminó el semblante fue breve y cegadora.

Se fueron la primavera siguiente, cuando se derritió la nieve, con el objetivo de desembarcar cerca de la rocosa costa salvaje de la isla de Cabo Bretón.

Y Laura se quedó sola, donde había empezado.

Hasta que, un día, cuando las peonías estaban floreciendo, alguien llamó a la puerta.

Laura fue a responder. De pie, vio a un hombre con el pelo corto y unos ojos infinitamente oscuros. Algo en su cara se iluminó cuando la vio.

—He venido a exigir la devolución de una deuda —dijo él, fríamente—. De una mujer que insiste en que me lo debe.

Laura se lo quedó mirando. Una sonrisa no paraba de intentar esbozarse en sus labios.

—Entra —le dijo—, y cuéntame.

Nota de la autora

La Gran Guerra no fue una preocupación estadounidense. El país entró en la guerra tarde y ayudó a finalizarla rápidamente; no fue hasta el 2014, en el centenario del inicio del conflicto, que se empezó a construir un memorial en Washington. Mientras escribo estas palabras, el monumento todavía no está acabado. Para muchos, la impresión predominante de la guerra es de un conflicto pintoresco teñido de gris: hombres embarrados con cascos graciosos que se escondían en agujeros. Se puede recordar, vagamente, haber echado un vistazo desganado a la película *Sin novedad en el frente* en el instituto y quizás algún documental en clase, plagado de metraje granuloso y con un narrador de acento británico. En el imaginario estadounidense, la Primera Guerra Mundial queda completamente eclipsada por su sangrienta y trascendental sucesora.

Sin embargo, vale la pena mencionar que el mayor cementerio militar estadounidense en el extranjero no tiene vistas a las playas de Normandía. Más bien, ese dudoso mérito se lo lleva el cementerio de Aisne-Marne, en Belleau, Francia. Ese vasto terreno de tumbas contiene a los americanos muertos durante la Primera Guerra Mundial.

La Primera Guerra Mundial merece nuestra atención. Los años agitados y violentos entre 1914 y 1918 prepararon el camino para el resto del tumultuoso siglo veinte y establecieron los preparativos para el mundo moderno.

He pasado años trabajando en *Las manos cálidas de los fantasmas*. Durante esos años, muchas personas me han pedido que describiera el tiempo y el espacio que me estaba ocupando tanto sitio en mi imaginación, y el descriptor que usé una y otra vez, a veces en clave de humor, a veces seriamente, fue *steampunk*. Los años de la Primera Guerra Mundial fueron lo más parecido que veremos jamás a la ciencia ficción histórica: una indescriptible mezcla de cambio de costumbres y tecnologías. Y sus participantes, como viajeros del tiempo, eran personas de un mundo arrojadas sin aviso previo a otro.

Fue un tiempo de impactantes yuxtaposiciones. La artillería podía matar a una distancia de ciento veinte kilómetros, pero los ejércitos todavía se comunicaban con palomas mensajeras. Las armaduras se enfrentaban a las ametralladoras. La caballería cargaba contra los tanques. Las enfermeras militares llevaban corsé y acarreaban máscaras de gas. Los combates primitivos mano a mano con bayonetas y cuchillos de trinchera se alternaban con cortinas de fuego calibradas con precisión y, lo más famoso, los generales dirigían la guerra desde lujosos castillos franceses mientras sus hombres, a unos meros kilómetros de distancia, dormían en trincheras húmedas llenas de cadáveres.

Esos contrastes fueron lo que al principio captó mi atención. Dotan a la guerra de un toque de fantasía, o al menos de un surrealismo oscuro. Algunas de las imágenes literarias más indelebles que salieron de la guerra no encontraron su expresión en los tomos de historia o en los trabajos de ficción realista sino que más bien entraron sigilosamente en el mundo de la fantasía y el terror: la película de guerra francesa de 1938 *J'accuse!* muestra cómo los cuerpos mutilados de los muertos se levantan y salen arrastrando los pies de la tierra de nadie, un claro precursor de las películas modernas de zombis. Más conocido, en *El señor de los anillos*, J. R. R. Tolkien basó sus descripciones de Mordor y las tierras aledañas en sus propias experiencias de la guerra. Las descripciones inolvidables de Frodo y Sam cruzando un terreno alienígena formado por montones de desechos y pozos humeantes, con cualquier gota de agua que pueden encontrar abrasándoles la boca… Tolkien no se lo imaginó. Lo vivió.

Tal vez no sorprenda que una parte sustancial de la influencia cultural de la Gran Guerra se haya filtrado a través de la fantasía. Fue una época tan traumática que sus supervivientes apenas tenían palabras para describirla. Millones desaparecieron. Millones murieron. Millones más volvieron a casa tullidos. Grandes extensiones de Francia y Bélgica fueron aniquiladas bajo millones y millones de proyectiles. Y en 1918 una pandemia de gripe barrió el globo, matando a más millones, a menudo rápida y horripilantemente.

Los europeos en 1914, adinerados por el saqueo de la riqueza de las colonias, creyéndose completos con su supremacía cultural, descubrieron que eran capaces de enviar a sus hijos a vivir en agujeros y a matarse mutuamente. Esa realidad permaneció con los supervivientes durante el resto de sus vidas.

La ruptura con el pasado fue tan repentina y tan dramática que muchos escritores han enmarcado la guerra en términos apocalípticos. Un documental francés del 2014 sobre la guerra se titula, simplemente, *Apocalypse*. Dan Carlin llamó a sus series de pódcasts sobre la Primera Guerra Mundial *Blueprint for Armagedon* (Proyecto Armagedón). Una novela española de 1916 sobre la guerra lleva por título *Los cuatro jinetes del Apocalipsis*. Esto no debe sorprendernos. El concepto occidental del fin del mundo está formado por el libro bíblico del Apocalipsis, y no es difícil sacar imágenes de esas páginas —plagas, guerra, hambruna, muerte, el sol tornándose negro, una lluvia de fuego, los mártires gritando— y proyectarlas en los años de la guerra.

Yo también visualicé la guerra a través de un prisma apocalíptico, y al hacerlo volvía una y otra vez a esta cita bíblica: «Vi un cielo nuevo y una tierra nueva; porque el primer cielo y la primera tierra ya no existían más».

La pregunta que le habría hecho a ese profeta de hace tanto tiempo es: «¿Viste un nuevo infierno también?».

Porque la humanidad lo vio.

Las huidas del infierno son una característica de la tradición literaria de Occidente, desde el viaje de Ulises al inframundo a los nueve círculos de Dante y a la ciudad dorada del

Pandemonio del *Paraíso perdido*. Pero el siglo veinte nos proveyó con huidas del infierno terrenales: Hiroshima, por ejemplo, y Dresden, y Auschwitz, y, antes de cualquiera de esos, en 1917, la batalla de Passendale.

Por supuesto, las huidas del infierno fantásticas de Occidente también tienen señores indelebles; pensad en Hades o el Satán de tres cabezas de Dante o el carismático Rey de la Tiniebla de Milton. Pero qué tipo de señor, me preguntaba, ¿tenían esas huidas del siglo veinte? ¿Tenían alguno? ¿Qué haría un demonio del antiguo mundo si se encontrara en el infierno del nuevo?

Porque en cualquiera de sus apariencias míticas o literarias, Satán, el antagonista con el don de la palabra, el músico, el antihéroe de Milton —el original monstruo persuasivo de Occidente—, se encontraría seguramente perdido ante una devastación tan inhumana e impersonal. ¿Qué uso le daría el amante y explotador de las flaquezas mortales a un lugar que atormenta sin tener en cuenta el vicio o la virtud, un lugar que provee a la infinitamente interesante alma humana un anodino número en un registro, un cuerpo vestido en verde militar?

¿Qué haría él, qué harían los humanos, que haríamos cualquiera de nosotros, cuando nos arrojaran, sin advertencia, a un extraño mundo nuevo?

Estas son las preguntas que me hice al iniciar la escritura de *Las manos cálidas de los fantasmas*, y durante años he estado persiguiendo las respuestas. Todavía las sigo buscando.

Pero gracias por hacer este viaje conmigo.

Katherine Arden
Abril de 2023

Agradecimientos

Hubo una época en que pensé que este libro no se escribiría jamás, y todavía estoy un poco sorprendida de haberlo conseguido. No es el libro más largo, pero tras un borrador, y otro, y otro, simplemente me rechazaba. Se negaba a funcionar, se negaba a existir. Cada capítulo, cada frase —a veces parecía que hasta cada palabra—, llegaba tras mucho esfuerzo. No podría haberlo hecho sola. Muchas personas estuvieron conmigo en cada etapa, me oyeron llorar, escucharon mis quejas, me sostuvieron cuando yo no era capaz.

Muchísimas gracias a mi editora Jennifer Hershey que se leyó cada uno de esos borradores, con una paciencia constante y una sabiduría increíble. A las muchas personas fabulosas de Del Rey Books que trabajaron en este proyecto inacabable: Wendy Wong, Erin Kane, Scott Shannon, Tricia Narwani, Keith Clayton, Alex Larned, Loren Noveck, Pam Alders, Jane Haas, Simon Sullivan, Paul Gilbert, Regina Flath y Rachel Kuech. A mi equipo de publicidad, marketing y redes sociales: Ashleigh Heaton, Tori Henson, Sabrina Shen, David Moench, Melissa Folds y Maya Fenter. A mi correctora, Emily DeHuff, y a Debbie Kaise, que me salvó de cometer graves errores en alemán. Gracias a David Lindroth por el increíble mapa.

Gracias también a mis editores internacionales, en particular a Vladimir Sever de Mitopeja, cuya amabilidad y buen ojo han sido inestimables. Al equipo editorial de Century en el Reino Unido: Selina Walker, Rachel Kennedy, Sam Rees-Williams,

Barbora Sabolova, Kristen Greenwood y Ben Brusey, gracias por creer en esta historia.

A mi agente, Paul Lucas, que soportó años de escuchar mis frustraciones y miedos y nunca dejó de creer en esta novela. A mi equipo en Janklow y Nesbit: Eloy Bleifuss, Stefanie Lieberman, Molly Steinblatt, Adam Hobbins, Michael Steger, Lianna Blakeman y Emma Winter. Y, por supuesto, a las personas de la oficina de Reino Unido: Nathaniel Alcaraz-Stapleton, Ellis Hazelgrove y Hellie Ogden.

A los muchos, muchos libreros que han abogado por mi trabajo, especialmente Katya D'Angelo de Bridgeside Books y al equipo completo de Phoenix Books, incluyendo a Tod, Robin, Christy, Sean, Phil, Ruth, Ali, Jenna, Eliza, Sofie, Riley, Miriasha, Coco y Drew.

A Naomi Novik y Peter Brett, que leyeron todos los borradores, me alentaron, me escucharon, y se fueron a retiros de escritura conmigo, una y otra vez, hasta conseguirlo. Gracias, chicos. Os quiero.

A mis amigos fuera de la industria editorial, inestimables para mantener a cualquier autor cuerdo: RJ Adler, Pollaidh Major, Tanya and Chad Miller, Garrett Welson, Meghan Condon y Sam Reed, Tisa Watson. Me pasé un año diciéndole a todo el mundo que el libro ya casi estaba acabado, y nadie me reprendió por mi optimismo ciego. Muchísimas gracias.

A toda mi familia, que siempre me ha apoyado, incluso cuando abordo proyectos demasiado ambiciosos y melodramáticos como este. Os quiero a todos.

A Evan y Moose: no tengo palabras para describir todo lo que sois para mí, pero ambos estabais conmigo durante todas las subidas y bajadas mientras redactaba este libro, y no podría haberlo concluido sin vosotros.

Y, finalmente, a los muertos, a los que sentía tan vivos mientras estaba trabajando: los hombres y mujeres que pelearon en la Gran Guerra y cuyas voces me vinieron en recuerdos, reminiscencias y cartas. A Will Bird, cuya narración inolvidable, *Ghosts Have Warm Hands* (Los fantasmas tienen las manos cálidas), le dio a mi libro su título. A Edward Thomas, cuyo precioso poema «Lluvia» usé como el trabajo del ficticio Wilfred Iven. A Edwin Campion Vaughan, Robert Graves, Wilfred Owen, J. R. R. Tolkien, Kate Luard, Vera Brittain, Mary Borden, Ernst Junger, J. F. Lucy, Louis Barthas, Philip Gibbs y todos los demás cuyos nombres he perdido. Pusisteis el color y la textura de vuestras vidas en palabras en un momento en el que parecía que el mundo entero estaba en llamas, y espero que vuestros actos de sabiduría jamás sean olvidados.